# SETE VERÕES

**Também de Paige Toon**

*Só o amor machuca assim*

# PAIGE TOON

# SETE VERÕES

**Tradução**
Cecília Camargo Bartalotti

1ª edição
Rio de Janeiro-RJ / São Paulo-SP, 2024

VERUS
EDITORA

**Título original**
*Seven Summers*

ISBN: 978-65-5924-277-1

Copyright © Paige Toon, 2024
Os direitos morais da autora foram assegurados.
Originalmente publicado como SEVEN SUMMERS em 2024 pela Century, um selo da Cornerstone. Cornerstone é parte do grupo Penguin Random House.

Letra de "Need You Tonight", p. 22, de INXS, autoria de
Andrew Farriss e Michael Hutchence.
Letra de "Ready to Start", p. 60, de Arcade Fire, autoria de Will Butler, Win Butler, Régine Chassagne, Jeremy Gara, Tim Kingsbury e Richard Reed Parry.
Letra de "Here Comes the Sun", p. 301 e 412, de The Beatles, autoria de George Harrison
Letra de "Never Tear Us Apart", p. 375, de INXS, autoria de
Andrew Farriss e Michael Hutchence.

Tradução © Verus Editora, 2024
Direitos reservados em língua portuguesa, no Brasil, por Verus Editora. Nenhuma parte desta obra pode ser reproduzida ou transmitida por qualquer forma e/ou quaisquer meios (eletrônico ou mecânico, incluindo fotocópia e gravação) ou arquivada em qualquer sistema ou banco de dados sem permissão escrita da editora.

**Verus Editora Ltda.**
Rua Argentina, 171, São Cristóvão, Rio de Janeiro/RJ, 20921-380
www.veruseditora.com.br

CIP-BRASIL. CATALOGAÇÃO NA FONTE
SINDICATO NACIONAL DOS EDITORES DE LIVROS, RJ

T632s

Toon, Paige
  Sete verões / Paige Toon ; tradução Cecília Camargo Bartalotti. - 1. ed. - Rio de Janeiro : Verus, 2024.

  Tradução de: Seven summers
  ISBN 978-65-5924-277-1

  1. Romance inglês. I. Bartalotti, Cecília Camargo. II Título.

24-93434        CDD: 823
                CDU: 82-31(410.1)

Meri Gleice Rodrigues de Souza - Bibliotecária - CRB-7/6439

Revisado conforme o novo acordo ortográfico.

Seja um leitor preferencial Record.
Cadastre-se no site www.record.com.br e receba informações sobre nossos lançamentos e nossas promoções.

Atendimento e venda direta ao leitor·
sac@record.com.br

*Para Lucy*
*Eu tenho muita sorte por ter você na minha vida*

# Capítulo Um

# ESTE VERÃO

# Capítulo Um

O perfume emana das flores silvestres roxas e brancas que crescem nas colinas gramadas. O ar da manhã está fresco e tranquilo enquanto sigo para o Seaglass, o bar e restaurante na praia onde trabalho. De ambos os lados, as colinas parecem se elevar cada vez mais enquanto a rua corta pelo meio do vale. Bem distante, o oceano Atlântico surge à vista, e um azul-escuro marca seu encontro com o horizonte. Sigo a curva da rua passando pelos chalés caiados, o pub e o Surf Life-Saving Club, antes que a enseada de Trevaunance Cove apareça à minha frente. A maré está subindo, e ondas verde-mar fluidas e transparentes quebram gentilmente na areia quase branca.

O verão chegou, e a Cornualha está radiante. Sinto a esperança tomar conta de mim, como se talvez estivesse pronta para me desprender da sombra fria que me acompanhara nos últimos tempos.

O cabelo novo também está ajudando. Desde que me lembro tenho usado meu cabelo escuro e comprido, mas ontem fui à cabeleireira e disse para ela fazer o que quisesse.

Agora, meus cachos balançam logo acima dos ombros e eu estou *amando*. Eu me sinto nova em folha, o que é exatamente o que preciso.

Penso em Finn e meu bom humor vai todo embora, mas então a brisa bate em meu cabelo e o joga para trás, quase como se a própria Mãe Natureza estivesse me lembrando de que está na hora de um recomeço.

Enquanto me dirijo à escada externa do Seaglass, algo incomum na praia abaixo chama a minha atenção. O riacho que desemboca no oceano se abriu em uma série de ramificações na areia e alguém cavou alguns desses pequenos afluentes para ficarem alguns centímetros mais fundos, de modo que agora eles parecem galhos de árvore se projetando de um tronco.

Paro e examino melhor a arte produzida na areia. A árvore não tem folhas, o que me faz pensar no inverno. Eu me pergunto se o artista também tinha o inverno em mente. Como escultora, fico imaginando quais instrumentos ele ou ela usou para criar a obra.

Uma onda avança pela praia e passa sobre os rastros que se parecem com galhos mais longos. Não vai demorar muito para que a maré apague a arte, e eu detesto pensar em uma coisa tão bonita sendo levada embora antes que outros tenham tido tempo de apreciar.

Uma ideia me ocorre e eu pego o celular, tiro algumas fotos e posto as melhores no Instagram do Seaglass com a legenda: "Que tal uma arte na areia junto com seu brunch?"

Sou escultora, não escritora, então dá para o gasto.

Confiro meus e-mails e vejo uma nova mensagem de Tom Thornton:

> Oi, Liv.
>
> Estou escrevendo para saber se há alguma chance de o chalé ficar disponível antes das quatro da tarde... Já estou na Cornualha.
>
> Obrigado,
> Tom

Suspiro. Meus inquilinos vivem tentando antecipar o check-in. Escrevo de volta:

Oi, Tom.

Pode deixar o carro lá sem problemas, mas ainda não tive tempo de limpar, porque meus inquilinos anteriores acabaram de sair. Estou trabalhando, então acho difícil estar pronto antes das quatro.

Abraços,<br>
Liv

Eu me sinto culpada quando vejo que ele enviou a mensagem há duas horas. As regras no site são claras, mas fiquei tão feliz por ele ter alugado o chalé para o mês de junho inteiro depois de um cancelamento de última hora, que talvez pense em abrir uma exceção para ele. Eu estava preocupada, sem saber como ia conseguir ocupar a casa nessas quatro semanas fora das férias escolares e, de repente, esse Tom apareceu e resolveu meu problema.

Decido dar uma fugidinha em algum momento da manhã e deixar o chalé pronto mais cedo. Devo isso a ele.

Sinto o cheiro familiar de cerveja envelhecida e maresia assim que entro no Seaglass. Sou a primeira a chegar, mas nossos chefs, bartenders e garçons não devem demorar. Temos uma cozinha e um restaurante no terceiro andar, no térreo, fica a despensa, já no segundo piso temos um barzinho com uma atmosfera mais informal. O bar tem portas duplas à esquerda, que dão para uma varanda com vista para o mar. E à direita fica o balcão de madeira escura que ocupa cerca de metade da extensão da parede, deixando espaço para uma escada aberta em espiral e os banheiros no canto. Um pouco adiante da porta de entrada, perpendicular ao balcão do bar, há um palco.

Sinto o estômago embrulhar quando olho para o pequeno palco. Por um instante, estou de volta ao passado: Finn está ao microfone, seus lábios curvados em um meio-sorriso, seu olhar fixo no meu.

*Será que ele vai voltar este verão?*

Chega.

Atrás de mim, a porta se abre com um estrondo, me fazendo pular de susto. Eu me viro, esperando ver outro funcionário, mas dou de cara com um estranho: um homem alto e forte carregando uma grande mochila preta, as mãos enfiadas nos bolsos de um moletom cinza-escuro com o capuz puxado sobre a cabeça.

— Desculpe, ainda não abrimos — aviso.

Ele para de repente, parecendo contrariado.

— Que horas abre? — pergunta ele.

— Às dez.

São só nove e quinze.

Ele resmunga alguma coisa, se vira e sai, deixando a porta aberta. Que mal-educado!

Vou fechar a porta e dou uma olhada na praia, a tempo de ver outra onda subir pela areia, apagando uma parte inteira da árvore. Apesar de ter prometido a mim mesma que teria um dia alegre hoje, acabo me sentindo um pouco melancólica quando começo a organizar a abertura do Seaglass.

Não vejo carros estacionados quando volto para a Beach Cottage. "Chalé da praia", a casa de nome perfeito que é meu lar desde os treze anos. Há alguns anos, eu a converti em dois apartamentos separados, mas, olhando de fora, parece um chalé de dois andares. A parede é revestida de pedras cinza, com uma porta no meio e quatro janelas simétricas com moldura azul-clara. Despontando por cima do muro alto que cerca a propriedade estão três grandes palmeiras, como se estivessem espiando tudo ao redor. Pela frente corre um riachinho borbulhante, margeado por uma mureta de pedra na altura da cintura, há tanto musgo e folhagem em suas frestas e fendas que a mureta também parece cheia de vida. Duas pontes, de apenas um metro e meio de extensão, dão acesso à entrada de carros e à minha porta da frente.

Atravesso a pequena ponte até a porta principal, entro no hall e abro a porta do apartamento do térreo. Os inquilinos anteriores não tinham filhos e Tom vem sozinho, então há pouco a fazer na suíte do beliche.

Passo pela sala de estar aconchegante e olho em volta, sorrindo para as almofadas perfeitamente arrumadas no sofá. A copa e cozinha integradas nos fundos do chalé estão igualmente impecáveis. Ah, se todos os inquilinos fossem cuidadosos assim.

Fico contente em saber que vou deixar tudo pronto bem rápido e digito um e-mail curto para Tom, avisando que ele pode vir ao meio-dia. Espero que a notícia o deixe feliz.

Na manhã seguinte, quando saio da cama, vou direto para a janela e abro as cortinas. *Ainda* não há nenhum carro na entrada! Será que o tal de Tom chegou? Não o vi nem ouvi, e ele não respondeu ao meu e-mail.

Uma hora depois, paro de pensar no meu estranho inquilino quando chego na varanda do Seaglass e percebo, no silêncio da manhã, *duas* árvores desenhadas na areia da praia.

A primeira, à esquerda, se estende do riozinho à praia, no mesmo estilo que a de ontem, uma extensão de ramos elegantes e sem folhas.

A segunda foi traçada direto na areia, no centro da praia, um alto e esguio pinheiro em forma de espiral, que me lembra dos ciprestes italianos que vi uma vez alinhados pelos caminhos dos Jardins de Boboli, em Florença.

A lembrança me traz uma sensação de vazio.

Sou atraída para a praia e, de perto, noto que as bordas do cipreste se afinam e desvanecem de uma maneira que parece realista. Imagino que elas talvez tenham sido produzidas com um ancinho, mas a árvore que emerge do riozinho parece ter sido cavada na areia com um objeto mais afiado. Eu me perguntei se ela havia sido inspirada no inverno, mas, ao lado do cipreste alto e forte, a árvore parece sem vida.

Estou louca para saber no que esse ou essa colega artista estava pensando e o que estava sentindo quando criou essas obras. O trabalho veio de uma alegria ou de uma tristeza? Ou teria vindo de uma emoção totalmente diferente?

Sinto um aperto no peito enquanto caminho pela extensão do cipreste e paro olhando para o mar, pensando em Florença, um lugar que, por um momento, guardou muito da minha esperança.

Eu tinha acabado de terminar a faculdade quando entrei na Academia de Artes de Florença, há seis anos, e ainda me sentia muito como uma estudante brincando de ser artista. No entanto, durante minhas quatro semanas lá, enquanto fazia a argila fria ganhar vida sob minhas mãos todos os dias, o futuro parecia amplo e cheio de possibilidades. Eu estava muito entusiasmada com a fase seguinte da minha vida: me mudar para Londres e arranjar emprego em um ateliê.

E, então, de repente, tudo desabou.

Posso não ter conseguido ir para Londres ou voltar para a Itália como sonhava, mas eu *sou* escultora profissional. Não importa se não estou esculpindo em tempo integral. Eu gosto de trabalhar no Seaglass nos meses de verão.

Sorrio para o mar e a dor no meu peito cede.

Retornando à varanda, tiro algumas fotos e posto uma no Instagram com a legenda: "Mais uma linda arte na areia enfeitando nossa praia esta manhã… Adoraríamos saber quem é nosso artista misterioso!"

Sábado é o dia mais movimentado para mim, preciso abrir o restaurante para o brunch e depois passar várias horas limpando e arrumando três outros chalés de temporada que administro antes de voltar ao Seaglass para o turno da noite. Antes de começar a correria, dou uma olhada rápida na postagem e descubro que já está com quase cinquenta curtidas. Passo rapidamente pelos comentários com a esperança de ver respostas, mas não encontro nenhuma.

Uma de minhas amigas mais antigas, Rach, comentou.

"De qual você gostou mais?"

Respondo sem pensar: "Elas me emocionam do mesmo jeito, mas de maneiras diferentes".

De alguma forma, ambas falam de perda, mesmo que uma prospere enquanto a outra murcha.

Ela deve estar on-line, porque responde em segundos: "Será que teremos mais amanhã?"

Eu digito: "Se estiver lendo isto, artista misterioso, nós gostaríamos de uma floresta inteira, por favor!"

Pelo menos eu me lembrei de usar "nós" na resposta, em vez de "eu". A ideia é que pareça que há uma equipe conversando com nossos clientes, quando, na verdade, é apenas o meu eu solitário de vinte e oito anos.

Não paro um segundo até a hora de fechar, à meia-noite, por isso, quando o alarme toca às sete horas na manhã seguinte, aperto o botão de soneca e quase durmo de novo.

Mas o desejo de conseguir ver o artista da areia em ação fala mais alto do que meu cansaço, e eu me forço a me levantar da cama, na esperança de ter calculado bem o tempo. A maré baixa foi uma hora e dois minutos mais tarde hoje, portanto é bem provável que ele ou ela ainda esteja trabalhando.

Quando chego à enseada, porém, mais uma vez estou atrasada, mas minha admiração encobre qualquer decepção que eu pudesse ter sentido.

Um caminho sinuoso foi esculpido na praia, começando na rampa dos barcos, onde é mais largo, e se estreitando em uma única linha sinuosa quando chega ao mar. De ambos os lados desse caminho há pinheiros desenhados de forma grosseira, com bordas afiadas e serrilhadas. No início, eles são altos e majestosos, mas se tornam cada vez menores e mais rústicos à medida que o caminho se estreita.

De repente, eu quero estar *no* desenho, caminhando por essa trilha mágica que abre caminho para uma floresta encantada, quero poder desbravá-la em primeira mão.

Em um impulso, desço pela rampa dos barcos para a areia. Sigo o caminho sinuoso, sorrindo quando ele se afunila em uma perspectiva perfeitamente desenhada. Logo sinto como eu se fosse do tamanho de um gigante e acabo precisando colocar um pé à frente do outro, trilhando a última seção com os braços esticados como se estivesse me equilibrando em uma corda bamba. A alegria cresce no meu peito, e não consigo conter o sentimento, então giro em um círculo, os braços ainda esticados.

Volto pelo caminho sinuoso em direção ao Seaglass, ainda com um sorriso no rosto. Levanto a cabeça, distraída, e sinto que preciso olhar melhor. Há um homem sentado em um banco no alto do penhasco, meio escondido atrás de arbustos cheios de flores amarelas. Eu tropeço, tento me equilibrar e, quando olho de novo, ele desapareceu.

Na segunda-feira de manhã, chego à praia e vejo que ela ainda é uma tela em branco.

Será que cheguei a tempo de encontrar o artista ou a pessoa foi para outro lugar?

Para o caso de ser a primeira hipótese, subo os degraus do Seaglass, pensando em ficar escondida por um tempo e esperar. E então eu vejo: o desenho em tamanho real na areia que eu não tinha percebido.

É o contorno simples de uma mulher usando um vestido na altura dos joelhos, parecido com o que eu estava usando ontem, com a barra voando para um lado, pega por uma brisa imaginária. O cabelo cacheado chega quase até os ombros e os braços estão abertos em um gesto de alegria.

Um calafrio percorre meu corpo.

Caminho hesitante até a grade e olho para o penhasco.

Ele está lá de novo, o homem no banco. É ele o artista da areia? Ele estava me observando ontem?

Desço depressa a escada externa e corro estrada acima, virando à esquerda na trilha costeira. Os arbustos arranham minhas pernas a cada passo impreciso enquanto subo pelo caminho rochoso estreito, agitada.

*Ninguém que faça desenhos tão lindos pode ser um psicopata*, digo a mim mesma.

Minha compulsão por querer saber quem é o artista é maior que qualquer preocupação com minha própria segurança.

Sei exatamente onde fica o banco, porque me sentei ali muitas vezes, observando a maré e os surfistas. Estou ofegante quando a trilha se abre para as dunas ao longe e, então, me deparo com um banco vazio, o peito arfando, enquanto tento recuperar o fôlego.

Para onde ele foi?

Continuo até a trilha íngreme se tornar plana e *ali*! Ao longe, caminhando em direção a Trevellas Cove, está...

*Um homem alto e forte em um moletom cinza-escuro com capuz.*

Puxo na memória a manhã de sexta-feira em que um homem não ficou nem um pouco satisfeito quando eu disse a ele que o Seaglass ainda não estava aberto. Não me lembro do rosto dele. Ele está prestes a descer pelo outro lado da colina quando o grito escapa da minha boca antes que eu possa me conter.

— EI!

Ele olha para trás, me vê e para de repente, virando-se para mim. Está muito longe para que eu consiga ver algum traço de seu rosto, mas faço um aceno no ar, pedindo que ele espere enquanto acelero o passo.

Avancei apenas alguns metros quando ele se vira de novo e vai embora.

— EI! — grito de novo. — ESPERE!

Mas ele não me escuta ou decide me ignorar, porque, um minuto depois, já sumiu de vista.

Sinto uma mistura pouco usual de emoções enquanto volto para casa. Estou eufórica e frustrada, empolgada, mas inquieta.

Vai além de qualquer coisa que eu tenha sentido nos últimos tempos.

Ainda sinto as mesmas emoções uma hora depois, quando saio de casa para o turno do brunch. Estou descendo a escada quando escuto a porta da frente da Beach Cottage sendo aberta.

Finalmente vou conhecer o misterioso Tom.

Eu o ouvi andando ontem à tarde, mas ele geralmente é silencioso como um gato e nunca estacionou na frente da casa. Estive distraída demais para ficar pensando nele.

Abro a porta, oferecendo meu mais largo e simpático sorriso de boas-vindas... e me vejo cara a cara com um homem alto e forte em um moletom cinza-escuro com capuz.

Tenho um sobressalto, surpresa, meus olhos se arregalando.

Ele parece ter uns trinta e poucos anos e, de perto, é ainda mais alto e tem os ombros ainda mais largos — ele praticamente preenche a pequena abertura da porta. O capuz está para trás, revelando o cabelo curto loiro-escuro, sobrancelhas bem marcadas e o queixo quadrado coberto por uma barba por fazer. Seus olhos são da cor de mel visto contra a luz, estriados com faixas de castanho-dourado.

— Você — murmuro, enquanto a expressão dele se transforma de reconhecimento e choque em um ar de resignação cansada.

— Ah, que merda — resmunga ele.

## Capítulo Dois

# SEIS VERÕES ATRÁS

## Capítulo Dois

Meus pés batem no chão no ritmo do baixo conforme vou descendo a ladeira. Estou em uma missão: é sexta-feira à noite, finalmente estou em casa e não vejo a hora de encontrar meus amigos.

Amy me contou que a banda de Dan está tocando no Seaglass neste verão, e, pelo som que estou ouvindo, o show de hoje já começou.

É incrível pensar que eu estava em Florença de manhã e, um mês antes, me formando com honras no bacharelado em Escultura na Faculdade de Artes de Edimburgo. Durante quatro anos, caminhei por ruas de calçamento de pedra entre prédios históricos e adormeci na agitação de uma cidade movimentada e vibrante. E agora aqui estou eu, em St. Agnes, onde os únicos sons que preenchem o ar vêm das ondas quebrando na praia, da brisa do mar refrescando minha pele queimada de sol e da banda tocando no Seaglass.

Subo a escada externa no ritmo frenético da bateria, faço a curva e encontro a varanda lotada, com fumaça de cigarro e *vape* pairando como uma névoa entre cabeças que se movem com a música.

Um grito agudo soa e a multidão vai abrindo caminho para Rach, que força a passagem em minha direção. Um segundo depois, estamos nos braços uma da outra.

— Onde você estava? — grita ela direto na minha cara enquanto uma música termina e a banda engata na seguinte.

— O trânsito estava péssimo no caminho do aeroporto, e aí os meus pais quiseram que eu ficasse pra jantar. Não tive tempo nem de tomar banho!

— Você está ótima! Venha, você tem que compensar o tempo perdido!

Ela me puxa pelas portas duplas mais próximas e segue direto para o balcão. Sua mão está suja de areia e ela parece ter vindo direto da praia. Conhecendo Rach, foi provavelmente o que aconteceu. O cabelo castanho-avermelhado está preso em um rabo baixo e os fios soltos em volta do pescoço estão úmidos do ar marinho. Reconheço as alças de seu maiô verde-oliva aparecendo por baixo da camiseta branca larga e seu short de tactel característico. O traje clássico de Rach.

Achei que estivesse bem informal de jeans e top preto, mas minha amiga leva a descrição de informal a outro nível.

— Nunca tinha visto isso aqui tão cheio! — exclamo, enquanto ela se espreme em um espaço impossivelmente pequeno no balcão.

— Acho que o Dan convidou metade da Cornualha. Um monte de gente da escola está aqui.

Eu me viro para a banda e meus olhos pousam em Dan Cole, o guitarrista loiro de ombros largos que era o garoto mais popular da nossa turma no ensino médio. Amy gostava dele, mas ele namorou firme até entrar na faculdade e, pelo que eu soube, anda tocando o terror por aí desde então.

O baixista, Tarek, e o baterista, Chris, também eram do nosso ano na escola, assim como o vocalista da banda, Kieran, mas ele não está aqui. Encaro o novo membro do grupo.

Seu cabelo escuro e despenteado cai sobre os olhos fechados e ele se inclina para o lado enquanto segura o microfone com as duas mãos, os lábios pressionados contra o metal.

A voz dele é boa: grave e profunda, mas musical.

— Quem é *esse*? — pergunto.

— Você não se lembra do Finn? Ele estava na nossa turma de artes.

— Impossível.

O Finn com quem estudamos era muito tímido. Ele sempre usava gorros puxados tão para baixo que mal dava para ver os olhos. Não me lembro dele na turma do Dan na época. Não me lembro dele em nenhuma turma. Pelo que me lembro, ele era meio solitário.

O Finn de agora é *muito* gostoso, com um jeans preto e um blusão de malha preto e largo com vários furos, um rock star muito desleixadamente gostoso.

De repente, ele canta "I'm lonely", seguido por um compasso de silêncio da banda que ondula sobre o público. Dá para ouvir sua respiração no microfone quando ele ataca o verso seguinte e o riff de guitarra se repete.

Os pelos de minha nuca se arrepiam.

— Que música é essa? — pergunto, os olhos fixos em Finn.

Eu a reconheço, mas não me lembro do nome.

Sinto o olhar incrédulo de Rach.

— INXS. "Need You Tonight". Sério, como você *não* conhece?

— Eu nem era nascida — respondo, indiferente.

— E a anterior foi Royal Blood, "Figure It Out" — acrescenta ela.

Rach ouve indie. Eu não. Cresci tocando música clássica no piano.

— EI, AMY! — grita Rach.

Desvio meu olhar de Finn para ver a loira baixinha passar apressada atrás do balcão. Ela dá uma olhada distraída em nossa direção.

— Espere aí, eu já v... Liv! — Assim que me vê, ela dá meia-volta e vem correndo. — Desculpe, está um inferno aqui hoje. Estamos com pouca gente.

Amy, Rach e eu somos inseparáveis desde que nos aproximamos em uma festa aos catorze anos. Éramos as únicas que não queriam jogar Verdade ou Consequência e, então, nos escondemos juntas no banheiro.

Como Amy foi para a Universidade de Plymouth, bem mais próxima, e Rach não foi para universidade nenhuma, elas duas se encontraram com muito mais frequência do que eu as vi nos últimos quatro anos.

Culpa minha por ter escolhido estudar a mais de oitocentos quilômetros de distância.

— Eu venho encontrar vocês mais tarde! — promete Amy, passando direto por Rach para dar um apertão rápido em meu braço antes de sair apressada.

— O que você quer beber, se alguma hora eu conseguir fazer alguém parar aqui? — resmunga Rach.

O dono do Seaglass, Chas, para abruptamente na nossa frente, com toda a cara de surfista de sessenta e poucos anos de rosto envelhecido pelo sol que ele, de fato, é.

— Tem certeza de que não quer um emprego aqui? — pergunta ele para Rach.

— Absoluta — responde ela.

Ela trabalha por meio período em uma loja de surfe na vila. Viveria de feijão e espaguete por um ano se isso a permitisse passar mais horas na praia. Ela certamente não ia querer preencher seu tempo livre com algo tão sem graça como um emprego em um bar.

— Eu quero! — exclamo, me inclinando para cima de minha amiga.

Chas me reconhece e levanta as sobrancelhas em direção à linha recuada dos cabelos grisalhos.

— E aí, Liv? Voltou para o verão? Está falando sério? Você quer trabalhar aqui?

— Seríssimo.

— Pode começar agora? — pergunta ele, esperançoso.

— Não, cacete! — exclama Rach. — Ela acabou de chegar. *Dê um tempo*, Chas! Além do mais, ela está me fazendo companhia hoje, já que você pôs a nossa melhor amiga pra correr atrás do balcão.

— Tudo bem. — Chas levanta as mãos, em um gesto de paz. — Que tal amanhã?

— Pode ser — concordo com um sorriso.

— Você consegue chegar às quatro e meia? Esse pessoal vai tocar de novo, então provavelmente vamos ter muito movimento também.

Olho de relance para a banda e meu olhar se prende uma vez mais em Finn.

— Combinado — respondo, tentando prestar atenção na conversa.

— Já que é assim, a próxima rodada é por conta da casa. O que vai ser?

— Uma sidra, por favor! — diz Rach depressa.

Ele olha para mim.

— Também, obrigada.

Eu adoro uma sidra da Cornualha.

— E dois shots de tequila! — grita Rach, enquanto ele está pegando dois copos na prateleira em cima do balcão.

— O quê? Não! — Dou um tapa no braço da minha amiga.

— Ah, vamos — pede ela. — A última vez que a gente saiu juntas foi na véspera de Ano-Novo, e você vai começar a trabalhar amanhã, porra. Você tem que se soltar. O que deu na sua cabeça de ir direto pra Itália depois da faculdade, pra estudar *ainda mais*? Você nunca tem vontade de só ficar sem fazer nada?

— Ah, sim, Florença foi incrível, obrigada por perguntar — brinco, rindo da explosão dela, enquanto Chas enche dois copinhos e pisca para nós antes de ir servir outro cliente.

Eu amo a Rach, mas nós somos muito diferentes. Ela ainda não tem ideia do que quer fazer da vida, enquanto eu venho forjando minha relação com a escultura desde que me entendo por gente.

Uma das minhas primeiras lembranças é de subir nos leões gigantes na Trafalgar Square, em Londres. Fiquei obcecada por leões por anos depois disso, até que vi os majestosos Cavalos de Hélio perto da Piccadilly Circus e fiquei obcecada por encontrar outras estátuas de animais.

Meus pais acharam que as estátuas seriam só uma fase, tipo gostar de unicórnios ou de pôneis, mas minha avó levou a sério.

Eu tinha oito anos quando ela me levou ao Museu Barbara Hepworth em sua cidade natal, St. Ives, e ainda me lembro da vontade que tive de tocar as marcas do cinzel nas esculturas de madeira dentro da galeria. Claro que eu não podia, mas, do lado de fora, no jardim, minha avó me deixou correr solta. Fiquei encantada com o tamanho de algumas das esculturas, com as formas, as cores e a sensação das diferentes texturas sob minhas mãos.

No ensino médio, comecei a me interessar mais por pessoas do que por animais. Em uma viagem a Paris com minha turma de artes, quase me esqueceram por ter ficado entretida demais olhando para *O beijo* de Rodin, no Jardim das Tulherias. Eu me encantei com a história dos dois amantes que a escultura contava, o modo como seus corpos se entrelaçavam, agarrando-se um ao outro no delírio da paixão. Eu queria trazer pessoas à vida daquele jeito, captar momentos no tempo e contar histórias também. A escultura figurativa se tornou o foco do meu trabalho dali em diante.

Eu gostaria que minha avó estivesse viva para ver quão longe eu cheguei. Meus pais foram à minha exposição de formatura, que é o ápice da realização de um estudante, e sei que eles ficaram orgulhosos, mesmo que demonstrassem alívio por meu tempo na Escócia estar acabando. Era doloroso para eles eu ter decidido estudar tão longe, embora sempre tenham apoiado minhas escolhas. Eles *bancaram* meu mês na Academia de Artes de Florença, e é por isso que preciso de um emprego de verão: eu quero pagar de volta.

Isso e o fato de que eu preciso começar a economizar para conseguir me mudar para Londres. Ainda não tive coragem de contar aos meus pais que pretendo ir embora de novo.

Rach pega um dos shots e o passa para mim com um olhar de expectativa.

— Tudo bem — digo, me rendendo, viro o copo e faço uma careta, mal tendo tempo de me recuperar quando um segundo copo vem em minha direção.

— Você precisa compensar o tempo perdido — lembra-me ela, muito séria.

— Caramba, quantos anos nós temos, dezoito?

Experimento a sensação surreal de que o tempo em St. Agnes parou enquanto eu segui adiante e cresci. Mas Rach nunca saiu daqui e agora está me olhando fixamente, à espera, e eu não quero decepcioná-la. Viro o segundo shot e me delicio no calor do álcool e dos aplausos dela. Pelo menos eles são de graça, não quero gastar dinheiro com bebida.

Ela pega nossos copos de sidra e se afasta do balcão.

É difícil ver a banda com toda essa gente aqui dentro, apesar de eles estarem em uma plataforma elevada. "Palco" é forçar a barra.

— Qual é essa? — grito no ouvido de Rach.

— É "7", do Catfish and the Bottlemen.

— Eles ainda só fazem covers?

— Aham.

A Mixamatosis está na estrada há anos. É um nome horroroso, e usar "Mixa" em vez de "Mixo" para diferenciar do nome da doença de coelhos não ajudou, mas a banda é popular. Eles sempre tocam rock de várias décadas, mas, novas ou velhas, eu raramente sei o nome de alguma música. Este verão é o primeiro em que eles estão tocando apenas no Seaglass, o que é meio surpreendente, já que Dan é sobrinho de Chas.

— O que aconteceu com o Kieran? — pergunto, referindo-me ao vocalista anterior.

— Ele quis passar um tempo com a namorada na casa da família dela no Canadá. O Finn tem uma banda em Los Angeles, então, quando o Dan soube que ele estava vindo pra cá, perguntou se ele podia quebrar esse galho e substituir o Kieran na banda.

De repente, eu me lembro: a razão de Finn ter ido embora da Cornualha.

— Nossa, acabei de lembrar o que aconteceu com a mãe dele! — digo. — Foi horrível.

— Pois é — concorda Rach, o rosto sério.

Como eu podia ter esquecido? A mãe dele desapareceu no Natal quando estávamos no primeiro ano do ensino médio. As roupas dela foram encontradas na beira de um penhasco não muito longe daqui. Chegaram à conclusão de que ela havia se jogado. O mar engoliu o corpo sem deixar rastros, por isso a família não pôde nem fazer um funeral adequado. E depois Finn teve que ir embora da Cornualha para morar com o pai biológico nos Estados Unidos.

— Então o Finn ainda mora nos Estados Unidos?

— Mora.

— E o que ele veio fazer aqui?

— Ver os avós e os irmãos.

— Tinha esquecido que ele tem irmãos.

— Meios-irmãos, na verdade. Todos têm pais diferentes.

— Eu nem sabia que ele e o Dan eram amigos.

— O Dan é amigo de todo mundo.

É verdade. Ele é esse tipo de cara: lembra o nome de todos e está sempre disposto a parar para conversar na rua. Mesmo sendo o guitarrista, e não o vocalista, todos pensam na banda como sendo dele.

— Quanto tempo ele vai ficar aqui?

— Seis semanas — responde Rach. — Mas já faz umas duas que ele chegou.

Estamos quase na metade de julho.

Ela deve ter percebido alguma coisa na minha expressão, porque sorri.

— Quanto interesse!

— Cale essa boca. Mas olhe só quem está falando. Como foi que você ficou sabendo de tudo isso?

— Olhos e ouvidos atentos, amiga. Olhos e ouvidos atentos.

— Não, sério, como?

— A Sophie e a Claire tinham todas as fofocas. — Elas são outras duas colegas de escola. — As duas ficaram doidinhas atrás do Finn na semana passada, depois que eles fizeram o primeiro show aqui. Trabalhar aqui vai ser uma mão na roda, se você estiver interessada.

Eu descarto a ideia.

— Não estou interessada. *Nem quero,* na verdade.

Tenho outras coisas em mente neste verão.

Rach e eu dançamos e conversamos aos gritos por mais uma hora, mas em nenhum momento me esqueço de Finn. Posso ter outras coisas em que pensar neste momento, mas não consigo fingir que não sinto calafrios nas raras ocasiões em que ele se dirige ao público.

Quase no fim da noite, Amy se junta a nós na pista de dança.

— Estou feliz que vamos trabalhar juntas de novo — diz ela, me dando um abraço.

Nós duas trabalhamos por um tempo aqui no ano em que fizemos dezoito anos. Parecia o fim de uma era: eu ia passar quatro anos em Edimburgo, e ela ia tirar um ano sabático antes de começar um curso de três anos de obstetrícia. Mas, agora, é o começo do resto de nossa vida.

— Pelo menos até você conseguir um desses empregos para os quais está se candidatando — respondo com um sorriso, colocando uma mecha de seu cabelo loiro comprido e esvoaçante atrás da orelha.

— Tenho certeza de que não vou conseguir. Eles sempre querem alguém mais experiente.

— Todo mundo tem que começar em algum lugar.

Sinto um calafrio quando lembro que o caminho profissional que *eu* escolhi para mim é bem menos seguro. Quantos escultores figurativos conseguem viver disso para valer?

Mas eu continuaria esculpindo mesmo que só pudesse fazer isso como hobby. Esculpir é minha paixão. E me dedicar a isso em tempo integral seria um sonho, mas tenho muito trabalho pela frente antes disso acontecer.

Nos meses seguintes, porém, minhas prioridades são guardar dinheiro e passar um tempo com meus amigos e minha família.

Olho para Rach e Amy e sorrio. O rabo de cavalo ruivo de Rach já se desfez há algum tempo e Amy está usando o cabelo solto como sempre. Sinto que o coque improvisado que fiz antes de sair do hotel em Florença hoje de manhã está ficando frouxo. Em um movimento, tiro os últimos grampos que restam e meus cachos escuros caem sobre as costas, chegando quase até a cintura.

— Nossa, o que foi isso? — pergunta Amy, achando graça.

— A Rach disse que eu precisava me soltar — respondo, dando de ombros.

— E precisava mesmo — confirma Rach.

A voz grave e profunda de Finn soa no microfone anunciando a última música.

Fico toda arrepiada.

Não faço ideia do nome da música, mas, pelos três minutos seguintes, só quero dançar com minhas duas melhores amigas.

Preciso fazer xixi, mas, idiota que sou, espero até a banda terminar o show, uma decisão de que me arrependo assim que vejo a fila serpenteando da porta do banheiro feminino.

O álcool correndo pelas minhas veias sugere que eu pule a fila das mulheres e tente o banheiro masculino. Quando estendo a mão para empurrar a porta, ela se abre e eu quase dou de cara com Finn, que está saindo.

— Opa! — exclama ele.

*Opa mesmo.*

— Sabia que esse é o banheiro masculino? — pergunta ele, com um ar divertido.

— Estou apertada — digo.

— Ah. — Ele dá um passo para trás para segurar a porta aberta e abrir espaço para eu passar.

Sinto o rubor subindo do meu peito até o couro cabeludo quando passo depressa por ele e me tranco em uma das cabines.

*Estou apertada?*

Ainda estou corada quando saio e dou de cara com ele parado do lado de dentro da porta.

— Achei melhor ficar de guarda — diz ele, com naturalidade.

— Obrigada — murmuro, tentando esconder o rosto vermelho enquanto lavo as mãos, meu cabelo funciona como um escudo.

— Eu me chamo Finn — apresenta-se ele, sem demonstrar a menor intenção de sair.

Levanto a cabeça e olho nos olhos dele pelo espelho.

— Eu sei.

— E você é a Olivia Arterton.

— Eu sei — repito, sacudindo as mãos molhadas e me virando de frente para ele.

O sorriso dele se alarga.

Caramba, ele tem covinhas. E das grandes. De onde *elas* vieram? Sinto o calor se espalhar pelo meu corpo todo.

As pessoas sempre me disseram que meus cílios são longos, mas os dele são muito mais. Não dá para ver a cor dos olhos nesta luz, mas não são escuros o suficiente para serem castanhos. O nariz é um pouco torto, e a falta de simetria fica bem nele. Tenho uma vontade quase irresistível de pôr as mãos no seu rosto, depois recriá-lo em argila. Será que ele sempre foi tão bonito assim?

Tenho um sobressalto quando me dou conta de que o estou encarando.

Mas ele está me encarando de volta.

Desvio o olhar depressa, e acabo observando sua blusa preta furada. De perto, vejo que ele está usando uma camiseta cinza por baixo.

Ele enfia os dedos por dois furos, notando a direção do meu olhar.

— Parece que uma traça andou atacando você — comento.

Ele baixa os olhos.

— Ah, não. É que eu fui Jimmiado.

— Jimmiado?

— O meu sobrinho de um ano, Jimmy, pegou a blusa. Pra ser sincero, já tinha alguns furinhos nela, mas ele achou que eles deviam ser *maiores*. Eu gostei do look.

Ele pronuncia "maiores" de uma maneira muito americana, mas o sotaque, no geral, ainda soa como o daqui.

Ele levanta os olhos da blusa e sorri para mim, e sinto um frio na barriga.

Dan aparece na porta.

— O que é que está acontecendo aqui dentro, hein? — pergunta ele, desconfiado.

— Nada. A gente só estava conversando — responde Finn.

— Ótimo lugar pra conversar. E aí, Liv, como vão as coisas? É a primeira vez que a gente se vê nesse verão.

— Acabei de chegar da Itália — respondo.

— Legal. Estava de férias lá?

— Não, estava fazendo um curso de escultura.

— Nossa, que incrível. Como foi?

— Ótimo lugar pra conversar, cara — interrompe Finn, secamente. — Por que você não faz o que veio fazer e a gente se encontra lá fora?

— Claro, tudo bem — diz Dan, afastando-se da porta e fazendo um sinal para eu sair.

Estou bem ciente de que Finn está andando logo atrás de mim enquanto voltamos para o salão principal. Seus colegas de banda o chamam da outra ponta do balcão, onde Chas está servindo uma fila de shots. Algumas garotas estão lá também, incluindo Sophie e Claire.

Finn passa direto por mim quando me junto às minhas amigas.

— Não tem nada pra contar? — pergunta Rach, com um sorriso malicioso.

— Não — respondo, mas, quando me viro e vejo Finn pôr um braço em volta do pescoço de Tarek, ele se volta na minha direção e nossos olhares se encontram.

Os lábios dele se curvam em um meio-sorriso, e eu o encaro por alguns segundos até que percebo meu coração acelerado e desvio o olhar. Pego meu copo e tomo um gole, trêmula.

Talvez eu repense minhas prioridades neste verão.

# Capítulo Três

— Eu achei que só íamos ver você daqui a algumas horas! — exclama minha mãe na manhã seguinte, quando entro na cozinha às 7h45.

— Eu também achei — respondo desanimada, aceitando sua oferta de um abraço.

Eu pretendia, de verdade, dormir um pouco, mas, quando estava caindo no sono, me lembrei do encontro com Finn e fiquei totalmente desperta.

— Quer chá? — pergunta ela, se afastando.

— Quero, obrigada. — Dou uma olhada em volta, admirada. — É impressionante quanta luz natural tem aqui agora.

Nossa casa é um antigo chalé de pescadores, e a parte original da construção é bem marcante, com paredes grossas e irregulares e parapeitos largos nas janelas. No outono passado, meus pais mandaram derrubar a extensão da cozinha feita nos anos 1970 e a substituíram por uma estrutura moderna, quase três vezes maior. Nela, cabem uma cozinha estilosa, com ilha central e banquetas de bar, e uma sala de jantar integrada com uma mesa de madeira de oito lugares. Essa é a parte de que eu mais gosto, por causa das portas de vidro que ocupam a parede inteira e se abrem para o quintal e da janela de quina gigante voltada para o jardim verde e viçoso, com suas samambaias e suculentas. O clima na Cornualha é ameno, e a cidade está abrigada em um vale, o que com frequência faz o clima parecer subtropical.

O jardim foi o que me ganhou nesta casa quando viemos visitá-la pela primeira vez. Eu tinha treze anos na época e estava bem contrariada com a ideia de deixar Londres e todos os meus amigos. Tinha começado a me enturmar na escola e estava muito nervosa com a perspectiva de recomeçar em uma escola nova. Meus pais, porém, achavam que estava mais do que na hora de meu irmão Michael e eu sairmos da cidade grande, e minha mãe queria morar mais perto da vovó na velhice dela.

Eu estava de acordo com o plano, porque também queria morar mais perto dela. Mas só dois anos depois de termos mudado toda a nossa vida, ela se foi.

Minha avó era a minha pessoa favorita, a única que compreendia minhas esperanças e meus sonhos artísticos. Antes de nos mudarmos para cá, eu passava uma semana na Cornualha com ela todo verão, enquanto Michael ficava em Londres com meus pais. Ela me ensinava a tocar piano, lia histórias para mim e me levava em excursões a teatros, museus e galerias de arte. Nosso tempo juntas, só nós duas, significava tudo para mim.

Eu me sento em uma das banquetas, olhando para o quintal. O sol vai entrar por estas janelas mais tarde. O que eu não daria para poder esculpir aqui.

Minha mãe se senta ao meu lado e me entrega a primeira caneca de chá feita pelos meus pais que eu tomo em mais de seis meses. Não pude vir para casa na Páscoa, porque estava ocupada demais preparando minha exposição de formatura.

— Obrigada. — Eu me encosto brevemente nela, cheia de uma sensação boa de estar em casa outra vez, segura e em família.

— É tão bom ter você de volta, finalmente — diz ela, com ternura, dando um beijo no meu ombro. — Parece que você passou uma vida inteira longe.

Suas palavras me causam uma pontada de culpa. Em pouco tempo vou embora de novo, mas não precisamos ter essa conversa ainda.

— Como foi ontem à noite? — pergunta ela, sem fazer ideia das minhas preocupações.

Ela é bem mais velha que as mães de meus amigos, tinha quarenta e dois anos quando eu nasci e ainda é muito atraente: relativamente alta e esguia, com o cabelo loiro-mel logo abaixo dos ombros que, a esta altura, deve sua cor em grande parte à tintura.

Meu irmão, Michael, e eu temos o cabelo mais escuro de nosso pai, embora eu tenha herdado os olhos azuis de minha mãe. Mas os meus estão mais para mares revoltos do que céus de verão.

— Divertido — respondo à pergunta. — Até estou surpresa por não estar de ressaca. Mas eu voltei cedo, umas onze e meia.

— Já era quase meia-noite.

Sorrio para ela.

— Você estava esperando?

Ela dá de ombros.

— Não consegui dormir.

Quando eu era adolescente e saía à noite, ela ficava sempre atenta até eu chegar em casa. Achei que estaria mais tranquila agora que tenho vinte e dois anos.

— Como estão a Amy e a Rach? — pergunta ela, carinhosa.

— Estão bem. — Sorrio com a caneca na boca enquanto tomo um gole. — Ah! — Olho para ela. — Eu arranjei um emprego!

— Onde? — pergunta, franzindo a testa.

— No Seaglass, atendendo no balcão. Vou começar hoje à tarde.

— Ah. — Ela parece desapontada. — Pelo menos evite os domingos — pede. — Faz muito tempo que não almoçamos em família.

Aperto os lábios.

— Mas domingo é um dos dias mais movimentados no Seaglass no verão...

Ela me dá um olhar significativo.

— Vou tentar — digo.

Ela suspira.

— Acho que eu não deveria ficar surpresa por você já ter arrumado um emprego. Você puxou a sua avó. Ela também não conseguia ficar parada.

— Você não pode falar nada. É igualzinha.

Minha mãe passou toda a minha vida equilibrando trabalho e maternidade. Ela atua no departamento de emergências do Royal Cornwall Hospital perto de Truro agora, mas antes era clínica geral, como meu pai. Os dois têm sessenta e quatro anos e já *conversaram* sobre aposentadoria, mas eu não me surpreenderia se continuassem a trabalhar por mais alguns anos.

— Não foi sempre assim — confidencia ela. — Meus pais penavam para me convencer a fazer alguma coisa. Eu só queria ficar lendo na cama.

— E você morava a cinco minutos da praia! — Eu dormia no antigo quarto dela quando visitava minha avó, antes de nos mudarmos para cá. — Você nunca me deixava ficar deitada sem fazer nada. Estava sempre me empurrando pra fora de casa. — Estou chocada com esses dois pesos e duas medidas dela.

— Faça o que eu digo, não faça o que eu faço — responde ela, irreverente.

Estamos rindo quando meu pai chega.

— Desisti de esperar o meu chá — reclama ele, vindo até mim e me dando um beijo na testa.

Aperto seu braço afetuosamente.

— Ah, desculpe! — diz minha mãe, assumindo a culpa, mas não se levanta quando meu pai acende o fogo da chaleira.

Ele está usando a calça de pijama vermelha de estampa xadrez escocês que minha mãe lhe deu no Natal passado. Ela deu uma idêntica para Michael.

Ainda me lembro do rosto de Michael se iluminando quando abriu o presente. Ele tinha acabado de chegar em casa na manhã de Natal, enquanto nós ainda estávamos de pijama, então vestiu seu pijama novo também.

Meu irmão tem síndrome de Down e mora sozinho, embora meus pais passem muito tempo com ele. Ele é nove anos mais velho do que eu e tinha vinte e poucos anos quando meus pais deram um pequeno chalé para ele a poucos minutos a pé daqui.

Ele queria mais independência e privacidade, mas eu detestava a ausência dele na mesa do café da manhã.

Quando criança, eu não podia comer cereal açucarado, mas Michael adorava doces e, na idade dele, nossos pais tinham que respeitar suas escolhas. Então ele me contrabandeava uns cereais de chocolate quando nossos pais não estavam olhando e eu os escondia embaixo de meus cereais sem graça, e nós dois tentávamos não rir quando o meu leite ficava marrom.

Essa foi uma brincadeira nossa que durou toda a minha adolescência. E aí, de repente, ele não estava mais lá. Eu sentia saudade dele.

Mas não sentia saudade nenhuma de dividir o banheiro. Meu irmão é um verdadeiro sr. Bagunça.

Às 16h25, saio de casa e caminho os poucos minutos até o Seaglass. As portas duplas estão abertas e há pessoas sentadas na varanda sob o sol, relaxando com drinques enquanto os alto-falantes tocam música em um volume que não abafa o som das ondas quebrando na praia.

Chas está atrás do balcão, escrevendo alguma coisa em um bloco de notas.

— Oi, Chas.

Ele levanta a cabeça.

— Liv! — Ele vem de trás do balcão, abrindo os braços fortes. — Não ganhei abraço ontem.

Chas pode ser tio de Dan, mas minhas amigas e eu frequentamos o Seaglass há anos e ele sempre nos tratou como família.

— Estou muito feliz que você está aqui — diz ele, enquanto trocamos um rápido abraço.

Ele tem cheiro de coco, provavelmente por causa da cera que esfrega na prancha de surfe. Ele tem mais ou menos a idade dos meus pais, mas a ideia de meus pais surfando é risível. Não que eles não tenham energia, mas Chas deixa até os adolescentes no chinelo. Ele é muito jovem no coração.

— Cadê a Amy? — pergunto.

— Ela chega às cinco, mas acabou de ligar avisando que o carro quebrou e vai se atrasar. Está esperando o reboque.

— Ah, não! Ela ainda está com aquela lata-velha?

— Pois é.

— Tsc, tsc — faço, com carinho. — Onde você quer que eu fique?

— Entre aqui atrás do balcão e eu mostro como as coisas funcionam. Provavelmente você se lembra de quase tudo. Não houve muitas mudanças por aqui.

Amy chega completamente tranquila às seis e meia. Quando vejo quem está com ela, fica claro por que ela não parece estar com a menor pressa.

— O Dan me viu no acostamento e me deu carona — explica ela, com um sorriso travesso.

— Achei que você estivesse esperando o reboque — digo.

— Eu estava. Espero que eles guinchem meu carro, mas caramba, estou mesmo precisando de um novo.

A julgar pela animação dela, desconfio que sua paixão por Dan não seja coisa do passado.

Não conseguimos conversar, porque o bar já está enchendo e uma hora depois o balcão parece um cenário de guerra, com duas fileiras de clientes se aglomerando e gritando para serem atendidos. Chas, Amy e eu temos uma seção de dois metros cada um para atender, e também há um ajudante lavando a louça, recolhendo copos vazios, repondo gelo e trazendo cerveja da adega. Nós quatro nos movemos em sincronia, fluindo como água em torno uns dos outros.

Quando vejo Finn chegando, esqueço todo o pedido do cliente que estou atendendo e tenho que perguntar de novo. Meus olhos e pensamentos são atraídos para ele no palco a noite toda, mas de alguma maneira eu consigo me concentrar no trabalho. Na hora de fechar, meus pés estão me matando e minhas costas doem, mas estou totalmente elétrica.

Olho em volta à procura de Finn. Dan, Tarek e Chris ainda estão aqui, junto com algumas outras pessoas que conseguiram ficar do lado de dentro quando Chas estava fechando, mas não há sinal de Finn. Será que ele já foi para casa?

Minha empolgação evapora e começo a sentir a exaustão bem na hora em que Amy se aproxima.

— O Dan está chamando o pessoal pra casa dele — diz ela, apressada, pegando nossas coisas embaixo do balcão. — Vamos.

— Achei que a gente ia tomar um drinque aqui.

— Mudança de planos. Vamos, eu quero ir junto com eles!

— Eu tenho mesmo que ficar segurando vela pra você? — pergunto. Estou acabada e, se o Finn não vai estar lá...

Ela faz uma pausa e olha para mim.

— Por favor, Liv — implora.

Nunca consigo dizer não para essa cara dela.

Saímos pela estrada íngreme em direção à vila, passando pelo Surf Life-Saving Club, a Pousada Driftwood Spars e várias casas, incluindo a minha, antes de deixar o último poste de luz para trás e mergulhar na escuridão.

Pego o celular e mando uma mensagem rápida para minha mãe, avisando o que vou fazer — é bem provável que ela esteja me esperando —, depois uso a lanterna do celular para iluminar o caminho.

Dan e o baixista da banda, Tarek, moram juntos em uma casinha de dois andares, e a sala de estar, a sala de jantar e a cozinha em plano aberto à meia-luz parecem superlotadas mesmo com apenas quinze a vinte pessoas lá dentro.

Não aguento mais meus pés e puxo Amy para um sofá junto à janela. Não demora até duas latas de cerveja encontrarem o caminho até nossas mãos.

Chris conecta o celular no estéreo e põe um rock no máximo.

Mais pessoas chegam e se amontoam no espaço, esbarrando nas nossas pernas.

Puxo os joelhos junto ao peito e tomo alguns goles grandes de cerveja. De repente, Amy se levanta, tira os sapatos e sobe no sofá para se sentar no parapeito da janela. Seus pés descalços balançam sobre as almofadas e ela sorri para mim, totalmente à vontade e pronta para o que a noite trouxer.

Sorrio de volta e a copio, sentando-me ao seu lado e coçando as picadas de mosquito que recebi em minha última noite na Itália.

Alguém acende um baseado, e Tarek se inclina entre nós com um "com licença" e abre a janela, seus ombros estreitos roçando nosso braço.

Ele é um garoto bem bonito, com sobrancelhas escuras alinhadas e olhos fofos de cachorrinho. É muito diferente de Chris, cujo cabelo curto loiro-escuro dá a impressão de que ele não toma banho há semanas.

Estou bocejando quando Finn aparece. E, em um piscar de olhos, já fico totalmente desperta.

Sobre o mar de cabeças, eu o vejo preparar jarras de coquetéis junto com Dan na cozinha. Os dois têm cerca de um metro e oitenta, mas Finn é mais magro e tem uma vibe mais indie em comparação com Dan, que eu acho que faz musculação.

Finn sobe em uma cadeira e grita:

— Ponche!

Amy olha para mim para avaliar meu interesse.

Estou nervosa demais para andar até lá, então levanto minha latinha de cerveja e digo a ela "Depois", antes de me virar de novo para a cozinha e meu olhar encontrar o de Finn.

Uma descarga elétrica me percorre quando ele inclina a cabeça, como se me ver aqui fosse interessante. Nós nos olhamos por alguns segundos e então ele sorri, as covinhas aparecendo enquanto ele desce da cadeira.

Ele enche dois copos e abre caminho pela multidão.

— O que tem aí dentro? — pergunto, tensa, quando ele oferece os copos para mim e para Amy.

— Vodca, rum e Coca-Cola. Vão com calma, é forte.

Pegamos os copos no momento em que "Cotton Eye Joe", do Rednex, começa a tocar no alto-falante. *Dessa* música horrível eu sei o nome.

— Cara, sério? — Finn ri e se vira para Chris.

— *Não fui eu* que pus isso na minha playlist! — protesta Chris, enquanto Finn pega seu celular do bolso da calça. — Eu vou pular! — grita Chris, se apressando na direção do estéreo. — A minha irmã deve ter posto aí!

— Tarde demais, você teve a sua chance — responde Finn, empurrando-o da sua frente.

Amy e eu rimos junto com os outros que estão vendo a cena. "Cotton Eye Joe" é silenciada e um rock indie começa a tocar.

Chris faz cara de chateado por perder o controle da música. Finn, rindo, dá um soquinho de brincadeira na barriga dele e volta para a cozinha.

Cerca de quarenta e cinco minutos depois, estou no meio de uma conversa surpreendentemente séria sobre arquitetura com Tarek quando Finn se aproxima e se senta no lugar recém-desocupado de Amy no parapeito.

Fico com os nervos à flor da pele.

Minha amiga está recostada na parede na sala de jantar, conversando com Dan. Ele está sorrindo para ela e acho que não vou vê-la por algum tempo.

Tarek se levanta, murmurando algo sobre pegar um copo d'água, e eu me viro para Finn, todos os meus sentidos em alerta.

Ele se move para a beira do parapeito e desliza para o sofá, depois bate na almofada ao seu lado em um convite. A multidão gravitou para a cozinha, então agora não está tão lotado aqui quanto mais cedo.

Pego meu copo e me sento devagar ao lado dele. O sofá está um pouco afundado no meio, o que nos inclina um na direção do outro, e estou intensamente consciente do calor de sua coxa junto à minha.

— Então, como é essa história de escultura na Itália? — pergunta ele.

Meu coração se aquece ao ver que ele prestou tanta atenção em mim quanto eu nele.

— Eu fiz um curso de um mês de escultura figurativa.
— E como é esse curso?
Seus olhos parecem expressar curiosidade genuína. Acho que são verdes, talvez com um pouco puxados para o azul.
— Nós ficamos três semanas modelando figuras em argila e, na última, fizemos principalmente moldes. — Fiz um pouco disso na faculdade, claro, mas não fazíamos muita escultura figurativa. A maioria de meus colegas eram escultores pós-modernistas, então eu me destacava como a única pessoa com um estilo mais clássico. Na verdade, foi um dos técnicos da forja que sugeriu que eu fizesse o curso na Academia de Artes de Florença. — Foi intenso, mas sem dúvida uma das melhores experiências da minha vida. Eu me senti uma artista de verdade. Nós também fomos a alguns museus com especialistas para ver o trabalho dos mestres de perto, tipo a estátua de Davi e as esculturas de Bernini. Foi incrível. Mas talvez pareça meio chato para quem não se interessa muito por escultura — concluo, um pouco constrangida, consciente de que falei demais.
— Não, de jeito nenhum — responde Finn, com ar sincero, enquanto me ajeito para ficar de frente para ele e dobro os joelhos para me sentar sobre os calcanhares, removendo a distração de sua coxa encostada na minha. — Não há muita coisa que não me interesse — acrescenta ele. — Talvez seja por isso que eu gosto de compor.
— Música? — pergunto, tentando coçar as picadas de mosquito discretamente.
— É.
— Qual é o nome da sua banda? Eu soube que você tem uma em Los Angeles.
Ele torce o nariz.
— O que foi? — pergunto, com um sorriso.
— É meio nada a ver.
— Não pode ser pior do que Mixamatosis.
— Shhh! — Ele olha alarmado para seus colegas de banda antes de se voltar de novo para mim, com um sorriso travesso. — Não deixe o Dan ouvir você dizer isso.

— Pelo menos ele desistiu da ideia das máscaras de coelho doidonas — comento, com uma risadinha conspiradora.

— *O quê?* Máscaras de *coelho*?

Ele parece perplexo.

— Eles usaram umas máscaras de coelho horrorosas no Halloween uma vez — expliquei em voz baixa, fazendo sinal para ele se inclinar em minha direção para ouvir melhor. Os cílios dele são *surreais.* — Com sangue falso saindo da boca, os olhos pintados de vermelho. Tipo um Daft Punk doentio e insano. Eles assustaram umas crianças e os pais reclamaram.

O rosto dele se ilumina em uma expressão de pura diversão e ele começa a rir.

— Isso é impagável. Não acredito que ele não me contou.

Não consigo parar de sorrir enquanto tomo um gole de minha bebida e coloco o copo no parapeito atrás de mim. Quando me viro de volta para Finn, ele está me olhando com ar pensativo.

— Eu me lembro mais de você assim — comenta ele. — Com o cabelo preso em um coque. Você sempre parecia tão arrumadinha. Você fez balé, não fez?

Eu me inclino para trás, surpresa.

— Quando eu era *muito* mais nova. Como você sabe?

— Escutei você falando na aula de artes uma vez. Você também tocava piano, não é?

— Tocava! — Sinto meu rosto esquentar. — Estou surpresa até de você se lembrar de mim.

Nós mal nos falávamos quando estávamos na escola.

— Eu achava que você parecia uma bailarina com o cabelo preso assim, e o seu jeito, com a postura perfeita e o nariz em pé...

— Assim você me faz parecer metida.

— Não, não. Você parecia elegante. Ainda parece.

Seu olhar é firme de um jeito perturbador. Tento sustentar o olho no olho, mas não consigo.

— Eu nunca fui boa no balé. — Pego uma almofada e a puxo para o colo. — Sair de Londres me deu uma desculpa para largar.

— Por que você veio pra Cornualha?

Ele tamborila na coxa com a mão direita no ritmo do rock que está tocando, mas marca apenas metade das batidas.

— Nós nos mudamos para ficar mais perto da minha avó. Ela morava em St. Ives — digo, notando que o pé dele está marcando a outra metade.

— Ela não está mais aqui?

Balanço a cabeça.

— Ela morreu quando eu tinha quinze anos.

Ele assente, baixando o olhar enquanto engole em seco. Ele toma um gole da bebida. Sua mão e seu pé pararam de marcar o ritmo.

Eu estava no primeiro ano do ensino médio quando perdi minha avó, foi o mesmo ano em que Finn perdeu a mãe. Imagino que ele esteja pensando nela.

Retorno para nosso assunto anterior, mais seguro.

— Você era bom em artes — digo. — Eu lembro que você fazia naturezas-mortas.

Pensei nelas nesta manhã quando não conseguia tirá-lo da cabeça.

— Artes sempre foi minha matéria favorita na escola.

— Não era música?

— A paixão pela música veio depois.

— Como assim?

— Meu pai é engenheiro de som de um estúdio. Eu passava bastante tempo lá.

A impressão é de que o espaço entre suas palavras guarda mais coisas do que aquilo que ele está dizendo. Não deve ter sido fácil se mudar para ir viver com o pai e a outra família dele, ainda mais nessas circunstâncias. Mas não o pressiono, notando sua expressão tensa.

— Legal. Você mora com ele agora?

— Não, moro com um colega da banda.

— E então, vamos, nome da banda. — Eu cutuco sua perna. — Não vou deixar você escapar tão fácil.

Ele faz uma careta, mas vejo que seus lábios seguram um sorriso enquanto ele passa o cabelo escuro para trás de uma orelha.

— Door 54 — revela ele, relutante. — Um dos meus colegas da banda morava no número 54, em um prédio aleatório, e achou que isso soava como uma combinação do The Doors com o Studio 54.

— Essas referências são ruins?

Ele bufa e me olha direto nos olhos.

—O Studio 54 ficava em Nova York, nós somos de Los Angeles. Eles foram o ápice da era disco, e isso não poderia estar mais longe do que nós somos. E qualquer pessoa que ache que tem o direito de se comparar com uma das maiores bandas de rock que já existiu é um completo babaca.

Solto uma risada, e ele sorri para mim.

Ele é tão diferente do garoto que estudou comigo na escola, tão autoconfiante e à vontade. Como ele se recuperou do que aconteceu e se tornou aparentemente tão bem-sucedido?

— Por que você concordou se acha tão ruim? — pergunto, ainda sorrindo.

— A gente estava discutindo fazia séculos e não conseguia escolher nenhum, aí ele arrumou um show para a gente em um lugar e disse para os organizadores que esse era o nome da banda. Quando a gente se deu conta, já estava impresso no material de divulgação.

— Que sacanagem.

— Ele é sacana — responde ele, dando risada.

— Acho que você não gosta muito do seu colega — comento, com ar divertido.

— Não gosto, mas ele é um puta guitarrista.

Ele se vira e abre um pouco mais a janela, deixando entrar mais ar na sala quente.

Está usando uma camiseta amarela desbotada tão gasta, que está puída na gola e nas mangas, e cheia de furinhos.

— Qual é o lance com as roupas furadas? — pergunto, ousando cutucar seu ombro através de um pequeno rasgo na manga.

— Não julgue, é o meu look agora. — Ele dá um tapinha para afastar minha mão e toma um gole do drinque, depois baixa os olhos para a camiseta. — Talvez as traças tenham atacado essa *mesmo*. E por falar em insetos... — Ele faz um sinal para os meus braços. — Caralho, você está *toda* picada de mosquitos.

— É, foi em Florença, quando eu estava concentrada no ateliê...

Minha voz fica mais aguda no fim, em uma oscilação dramática, porque ele pegou minha mão e puxou meu braço mais para perto, para inspecioná-lo.

Meu coração está batendo forte quando ele olha nos meus olhos e diz, em uma voz grave e profunda:

— Você deve ter um gosto muito bom.

Meus braços se arrepiam inteiros, seguidos por uma certa tensão, e eu não sei quem soltou quem, mas ele ergue a palma das mãos em defesa.

— Não era pra soar tão sugestivo.

Nós nos encaramos por alguns segundos e, então, eu não me aguento e começo a rir. Um instante depois, ele está rindo também.

# Capítulo Quatro

— Toc, toc, toc! — grita minha mãe com uma voz alegre do outro lado da porta de meu quarto na manhã seguinte, marcando cada palavra com uma batida.

— Entre — respondo, rouca.

A porta se escancara e minha mãe entra, toda animada, abrindo as cortinas.

— O Michael vai chegar já, já, e seu pai e eu temos uma coisa para mostrar. Dá para você descer *lo antes possible*?

O sotaque italiano dela é adoravelmente terrível.

— Que horas são? — pergunto, franzindo o rosto para a luz.

— Onze. Pelo menos você conseguiu recuperar um pouco o sono — diz ela de um jeito irônico, e sai.

Finn se ofereceu para me acompanhar até em casa ontem à noite, mas Amy quis que nós viéssemos juntas. Foi só quando estávamos saindo que me ocorreu que Finn poderia ter acompanhado *nós duas* para casa. Amy mora na vila, então eu tive que caminhar sozinha pela segunda metade do caminho e não pude deixar de ficar imaginando como teria sido se ele estivesse ali ao meu lado, nossos braços se tocando no escuro.

Meu irmão chega enquanto estou me trocando. Minha janela dá para a frente da casa e eu o vejo no banco do motorista do Austin Healey azul-claro da década de 1960 do meu pai.

Ele simplesmente ama esse carro. Meu pai às vezes o deixa dar umas voltas pela pista de aulas de direção no aeródromo a poucos quilômetros daqui, mas é improvável que Michael consiga tirar carteira de motorista.

Minha mãe está junto ao fogão quando entro na cozinha, e os aromas que saem do forno fazem meu estômago roncar. Quando ela me vê, apaga o fogo da panela de molho que estava mexendo e se vira, o rosto iluminado de entusiasmo.

— Venha comigo — diz ela, com um sorriso.

— O que é? — pergunto, curiosa, enquanto ela me conduz pela porta dos fundos e chama meu pai, que está conversando com Michael na garagem.

Michael nos vê de dentro do carro e buzina três vezes. Meu pai faz uma careta exagerada e cobre as orelhas, cambaleando para trás.

Meu irmão está rindo da palhaçada do meu pai quando sai do carro.

— Irmãzinha! — grita ele, vindo em minha direção para um abraço.

— Oiê! — respondo afetuosamente, enquanto ele me balança de um lado para o outro em seus braços.

Ele está de ótimo humor hoje. Nós nos encontramos na sexta-feira à noite, quando ele veio para meu jantar de boas-vindas, mas eu me atrasei e ele estava com fome e bem mal-humorado. Parece que a ex dele arrumou um namorado novo. Michael não gosta mais dela, mas considera o ato uma traição mesmo assim.

— A mamãe e o papai têm uma surpresa pra você — diz ele, com uma voz cantarolada, sorrindo para mim.

Ele tem apenas um metro e meio, em comparação com meu um metro e setenta. Eu tinha doze anos quando o passei no marcador de altura colado na parede da cozinha da casa em Londres.

— É mesmo? — Dou uma olhada para nossos pais.

— Tcha-ran! — exclama meu pai, estendendo os braços para a estufa.

Minha mãe imita o gesto dele, e Michael em seguida. É um quadro fofo e ridículo: os três agindo como apresentadores sincronizados de um game show na TV.

Olho para a estufa, confusa. Ela é de tijolos com telhado de vidro inclinado e portas duplas. Por um momento, não sei ao que eu deveria estar reagindo.

Mas então percebo que os antigos tijolos brancos foram pintados de um lindo verde-claro e que o vidro das janelas e do telhado estão reluzindo de limpos.

— A gente terminou o lado de fora ontem à noite enquanto você estava no trabalho — diz minha mãe, orgulhosa. — Mas estamos renovando o interior há semanas.

Michael saltita enquanto nosso pai abre as portas duplas, fazendo um sinal para eu olhar o lado de dentro.

Prateleiras foram fixadas nas paredes muito brancas e ladrilhos de cerâmica lustrosos cobrem o chão. Cactos e suculentas em vasos de concreto de tamanhos diversos estão espalhados por todo o espaço.

— Nós achamos que você poderia expor seu trabalho nas prateleiras — diz minha mãe.

— E você pode guardar suas ferramentas aqui — acrescenta meu pai, abrindo uma das gavetas de um móvel de metal.

— É um ateliê — digo, atordoada.

Meus pais criaram um ateliê para mim, um lugar só meu para trabalhar.

— A gente se inspirou no do Museu Barbara Hepworth. Gostou? — pergunta minha mãe, em um tom cheio de esperança.

Concordo lentamente.

— Ficou lindo. Obrigada.

Ela une as mãos com alegria e Michael sorri para ela, depois para mim.

Minha garganta está apertada e meus olhos ardem. Estou mais emocionada do que posso expressar. Eles se dedicaram tanto a esse ateliê e eu sinto os fachos de holofote do amor deles por mim irradiando em minha direção.

É ofuscante. É demais.
*Como vou contar a eles sobre Londres?*
Sinto uma dor profunda no peito pela minha avó. Ela é a única pessoa que eu sei que teria entendido.

## Capítulo Cinco

Observo três garotas flertarem com Finn na varanda enquanto sirvo um cliente no balcão.

Uma das garotas chegou a se dobrar de rir de alguma coisa que ele disse. Agora ela está batendo no ombro de Finn e apertando o rosto na camisa de brim dele às gargalhadas, como se não conseguisse se conter ou deixar de tocá-lo.

Ele estica o pescoço e olha para ela com uma expressão perplexa.

A cerveja fria derrama pela lateral do copo que estou enchendo e corre pela minha mão. Volto a me concentrar e substituo o copo cheio por um vazio.

Agora parece irreal que ele tenha se sentado em um sofá comigo no sábado passado e conversando por uma hora. Teria sido só influência da noite?

Estive com os nervos à flor da pele durante todos os meus turnos esta semana, imaginando se ele poderia aparecer, mas esta noite é a primeira em que nossos caminhos se cruzam e, tirando um aceno alegre em cumprimento quando ele entrou e pegou um drinque que Dan havia comprado, nós tivemos zero interação.

Só aquele aceno mínimo já foi suficiente para me fazer corar.

Eu me forço a me concentrar na cerveja que estou servindo.

— Posso pagar uma bebida pra você? — pergunta o rapaz que estou atendendo.

— Ah, obrigada, mas nós não podemos beber em serviço — respondo, oferecendo a maquininha para ele passar o cartão.

Ele aproxima o cartão da máquina, pega as cervejas e vai embora. Ele estava dando em cima de mim? Eu devia me sentir lisonjeada? Sinceramente? Eu mal me lembro da cara dele.

Meu humor melhora um pouco quando Finn vai para o palco com o resto da Mixamatosis. Eles começam a primeira música: Chris na bateria, Dan em sua guitarra solo, Tarek dedilhando o baixo. Então Finn se aproxima do microfone e canta naquela voz melódica e profunda dele, os olhos baixos, o cabelo escuro caindo para a frente, e eu fico hipnotizada.

Procuro Rach para perguntar o nome da música, mas não consigo vê-la no meio da multidão.

Olho de volta para Finn e sinto meu corpo inteiro se arrepiar quando vejo que ele está olhando para mim. Seus lábios se curvam em um meio-sorriso enquanto ele mantém os olhos nos meus por vários segundos torturantes e intensos antes de baixar a cabeça.

Estou completamente abalada quando volto ao trabalho.

Uns bons vinte minutos depois que a apresentação terminou, estou abrindo a lava-louças quando Finn se aproxima do balcão.

— Oi — diz ele, através de uma nuvem de vapor.

Tento sossegar a pequenina ginasta que está virando cambalhotas dentro do meu estômago enquanto coloco dois copos molhados no suporte sobre o balcão.

— Oi. O que vai ser?

Fico satisfeita ao notar como minha voz soou neutra.

— Bem direta. Duas cervejas e duas Cocas, por favor.

Ele sorri para mim, mas eu me lembro das garotas na varanda e não consigo flertar.

— Cocas grandes ou pequenas?

— Grandes. Estou com sede.

— Você não está bebendo? — pergunto, enquanto sirvo os refrigerantes.

— Estou dando um tempo. Talvez mais um tempo longo. Você vai para a praia? — diz ele e apoia os cotovelos no balcão.

— Quem vai?

— Um monte de gente, daqui a pouco.

— Ah, tá.

— Venha também — diz ele apenas.

Olho diretamente para ele pela primeira vez. Seus olhos são amistosos e sinceros e confirmam o convite das palavras.

— Pode ser. Vou ver se a Amy e a Rach querem ir.

— Se o Dan for, a Amy com certeza vai.

Ele me dá um sorriso maroto e dessa vez correspondo, colocando sua Coca no balcão e me virando para pegar um segundo copo.

— Qual foi aquela primeira música que vocês tocaram? — pergunto.

— "Go with the Flow", da Queens of the Stone Age. É antiga.

— E a última?

— "Space and Time", da Wolf Alice.

— Legal. Quero pôr essas na minha playlist — explico, com a maior naturalidade que consigo. — Gostei muito da quinta também.

Ele inclina a cabeça para o lado e a balança em seguida.

— Não lembro qual foi. Eu pego a set list mais tarde, se você quiser.

— Valeu. — Sorrio para ele e fervo por dentro quando ele sorri de volta, mostrando as covinhas.

— O que mais você tem nessa playlist? — pergunta ele, apoiando o queixo na palma da mão direita e me encarando.

*Talvez os olhos dele sejam azul-turquesa*, penso, tentando pôr um nome naquela cor. Não são muito diferentes da cor do mar por aqui: verde-mar-Celta.

— Todo tipo de música — respondo.

— Por exemplo?

Em um impulso, fecho a torneira do refrigerante, pego o celular em minha bolsa embaixo do balcão, abro em Músicas e passo para ele.

Ele tem um anel de metal preto no polegar que cintila sob as luzes do balcão enquanto seus dedos percorrem as músicas.

— Que playlist é essa? — pergunta ele em tom de confusão, as sobrancelhas se unindo quando levanta os olhos para mim.

— Como assim? — pergunto enquanto encho o primeiro dos dois copos de cerveja.

— É muito aleatória.

— É a minha playlist — respondo, um pouco na defensiva, sem saber ao certo o que ele quer dizer.

— Você fala como se fosse a sua *única* playlist.

Dou de ombros para ele e começo a encher o segundo copo.

— Espere aí — diz ele, franzindo a testa. — Essa *é* a sua única playlist?

— É. São só várias músicas de que eu gosto.

— Então você não tem uma playlist de rock ou uma playlist de acústicos ou qualquer tipo específico de playlist? — Ele está me olhando incrédulo agora.

— Quantas vezes você diz "playlist" em uma conversa? — pergunto, rindo, antes de responder. — Não. Eu não ouço música tanto assim, mas eu sei quando eu gosto.

— Qual é a sua banda favorita?

— Não tenho.

— Música favorita?

— Não sei. Eu tenho ouvido muito o "22" da Taylor Swift ultimamente. De repente me pareceu relevante. — Tento dizer isso com um ar travesso.

Ele olha sério para mim. E então me devolve o celular.

— Vou fazer uma playlist nova pra você — murmura ele.

— Qual é o problema com a Taylor?

— Nenhum. Ela é uma compositora incrível. Não é essa a questão.

Dou de ombros, tentando parecer indiferente enquanto ponho seu segundo copo de cerveja sobre o balcão, mas, por dentro, estou empolgada com a ideia de ele fazer uma playlist personalizada para mim.

Um assobio soa do outro lado da sala.

— Ei! Finnegan! Agilize aí! — grita Tarek.

— Venha pegar! — grita ele de volta, tirando a carteira no bolso.

Ele paga a conta e pega a Coca, mas não faz nenhum movimento para sair do lugar.

Tarek vem pelo meio da multidão até nós, as sobrancelhas grossas e escuras se apertando em uma cara de bravo, mas então ele e Finn sorriem um para o outro e ele pega os três outros copos, me cumprimenta com a cabeça e retorna pela aglomeração.

Finn olha para mim, com ar de riso.

— Eu tinha esquecido totalmente que o seu sobrenome era Finnegan — digo, continuando nossa conversa enquanto sirvo cerveja para outro cliente.

— Finn Finnegan — confirma ele, apertando os lábios. — Eu sempre penso em mudar para o sobrenome do meu pai, Lowe.

— Ah, mas Finn Finnegan soa tão bem — comento, bem-humorada, servindo doses de uísque.

— Você sabe que o meu nome é Daniel, né?

— Ah é? — pergunto surpresa, enquanto acrescento Coca aos uísques.

— Havia outros quatro Daniels na nossa turma, incluindo aquele ali. — Ele indica Dan com a cabeça. — Então todo mundo me chamava de Finn. Acho que nem a minha mãe seria tão doida a ponto de me batizar como Finn Finnegan.

Não posso evitar o ruído de espanto que escapa da minha garganta.

Finn me olha sem se alterar.

— Precisei de anos de terapia para conseguir dizer isso assim tão à vontade. O que você andou fazendo essa semana? — pergunta ele, mudando de assunto.

— Não muita coisa. Trabalhei e fiquei com a minha família. — Somo a conta de meu cliente e passo a maquininha do cartão para ele. — Fui à praia ontem com a Amy e a Rach. E você?

— Fui à praia ontem também. Em Porthleven, para surfar com o Dan e o Chris. Passei por aqui umas duas vezes, mas não vi você.

Ele estava me procurando?

— E então, você vem para a praia? — pergunta ele, os olhos fixos nos meus.

A maré está baixa e o mar é uma imensidão escura com a espuma branca do quebrar das ondas, visíveis sob a luz da lua cheia. O que me faz pensar em mármore, que, por sua vez, me faz pensar na Itália.

— No que você está pensando? — pergunta Finn ao meu ouvido, me dando um susto.

Olho para trás, me perguntando como ele escapou das fãs que nos seguiram para cá. Elas ainda estão uns dez metros atrás, longe demais para eu ver se seus olhos estão lançando farpas sobre mim.

— Só estava pensando na Itália — conto a ele, que me oferece a garrafa que tem nas mãos, e então ri e bate nas minhas costas quando eu tusso com a vodca de baunilha.

Amy e Rach estão por ali conversando com Dan, Tarek e Chris, mas eu me afastei delas uns minutos antes, buscando um pouco de isolamento.

— O que você estava pensando sobre a Itália? — pergunta Finn, quando devolvo a garrafa a ele.

— Nada. Não é muito interessante.

— Deixe que eu julgue se é interessante ou não — responde ele, com suavidade.

Eu o encaro sob luz prateada. Ele está esperando.

— Eu estava olhando para a água e ela me lembrou de mármore preto e branco, o que me fez pensar em um lugar na Toscana de que ouvi falar, chamado Pietrasanta. É uma cidade medieval linda onde moram um monte de artistas internacionais que trabalham lá. Até as faixas de pedestres são feitas de mármore. A Royal Society of Sculptors organiza viagens em que a gente pode visitar as pedreiras de mármore e os antigos ateliês e ver os entalhadores da cidade trabalhando, mas você tem que ser membro para ser convidado.

— Você trabalha com mármore? — pergunta ele.

— Não, na verdade, eu não me vejo como entalhadora. Fico mais à vontade com argila.

Risadas súbitas das fãs de Finn atrás de nós me fazem levar um susto e me lembrar de onde estou.

— Ah, droga — murmuro, sabendo que elas não estavam rindo de mim, mas que ririam se eu estivesse falando suficientemente alto. — Estou falando demais outra vez. Desculpe. Quando começo, é difícil parar.

— Não diga isso. Eu acho fascinante.

— Você não precisa ser gentil. Minhas amigas sempre se distraem quando eu falo de escultura.

— Eu não sou as suas amigas. Como se torna membro?

Eu pigarreio, a sensação incômoda que estava estampada em meu rosto começando a se dissolver.

— Você tem que ser um escultor experiente e já ter criado *obras notáveis*, o que ainda está bem longe para mim.

— Mas é bom ter uma ambição.

Olho para ele e percebo que me sinto mais do que atraída, eu *gosto* dele.

*Ele só vai ficar aqui por mais algumas semanas*, lembro a mim mesma.

— Qual é a sua ambição? — pergunto, ignorando minha própria advertência.

— Ver se a gente consegue fazer a banda decolar, acho. Eu daria qualquer coisa pra poder viver de compor música.

— Você já gravou alguma? Talvez eu possa incluir na minha playlist — digo, brincando.

Ele sorri para mim.

— Só gravamos demos. Mas vamos para o estúdio na semana depois que eu voltar, para fazer um EP.

— Isso é muito legal.

— Quais são os *seus* planos para o futuro próximo? — pergunta ele, e eu adoro o jeito como ele fala daquele modo lento, preguiçoso, quase sarcástico.

Sinto um calafrio familiar quando penso em como responder. Ainda não confessei meu plano para ninguém.

— Estou juntando dinheiro pra me mudar pra Londres. Vou procurar emprego em um ateliê. — É uma sensação boa dizer isso em voz alta. — Algumas pessoas que estiveram na minha exposição de formatura disseram que iriam me colocar em contato com amigos delas. — Eu sou membro de uma organização especial para artistas e tenho ficado de olho no site deles também, para o caso de surgirem oportunidades. — Espero encontrar alguém interessado em uma ajudante-geral para fazer o almoço, desembalar argila, limpar o ateliê. Eu iria aprender bastante observando outro escultor em ação, e, se não quiserem me pagar, ou nem mesmo cobrir alimentação e moradia, posso arranjar trabalho em um bar à noite pra me manter. — Solto um longo suspiro.

Os olhos dele brilham no escuro com o reflexo do luar.

— Parece um plano *excelente*. Por que o suspiro?

— Meus pais querem que eu fique aqui para sempre — explico. — Eles se ofereceram para me sustentar até eu conseguir me bancar sozinha e transformaram a nossa estufa em um ateliê, o que foi muito incrível, mas eu *não quero* ficar aqui em Aggie. Eu quero ficar perto de outros artistas, para continuar aprendendo e crescendo.

Meus pais são pessoas maravilhosas que salvaram incontáveis vidas, e eu tenho muito orgulho deles. Tudo que eles querem é que Michael e eu possamos ser o nosso melhor, mas não tenho certeza se a minha ideia do meu melhor se alinha com a deles. No mundo perfeito dos meus pais, eu teria optado por estudar medicina ou direito ou alguma coisa mais tradicional, e a escultura seria um hobby. Mas, tirando isso, o objetivo deles é que eu fique em St. Agnes.

Eu sei que eles me amam e não têm intenção de serem controladores, mas a obra na estufa criou uma pressão enorme. A presença dela no jardim me lembra diariamente do meu egoísmo por querer ir embora.

— Eu amo muito os meus pais, mas às vezes sinto como se eles não me compreendessem de verdade, não do jeito que a minha avó me entendia. Ela teria me incentivado a me jogar no mundo, a ser corajosa. A ver aonde a vida me leva.

Ela faz tanta falta.

— Sinto muito por isso — diz Finn.

Sua sinceridade discreta traz outra onda de constrangimento. Impulsivamente, pego a garrafa da mão dele e tento engolir meu incômodo com um gole grande.

— Por que você está aqui conversando comigo quando tem tantas garotas bonitas à sua disposição? — pergunto, tossindo quando o álcool queima minha garganta.

Ele dá uma risada e pega a garrafa de volta.

— Não vou nem me dignar a responder isso.

Meu estômago se revira como as ondas que quebram na praia.

— Os trabalhos que você fez na faculdade estão no seu ateliê agora?

— Estão.

Meus pais e Michael tiveram o maior cuidado quando me ajudaram a transportar as peças para o ateliê no domingo. Michael ficou encantado quando encontrou o pequeno modelo do carro Austin Healey que eu tinha feito para ele.

— Posso ver? — pergunta Finn.

— Sério?

— Eu adoraria.

Sinto um calafrio ao pensar em mostrar meu trabalho para ele. Mas dizer que gostaria de ver e realmente ir são duas coisas diferentes, então relaxo outra vez.

Caminhamos até a linha da água. À nossa esquerda, falésias altas descem direto para o mar e, à direita, gigantescas pedras escarpadas se recortam escuras e agourentas contra o céu estrelado da noite.

— "Ready to Start" — diz Finn.

— O quê?

— A quinta música, que você queria para a sua playlist: "Ready to Start", do Arcade Fire. Eu fiquei forçando a mente para lembrar.

— Como ela é?

Ele começa a cantar o refrão e sua voz faz os pelos dos meus braços se eriçarem quando pronuncia os hipotéticos "If", "se".

Quando canta "If I was yours", "Se eu fosse seu", ele olha para mim e sustenta meu olhar no escuro, mas, antes que ele possa concluir que "não é", Dan grita:

— Finn! Pare de fazer serenata para as meninas!

Finn corre até uma onda que acabou de quebrar na praia e chuta água na direção de Dan com a bota grande.

— Ah, você *não* devia ter feito isso — ameaça Dan.

Estou no meio da praia, depois de fugir com um gritinho da briga de água, quando Rach vem correndo e me alcança.

— Ele está dando um mole da porra pra você — diz ela com naturalidade, enquanto curva o corpo tentando recuperar o fôlego.

— Fale baixo! — sibilo, sentindo um frio na barriga.

— E você está dando um mole da porra pra ele também.

Lanço um olhar bravo para ela. Rach é, de longe, a amiga mais indiscreta e desbocada que eu tenho.

— Mesmo se essas duas coisas fossem verdade, ele vai embora. Eu não quero me apegar demais. E *definitivamente* não quero ter que enfrentar nenhuma situação de merda na manhã seguinte — sussurro, firme. — Ainda mais porque nós dois estamos trabalhando no Seaglass.

— Então você pode esperar até a última noite dele e *aí* transar até não aguentar mais — diz minha amiga, sem o menor pudor.

# SETE VERÕES

Eu bufo para o comentário dela.

Mas, quando penso no olhar que Finn e eu trocamos minutos antes, e no calor de nossos raros toques, uma noite com ele sem maiores consequências parece irresistivelmente atraente.

## Capítulo Seis

— Agora é uma boa hora?

Quase morro de susto ao som da pergunta que vem de trás de mim na escuridão. Eu me viro e dou de cara com Finn, minha mão apertando o peito.

— Boa hora para *quê*? — pergunto, ofegante.

Estou na porta de casa, prestes a colocar a chave na fechadura. Achei que ele tivesse ido com os outros. Dan e Tarek convidaram o pessoal para ir à casa deles de novo, mas Amy tem Rach para ser sua escudeira e eu preciso dormir.

— Uma boa hora pra ver o seu ateliê na estufa — responde ele, com um sorriso.

— *Agora*? — pergunto, alarmada.

— Por que não?

Eu o encaro por longos segundos, e ele sustenta meu olhar. Está falando sério. Meu coração se entusiasma por ele estar tão interessado, já que nem Rach nem Amy pediram para ver meu trabalho, mas também estou apreensiva sobre o que ele vai achar.

Não falei mais com ele depois da guerra de água. No caos que se seguiu, ele não estava exatamente disponível para uma conversa tranquila.

Meu lado inseguro decidiu que ele tinha se entediado comigo, mas agora, apenas meia hora depois, ele veio me procurar outra vez.

— Vamos entrar pela garagem — digo, feliz pela coragem que a vodca me deu.

Não quero despertar a curiosidade dos meus pais passando por dentro de casa.

Sendo mais exata, não quero dar motivo para minha mãe ficar espiando pelas frestas da cortina, que é exatamente o que ela faria se soubesse que eu estou aqui com um cara.

Mexo cuidadosamente na trava até ela se abrir e levanto o pesado portão de madeira para ele não raspar no chão, fechando-o depois da mesma maneira.

— Que carro legal — diz Finn, indicando o Austin Healey estacionado ao lado da BMW Série 3 cinza de meus pais.

— É do meu pai — respondo sussurrando.

— Ele deixa você dirigir?

— Junto com ele, mas não me deixa sair sozinha. Esse carro não é muito seguro.

Meus pais são bastante protetores.

Estamos em frente à estufa quando me lembro de que a porta está trancada.

— Ah, a chave está no meu quarto. Eu não quero acordar meus pais, mas olhe, dá para ver pela janela.

Pego meu celular, ligo a lanterna e o encosto no vidro para direcionar a luz.

Finn faz um som de surpresa e recua.

Eu abafo uma risada. Devia ter alertado.

— Uau — diz ele, aproximando-se de novo. — *Quem é?*

— Minha avó — respondo.

Ele coloca as mãos em concha junto ao vidro e espia lá dentro.

Uma vez, quando eu tinha seis ou sete anos, tentei esculpir um leão da Trafalgar Square na areia. Michael e eu tínhamos ido à praia em St. Ives com minha mãe e minha vó e eu estava totalmente concentrada no que estava fazendo. Não queria parar para brincar de bola com Michael, mas ele insistiu tanto que acabei indo a contragosto. E então ele tropeçou sem querer na escultura. Eu fiquei muito chateada.

— Tenho uma ideia — lembro-me da vovó dizendo. — Vamos comprar um pouco de argila de modelar para você na loja de artes. Não é tão frágil quanto areia.

Essa foi minha introdução à escultura e me despertou um fascínio profundo, que minha avó sempre estimulou.

Por isso, na minha exposição de formatura, decidi homenageá-la.

Usando dezenas de fotos como referência e pedindo para uma amiga servir de modelo para mim, esculpi o retrato de minha avó em um busto de trezentos e sessenta graus em argila. No entanto, quando a moldei, deixei alguns pedaços faltando, esculpindo-a como se algumas partes tivessem se quebrado e sido sopradas no vento. Eu estava tentando capturar meus sentimentos de perda e pensamentos sobre a brevidade da vida.

— Você é talentosa *demais* — declara Finn, virando-se para mim.

Suas palavras e expressão fazem eu me sentir radiante.

— Me lembrou a estátua em Tintagel — acrescenta ele. — Sabe de qual estou falando? Aquela que parece o rei Arthur segurando a Excalibur.

Assinto. A escultura a que Finn se refere é uma figura de bronze de dois metros e meio de altura de um rei segurando uma espada, de pé na beira de um penhasco rochoso batido pelo vento. A cabeça, os ombros e os braços do rei estão completos, assim como a espada, mas a túnica desce em farrapos para o chão e parte do corpo dele é oca, de modo que dá para ver o Atlântico do outro lado. É incorpóreo e impressionante, e fico muito feliz com a comparação.

— Eu adoraria fazer isso em bronze algum dia, se tiver condições — conto a Finn.

O bronze é uma liga de cobre e estanho, metais que foram minerados aqui desde a Idade do Bronze. A vovó morou na Cornualha a vida inteira, então parece adequado.

— É muito bom mesmo, Liv — diz ele, com seriedade.

Ainda estou com a lanterna do celular pressionada contra a porta de vidro da estufa, o reflexo da luz iluminando os traços dele na noite escura.

— Você quase se mijou nas calças de susto — respondo, sorrindo.

Ele dá um sorrisinho de volta.

— Admito que me pegou de surpresa. Ela é meio etérea, né?

— Essa é a ideia.

— Deve ter sido doloroso criá-la.

— É, foi — digo baixinho. — Eu quase não consegui falar pra apresentar a obra na exposição. Minha mãe ficou muito emocionada.

Percebo o brilho de uma luz se acendendo em uma janela do andar superior.

— Por falar na minha mãe, acho que ela está acordada — sussurro, apagando depressa a lanterna do celular.

— É melhor eu ir embora — diz Finn.

Eu o acompanho até o portão e o abro fazendo o mínimo de barulho possível.

— A gente se vê por aí? — pergunta ele.

— Com certeza.

Ele se vira para mim e hesita, como se quisesse dizer mais alguma coisa, mas desiste e vai embora. Eu o observo por um momento e fecho o portão.

Sinto como se estivesse flutuando quando entro pela porta dos fundos, mas minha mãe me traz de volta à terra com um tranco. Ela está no corredor.

— Quem era esse? — pergunta ela.

— Um amigo.

— Qual é o nome dele?

— Finn.

— Finn o quê?

— *Mãe* — protesto, antes de decidir responder. — O sobrenome dele é Finnegan. Nós estudamos juntos na escola.

— Danny Finnegan? — pergunta ela, surpresa.

Agora eu é que sou pega desprevenida.

— Você conhece?

— Dos tempos do meu consultório em Perranporth — confirma ela.

Ela era clínica geral lá quando eu estava na escola. Finn e sua família devem ter passado pelo consultório dela.

—Como ele está? — pergunta ela, a testa franzida de preocupação.

— Está bem — respondo, mas a expressão dela me deixa incomodada. — Por quê?

— Eu sei pelo que ele passou — responde ela, com ar sombrio, antes de soltar um suspiro. — Obviamente eu não posso falar dos meus pacientes, mas tenha cuidado, Liv. A mãe dele era uma alma muito perturbada.

— Mãe, o Finn *não é* a mãe dele. — A frase sai mais incisiva do que eu pretendia.

Eu me lembro vagamente dos rumores e das notícias nos jornais da região depois do desaparecimento dela, dos trechos que falavam de problemas com bebida e drogas.

— Isso é verdade, mas eu tenho que alertar você — começa minha mãe, apertando a camisola em um gesto tão familiar. — Ninguém passa por uma coisa assim e sai ileso. Tome cuidado, Liv, por favor.

## Capítulo Sete

Michael mora em Stippy Stappy, uma simpática fileira de chalés de pedra geminados do século XVIII que sobem a encosta íngreme que leva à cidade. A porta dele é azul-esverdeada e há um banco do lado de fora que pega o sol da tarde. Estou passando pela frente da casa dele no dia seguinte quando vejo Finn vindo da direção oposta.

Ele está usando um calção de banho azul-marinho e uma camiseta branca, com cangas de praia em volta do pescoço.

— Oi — cumprimenta, com um sorriso largo.

— Oi — respondo, meu coração saltitando no peito.

— Está indo aonde? — pergunta ele, parando.

— À padaria.

Não consigo deixar de olhar para ele com novos olhos, o alerta de minha mãe soando em minha cabeça.

— Cuidado — repreende ele, quando dois meninos passam por ele correndo e o empurrando. — Ei! — grita ele, quando os dois vêm para me empurrar também. — Vejam como tratam a minha amiga.

Eles param de repente e olham para mim, e eu os reconheço vagamente da vizinhança, mas agora as semelhanças entre eles e Finn chamam a minha atenção: os cílios longos e olhos azul-esverdeados do menino mais velho, e o cabelo escuro e as covinhas do mais novo, que está sorrindo para mim.

— Esses são os meus irmãos — confirma Finn. — Tyler. — Ele aponta para o menino mais velho, de cílios longos. — E Liam.

— Oi — digo, antes de eles saírem correndo de novo.

— Esperem por mim no riozinho! — grita para eles Finn, antes de olhar de novo para mim. — Caramba, eles são foda.

Eu rio.

— Vocês todos beberam fertilizante quando eram pequenos? Os cílios do Tyler são quase tão longos quanto os seus.

Ele parece achar graça.

— Minha avó queria os dois fora de casa, então eu me ofereci para ir com eles à praia.

Eu o encaro com ar de interrogação.

— Quantos anos eles têm? E onde o Jimmy entra nisso?

Nenhum desses meninos tem idade sequer próxima de poder ter produzido um sobrinho de um ano para ele.

— Liam tem dez e Tyler, doze, e o Jimmy é filho da minha irmã — responde ele com um sorriso enviesado. — Bem, meia-irmã — esclarece ele. — Ela é sete anos mais velha do que eu. Meu pai era casado e tinha dois filhos pequenos quando transou com a minha mãe e ela ficou grávida.

Ele diz isso como que por acaso, mas sem o brilho habitual nos olhos.

Sou salva de responder quando a porta da casa de Michael se abre e meu irmão sai.

— Liv! — grita ele, alegre.

— Oi! — respondo, me enrijecendo.

Quando eu era mais nova, nunca pensava duas vezes antes de apresentar meu irmão para as pessoas. No entanto, conforme fui ficando mais velha, comecei a notar as diferentes reações dos outros ao conhecer alguém com síndrome de Down.

Se são pessoas para as quais eu não ligo muito, fico menos nervosa. As únicas ocasiões em que realmente me importo é quando não quero me decepcionar com a pessoa por causa do jeito como ela reage ao meu irmão.

No caso de Finn, eu me importo. Se ele se mostrar um imbecil, vou ficar arrasada.

Pelo canto do olho, registro o rosto congelado de Finn quando Michael se aproxima pelo pequeno jardim na frente da casa com sua expressão se transformando de feliz em cautelosa em um piscar de olhos quando vê que temos companhia.

— Esse é o meu irmão, Michael — digo para Finn.

— Quem é ele? — pergunta Michael sem rodeios, as sobrancelhas se unindo em sua maneira expressiva.

— Esse é o Finn — respondo.

— Oi! — Finn dá um passo para a frente, com a mão estendida. Michael hesita, semicerrando olhos, desconfiado. Ele dá um único aperto rápido na mão de Finn e a solta como se tivesse dado choque.

Suprimo um sorriso quando ele enxuga a mão na calça.

Meu irmão não é de fazer média.

— O papai acabou de matar a grama? — pergunta ele.

Nunca achei a fala do meu irmão difícil de entender, mas pode ser mais complicado para os outros. Embora, nesse caso, Finn provavelmente fosse ficar confuso de qualquer maneira.

— Acabou — respondo a Michael, antes de explicar para Finn. — Lá em casa a gente fala "matar a grama" em vez de "cortar". Há alguns anos, o Michael e eu estávamos brincando na grama quando meu pai tinha acabado de cortar e ficamos todos manchados de verde. O Michael achou que parecia que a grama tinha sangrado. Nossa mãe tinha lido alguma coisa sobre como algumas plantas conseguem enviar sinais de socorro umas para as outras e disse que o Michael podia ter razão. Pelo que eu entendi, o cheiro de grama recém-cortada que as pessoas adoram é, na verdade, um pedido de socorro. Então a gente começou a falar "matar" em vez de "cortar" depois disso.

— Ah, entendi — responde Finn com um sorriso. Ele muda o peso do corpo de um pé para o outro. — Bom, eu tenho que ir encontrar os meus irmãos. Eles já devem estar no riozinho a essa altura.

— Claro. Até mais.

Ele passa por mim, parecendo meio constrangido, e mais uma vez fico pensando se falei demais.

— Tchau — diz ele para Michael.

Michael não responde e estreita os olhos de novo.

Finn mal tinha dado três passos quando Michael diz:

— Quem era aquele trouxa?

Sinto um frio na barriga quando Finn para abruptamente. Ele se vira e olha para o meu irmão.

— Você me chamou de trouxa? — pergunta ele, falando devagar e levantando uma sobrancelha.

— Ah, agora você me entendeu, né? — responde Michael, um sorriso pairando na borda dos lábios.

— *Inacreditável* — murmura Finn, balançando a cabeça, e desce pela calçada escorregadia com suas pernas longas.

Olho para Michael e ele dá de ombros para mim, claramente se divertindo.

— Você é terrível — repreendo, incapaz de esconder meu próprio sorriso. — Eu vou à padaria comprar umas empanadas para o almoço, mas a mamãe e o papai estão esperando se você já quiser ir para lá.

Eu tinha planejado chamá-lo aqui quando estivesse voltando.

— Aah, ótimo — responde ele, batendo as mãos e depois esfregando uma na outra com alegria. — Compre três pra mim — instrui, enquanto sai pelo portão.

— *Três* empanadas?

— Três — declara, com firmeza.

Meu irmão adora tudo que é assado ou frito. Ainda bem que ele vai caminhando para o trabalho de atendente do estacionamento do National Trust em Chapel Porth.

— Você se esqueceu de fechar a porta — aviso.

Ele revira os olhos para mim dramaticamente, mas volta até a porta e a fecha batendo. Depois passa de novo pelo portão e desce pelo caminho sem nem sequer olhar para trás.

Estou me virando para seguir meu caminho quando ele me grita:

— Até daqui a pouco, irmãzinha!

Breve, preciso e meigo, como sempre.

Essas três palavras descrevem bem meu irmão.

# Capítulo Oito

Estou descendo a escada de casa alguns dias depois quando vejo Finn pelos painéis de vidro da porta da frente, parado um pouco adiante na rua.

Meu coração acelera.

Ele passa a mão no cabelo enquanto olha para a descida da encosta, depois se vira para minha porta e quase dá um pulo de susto quando nossos olhares se encontram através do vidro.

Abro a porta rindo.

— Você me assustou — murmura ele, com a mão no peito.

— Você não esperava me ver na minha própria casa? — pergunto, brincalhona, imaginando se ele estava se preparando psicologicamente para tocar a campainha.

Esse pensamento me dá uma dose extra de autoconfiança.

— Não, claro que sim, mas... Deixe pra lá. — Ele parece um pouco nervoso enquanto pega o celular no bolso do jeans preto rasgado. — Eu comecei a sua playlist. Pensei em pegar o seu número pra mandar para você.

— Ah, que legal! Posso ver?

Calço meus tênis e saio, fechando a porta atrás de mim. Meus pais estão nos fundos, no jardim, mas ainda prefiro minimizar as chances de minha mãe encontrar com Finn. Pelo que eu sei agora, talvez seja constrangedor.

— Posso mandar agora mesmo — diz ele, com um sorrisinho, quando me encosto no muro de pedras ásperas e faço um gesto com as mãos para ele mostrar.

— Não, eu teria que voltar lá dentro para conectar no wi-fi — respondo, impaciente, as mãos ainda esticadas para o celular dele.

Um carro sobe pela rua e ele dá um passo rápido para a frente a fim de abrir espaço para ele passar, sua súbita proximidade me faz prender o ar.

— Na verdade, eu queria tocar essa música aqui para você pessoalmente — admite ele, os olhos fixos em mim, e minha autoconfiança anterior é substituída por uma tensão inquieta.

— Acho que é meio barulhento aqui — murmuro.

Como se para comprovar minhas palavras, outro carro passa, o ronco do motor se misturando ao som da água no riacho que corre por baixo da pequena ponte sobre a qual estamos.

— Vamos dar uma volta? — sugere ele, hesitante.

É fim de tarde, está nublado e ventando, mas a temperatura está agradável o suficiente para eu não me arrepender de não ter trocado o short por uma calça jeans enquanto descemos a colina em direção à praia. Enfio as mãos no bolso na frente de meu moletom azul-marinho, me sentindo estranhamente acanhada.

Finn rompe o silêncio com um bocejo ruidoso.

— Ah, desculpe.

— Você está bem?

— Estou quebrado. Um pouco cansado de dormir no sofá.

— Que sofá? — Será que ele está se revezando entre casas de amigos?

— Dos meus avós.

— Você está ficando com eles esse tempo todo que vai passar aqui?

— Estou.

— Você vai dormir no sofá dos seus avós por seis semanas? — pergunto, surpresa.

— É, a casa deles é muito pequena.

Já relaxei um pouco quando chegamos à rampa dos barcos, nossos pés deslizando e escorregando na areia na descida íngreme até a praia. Dois salva-vidas solitários de colete vermelho estão junto à linha do mar a distância, e as únicas outras pessoas à vista são surfistas de roupa de neoprene e um ou outro fazendo bodyboard nas ondas. Os turistas que tiveram coragem de enfrentar o clima e visitar a cidade hoje já foram embora faz tempo.

Vamos direto para as pedras que caíram dos penhascos. Elas estão totalmente visíveis agora, mas, na maré cheia, ficam quase inteiramente submersas.

Quando estamos nos aproximando das pedras escuras, Finn segura meu braço e me faz parar, seus olhos fixos em algo à frente. Com o coração acelerado, acompanho seu olhar até uma pequena bola peluda cor de creme a uns quarenta metros.

— Aquilo é...

— Um filhote de foca! — termino a frase para ele.

— Não é possível — diz ele, entusiasmado, soltando meu braço. — Eu achei que a época de reprodução fosse mais tarde.

— Esse deve ter chegado antes da hora. Será que ele está bem? Será que é bom darmos uma olhada?

— Não, a gente tem que ficar longe. A mãe provavelmente está por aqui. — Ele sorri para mim. — Você não leu o cartaz sobre a vida selvagem no Surf Life-Saving Club?

Eu respondo com um encolher de ombros acanhado.

— Li faz um tempão.

— Claramente estou com muito tempo sobrando — diz ele, meio ríspido.

Examinamos as ondas, à procura do corpo liso de uma foca-cinzenta adulta.

— E se ele estiver machucado? Será que não é melhor esperar? — pergunto. — Ficar de olho nele um pouco?

— É, você tem razão, vamos encontrar um lugar pra sentar.

As pedras são cor de jade raiadas com faixas brancas, como um bosque de vidoeiros-brancos.

— O truque é encontrar uma que não esteja coberta de algas — diz Finn, enquanto percorremos as pedras escorregadias. — Mas essa parece legal. — Ele tira sua jaqueta de brim, revelando uma camiseta branca por baixo, e a estende em cima de uma pedra lisa, depois dá um tapinha nela, indicando para eu me sentar.

— Que cavalheiro — brinco, quando ele estende a mão para me ajudar a subir.

— Ficou surpresa? — pergunta ele em uma voz grave, mas qualquer comentário espirituoso que eu pudesse ter pensado em fazer é silenciado pela vertigem que o contato com a pele dele me dá.

Ele solta minha mão para subir na pedra também e se senta perto de mim.

— Você se divertiu com seus irmãos na praia no domingo? — pergunto, desapontada com o espaço vazio entre nós.

— Não, foi horrível. Eles não param quietos em lugar nenhum — diz ele, naquele seu jeito lento de falar, enfatizando a palavra "nenhum". — Meus avós são muito moles com eles.

— Eles moram com seus avós?

Ainda tenho a sensação da mão dele na minha.

— Moram. Os pais deles não estão por aqui. — Ele dá uma olhada para mim. — Tyler e Liam são meus meios-irmãos. Não sei se você sabia disso.

— Sabia.

— Acho que você já sabia tudo sobre a fama da minha mãe. — Ele me observa com seriedade através dos cílios, os olhos cerrados.

— Não, não muita coisa, na verdade. Mas sinto muito mesmo assim — digo, sem jeito. — Sinto muito pelo que aconteceu com ela.

— A vida às vezes é uma droga — responde ele, sem mudar o tom, enquanto tira o celular do bolso. — Eu preciso mostrar essa música pra você.

Estou louca para saber mais sobre ele, mas parece que o assunto está encerrado.

Um nome no alto da tela chama a minha atenção.

— Michael? — digo alto.

Ele sorri e pressiona o botão de play, e uma música acelerada com um riff que se repete começa a soar pelos pequenos alto-falantes do celular. Ele logo se anima: as mãos batendo no ritmo, a cabeça balançando, todo o corpo conectado com a música. A atração que sinto por ele é intensa, mas presto atenção na letra e levo a mão à boca.

— Eu não imaginava que o meu irmão tinha tido um impacto tão grande em você — digo entre os dedos, rindo.

A música é sobre um menino bonito chamado Michael que está dançando em uma bela pista de dança.

— É um personagem — responde ele com um sorriso, enquanto a música continua a tocar. — Você nunca tinha ouvido?

Faço que não.

— De quem é?

— Franz Ferdinand.

— Você devia tocar no Seaglass.

— Se você quiser, eu toco.

— Sério?

— Claro.

— O que mais você tocaria se eu pedisse? — pergunto, atrevida.

— Pode falar.

— "22", da Taylor?

Ele dá de ombros, indiferente, e concorda.

— Tudo bem.

— Não, você não tocaria! — digo, surpresa, eu estava brincando.

— Você nunca ia convencer o Dan e os outros.

— Se eu convencer, você vai ao Boardies comigo?

Sinto um frio na barriga.

Boardies, abreviação de Boardmasters, é um grande festival de música na cidade vizinha Newquay.

— É no sábado, daqui a duas semanas — acrescenta ele, quando não respondo de imediato.

— Até lá pode ser que você encontre outra pessoa com quem prefira ir.

— Não vou encontrar, não.

O sorriso que estava dançando nos lábios dele desaparece quando seus olhos se fixam nos meus, me deixando toda arrepiada.

\* \* \*

Alguns dias depois, Finn entra no Seaglass no horário exato em que a banda vai começar, de um jeito sexy e desleixado, usando camiseta cinza e jeans rasgado, o cabelo revolto acariciando as bochechas e caindo sobre os olhos. Ele me dá um sorriso de tirar o fôlego quando sobe ao palco com os colegas, e eles já partem para a primeira música.

Não acredito. É uma versão estilo rock de "22", da Taylor Swift.

Finn está focado na minha reação, e Dan ri ao ver Amy dançando atrás do balcão e cantando a plenos pulmões, com as mãos erguidas no ar.

Quando o refrão se repete, estou cantando e dançando também.

Felizmente, Chas e os clientes relevam, porque, durante aqueles três minutos, ninguém foi atendido.

Não sei o que é essa coisa com Finn, ou para onde isso vai, mas nunca me senti tão animada com alguém.

## Capítulo Nove

É o primeiro sábado de agosto e estou na varanda, recolhendo copos vazios. Hoje foi o Festival de St. Agnes e muita gente veio para cá depois. Eu poderia ter ido para casa há uma hora, mas Chas estendeu o horário de funcionamento e eu decidi ficar, mesmo me sentindo uma morta-viva.

Ponho a pilha de copos descartáveis que juntei do chão ao meu lado para que não voem com o vento e me recosto na grade, deixando que a brisa gelada esfrie minha pele quente. A maré está subindo e as ondas galopam em direção ao Seaglass como uma manada de cavalos selvagens, em preto brilhante e branco reluzente. Está ventando esta noite, e cada respiração parece roubada.

Finn sai para a varanda pela única porta que ainda não tranquei, olha em volta e me vê.

Eu me viro e ele se aproxima e afasta meus pés um do outro com suas botas grandes. Eu dou uma risada dessa impertinência e ele me devolve um sorrisinho enquanto entra no espaço que criou entre meus pés.

— Oi — diz ele, me olhando nos olhos.

Desde que dei meu telefone para ele depois da caminhada na praia há dez dias, temos trocado mensagens e eu ouço a playlist que ele fez para mim o tempo todo. Ele vai embora daqui a uma semana, mas, neste momento, está bem aqui.

— Olhem só vocês dois — diz Amy, saindo para a varanda com Dan logo atrás.

Eles estão juntos agora. Não quero falar muito para não dar azar, mas Dan parece apaixonado, e eu *sei* que ela está.

— O que tem a gente? — pergunta Finn.

Ele se move e se recosta na grade ao meu lado, seus cotovelos apoiados na madeira.

— Vocês parecem um anúncio de férias na praia, com esses cachos escuros soltos e cílios compridos.

Nós rimos e olhamos um para o outro.

Meu cabelo estava escapando do coque, então eu o soltei há meia hora.

— Acho que "cachos escuros" não me descreve muito bem — diz Finn, seus olhos pousados nos meus. — E os cílios dela são bem mais compridos.

— Não são, não — desdenho.

— São, *sim* — insiste ele.

— E aí, então quer dizer que todo mundo vai junto para o Boardies? — pergunta Amy, desinteressada de nossa discussão boba e mudando o assunto para o festival no fim de semana seguinte.

— Acho que sim. A Rach está querendo ir também — digo.

Fiquei animadíssima quando Finn me convidou para ir com ele, mas não foi ruim saber que minhas amigas e Dan também vão. Vai ser divertido irmos em um grupo maior.

— Será que a gente consegue uma dispensa do trabalho no sábado à noite? – pergunta Amy.

Dan sacode a cabeça.

— É o nosso último show aqui antes de o Finn voltar para Los Angeles. Não podemos faltar.

Meu coração se aperta ao pensar que ele vai embora. Finn me olha de soslaio, como se sentisse minha ansiedade. Ele baixa o olhar para o chão e suspira alto.

Kieran retorna alguns dias depois que Finn se for, portanto vai estar de volta aos holofotes como vocalista até o fim de agosto. Não consigo imaginar assistir à banda e não ver Finn segurando o suporte do microfone. Vai ser estranho.

Vai ser *difícil*.

O que é mais um motivo para eu me organizar e ir para Londres, agora que paguei o que devia a meus pais. Ainda não reuni coragem para contar a eles sobre meus planos.

— Quem vai dirigir? — pergunta Dan.

— Você é o único que tem um carro confiável, então vai ser você — responde Finn.

— Ah, cara! — Dan parece horrorizado com a ideia. — Eu não posso ir a um festival e não tomar umas cervejas!

— Eu posso perguntar aos meus pais se eles me emprestam o carro — sugiro.

Não preciso beber e vou ficar feliz de economizar algum dinheiro.

— Perfeito — diz Dan, aliviado.

Finn lança um olhar significativo para o amigo, e ele e Amy voltam para dentro.

Eu me abaixo para pegar a pilha de copos vazios. Finn os tira de minha mão e os coloca de volta no chão.

— O quê? Por quê? — pergunto.

— Porque estou a sós com Olivia Arterton e vou aproveitar.

Ele põe as mãos na grade, uma de cada lado do meu corpo, fechando minha passagem, e sou tomada pelo calor que irradia dele.

— Eu era tão apaixonado por você quando a gente estava na escola — confessa ele, subitamente sério.

— Jura? Mas a gente mal se falava.

— É, eu não falava muito naquela época.

— Não mesmo, né?

Ele dá de ombros e suas covinhas ficam menos pronunciadas.

— Ei, para onde elas foram? — pergunto.

— Quem? — pergunta ele, confuso.

— Suas covinhas.

Ele sorri, e a visão é ofuscante.

— Ah, aí estão elas — sussurro, tocando uma com o dedo.

Ele pega minha mão e a leva aos lábios, abrindo a boca por um instante antes de mordiscar a ponta do meu dedo.

Eu sinto essa mordidinha *no corpo todo*.

As pupilas dele se dilatam. Fico olhando para ele em um silêncio atordoado.

— Eu tenho que beijar você — murmura ele, seu olhar descendo para meus lábios.

Movo a cabeça em um consentimento inequívoco.

Arrepios descem pelas minhas costas quando ele leva a mão ao meu rosto e segura meu queixo, seus dedos entrando pelo meu cabelo, na nuca. Eu me aproximo mais dele e apoio as mãos em seu peito, meu coração acelera quando nossos lábios se tocam pela primeira vez. Um raio de eletricidade me percorre e nós começamos a nos mover juntos em uma dança torturantemente lenta. Sua língua desliza entre meus lábios e acaricia a minha, e eu me sinto tonta, com uma urgência que nunca havia experimentado. *Nunca*.

Ele tem gosto de névoa do mar e refrigerante gelado, e eu quero mais. *Muito mais*.

Ele afasta o rosto devagar, mas continua próximo.

— Não acredito que beijei Olivia Arterton — diz ele, em uma voz rouca e satisfeita.

— *Eu* não acredito que beijei Danny Finnegan — respondo, deslizando as mãos por sua cintura.

A transformação é instantânea: ele fica completamente rígido.

— O que foi? — pergunto, preocupada, quando ele me solta e recua.

— Ninguém me chama de Danny.

— Ah. — Estou confusa.

— Por que você me chamou de Danny?

— Hã... — Decido ser sincera. — A minha mãe...

— Sua mãe? — interrompe ele.

— Ela é médica. Tinha um consultório em Perranporth.

Ele dá mais um passo para trás, para me ver mais claramente, cortando todo o contato entre nós.

— Qual é o nome dela? — pergunta ele, cauteloso.

— Kay Stone.

— A dra. Stone é sua mãe?

Confirmo.

— Não se preocupe, ela não me contou nada.

Ele solta uma risada frágil.

— Espero mesmo que não.

— Ela viu você saindo pelo portão há algumas semanas e chamou você de Danny.

— Ela não falou nada mesmo?

Ele é perceptivo.

— Só que a situação da sua família era difícil — admito, relutante.

Ele balança a cabeça com o que parece desgosto e se afasta alguns passos, parando de costas para mim.

Fico olhando para ele sem saber o que fazer, me perguntando como um momento tão perfeito pôde ter essa reviravolta terrível. Tenho a sensação de que ele vai continuar andando e me deixar aqui sozinha, mas ele se vira e volta devagar, parando diante de mim.

O vento é brutal, chicoteando o cabelo dele contra o rosto. Nunca senti tanta vontade de ter argila nas mãos.

Ele olha para o meu rosto e se aproxima ainda mais, levantando a mão.

— Fique parada — ordena, quando recuo por reflexo.

Sinto seus dedos roçarem meu rosto e, em seguida, ele me mostra o cílio solto que acabou de coletar.

— Vamos resolver isso de uma vez por todas — murmura ele, puxando seus próprios cílios e extraindo um.

Só então eu percebo o que ele está fazendo.

— Não deixe o vento levar! — exclamo, e nós ficamos mais perto um do outro, nossos corpos formando um abrigo. — O seu é mais comprido — digo, um pouco indecisa.

— O seu que é — responde ele, virando o dele de modo que os cílios ficam curvados um ao lado do outro.

Olho para ele.

— Empate?

Ele fecha a mão em punho e traça o contorno do meu queixo com o polegar.

— Desculpe — murmura ele, e sinto minha pele formigar onde ele a tocou.

— Você não tem por que se desculpar — respondo.

Eu ouço e sinto quando ele suspira devagar.

*Ninguém passa por uma coisa assim e sai ileso...*

Desculpe, mãe. Mas de jeito nenhum eu vou recuar agora.

# Capítulo Dez

É fim de tarde e o sol lança raios dourados através das nuvens que parecem feitas de algodão. As rajadas que sopram do oceano são frescas, mas a multidão do festival sobre o penhasco está fervendo, uma aglomeração de cinquenta mil pessoas pulando, felizes, se divertindo como nunca.

Eu trouxe o pessoal até aqui dirigindo o BMW de meus pais: vidros abertos, sol brilhando e música bombando nos alto-falantes, cortesia da playlist atualizada que Finn baixou no meu celular esta manhã. Ele se sentou no banco da frente, virado para mim e ficou me observando dirigir, uma das mãos segurando o cabelo para não voar no rosto, enquanto Amy, Dan e Rach vieram no banco de trás. Eu sentia o calor do olhar dele em minha pele, penetrando na corrente sanguínea, me dando uma sensação de estar viva e cheia de energia. Uma corrente elétrica fluiu entre nós o dia todo e não conseguimos ficar muito tempo sem nos tocar, Finn dando beijos em minha nuca, fazendo meus braços se arrepiarem ao seu toque. Eu deslizava os dedos através dos buracos de seu suéter e o sentia inspirar profundamente. Nós nos deliciamos com nossa proximidade, com as batidas da música, com a alegria de nossos amigos e com a energia de milhares de pessoas gritando sua felicidade ao vento. É um dia que eu gostaria de poder fundir em bronze. Um momento perfeito capturado para a eternidade.

E agora estamos quase prontos para voltar ao Seaglass para mais um turno antes de podermos ir para minha casa. Contei para Finn mais cedo que meus pais iam passar a noite em Bristol, na festa de setenta anos de um amigo. O olhar que ele me deu disse tudo.

Olho para meus amigos e sorrio. Rach está com Amy montada em seus ombros, pisando em um tapete de copos de plástico vazios enquanto canta a plenos pulmões o bis do Editors.

As mãos de Amy estão no ar, seu cabelo loiro-claro se esvoaçando atrás dela e suas bochechas brilhando com glitter rosa e roxo enquanto ela ri, tentando lembrar a letra do refrão.

Dan olha para ela com uma adoração evidente. Eu estava preocupada, pensando se ele a faria sofrer, mas ele parece estar totalmente envolvido.

Sorrio para Finn e ele retribui, pondo o braço em volta da minha cintura e me puxando para o seu lado, quadril com quadril.

— Que música é essa? — pergunto a ele.

— "Smokers Outside the Hospital Doors" — responde ele, seus olhos azul-esverdeados cintilando. — Você tem que incluir essa na sua playlist.

— Ou você pode incluir para mim mais tarde — sugiro, sentindo uma dor profunda na alma ao lembrar que esta é a última noite dele aqui.

Em algum momento, o meu coração se apegou a ele. Uma garota mais esperta poderia ter se desapegado e tratado de cair fora rapidinho antes de se machucar demais, mas eu não fui forte o suficiente para dar as costas à urgência que sinto quando estou com ele.

Por mais que tenhamos nos tocado e ficado perto um do outro, não nos beijamos desde aquela primeira vez no fim de semana passado. Eu sei que ele pensou nisso. Seu olhar fica toda hora pousando em meus lábios, e, cada vez que percebo, sinto como se eu estivesse pegando fogo.

Estou ainda mais ansiosa algumas horas depois. A Mixamatosis está tocando a penúltima música e Chas liberou Amy e eu para irmos dançar, dizendo que ele poderia se virar sozinho atrás do balcão nesses últimos minutos.

A música chega ao fim e a multidão diminui o barulho quando Finn fala ao microfone.

— Obrigado por me receberem nesse verão — diz ele, recebendo aplausos do público. Seus olhos encontram os meus no meio de toda aquela gente. — Foi inesquecível.

Ele me dá um sorrisinho enquanto se afasta do microfone e a multidão delira quando Dan faz soar uma nota de arrepiar pelos amplificadores, junto com uma melodia de guitarra vibrante e superconhecida. Chris começa a bater um ritmo rápido e Finn se reaproxima do microfone, a multidão enlouquecendo.

É "The Boys of Summer", uma versão mais pesada e mais rápida do que a original de Don Henley.

A original está na minha playlist. Na *minha* playlist. Eu me pergunto se ele a viu por lá.

Sinto um nó na garganta enquanto danço com minhas amigas, quase gritando a letra. Até dói para as palavras passarem.

Vou ter que pôr as mãos em um pouco de argila esta semana. Espero que criar alivie minha dor, depois vou ter que contar a meus pais sobre Londres. Ainda estou me debatendo com a culpa que sinto por deixá-los, mas pretendo ficar e trabalhar até o fim de setembro para nos dar um pouco mais de tempo.

Somada à tristeza que sinto por perder Finn, existe a empolgação pelo que o futuro reserva. Até a incerteza disso está me deixando entusiasmada. Estou pronta para minha próxima aventura.

O som aumenta a um ritmo frenético antes de terminar com mais uma nota estridente nos amplificadores. Vamos todos à loucura quando Finn levanta as mãos sobre a cabeça e nos aplaude. Ele volta para o microfone e o barulho para.

— De repente a gente se vê de novo no ano que vem.

E então ele desce do palco, enfrentando os tapinhas nas costas e mãos bagunçando seu cabelo enquanto abre caminho pelo meio da multidão em minha direção. Ele está quente e suado, o cabelo caindo no rosto e os olhos incrivelmente escuros, enquanto chega cada vez mais perto. Meu corpo inteiro fica elétrico quando suas mãos pousam em minha cintura, seus polegares pressionam a pele nua sob o top branco de renda que usei no festival mais cedo. Não me importo que estejamos em um salão lotado. Quando sua boca encontra a minha, tudo ao nosso redor desaparece. Ele aprofunda o beijo e eu sinto calor e calafrios ao mesmo tempo.

Tenho noção de que as pessoas estão rindo, mas só vagamente e, de repente, elas estão assobiando e batendo palmas, e Finn está sorrindo contra minha boca quando se afasta.

Eu olho para ele, sem fôlego.

Esse garoto *sabe* beijar.

Ele se vira para Amy.

— Vou sair com ela. Avise o Chas. — E, então, sua mão está na minha e ele está me puxando para a porta.

— Espere! A sua bolsa! — grita Amy atrás de nós.

Mal consigo pensar direito enquanto ela corre para trás do balcão, pega a bolsa e a traz para mim.

— Divirtam-se.

Finn e eu não conversamos no caminho para minha casa, andamos de mãos dadas e depressa, ansiosos. Abro a porta, me atrapalhando com a chave, e então estamos dentro da casa escura, tiramos os sapatos e eu o conduzo escada acima direto para meu quarto.

Ele fecha a porta do quarto e me pressiona contra a parede quando sua boca colide com a minha, as mãos abrindo caminho pelas minhas coxas e comprimindo o corpo junto ao meu. Eu suspiro ao sentir sua excitação e ele interrompe o beijo, afasta o rosto para me olhar no quarto iluminado pela lua, deixando a parte inferior do corpo pressionada contra mim. Nos encaramos por longos segundos, e quase me esqueço de respirar. Então ele gentilmente coloca uma mecha de cabelo atrás de minha orelha, a ponta dos dedos deslizando pelo meu queixo e descendo pela lateral do pescoço até a clavícula, me deixando trêmula, desejando mais.

Quando o olhar dele sobe, leio sua mente e levanto a mão para remover os grampos que prendem meu cabelo, deixando-o cair sobre os ombros. Ele solta um gemido e sua boca encontra a minha de novo, me beijando profundamente enquanto seus dedos entram pelo meu cabelo.

Nós nos beijamos por um longo tempo, até que começo a perder a paciência. Eu quero mais. E Finn parece sentir isso, abrindo espaço entre nós para minhas mãos alcançarem os botões de seu jeans. Ele se ocupa dos meus também, prendo a respiração por um instante com seu breve toque em minha pele. Ele pega uma camisinha no bolso de trás e me leva para a cama, onde nos livramos do resto das roupas.

Quando ele se deita por cima de mim, estendo as mãos e o puxo para mais perto, me deliciando com o gemido rouco que ele deixa escapar assim que nos conectamos da maneira mais íntima de todas. Com os olhos fixos nos meus, ele desliza para dentro mim.

É só mais tarde, depois de eu ter sussurrado o nome dele em seu pescoço, que me ocorre que não trocamos uma única palavra há horas.

Mas acho que já falamos o suficiente para este verão.

— Por que nós perdemos tanto tempo? — pergunta Finn, no escuro.

Seus dedos estão brincando com meu cabelo e isso está me deixando arrepiada.

— Também vou sentir saudade — murmuro, ouvindo as palavras que ele não disse.

— Eu gosto mesmo de você. — Ele se vira de frente para mim.

— Eu também gosto mesmo de você — respondo.

Enquanto ele me beija, eu sinto seu sorriso.

O som da campainha perturba nosso momento. Eu me afasto dele com um susto.

— Quem será? — pergunto, alarmada, enquanto o som reverbera mais uma vez pela casa silenciosa.

Finn se senta, franzindo a testa, e eu pulo da cama e visto meu roupão.

— Será que é o Michael? — pergunta ele, preocupado.

— Sei lá — respondo, saio correndo do quarto e desço a escada.

Acendo a luz de fora e fico paralisada. Há dois policiais parados diante da porta.

## Capítulo Onze

Fiquei em choque quando me deram a notícia. Os policiais perguntaram se eu estava sozinha em casa e, quando respondi que "meu amigo Finn" estava no andar de cima, eles sugeriram que eu o chamasse.

Finn entrou na sala com o rosto pálido e a expressão cautelosa. Ele se vestiu às pressas, e isso era evidente. Nós nos sentamos separados no sofá, esperando pelas palavras que iam fazer todo o meu mundo desabar.

Meus pais foram pegos em um enorme engavetamento a caminho de Bristol e tiveram ferimentos graves demais. Eles morreram na hora.

A princípio, eu me senti entorpecida. Mas, quando a ficha caiu... Quando entendi que eles nunca mais iam entrar pela nossa porta, fazer o almoço de domingo ou um chá... Nunca mais se importariam com quanto tempo eu passava com eles... desmoronei.

Finn, que estava sentado rígido ao meu lado, voltou à vida e me abraçou enquanto eu gritava minha dor. Ele me amparou até o amanhecer enquanto eu soluçava sem parar, até muito depois de os policiais terem ido embora, e então ligou para Rach e Amy.

Minhas amigas foram comigo dar a notícia a Michael. Rach teve que assumir a função, porque eu não conseguia encontrar as palavras. Então nos sentamos e choramos juntos, nós quatro, meu irmão e eu abraçados, enquanto o peso da responsabilidade caía pesado sobre meus ombros.

Meus pais fizeram tanto por Michael, por nós dois. Como eu poderia ocupar o lugar deles?

Meu irmão se mudou de volta para seu antigo quarto por alguns dias, depois disse que queria ir para casa, e sua assistente social, Carrie, intensificou as visitas para dar apoio.

Por quase duas semanas, não passei mais do que alguns minutos sem um dos meus amigos ao meu lado. Se não era Rach, era Amy. Se não era Amy, era Finn. Quando Amy ou Rach dormiam na cama comigo, Finn ficava no sofá, no andar de baixo, mas, ocasionalmente, era ele quem me confortava durante a noite, quando eu acordava de repente, incapaz de respirar, com o peso de uma sensação avassaladora de escuridão. Nessas noites, ele me abraçava até eu adormecer de novo, unidos em uma intimidade intensa.

O pesadelo que eu sempre tinha era o momento imaginado do impacto, quando o velho carro clássico em que meus pais estavam foi esmagado, seus cintos de segurança simples de dois pontos não proporcionando de forma alguma proteção suficiente, enquanto eu trazia, feliz da vida, meus amigos do festival para casa no BMW deles, equipado com todos os recursos de segurança modernos.

A culpa de saber que, enquanto eu só pensava em transar com Finn, meus pais davam seus últimos suspiros na beira de uma rodovia me deixa desesperada.

O futuro parece sombrio. Já vivi o melhor dia da minha vida e tenho apenas vinte e dois anos. Como eu poderia ser feliz de novo como fui no dia daquele festival?

Quando me dei conta, naquela noite, em meio à névoa de dor, que Finn devia ter saído horas antes para o aeroporto, ele balançou a cabeça, com uma expressão gravemente determinada.

— Nem fodendo que eu vou embora — declarou ele, inflexível.

Era para ele ter gravado um EP com sua banda na semana passada, mas, em vez disso, ele está aqui. Comigo. Ele adiou a gravação: eu o ouvi discutindo isso ao telefone com um de seus colegas de banda e percebi que o estavam pressionando para voltar. O novo voo está reservado para o início da semana que vem, três dias depois do funeral.

Ele me ajudou com tudo, desde a burocracia e o registro da morte até a organização do velório no Hotel St. Agnes. Não sei o que eu teria feito sem ele, e fico lembrando que ele já tem experiência com tudo isso, que deve estar doendo para ele também. Ele precisa voltar para sua vida.

Mas eu simplesmente não consigo suportar a ideia de ele ir embora.

Na véspera do funeral de meus pais, estamos abraçados na cama, minha garganta e olhos inchados pelo luto, todo o meu corpo dominado pelo desespero.

— Não sei como vou conseguir ficar bem de novo — digo, com a voz embargada.

Finn me segura junto ao peito nu, me envolvendo no casulo de seu calor.

— Você vai. Você *vai* ficar bem. Você sempre vai sentir isso, e essa dor sempre vai fazer parte de você, mas vai aprender a conviver com ela.

— *Como?*

— Um dia por vez. O primeiro ano vai ser muito difícil. Mas, no ano seguinte, vai ficar um pouco mais fácil, e um pouco mais fácil no ano depois. Só que leva tempo, Liv. Não tem como apressar.

— Como você superou o que aconteceu? — Novas lágrimas brotam quando eu digo essas palavras.

— Eu *não* superei — responde ele simplesmente, enxugando meu rosto molhado. — *Nunca* vou superar. Mas dei um jeito de sobreviver, de pôr cada coisa no seu lugar, compartimentalizar. Você também vai achar um jeito de fazer isso. Uma noite, você vai perceber que passou o dia inteiro sem nem pensar neles.

— Eu *não quero* passar um dia sem pensar neles! — digo, e irrompo em soluços incontroláveis. Ele pede desculpas várias vezes, me abraçando com força, dando beijos urgentes em minha testa, percebendo que era cedo demais para eu ouvir algo assim.

A ideia de que um dia eu poderia não pensar nos meus pais, que poderia esquecer as coisas que fazíamos juntos ou o som da risada deles, as pequenas sardas no nariz da minha mãe, que só apareciam no verão, ou os pelos grisalhos que tinham começado a aparecer nas sobrancelhas do meu pai... isso é doloroso demais para suportar. Estou me sentindo perdida outra vez.

— Não sei o que vou fazer sem você — deixo escapar, quando consigo dizer alguma coisa.

Percebo imediatamente que não deveria ter dito isso, que é pressão demais para colocar sobre uma pessoa que já fez tanto, mas não pude conter as palavras.

Finn fica em silêncio por um momento.

— Você pode me ligar sempre que quiser — diz ele, fazendo carinho em minhas costas. — Eu não sei quando vou poder voltar pra cá, o dinheiro está muito curto agora, mas será que você não pode ir pra Los Angeles?

— E deixar o Michael? — pergunto, espantada, todo o meu corpo tenso, mal consigo acreditar que ele sequer tenha pensado em sugerir isso.

— Ele ficaria bem por um período curto, não ficaria?

Eu me afasto abruptamente e me sento, olhando para ele.

— Você está falando sério? Eu não posso deixar o meu irmão agora, Finn! Não posso ir a lugar nenhum!

Faço força para inspirar, mas meus pulmões não se enchem. Tento de novo, e de novo, mas meu corpo não está cooperando.

— Ei. — Ele se senta também, preocupado, com a mão no meu ombro. — Respire, Liv. Respire.

Sacudo a cabeça violentamente, em pânico.

— Faça junto comigo — instrui ele, firme. — Inspire: um, dois, três. E expire: um, dois, três, quatro, cinco. Vamos, Liv. De novo: um, dois, três...

Olho fixamente em seus olhos e, por fim, consigo inspirar direito de novo, mas meu peito está doendo ainda mais porque essa pessoa doce e gentil, que já significa tanto para mim, vai embora em três dias.

— Vai ficar tudo bem — diz ele, tentando me tranquilizar outra vez. — Vamos manter contato, tentar fazer dar certo: videochamada, mensagem...

— Não — interrompo.

Ele me encara, surpreso.

— Não — digo de novo, mais suavemente, balançando a cabeça. — Não posso.

— Não pode o quê? — pergunta ele, cauteloso.

— Eu não posso fazer isso. Tem que acabar quando você for embora. A ideia de você ir na terça-feira dói demais. Mas você vai voltar pra casa e eu vou ficar aqui, e tenho que tentar juntar os cacos de algum jeito. Tenho que encontrar forças pra estar presente para o Michael, pra decidir que merda eu vou fazer da minha vida agora que não vou me mudar pra Londres. Só que, toda vez que a gente conversar, toda vez que a gente se despedir, eu vou sentir que estou perdendo você de novo. Isso vai *acabar* comigo. Não aguento nem pensar nisso. Eu não quero que você me ligue. Tem que acabar aqui — repito.

— Liv... — Ele balança a cabeça, incrédulo.

— E você tem tanta coisa pra fazer em Los Angeles — digo, porque, claro, não sou só eu que conto. — Você precisa se concentrar na banda.

Ele segura minha mão e a aperta com força.

— A gente podia fazer um plano de conversar toda semana ou algo assim.

— Mas aí eu vou viver minha vida esperando a sua ligação. Eu sei que vou. Eu me conheço. — Mordo o lábio inferior trêmulo e retiro minha mão da dele. — Preciso me concentrar na minha vida aqui. E você tem que fazer isso também.

Ele parece arrasado quando me puxa para os seus braços, enfiando o rosto no meu pescoço. Eu me agarro a ele com a mesma intensidade.

— E se eu voltar no próximo verão? — pergunta ele, com a voz abafada, os lábios pressionados contra minha pele.

— Eu vou estar aqui. Mas não vamos fazer promessas, está bem?

Ele concorda com a cabeça junto ao meu pescoço e meu coração se parte ao pensar nele conhecendo outra garota e se apaixonando por ela, em perdê-lo para sempre. Não tenho certeza se consigo fazer isso, afinal.

De repente, ele sacode a cabeça e se afasta de mim.

— Não. Eu *quero* fazer uma promessa. — Suas palavras veementes me enchem de expectativa. — Eu *vou* voltar no próximo verão. E não estou dizendo que você tem que esperar por mim, porque não tem. Mas, se nós dois *estivermos* sozinhos...

Ele interrompe a frase e eu concordo, chorando, tomada de alívio pelo meio-termo que encontramos, enquanto ele me puxa para um abraço.

Pela primeira vez em duas semanas, sinto algo parecido com esperança.

# ESTE VERÃO

## Capítulo Doze

— E então eu falei "Você deve ser o artista!", e ele respondeu, todo irritado, "Não, não sou eu", totalmente mal-humorado, e eu disse "Mas é você que está fazendo os desenhos na praia, né?", aí ele resmungou "Não mais" e entrou no apartamento, batendo a porta na minha cara! Dá pra acreditar? — Pego minha taça de vinho e tomo um gole grande, meus olhos arregalados de indignação. — Que cara grosso!

Minhas amigas parecem superentretidas enquanto eu relato os detalhes do encontro com o locatário do apartamento de baixo na segunda-feira à tarde.

— Como ele é? — pergunta Rach.
— Muito alto e grande.
— Tipo alto e grande como o *Dan*? — confere Amy.
— Não, mais alto e maior ainda. Ele deve ter mais de um e noventa e os ombros são... — Afasto as mãos para dar uma estimativa da largura.
— Ele é bonito? — pergunta Rach, curiosa.

Faço uma careta e encolho os ombros.

— É... ele tem olhos bonitos, cabelo loiro muito, muito escuro e uma estrutura facial muito, muito sólida.

Elas sorriem uma para a outra.

— Qual é a graça?
— Muito, muito — responde Rach, enquanto, ao mesmo tempo, Amy diz "Estrutura facial".

Certo, então uma está rindo do meu vocabulário limitado e a outra está tirando uma com a minha cara por notar esse tipo de coisa. O que eu posso fazer? Sou uma escultora figurativa, eu presto mesmo mais atenção ao formato de uma cabeça.

Quanto à minha capacidade de formar frases eloquentes, eu tenho trabalhado feito uma mula e estou exausta.

— O que você quer dizer com "cabelo loiro muito, muito escuro", afinal? Não seria castanho?

— Não, é loiro muito, muito escuro — insisto. — Se ele pegar sol, tenho certeza de que vai ficar um tom de loiro mais claro.

Amy cai na gargalhada com minhas conjeturas.

— Tem certeza de que ele é o artista da areia? — pergunta Rach, tendo ao fundo o som do riso de nossa amiga.

— Bom, ninguém desenhou mais nada na areia essa semana, então acho que sim. E ele falou "Não mais". — Faço uma voz grossa e idiota, imitando-o.

— Eu odiei que ele fez a reserva para o mês de junho inteiro — diz Rach, irritada. — Estava louca pra fazer uns churrascos de verão na sua casa.

Já eu estou aliviada com isso, porque não tenho condições de dispensar esse dinheiro, mas entendo o que ela quer dizer: a perspectiva de poder usar o jardim seria a única compensação por um cancelamento. O apartamento de baixo está alugado até o fim de setembro, então só podemos torcer para termos uma temperatura amena no começo de outubro e podermos fazer algumas festas ao ar livre. Sinto falta de poder acessar o jardim quando há inquilinos.

— Amy, o que você quer que eu faça com as cenouras? — pergunta Dan da cozinha.

— Deixe aí mais um pouco. Eu vou cozinhar com melaço de romã e xarope de bordô — grita ela de volta.

— Humm, que delícia! — exclama Rach.

Tanto Amy como Dan são cozinheiros de mão cheia. Amy é obstetra e Dan é contador, mas às vezes eu imploro para eles largarem o emprego e irem trabalhar comigo no Seaglass. Vir jantar na casa deles é sempre um prazer, e eu posso praticamente rolar de volta para casa depois, já que eles moram no alto de uma encosta nos limites da vila.

— Vocês resolveram aquele problema com a fotógrafa? — pergunto a Amy, espetando uma azeitona com um palito e a enfiando na boca.

— Sim, ela chamou o sobrinho pra ajudar — responde Amy.

Amy e Dan vão se casar em dois meses e acabaram de descobrir que o assistente de sua fotógrafa havia pegado dois trabalhos para o mesmo dia.

Estou tão feliz que dois dos meus amigos mais próximos vão dar esse passo, mas sei que o fim de semana vai ser agridoce quando chegar. Eles marcaram para 10 de agosto, que é a véspera do sexto aniversário de morte dos meus pais.

Eles tiveram dificuldade para reservar um local para a festa, então acho que o significado da data nem passou pela cabeça de Amy. Eu não costumo falar muito disso, pelo menos não com meus amigos.

Pensar, não pela primeira vez, se Finn vai vir de novo neste verão faz meu estômago revirar. Claro que ele vai querer estar no casamento, nem que seja só isso...

— Mas que droga que ele parou de desenhar na areia — comenta Amy, do nada, voltando ao assunto de nosso ex-artista misterioso. — Eu queria ver os desenhos dele ao vivo.

— Eram muito lindos — respondo, com tristeza.

— As fotos que você postou estavam incríveis — elogia Rach.

Não cheguei a tirar uma foto da garota na areia. Tinha sido apagada pelas ondas quando voltei ao trabalho mais tarde naquele dia e, por razões que não entendo, não tive vontade de contar a ninguém sobre ela.

*Ela.*

Quero dizer, *eu.*

Pelo menos acho que era eu.

— Ainda não acredito que ele desenhou uma floresta inteira — diz Rach. — E você tinha pedido isso no Instagram! Será que ele viu a postagem?

— Ele *deve* ter visto — opina Amy.

Eu concordo.

Dan vem da cozinha.

— Do que vocês estão falando? — pergunta ele, começando a massagear os ombros de Amy.

Ela geme e joga a cabeça para trás.

— Arte na areia — respondo, enquanto Rach finge vomitar. — O sujo falando do mal lavado! — exclamo para ela. — Você e a Ellie são melosas do mesmo jeito.

— Nós *não* fazemos esse tipo de coisa em público — argumenta ela. — Pelo menos não com *intenção*.

Ellie é a namorada de Rach. Amy e eu nem sabíamos que Rach era bissexual até uns dois anos atrás. Ela era a fim do Chris, um dos colegas de banda de Dan, e, quando estávamos na escola, ficava doida se alguém a chamasse de lésbica. Ela sempre foi uma surfista meio moleque, com suas camisetas largas e shorts de tactel.

No fim, o que a incomodava, de fato, era mais as pessoas ficarem tirando conclusões a respeito dela do que o rótulo em si.

— Na verdade, vocês são *todos* melosos — declaro, a única solteira da mesa.

Dan tira as mãos dos ombros de Amy e a cabeça dela volta à posição normal.

Eu não pretendia que ele parasse por minha causa, mas estou incomodada com a música que está tocando.

— Você pode pular essa? — peço.

Dan franze a testa para mim.

— É "Sweater Weather", da Neighbourhood. A gente *nem tocava* essa.

— Eu sei, mas faz eu me lembrar dele e do suéter furado dele.

Amy e Rach se entreolham.

— Não precisa fazer drama por causa disso — digo, um pouco impaciente. — Você podia só pular a música, por favor?

Estou indo bem, não há necessidade de pôr obstáculos em meu caminho.

Dan pega o celular. Meu alívio não dura mais do que alguns segundos, porque "Sold", da Liily, é a música seguinte.

— Aff, *não*!

— Esse single não tinha nem saído quando ele era vocalista da banda! — exclama Dan diante da minha reação.

— É, mas ele pôs esse EP pra tocar no Seaglass uns anos atrás. — Eu a adicionei às minhas músicas em seguida. — Tem como escolher outra playlist?

Sou uma convidada chatérrima, mas Dan, felizmente, nem pisca.

— O que você prefere ouvir? — pergunta ele, tranquilo.

— Humm, jazz?

— Eu odeio jazz, Liv, você sabe.

— Nem sei por que eu disse jazz. Também não sou fã. — Mas, na semana passada, tentamos hip hop e, na anterior, foi pop, e ele vetou R&B na semana antes dessa. — Não ligo para o que você vai pôr, desde que não seja rock, rock alternativo, indie rock ou qualquer coisa que possa me lembrar de uma certa pessoa.

Não consigo nem dizer o nome dele.

— Isso meio que exclui todas as minhas músicas favoritas — comenta Dan.

— Que saco, até quando vamos ficar nessa? — resmunga Rach. — É melhor você já ter superado esse cara quando eles fizerem a playlist do casamento.

— Billie Eilish? — sugere Amy, ignorando Rach, enquanto sinto uma pontada de ansiedade com as palavras dela.

— Ótimo — responde Dan e, um momento depois, o novo álbum de Billie começa a fluir em uma atmosfera de sonho pelos alto-falantes.

Solto um suspiro de alívio e relaxo.

Rach estende a mão e dá um tapinha brusco, mas consolador, em minha mão. Amy vai além e torna a encher minha taça de vinho.

Eu amo meus amigos.

\* \* \*

É só no fim da manhã de sábado que vejo Tom outra vez. Acabei de descer a escada carregando esfregão, balde e o aspirador de pó e estou com calor e suada porque tive que subir a encosta para buscar meu carro primeiro. Eu o deixo na rua da casa de Amy e Dan durante o verão, porque lá é sossegado e não preciso pagar estacionamento.

O apartamento de baixo esteve em um silêncio mortal a semana toda. Ouvi Tom se movimentando por lá vez ou outra, mas raramente. Até onde pude perceber, ele não ligou a TV ou o rádio nem ouviu música, e estou curiosa para saber o que ele anda fazendo ali.

Quando saio desajeitada pela porta da frente, tentando não arranhar a pintura do batente como fiz na semana passada, vejo-o subindo a ladeira, vindo da direção da praia. Ele está usando short cinza-claro com um Vans xadrez e uma camiseta imaculadamente branca. Por que, de repente, eu estou nervosa?

— Oi — cumprimento, procurando ser amistosa, enquanto tento abrir o porta-malas de meu Honda Civic hatch azul.

A ponta do aspirador se solta do encaixe e cai no chão quando tento enfiá-lo no carro, então o cabo do esfregão escapa de minha mão e, na tentativa de segurar o esfregão e a mangueira do aspirador, que também se soltou, deixo cair o balde contendo todo o meu material de limpeza.

Xingo baixinho quando frascos, esponjas e panos se esparramam pelo chão.

Tom corre os últimos passos e se abaixa para pegar latas de limpa-forno e de inseticida que saíram rolando pela rua.

Um carro passa devagar e o motorista olha zangado para mim pela janela lateral aberta.

— Desculpe! — grito, tirando a sacola do ombro e jogando-a no porta-malas.

Tom se curva para recolher os panos e os entrega para mim. Seus músculos são longos e esguios, e excepcionalmente bem definidos.

— Obrigada — murmuro, sentindo o rosto esquentar.

— Por que você não estaciona do lado de dentro? — pergunta ele.

— Porque você está no apartamento de baixo. — Enxugo a testa, desejando ter prendido meu cabelo cacheado que vai quase até os ombros.

— Mas eu não tenho carro — replica ele, enquanto eu ajeito as coisas no porta-malas para caber tudo.

Sua voz é grossa e há uma sutil cadência musical no sotaque. Eu me pergunto de onde ele é.

— Isso é raro — admito, empurrando o cabo do esfregão pela fresta entre os assentos traseiros.

*Onde está o lustra-móveis?* Espio embaixo do para-choque. A dona dos chalés de férias que eu administro exige que as mesas de madeira estejam brilhando.

Outro carro passa devagar, e eu odeio o fato de estar atrapalhando o tráfego. Há espaço apenas para eu parar o carro aqui e as pessoas ainda conseguirem passar. Se uma ambulância ou uma van de entregas precisasse passar, eu teria um problema.

— De qualquer forma, há espaço para dois carros lá dentro — comenta ele.

— Meus locatários geralmente têm crianças ou cachorros, ou as duas coisas, então não gostam que eu fique entrando e saindo pelo portão o tempo todo — respondo, irritada, procurando pelo chão.

— Eu não tenho crianças nem cachorros. O que você está procurando?

— O lustra-móveis.

Ele se vira e olha em volta, e encontra a lata perdida alguns metros encosta abaixo, presa em umas samambaias que cresceram na base de um muro de pedra.

— Obrigada — digo de novo, quando ele me entrega a lata.

Eu a jogo no porta-malas e o fecho.

— Você pode estacionar lá dentro, eu não me incomodo — oferece ele, enfiando as mãos nos bolsos. Ele está olhando na direção da casa, mas seus olhos encontram os meus de novo e, uma vez mais, a cor incomum de mel-dourado-castanho chama a minha atenção.

— Tem certeza? — pergunto, hesitante, olhando para ele.

Ele fala bem, mas eu não o descreveria como metido. É educado. Tem boas maneiras. Talvez não seja o grande imbecil que eu achava.

— Claro. Onde você costuma estacionar? — Ele esfrega o tênis no chão, parecendo pouco à vontade.

— Na frente da casa dos meus amigos, lá em cima na vila.

— O verão inteiro? Que trabalheira.

— É, um pouco.

— Então pare aqui dentro — sugere ele simplesmente, tirando a chave do bolso e se afastando.

— Tem certeza mesmo?

— Tenho.

Ele já está dentro da casa com a porta fechada quando vou embora.

Penso bastante quanto a aceitar a oferta de Tom. Na verdade, reviro a ideia na cabeça umas dez vezes antes de decidir. Ah, que se dane, vou deixar minha vida mais fácil.

Quando volto, paro em frente ao portão, desço do carro e o abro, fazendo mais força do que geralmente preciso usar. Faço uma nota mental de que preciso lubrificá-lo antes que os inquilinos seguintes cheguem, daqui a três semanas.

Entro pelo portão e estaciono o carro na lateral da casa, para que ele fique tão fora da vista do apartamento de baixo quanto possível. Não funciona tanto quanto gostaria, porque, quando saio pela porta do motorista, consigo enxergar direto pela janela de quina da copa, onde Tom está sentado na banqueta, voltado para fora, os cotovelos apoiados nos joelhos, as mãos unidas entre eles. Nós nos encaramos por um breve momento antes de eu desviar o olhar, tensa.

Escuto as pesadas portas de vidro do quintal deslizando e se abrindo enquanto esvazio o porta-malas.

— Quer uma ajuda? — pergunta ele.

— Ah, não, tudo bem — respondo, não querendo incomodá-lo.

Ele me ignora e, em um instante, está ao meu lado, levantando o volumoso aspirador como se não pesasse nada.

— Obrigada — murmuro.

— Onde quer que eu ponha? — pergunta ele, tirando o balde cheio de material de limpeza da minha mão.

— Na frente da porta está ótimo — respondo, pega de surpresa com esse cavalheirismo.

Eu o sigo apenas com o esfregão e a sacola enquanto ele vai até a porta e espera que eu procure a chave na bolsa.

— De quantas outras propriedades você cuida? — pergunta ele.

— Três.

— E já limpou todas elas?

Encontro a chave, triunfante.

— Eu trabalho rápido.

— Com certeza.

— E tenho que ir para o meu outro trabalho — digo, abrindo a porta e entrando no hall.

— O bar na praia? — pergunta ele, segurando a porta aberta.

— Aham. — Olho para ele enquanto enfio a chave na fechadura de meu apartamento.

Por que ele ficou todo falante? Será que está entediado? Talvez esteja solitário. Afinal, ele *está* aqui sozinho.

— Tentei ir lá na sexta-feira passada, mas depois não voltei.

— Eu sei. — *Por que ele não voltou?* — Você entrou e eu avisei que ainda não estava aberto.

— Eu esperava que você tivesse esquecido. Meu humor não estava muito bom. Desculpe ter sido grosseiro.

— Não se preocupe com isso, estava cedo. De onde você estava vindo? Se incomoda de levar isso lá pra cima?

— Caernarfon — responde ele, enquanto me segue.

— País de Gales?

— É.

Ele não tem sotaque galês. Entro na cozinha e apoio o esfregão na parede com cuidado. Ele coloca o aspirador e o balde no chão.

Este cômodo é parte do chalé original, com paredes grossas e irregulares e apenas uma janela quadrada em um parapeito fundo. Ele parece extra-alto e largo neste espaço pequeno.

— Obrigada pela ajuda — agradeço.

— Imagine.

Ele desce a escada na minha frente e olha sobre o ombro para mim quando sai da casa, provavelmente se perguntando por que estou vindo atrás dele.

— Preciso fechar o portão — explico, chegando ao hall.

— Eu faço isso — responde ele, virando-se para mim.

— Está meio duro — aviso.

— Eu dou um jeito. — Suas sobrancelhas se unem em uma expressão preocupada, e ele faz um sinal com a cabeça na direção da escada atrás de mim. — Você não devia deixar homens desconhecidos entrarem no seu apartamento desse jeito.

— Você não é um desconhecido, é um inquilino. Tenho seu nome e endereço no formulário de reserva. — digo, me apoiando no batente da porta e cruzando os braços.

— Isso não garante que você esteja segura — responde ele, seu tom inesperadamente gentil.

Ele me observa, apreensivo.

Tenho, então, uma sensação muito estranha. É como se borboletas no meu estômago estivessem saindo de seus casulos e esticando, atordoadas, as asas.

— Eu vou ficar bem.

Faz muito tempo que ninguém é tão protetor assim comigo.

Como foi que ele passou de rude, ríspido, que nem respondeu meu e-mail a ser gentil e atencioso?

— Você recebeu meu e-mail? — Decido perguntar, sentindo uma repentina necessidade de entender sua personalidade oscilante.

As imagens que ele criou na areia eram tão lindas. Eu *quero* gostar dele.

Ele parece confuso.

— Aquele dizendo que o check-in era às quatro?

— Não, o que avisava que eu tinha conseguido deixar tudo pronto para o meio-dia.

Ele arregala os olhos e sacode a cabeça.

— Não, eu não recebi.

— Ah. — Fico sem saber o que dizer.

— A bateria do meu celular acabou. Eu vim às quatro, como você disse.

— Puxa, que *chato* — digo.

— Desculpe.

— Não, eu quis dizer que chato para *você*. Você teve que ficar enrolando por quase nove horas.

— Onze, na verdade.

— Sério? — Estou chocada.

— Eu cheguei às cinco.

— E sem carro?

— É. Trens, ônibus e a pé.

— Quanto tempo demorou?

— Um bom tempo. Não quero me lembrar disso.

— Desculpe.

— Não, eu que peço desculpas por você ter se esforçado para aprontar o apartamento mais cedo.

— Você não viu meu e-mail depois disso? — pergunto, perplexa, ainda parada à porta.

Ele sacode a cabeça.

— Eu não carreguei o celular.

— Você precisa de um carregador? Devo ter algum de reserva.

— Não, eu... — Ele hesita. — É de propósito, para ser sincero — admite ele, relutante. — Estou tentando dar um tempo de tudo.

Um tempo de *quê*? Amigos? Família? Uma *esposa*? Dou uma olhada para a mão esquerda dele, mas não há aliança em seu dedo. Namorada? Colegas? Ele trabalha? Ele não parece um desocupado, mas um mês é bastante tempo para ficar de folga. Será que ele tem um emprego? Será que ele *perdeu* o emprego? Ele trabalha em home office?

— Você viu meu post no Instagram? — pergunto, curiosa.

Pelo jeito que ele estava observando as engrenagens girando em minha mente, acho que fica surpreso por *essa* ser a minha pergunta.

— Que post?

— Na página do Seaglass, no Instagram.

Ele sacode a cabeça, confuso.

— Eu não entro na internet desde sexta-feira de manhã.

— Então a floresta foi ideia sua mesmo — digo, pensativa.

Ele me encara, seu olhar incomodamente firme. E, então, ele move a cabeça em um pequeno, um mínimo, gesto de confirmação e todas as borboletas no meu estômago despertam, todas de uma só vez, e começam a bater as asas.

Ele parece ter um sobressalto e dá um passo para trás, como se algo tivesse despertado nele também.

— Vou indo agora — diz ele, e se vira e sai em direção ao portão.

Fecho a porta, trêmula, me perguntando por que, de repente, o chão parece tão instável.

## Capítulo Treze

— Um homem lá em cima perguntou por você — informa Libby, minha nova ajudante contratada, no domingo à tarde quando retorno ao Seaglass com uma sacola de limões.

Meu coração dispara. *Finn?*

— Como ele é?

— Muito alto, de ombros largos.

Uma descrição que já conheço.

— O que ele falou? — sussurro, em tom conspirador, despejando os limões em uma vasilha atrás do balcão. Eles não foram entregues em nossa compra habitual.

— Ele perguntou se você vinha trabalhar hoje.

Tiro a capa de chuva e a enfio sob o balcão.

— Ele está na área dos sofás — acrescenta ela.

Subo a escada nervosa, e fico ainda mais nervosa quando vejo Tom do outro lado do ambiente, relaxando em um sofá com vista para o mar, um tornozelo apoiado sobre o joelho da outra perna. Ele segura um livro que parece muito gasto em uma das mãos e uma xícara de café na outra.

Já é quase noite e ele é a única pessoa aqui em cima. Espio pela abertura para a cozinha e vejo que já estão limpando lá dentro. Provavelmente vou dispensar os funcionários mais cedo.

Tom me vê, endireita as costas e fecha o livro quando me aproximo por entre as mesas.

— Oi — diz ele, abrindo um sorriso que desencadeia uma surpreendente palpitação dentro do meu peito.

— Oi.

Ele está usando uma camiseta de manga comprida cinza-clara com as mangas arregaçadas nos braços bronzeados e bem definidos. O jeans desbotado está quase furando nos joelhos, e suas roupas estão úmidas da chuva, assim como o cabelo: ainda é possível distinguir as trilhas dos dedos onde ele passou a mão pelos fios mais longos no topo da cabeça.

— Você achou esse nas prateleiras? — pergunto amistosamente, indicando nossa estante de livros com a placa alegre que eu mesma pintei: *Pegue à vontade, mas, por favor, devolva ou substitua por outro depois!*

— É — responde Tom, virando o livro para eu poder ver o que ele havia escolhido.

— *O chamado selvagem*, de Jack London — leio em voz alta. — É bom?

— Estou gostando até agora. Pegou chuva? — pergunta ele, enquanto eu penteio o cabelo com as mãos, tentando impedir que fique muito armado.

Ainda me surpreendo quando meus dedos descem pelos fios e logo encontram apenas ar.

— Pois é, tive que dar uma passada no supermercado. Está terrível lá fora.

Eu me sento no braço do sofá em frente ao dele. Há uma faixa molhada no contorno da bainha do vestido azul e branco que estou usando, mas o tecido é tão fino, que logo vai secar.

De repente, sinto vontade de ficar aqui conversando. Eu estava planejando usar esse tempo para trabalhar nas redes sociais, mas isso pode esperar.

— Vou fazer um chá pra mim. Quer outro café? Ou um chá?

— Aceito um chá. Obrigado.

Eu me levanto e ele enfia a mão no bolso do jeans gasto para pegar a carteira.

— Não, esse é por minha conta — digo.

Ele parece surpreso.

— Certeza?

— Claro.

Ainda sinto meu coração acelerado quando volto com duas canecas de chá forte. Não sei por que ele me deixa tão tensa.

— Eu devia ter perguntado se você queria bolo — comento, colocando as canecas na mesinha de café.

— Quem sabe na próxima. — Ele olha em volta enquanto eu me sento no sofá em frente. — É agradável aqui.

— Obrigada. Esse cantinho da tranquilidade foi uma espécie de projeto especial pra mim.

— Como assim?

Quando assumi o lugar de Chas na Páscoa, o restaurante no andar de cima ainda ficava devendo um pouco em termos de atmosfera, apesar da reforma no Seaglass no ano passado. Achei que poderia ficar melhor se fosse mais aconchegante, então trouxe de casa os velhos e confortáveis sofás cinza-claro e comprei sofás novos para meus inquilinos. Já havíamos pintado o painel de madeira da parede dos fundos de um tom mais escuro de marrom-café para combinar com o revestimento em volta do balcão no andar de baixo, então fiz a mesma coisa com a estante e a mesa de café que encontrei em um bazar de caridade. Os funcionários e eu pintamos as paredes laterais de tijolos de azul-marinho e instalamos algumas prateleiras prateadas que abastecemos com livros usados. Eu também trouxe umas suculentas em vasos verdes para o parapeito da janela lateral e pendurei fios com lâmpadas nas paredes e no teto. No momento, elas estão trazendo um brilho acolhedor para o salão.

— Dei uma renovada no espaço. — É o que respondo a Tom, deixando de lado a explicação mais longa.

— Você trabalha aqui há muito tempo? — pergunta ele.

— Esse é o meu sétimo verão, embora seja o primeiro como gerente. Nós fechamos no inverno e tomamos as precauções necessárias. Tivemos tempestades que quase destruíram tudo.

Ele ergue as sobrancelhas.

— Eu mesma assisti uma ali de cima dos penhascos. — Aponto sobre o ombro para as janelas panorâmicas de frente para o mar. — A maré subiu com força e a água das ondas respingou até aqui.

É impressionante pensar nisso. Estamos no terceiro andar. O piso térreo junto à rampa dos barcos é nosso depósito; ele precisa ser esvaziado a cada outono, porque alaga.

— Então esse lugar só fica aberto no verão? — pergunta ele, estendendo a mão para a caneca de chá na mesinha.

— Da Páscoa até meados de outubro.

— O que você faz no resto do tempo? — Ele se recosta no sofá, apoiando o tornozelo sobre o joelho de novo e parecendo muito mais à vontade do que eu me sinto.

— Eu continuo administrando quatro propriedades, mas não é a mesma loucura do verão. Eu trabalho o máximo que posso durante esse período para poder tirar o inverno para esculpir.

— Esculpir? — Mais uma vez as sobrancelhas dele se levantam. Confirmo.

— Você é escultora?

— Sou — digo, sorrindo.

— O que você esculpe?

— Pessoas, principalmente.

Seus olhos castanho-dourados pousam nos meus, sua expressão calorosa e admirada. Agora é minha vez de ficar tímida. Olho para a mesinha de café e noto um iPhone ali.

— Você carregou seu celular?

— Sim, ontem à noite. — Ele estende a mão e o pega. A tela se acende, revelando uma paisagem marinha azul-cinzenta melancólica como protetor de tela. — Eu dei uma olhada no perfil do Instagram daqui — confessa ele, e tenho certeza de que está tentando disfarçar um sorriso largo.

— Você viu as minhas fotos? — pergunto, em expectativa.

— Fiquei me perguntando se foi você que tirou as fotos.

— Sou eu que administro a conta. Não acreditei quando cheguei aqui naquele dia e vi a sua árvore, e as duas seguintes, *e* a floresta.
— *E a moça...* — Você é muito talentoso.
Ele parece constrangido com o elogio.
— Que nada, eu só estava brincando na areia.
— Ficaram maravilhosos! — reforço, entusiasmada. — Não se subestime! Mas você disse que não é artista?
Ele sacode a cabeça.
— Eu desenhava quando era mais novo. Mas não fazia isso há anos.
— Por que não?
Ele enruga o nariz de um jeito fofo.
— Acho que porque os meus pais me desestimulavam.
— Por quê? — Penso nos meus pais, que sempre apoiaram minhas escolhas, mesmo que nem sempre fossem as que eles teriam feito por mim.
— Eles queriam que eu tivesse um emprego de verdade. — Ele não parece chateado com isso. Seu tom é de aceitação.
— E você tem? — Não posso resistir à pergunta.
Ele confirma, mas não olha para mim enquanto abre o perfil do Seaglass no Instagram.
— Fiquei na marinha por uns anos, depois passei para busca e resgate.
A voz dele é baixa, os dedos percorrem as imagens na tela.
— Uau! Fazendo o quê?
— Piloto de helicóptero.
— Que legal! — Eu me inclino para a frente, entusiasmada. — Onde? No País de Gales?
Ele levanta a cabeça, mas seus olhos não refletem minha animação.
— Basicamente na área de Snowdonia e do mar da Irlanda.
— Seu sotaque não parece galês. De onde você é?
— Norfolk.
— Ah. — É um sotaque leve, só um pouquinho melodioso.

Ele baixa os olhos para o celular outra vez. Eu continuo a conversa.

— A gente não costuma receber tantos comentários em uma postagem no Instagram, então você *é* talentoso, gostando disso ou não — destaco, pegando minha caneca e tomando um gole.

Ele me olha e *sorri* de verdade. Ele é *incrivelmente* atraente quando está sorrindo.

— Foi você que escreveu essa postagem também? — pergunta ele, inclinando o celular para me mostrar o segundo de seus desenhos de arte na areia.

— Fui.

— Então *você* disse "nós gostaríamos de uma floresta inteira, por favor"? — lê ele, e seus olhos encontram mais uma vez os meus.

— Aham.

A expressão dele é incrédula.

— Minhas amigas e eu achamos que você tinha lido o post.

— Não. — Ele balança a cabeça. Depois ri, e o som é caloroso, profundo e *adorável*.

— Você me viu andando pelo caminho que você desenhou?

Desconfio que ele era o homem sentado no alto do penhasco, mas estava muito longe. Não dá para ter certeza.

— Eu vi — confirma ele, ficando sério.

— Então a moça que você desenhou no quarto dia era eu?

Não sei por que me sinto tão nervosa esperando a resposta.

Ele faz que sim e desvia o olhar, e então volta a me encarar, a testa franzida.

— Depois eu fiquei pensando que talvez tenha assustado você com isso.

— Não. — Sacudo a cabeça.

— Você veio correndo atrás de mim daquele jeito — diz ele, com um sorriso.

— Eu meio que não consegui evitar — murmuro, olhando de volta para ele.

Depois de alguns segundos sustentando seu olhar, começo a me sentir estranhamente quente e trêmula. Pego minha caneca e sinto meu rosto ferver.

Fazia muito tempo que um homem não me deixava assim, mas não há de forma alguma como negar que isto é atração em sua forma mais pura.

## Capítulo Catorze

Tom e eu somos interrompidos por Bill, nosso chef, que aparece vindo da cozinha.

— Estamos indo embora, Liv. Tudo bem?

— Sim, claro.

Eu me levanto e atravesso a sala até onde o sous-chef e o ajudante-geral estão vestindo os casacos.

Acompanho-os até o andar de baixo. Está escuro e lúgubre lá fora, mas pelo menos parece que a chuva parou.

Libby está sentada em uma banqueta junto ao balcão, escrevendo em seu notebook, enquanto nosso ajudante de cabelo revolto, Seb, esvazia a lava-louças. Kwame, um dos dois bartenders incríveis que contratei, está na outra ponta do balcão, olhando o celular. Nossas garçonetes estão sentadas a uma mesa, conversando. Não há mais ninguém aqui agora além dos funcionários e Tom no andar de cima.

Ainda não são nem cinco da tarde e nosso horário aos domingos é até as seis, mas não acho que mais ninguém vai enfrentar esse clima hoje.

— Podem arrumar tudo e ir embora — digo para as garçonetes.

Elas se levantam, satisfeitas, e seguem escada acima.

— Vocês também — digo aos funcionários do balcão. — Podem deixar que eu fecho.

Seb guarda rapidamente os últimos copos e Kwame põe o celular no bolso.

Kwame acha que está me fazendo um favor trabalhando aqui e, para ser sincera, ele está mesmo. Ver o talento com que ele mistura os coquetéis é um espetáculo por si só. Ele também é incrivelmente bonito, com um braço fechado de tatuagens que mulheres que já beberam umas e outras estão toda hora tentando ver mais de perto.

— Tem certeza? — pergunta Libby, olhando o relógio.

— Tenho. Pode ir.

Libby vai gostar desse tempo extra em casa. Ela é designer de moda e cria roupas para algumas das butiques locais. Somos almas gêmeas, trabalhando todas essas horas com atendimento ao público para poder fazer as coisas que mais amamos. Ela se mudou recentemente para cá com o namorado, Luke, nosso segundo bartender.

Tom desce com nossas canecas vazias.

— Desculpe — digo a ele. — Eu sei que estão pondo as cadeiras em cima das mesas lá em cima, mas ainda estamos abertos. Você não precisa ir embora.

— Não, tudo bem. Eu estava mesmo planejando voltar ao chalé para fazer alguma coisa para comer.

— Ah, certo. E quais são os planos? — pergunto, descontraída.

— Eu queria um hambúrguer na churrasqueira, mas o clima não está colaborando. Talvez eu faça comida mexicana e congele uma parte.

— Parece bom.

— Se quiser vir também, vai ser muito bem-vinda. — O sorriso dele é sincero, caloroso e mexe com algo dentro de mim, mas estou constrangida por ter me convidado sem querer.

— Ah, eu não tinha a intenção...

— Já tem compromisso?

— Não — admito, hesitante.

— Você come frango?

— Como. — Abro um sorriso tímido. — Eu adoraria jantar com você, obrigada.

Ele espera por mim enquanto os funcionários acabam de arrumar tudo e vão embora e, então, dou uma conferida final no andar de cima antes de pegar meu casaco. Ainda está molhado, e ele percebe, pega-o da minha mão e o segura aberto para que eu consiga vestir com mais facilidade. É um gesto tão meigo. Nem sei quando foi a última vez que alguém segurou um casaco ou uma porta para mim, que é o que ele faz em seguida.

De volta ao chalé, ele abre a porta da frente para nós e indica a entrada do apartamento de baixo para que eu passe, atravessa a sala de estar e vai até a cozinha, nos fundos. Ele acende as luzes sobre a ilha central e as lâmpadas no teto, atenuando o brilho delas para um nível confortável. Quando ele deixa o celular e as chaves sobre a bancada, um pensamento me ocorre, junto com uma sensação de déjà-vu: *ele parece totalmente em casa aqui.*

— O que você quer beber?

— Ah, eu vou lá em cima pegar uma garrafa! — digo depressa, lembrando-me das boas maneiras.

Ele segura meu pulso no mesmo instante, me fazendo parar.

— Não seja boba. Eu tenho bastante — insiste ele, e me solta. — O que você quer?

— Pode ser um vinho? Tinto, se você tiver. — Minha voz soa muito mais firme do que eu me sinto. Meu pulso está pegando fogo no lugar em que ele o tocou.

— Claro.

Ele vai até o suporte para vinhos do outro lado da mesa de jantar enquanto eu espero e olho em volta, me sentindo deslocada. Na volta, puxa uma banqueta de debaixo da ilha central e me lança um sorrisinho antes de abrir uma gaveta, à procura do saca-rolha.

— Na de baixo — digo, aceitando agradecida o banco que ele me ofereceu.

Ele segue minha instrução e pega o saca-rolha, me olhando com ar contemplativo.

— Isso deve ser esquisito, não é? Ter estranhos na sua casa?

Ergo os ombros.

— Já me acostumei.

— Aposto que não. Esse espaço é tão bom. Você deve sentir falta dele quando as pessoas alugam.

Fico feliz por ele não me dizer que eu tenho sorte, como alguns dos inquilinos já fizeram. Sei que, vendo de fora, parece assim, mas esta casa não veio parar nas minhas mãos porque eu tive *sorte*.

— É um lugar especial — concordo, olhando em volta. — Principalmente em comparação com a minha cozinha apertada, que você já viu — acrescento com um sorriso. Ele serve duas taças de vinho e desliza uma para mim. — Obrigada.

Acompanho seus movimentos tranquilos quando ele acende o fogo sob a chaleira e pega ingredientes na geladeira e nos armários. Sua camiseta de manga comprida se ajusta ao corpo em todos os lugares certos, destacando o trapézio acima dos ombros, os músculos firmes nas costas e os bíceps definidos. Seus músculos são longos e esguios, em proporção com sua estrutura alta e larga. Ele não é todo maciço como um armário.

— Há quanto tempo você mora aqui? — pergunta ele, pondo uma frigideira no fogão e acendendo o fogo.

Tenho que pensar antes de responder.

— Quinze anos.

— Quantos anos você tem? — pergunta ele, franzindo a testa, enquanto despeja água fervente sobre pimentas secas para reidratá-las.

— Vinte e oito. E você?

— Trinta e dois.

— Eu tinha treze quando a gente se mudou pra cá — conto, observando-o fritar dentes de alho e tomates-cereja na frigideira.

— A gente?

Engulo em seco.

— Meus pais morreram faz quase seis anos.

Ele fica sem jeito, parando a meio caminho de fatiar a cebola.

— Ah, eu sinto muito.

— Tudo bem. — Não está tudo bem, claro. — Eles morreram em um acidente de carro — revelo, para ele não ter que ficar tentando adivinhar.

Ele está com uma expressão consternada quando larga a faca sobre a tábua de cortar e volta toda a sua atenção para mim.

— É só você agora?

— Eu tenho um irmão mais velho. Ele mora no Stippy Stappy. Você deve ter passado por lá no caminho para a padaria e o Hotel St. Agnes, aquela fileira de casas vitorianas bonitas subindo a encosta.

— Ah, sim, sei quais são. Eram antigas casas de mineradores?

— Acho que foram construídas para capitães de navios.

Ele mexe o conteúdo da frigideira e pega a faca de novo, para terminar de fatiar a cebola.

— Essa região é muito interessante.

— Por que você veio pra cá? — Ele fica tenso. — Quero dizer, por que você escolheu a Cornualha? — corrijo depressa, sentindo que ele não está muito disposto a falar sobre *por que*, pelo jeito, tirou um mês de folga no trabalho.

— Eu vinha aqui quando era criança e adorava — responde ele, concentrando-se no que está fazendo. — Meu avô morava na península Lizard, perto de Helston. Ele me levava para ver os *Sea Kings* decolando da base aérea de Culdrose.

— Fiquei bem triste quando eles pararam de voar — digo, me lembrando dos poderosos helicópteros amarelos que a Marinha Real usava para operações de busca e resgate.

O serviço é feito por uma empresa privada agora. Eu me pergunto se é para ela que Tom trabalha.

— Eu também — responde ele, pegando um liquidificador no armário e ligando-o na tomada.

— Quer ajuda? — Só então penso em perguntar.

— Não, pode deixar.

Tomo um gole de vinho e percebo que *relaxei*. Eu me sinto estranhamente à vontade na companhia dele, considerando a agitação quase constante que sinto em sua presença.

— Então você diria que o seu avô foi a sua maior influência? — pergunto, mantendo o assunto em um tópico sobre o qual ele parece não se importar de falar, enquanto ele põe dois peitos de frango em uma panela no fogão e acrescenta folhas de louro e pimenta em grãos à água.

Estou gostando de vê-lo cozinhar.

— Isso. Na verdade, ele também serviu na marinha.

— Que legal! A minha avó foi a minha maior influência.

Ele levanta a cabeça, os olhos cheios de interesse.

— É mesmo?

Conto a ele que ela me levava a galerias de arte e museus quando eu era menor enquanto o observo triturar os tomates, o alho e chilli, junto com um pouco de orégano fresco, no liquidificador.

— Ah, eu consertei o seu portão — comenta ele, depois de um tempo.

— Sério?

— Espero que você não se incomode. As dobradiças estavam precisando de um aperto. Achei uma chave de fenda no galpão do jardim.

— Ah! Que ótimo. Muito obrigada. Achei que elas talvez precisassem de lubrificação, mas deixei pra ver isso depois.

— Espero não ter me intrometido demais.

— De jeito nenhum. — Novamente tenho aquela sensação de estar sendo cuidada.

— O seu irmão ajuda bastante?

— Hã, não. — Eu me mexo em minha banqueta. — Ele não é muito habilidoso. — Sinto a necessidade de explicar. — Ele tem síndrome de Down.

Ele examina meu rosto enquanto frita as cebolas.

— Você tem outros parentes?

— Só um tio que mora na Espanha. Mas nós temos amigos — respondo. — E o Michael tem uma assistente pessoal barra assistente social que vai vê-lo quase todo dia. Ela é maravilhosa.

E eu vivo com medo de que ela vá embora.

— Isso é ótimo. — Eu gosto que não há pena anuviando seus olhos. Ele me encara abertamente, e, quando o contato visual se prolonga, sinto meu rosto esquentar.

Ele despeja o conteúdo do liquidificador na frigideira, e eu solto um suspiro disfarçado.

O celular dele começa a vibrar, e a tela se acende com a foto de uma mulher muito bonita de pele escura, cabelo brilhoso cor de avelã e um sorriso que ergue as maçãs do rosto.

Tom dá uma olhada na identificação da chamada, em que está escrito *Cara*, e congela.

— Desculpe, é melhor eu atender — murmura ele, pegando o celular. — Oi — diz, e sai da cozinha para a sala de estar. — É, a ligação não está muito boa. — Eu ainda o escuto claramente. — Eu estava com o celular desligado. — Pausa. — Foi *você* que disse que queria espaço. Agora é um problema quando *eu* preciso de um pouco de espaço também? — Ele está falando em um sussurro alto.

Detesto escutar sua conversa sem querer. Eu me sinto constrangida. Não parece que Cara é uma amiga. Eles têm uma história.

Mas será que ela ficou no passado? E se eles estiverem só dando um tempo? Meu estômago se contorce quando penso nisso. Eu me distraio saindo da banqueta e indo mexer o conteúdo da frigideira.

— Que notícia boa — diz ele, por fim, embora seu tom não seja tão leve quanto as palavras. — Mas não vai ser nas próximas três semanas, vai? — pergunta. — Não, eu cuido disso quando for necessário. — Pausa. — Se você *quiser* encaixotar, tudo bem — responde ele. — Certo. Está bem. Tchau.

Ele encerra a ligação e volta para a cozinha, onde me vê de pé junto ao fogão.

— Ei! — exclama ele, me dando uma bronca bem-humorada. — Acho que você é daquelas pessoas que não conseguem ficar paradas.

Ele me tira do caminho dando um empurrãozinho com o quadril e eu dou risada do gesto. Ele pega a espátula de minha mão com um sorrisinho.

— Desculpe — murmura ele, acrescentando alguns temperos ao conteúdo da frigideira. — Minha ex — explica. — Ela recebeu uma oferta pela nossa casa e queria me consultar antes de aceitar.

— O término é recente?

— Faz alguns meses que nos separamos, mas as coisas já estavam instáveis fazia um tempo. Nós temos alternado entre morar juntos e separados desde então.

— Parece uma situação difícil.

— É, não foi divertido — concorda ele, conferindo o frango que está cozinhando na panela.

Acho que é por isso que ele precisava passar um tempo longe.

— Não há nenhuma chance de vocês se entenderem? — Não posso deixar de perguntar enquanto ele pega a taça de vinho e toma um gole.

— Nenhuma — responde, melancólico, puxando outra banqueta e se sentando ao meu lado. — É complicado.

— Sei bem como é — declaro, pensando em Finn.

Ergo minha taça antes de ter tempo de pensar demais e a encosto na dele.

— Um brinde a superar e seguir em frente.

— Um brinde — ecoa ele.

# CINCO VERÕES ATRÁS

## Capítulo Quinze

— Você chama *isso aqui* de batata descascada? — questiono, levantando o tubérculo ultrajante.

— Ficou *ótimo* — retruca Michael, sem nem olhar para mim.

— Está cheia de pedaços de casca!

— Você quer que eu ajude ou não?

— Estou meio na dúvida.

— Está bem, então.

Ele joga o descascador e a batata em que estava trabalhando dentro da pia e sai da cozinha pisando duro.

— Quem quer bem-feito faz! — grito para ele, perdendo a pouca paciência que tinha.

— Eu *nem gosto* de frango assado! — grita ele de volta, pegando o controle remoto e apontando-o para a TV.

— Você não pode viver de peixe e batata frita para sempre — digo.

— *Eu posso e vou!*

Ele aumenta o som da TV para um volume que me impede de responder e o som do sotaque norte-irlandês de Jamie Dornan toma conta da pequena casa.

Sério? *The Fall* a essa hora do dia?

Michael adora séries sobre serial killers e crimes. E eu odeio com todas as minhas forças. Tentar encontrar alguma coisa para assistir de que nós dois gostemos é quase um milagre.

*Nós não fomos feitos para morar juntos*, penso, com um suspiro.

Achei que tinha sido uma ideia genial a princípio: alugar a casa de nossos pais no verão e ganhar uma graninha enquanto eu ocupava o quarto vago na casa de Michael. Eu sabia que não seria muito fácil, mas já iria estar sempre por aqui mesmo, de um jeito ou de outro. Aí Michael decidiu mandar embora seu assistente pessoal sete semanas e meia atrás — não que eu esteja contando os dias —, portanto agora ele está sem nenhuma ajuda extra, e eu também.

Termino de descascar as batatas e pego as cenouras, e, em pouco tempo, o aroma que vem do forno atua com um bálsamo para meu mau humor.

O almoço de domingo era nossa tradição de família, um jeito de nos reunirmos em torno da mesa, algo que ficou especialmente importante para meus pais depois que Michael se mudou. Eles mantiveram o ritual semanal enquanto eu estava na faculdade, e eu participava por videochamada quando podia. Minha presença no almoço era sempre esperada nas férias em casa, e, no verão passado, minha mãe fez questão de me pedir para evitar os turnos de domingo no Seaglass. O fato de eu ter resmungado por causa disso me enche do mais profundo arrependimento.

Minha prioridade no verão passado era juntar dinheiro suficiente para ir embora no fim da estação. Ainda me sinto culpada por isso, embora meus pais não tenham ficado sabendo de meu plano de me mudar para Londres. Estou aliviada por não ter contado a eles antes do acidente, porque sei que me arrependeria muito disso agora, mas gostaria tanto de ter deixado mais claro que eu adorava estar com eles. Eu daria qualquer coisa para estar sentada à mesa com eles hoje, erguendo uma taça, dizendo a eles o quanto eu os amo.

Meus olhos ardem cheios d'água. O aniversário de morte deles cai em um domingo daqui a duas semanas, e eu achei que Michael e eu poderíamos fazer um almoço especial em homenagem. Imaginei que seria melhor praticar antes como cozinhar um assado, já que nunca fiz isso na vida, mas fiquei com um nó na garganta a manhã inteira. Vai ser nosso primeiro almoço de domingo do jeito oficial desde que nós os perdemos. Eu estaria mais arrasada ainda se não tivesse meu irmão para me manter de pé.

Afasto esses pensamentos. Já estou lutando contra as lágrimas, mas vou acabar chorando no chão da cozinha se não tomar cuidado, o que é a última coisa de que qualquer um de nós dois precisa. Tento me controlar ao máximo perto de Michael. Ele está indo tão bem, às vezes parece muito melhor do que eu.

Estou começando a preparar o molho quando a campainha toca, mal dá para ouvir com o som da TV. Michael pausa a série, mas, quando dou uma olhada na sala, descubro que ele está subindo a escada.

— Ei! Você não pode atender a porta? — pergunto, irada.

— PRECISO FAZER COCÔ! — grita ele.

Fico paralisada por um segundo, atordoada com a realidade de nossa situação, então largo a colher de pau, desligo o fogo e vou até a porta.

Minhas mãos voam para o rosto, em choque, quando vejo Finn parado ali.

Estou horrorosa, sem nenhum traço de maquiagem cobrindo as olheiras ou a espinha em meu queixo, meu cabelo está sujo e preso em um coque desleixado no alto da cabeça, o jeans está largo demais e a camiseta branca, manchada de gordura porque não consegui encontrar um pano de prato, e quem iria ligar para minha aparência dentro de casa?

Mas, ah. Finn. Ele está exatamente o mesmo: alto e esguio, a camiseta laranja-clara lavada quase até o tecido puir, o jeans rasgado perfeitamente ajustado nos quadris estreitos, botas pretas, cílios escuros compridos, nariz ligeiramente torto, olhos verde-azulados lindos fixos nos meus por baixo daqueles fios soltos de cabelo escuro despenteado.

— O que você está fazendo aqui? — pergunto, arfando.

— Acabei de chegar — responde ele, suavemente, seus olhos examinando cada centímetro de meu rosto.

Eu me sinto vulnerável e exposta.

— Veio visitar a família? — pergunto, trêmula.

Ele confirma.

— Quando você chegou?

— Faz uma hora.

E veio direto me ver?

Faço um esforço para tirar as mãos do rosto.

— Como soube onde eu estava?

— Dan.

Ele e Amy acabaram de comemorar o aniversário de um ano de namoro. Quero ficar feliz por eles, mas só consigo pensar no outro aniversário que está se aproximando rapidamente.

Afasto o pensamento em meus pais sacudindo a cabeça com força, porque Finn já me viu chorar lágrimas suficientes para a vida inteira dele.

— Quer entrar? — pergunto, tensa por estar tão perto dele outra vez.

— Obrigado.

Recuo para dentro da sala e ele entra, fecha a porta e olha em volta. O chalé pode não estar em seu momento mais limpo neste instante, mas meus pais fizeram uma excelente escolha quando compraram esta casa escura tombada como patrimônio histórico e mudaram a decoração antiquada, substituindo-a por um interior aconchegante, claro e moderno, recuperando o taco do chão e acentuando alguns dos elementos originais de madeira, ao mesmo tempo que colocaram cor com as luminárias e os acessórios. Há quadros coloridos nas paredes da sala de estar, uma escada branca de madeira à esquerda e, à direita, uma mesinha de café amarela e dois sofás azul-claros diante de uma TV de tela plana que é grande demais para o cômodo, mas que Michael considerou "absoluta e definitivamente necessária".

— Que cheiro bom — comenta Finn, seguindo-me para a pequena cozinha nos fundos do chalé, e tenho a impressão de que ele parece desajeitado ao tentar levar uma conversa normal com alguém que mudou tanto que poderia ser uma estranha para ele.

— Frango assado — respondo, abrindo o forno para ter algo para fazer e sendo recompensada com uma lufada de vapor na cara.

Faço uma careta e o fecho de novo. Imagino que deve estar quase na hora de tirar o frango do forno para deixá-lo descansar, mas não fará mal deixá-lo lá dentro mais um pouco.

— Quer um chá? — pergunto.

— Você vai comer agora? Posso voltar mais tarde.

— Ainda vai demorar um pouquinho para ficar pronto.

— Tudo bem, se você garantir que não estou atrapalhando.

— De jeito nenhum. — Encho a chaleira e a levo ao fogo.

É difícil olhar para ele de frente.

Depois que Finn foi embora no verão passado, mergulhei em um buraco tão fundo que não conseguia imaginar que um dia pudesse subir de volta. Havia pedido a ele para não me procurar e tornei a pedir, entre lágrimas, na manhã em que ele voou de volta para casa. Eu não estava forte o bastante para suportar a ideia de amar outra pessoa e perdê-la, ou, pior, de nem sequer ter a chance de tê-la um dia. Como Finn poderia ser meu se vivíamos tão longe um do outro? Não havia nem a possibilidade de eu sair de St. Agnes e ir visitá-lo em Los Angeles. Eu precisava estar aqui para Michael.

Conforme o tempo foi passando, reuni forças para voltar à luz.

Sei que fiz a coisa certa quando pedi a ele para não me procurar e fico grata por ele ter respeitado meu desejo. Mas também houve momentos em que fiquei chateada com seu silêncio.

E estou surpresa por ele não ter me avisado de que estava vindo para cá.

Ele se recosta no balcão verde-claro da cozinha enquanto eu pego duas grandes canecas roxas em uma prateleira de madeira. Ele está olhando para o pequeno pátio de cascalho e o gramado atrás de mim. Uma porta se abre para o primeiro, que está cheio de ervas daninhas, e o gramado está com mais de quinze centímetros de altura.

— Você está precisando dar uma matadinha no gramado do seu irmão — murmura ele.

Bufo uma risada e ele sorri para mim, não tanto a ponto de suas covinhas aparecerem, mas o suficiente para as pequenas ginastas que habitaram meu estômago no último verão entrarem em um frenesi de atividade.

Percebo que fomos tão íntimos quanto é possível duas pessoas serem, no entanto, ainda não nos tocamos desde que ele apareceu, quanto mais nos abraçamos.

— Como você está? — pergunta ele, em uma voz comedida.

Eu engulo em seco e despejo água quente sobre os saquinhos de chá que coloquei nas xícaras.

— Essa é uma pergunta complicada.

Ouço o som da descarga vindo do andar de cima. Olho para o teto e para Finn em seguida.

— O Michael já vai descer — digo.

— Espero que ele tenha feito um bom cocô.

Solto uma risada espontânea e desimpedida.

— Você ouviu?

— Era difícil não ouvir.

As covinhas estão ali agora. Controlo o desejo de estender a mão e tocá-las.

De repente, ele parece triste.

— O que foi?

Ele balança a cabeça, os olhos brilhando de emoção.

— Você emagreceu pra cacete, Liv.

Fico tensa e pego o leite.

— Não foi de propósito — respondo, séria. — Estou tentando recuperar um pouco de peso.

— Posso levar você pra jantar?

— Pra me engordar?

— Não. — Ele me dá um sorrisinho. — Se bem que isso seria uma vantagem a mais. Só para a gente poder conversar.

— Quando?

— Hoje? Amanhã? Agora?

— Não posso ir agora, estou quase me sentando para almoçar. — Declaro essa obviedade com um sorriso. — E olhe o meu estado — acrescento, baixando os olhos para a camiseta manchada.

— O que ele está fazendo aqui? — interrompe Michael.

Essa é a prova de como eu estava concentrada em Finn: nem ouvi Michael descer a escada, e ele raramente pisa leve.

— Oi — cumprimenta Finn, com um pequeno aceno.

Ao contrário da vez em que se conheceram, ele não estende a mão.

— O que você está fazendo aqui? — pergunta Michael a ele diretamente.

— Ele veio visitar os avós e passou para dizer oi — respondo, sucinta.

— Quando o almoço vai ficar pronto? — pergunta ele.

— Em mais ou menos meia hora. Quer um chá?

— Não.

— Pode continuar assistindo *The Fall*, se quiser.

— Está tentando se livrar de mim?

— Estou.

Ele bufa e volta para a sala enquanto Finn levanta uma sobrancelha para mim. Michael pega o controle para continuar vendo sua série e eu termino de preparar nossos chás, e abro a porta dos fundos. Indico que Finn se sente à pequena mesa de madeira para dois, saio atrás dele e fecho a porta para termos alguma privacidade.

Bem, tanta privacidade quanto é possível ter quando se está cercado pelos jardins dos vizinhos, mas acho que não há mais ninguém aqui fora.

— O que está achando de morar aqui? — pergunta Finn.

— Uma merda — respondo.

Ele joga a cabeça para trás e ri, é contagiante. E então ficamos em silêncio, mas continuamos a sorrir um para o outro. Ele é tão lindo, que meu coração dói.

— Não, estou brincando. Não é tão ruim assim. Na maior parte do tempo — acrescento, mais séria. — É bom estar por perto. Meus pais faziam tanto por nós. Por isso, sinto que está um pouco acima da minha capacidade.

— Quanto tempo você pretende ficar?

— Até a segunda semana de setembro. A casa dos meus pais está alugada até lá.

Suas covinhas somem quando ele assente.

A casa não é mais dos meus pais, é minha. Eles a deixaram para mim em testamento, junto com uma carta me pedindo para fazer o melhor possível por Michael. Não especificaram exatamente o que seria esse "melhor possível", ainda estou tentando entender essa parte. Tínhamos conversado sobre o que aconteceria se eles morressem, e eu sabia que eles haviam deixado um fundo para que Michael e eu não precisássemos nos preocupar com dinheiro, mas nenhum de nós jamais imaginou que estaríamos nesta situação tão cedo, ou que perderíamos os dois ao mesmo tempo. Eles só tinham sessenta e quatro anos.

Tenho um flashback do funeral. Finn se sentou duas fileiras atrás de mim com Rach, Amy e Dan. Lembro-me de vê-lo conversando com meu tio no velório, e pensar nisso agora faz tudo parecer surreal.

Não tenho certeza se agradeci o suficiente por tudo que ele fez. Acrescento isso à culpa que já sinto em relação a Finn.

— Quanto tempo você vai ficar? — pergunto.

— Um pouco mais de duas semanas.

— Não é muito tempo — digo, decepcionada.

— Foi o máximo que eu consegui entre os shows.

— Como vão as coisas com a banda?

— Vão bem. O guitarrista ainda é um babaca, mas o nosso nome está começando a crescer. Vamos participar de uns festivais ainda nesse verão.

— Que legal.

— É, nós estamos com um bom agente. Estamos lá no finzinho da lista, só com uma lupa pra achar o nome da banda, mas é um começo.

Sorrio para ele, parte de minha tristeza evaporando.

— É um *ótimo* começo. Você sabia que a Mixamatosis voltou a se apresentar no Seaglass nesse verão?

Ele faz que sim.

— Com o Kieran, né?

— Aham, ele está cantando. Eles já estão lá há um mês.

— E você ainda trabalha no balcão?

Confirmo e pego minha caneca.

Dizer que a minha vida não saiu bem como eu imaginava é um eufemismo.

Tomo um gole, olhando sobre a borda para a grama alta.

— Você tem razão, a grama está precisando de um trato mesmo, antes que a situação fique fora de controle.

— Cadê o cortador? Posso fazer isso agora pra você, se quiser.

— Você é tão gentil, Finn. — Lanço um olhar carinhoso para ele, na verdade, sem precisar de nenhum lembrete de como ele é incrível e surpreendente. — Mas o Michael emprestou para alguém e disse que não lembra para quem foi.

Talvez ele até o tenha doado, porque o papai cortava a grama toda semana no verão, e, se o papai não ia mais fazer isso, ele não queria mais ninguém fazendo.

— Posso trazer o cortador de grama dos meus avós qualquer hora dessas? O deles é movido a bateria, então seria superfácil.

— Sério? Nossa, ajudaria muito, obrigada.

— LIV! — grita Michael de dentro. — ALGUMA COISA ESTÁ QUEIMANDO!

— Droga! — Eu me levanto de um pulo, esbarrando na mesa com tanta força que acabo derrubando meu chá com a pressa.

As cenouras torraram. Olho para elas consternada.

— É melhor eu me concentrar em terminar o almoço — digo, hesitante, para Finn, que me seguiu de volta para a cozinha.

— Posso ajudar em alguma coisa?

— Não. Obrigada. — Coloco a assadeira sobre o descanso de panela com cuidado, segurando as lágrimas. — Eu convidaria você para ficar, mas...

— Não se preocupe — responde ele, sem notar minha expressão.

Eu o acompanho até a porta, piscando rapidamente e tentando me manter firme. Não quero que ele sinta que precisa ficar para me confortar. Ele já fez mais do que deveria.

— Você está livre amanhã? — pergunta ele, virando-se para mim bem no momento em que consigo me recuperar.

— Não durante o dia. Pode ser no jantar?

— E se a gente fosse ao Taphouse?

— Pode ser. — Estou tentando ignorar a voz macabra do serial killer que vem da TV.

— Posso passar aqui para pegar você às sete?

— Eu encontro você lá.

Michael bufa e pausa a TV.

Finn sorri para mim antes de se dirigir a ele.

— Até a próxima, Michael!

— Não se eu puder evitar — murmura Michael, suficientemente alto para nós dois o ouvirmos.

— O quê? — pergunta Finn, inocentemente.

Dou uma risadinha e o empurro para fora.

O ar brincalhão dele desaparece quando nos encaramos.

— É bom ver você de novo — diz ele em voz baixa, apertando as pontas de meus dedos, antes de ir embora. — Até amanhã!

Esse breve toque ecoa direto no meu coração.

## Capítulo Dezesseis

Finn já está no Taphouse quando eu chego na noite seguinte, apoiado no balcão e batendo papo com uma das garçonetes bonitonas, com uma garrafa de cerveja na mão.

Paro na porta e, por um milésimo de segundo, considero a ideia de dar meia-volta e ir embora, mas ele se vira para trás e me vê, seus olhos se arregalando.

Estou com um vestido verde-mar frente única, uma das melhores peças do meu guarda-roupa.

Eu queria me sentir minimamente decente.

Não, eu queria me sentir *bonita*.

— Ei! — exclama ele, vindo ao meu encontro no meio do salão e me dando um beijo no rosto. — Você está linda! — diz ele ao meu ouvido.

Eu inspiro seu cheiro, isso é o mais próximo que ficamos desde o ano passado.

Preciso ser cuidadosa. Meu coração ainda está machucado. Finn ameaça trazê-lo de volta à vida, mas não estou pronta.

— A mesa de vocês é por aqui — diz a garçonete, prestativa, pegando dois cardápios e nos conduzindo por baixo de uma prancha de surfe presa ao teto até o outro lado do salão.

Há plantas em vasos no chão e penduradas em colunas, e letreiros e peças de arte em neon adornam as paredes de cores vibrantes. Eu me sento e peço um passion fruit martini, meu coquetel favorito no menu.

A música que está tocando soa familiar. Aponto o dedo para o alto-falante fixado no teto.

— "CCTV"! — exclamo, entusiasmada por saber o nome.

Ele sorri.

— "Stars of CCTV" — corrige ele, com delicadeza. — Banda?

Penso por uns segundos e o nome me vem.

— Hard-Fi!

— Você tem ouvido a minha playlist.

— *Muito.*

— Já é alguma coisa — murmura ele, com uma ironia divertida, depois toma um gole de cerveja e sacode a cabeça de leve, como se para recuperar o foco. — Como foi o seu dia?

— Foi tranquilo. Meu irmão está entrevistando uns assistentes pessoais — conto. — Ele demitiu o último. — Rio baixinho. — Pra ser justa, ele era meio "galo", como diz o Michael.

— Era meio o quê? — pergunta ele, rindo e se recostando na cadeira.

— Uma vez ele teve uma assistente que a minha mãe falava que era como uma galinha mantendo os pintinhos embaixo da asa, sempre andando atrás dele e dizendo o que ele devia fazer. Um pouco controladora demais, sabe? O Michael não estava se sentindo bem com ela, então meus pais puseram um anúncio procurando outra assistente e o deixaram escolher quem ele quisesse. Aí veio a Carrie, que era maravilhosa, e ele a adorava, mas ela se mudou daqui uns meses atrás, infelizmente, e foi um inferno tentar encontrar alguém legal pra substituir. Eu consegui um contato pela prefeitura, mas o cara que eles mandaram era tipo uma versão masculina da galinha estendendo a asa em cima dos pintinhos, por isso ele o chamava de "galo".

Ele me lança um olhar solidário.

— Eu me lembro da Carrie no funeral. Ela era bem simpática. Que pena que não pôde continuar.

— Sim, uma droga — digo, com desânimo.

— E como estão indo as entrevistas? Ele gostou de alguém?

Confirmo.

— Uma mulher mais ou menos da idade dele parece promissora. Hettie. Mas ainda falta a última entrevista amanhã à tarde. Desculpe toda essa conversa chata.

— Nada do que você diz é chato, Liv.

Eu devo ter feito uma careta involuntária, porque ele franze a testa e acrescenta:

— Não estou falando da boca pra fora.

— Eu sei. É só que... talvez eu prefira que você não seja tão legal comigo — murmuro, desejando ter algo para beber.

Finn franze ainda mais a testa.

— Por quê?

— Deixe pra lá. Como foi o seu dia?

— Espere aí. — Ele se inclina para a frente, seu olhar intenso. — Por que você não quer que eu seja legal com você?

Felizmente somos interrompidos pela garçonete voltando com meu drinque.

— Pronto — diz ela, colocando um porta-copos na mesa, seguido por meu coquetel de maracujá. — Já querem fazer o pedido?

— Só um instante — responde Finn.

Enfio a cara no cardápio. Estou calma por fora, mas tensa por dentro. Levanto os olhos e falo com a garçonete, mas, assim que fazemos nosso pedido, Finn se inclina para a frente de novo.

— Pode começar a falar.

— Eu já disse pra você deixar pra lá.

— Eu não vou deixar pra lá. Por que eu não devo ser legal com você?

— Porque eu não quero me apegar demais, entendeu? — respondo, bruscamente.

Ele parece magoado, mas eu continuo.

— O que eu disse no verão passado... — Paro e respiro fundo para me controlar. — O que eu disse sobre a gente ainda está de pé.

Ele fecha a cara, pega sua cerveja e toma um gole.

— E quanto ao que *eu* disse? — Ele põe a garrafa de volta na mesa com um movimento firme. — Você está saindo com alguém?

— Não! — exclamo. — Como se eu tivesse tempo pra isso! Você está? — Meu coração dispara diante dessa ideia.

— Você acha que eu estaria sentado aqui com você se estivesse?

— Não sei — respondo, agoniada.

— Eu não estaria — declara ele, firme, inclinando-se e pegando a minha mão.

Eu a puxo de volta.

— Nós não podemos ser amigos? — pergunta ele, baixinho.

— Amigos não ficam de mãos dadas — murmuro.

Ele sorri e pega minha mão outra vez, enlaçando os dedos nos meus.

— Esses amigos aqui ficam.

Balanço a cabeça para ele, mas não consigo evitar me deliciar com o calor que se espalha pelo meu corpo.

## Capítulo Dezessete

Finn vem no dia seguinte para cortar a grama de Michael. Ele já foi embora quando meu irmão chega do trabalho. Está bem melhor assim.

— O que você *fez*?! — exclama Michael, olhando horrorizado para o pátio.

Para ser justa, o gramado, de fato, parecia bem melhor pela manhã. Agora está baixo demais, amarelado e com falhas. Mas vai crescer de novo.

Espero.

— Estava precisando — afirmei, me aproximando da mulher ao lado dele com a mão estendida. — Oi, eu sou a Liv, irmã do Michael. Você é a Shirley, certo?

Shirley é a última pessoa a ser entrevistada para a função de assistente pessoal de meu irmão e ela chegou cedo. Deve ter encontrado com ele quando ele voltava da vila. Ela não é muito mais alta do que Michael, que tem pouco mais de um metro e meio, e tem nariz e queixo proeminentes, e cabelo preto liso logo acima dos ombros.

— Oi — diz ela, balançando a cabeça enquanto me dá um aperto de mão firme. — Estou vendo que você não segue a regra do um terço?

— Que regra é essa? — pergunto, confusa.

— Sempre cortar só um terço da grama.

— *Eu* sabia dessa regra — intervém Michael, revirando os olhos para mim.

— Então por que você não me disse? — respondo, um pouco irritada.

— Eu não sabia que *precisava* dizer. Falei pra você que não queria que matassem a grama.

— Matassem! — exclama Shirley, com uma risada. — Você está certo! Mataram essa grama de um jeito *épico*. Estamos falando de níveis *Dexter* de serial killer. Se é que você me entende.

— Você vê *Dexter*? — pergunta Michael a ela, seu rosto se iluminando.

— Eu amo essa série, cara.

Lanço um olhar de alarme para Shirley antes de ousar olhar de volta para Michael.

Ele está sorrindo de orelha a orelha.

— Eu gostei da Hettie — digo assim que Shirley vai embora, levando consigo seu ar de julgamento.

— Não. A Shirley — responde Michael, irredutível.

— Mas a Hettie é tão doce e simpática.

— Ela é chata.

— Como é que você diz uma coisa dessas? Ela é um amor!

— Chata — repete ele.

— A Shirley me pareceu seca demais.

Ele concorda, satisfeito, sua franja balançando sobre a testa.

Michael se recusou a cortar o cabelo ao longo do ano. Ele não fez mais a barba também. Meu irmão agora está barbudo e parece um capitão de navio de filme de época. Eu acharia isso divertido se não fosse pelo fato de que ele não estaria assim se nossos pais ainda fossem vivos. Meu pai sempre dizia "Esqueceu aqui ó" depois de Michael ter feito a barba, então Michael apelidou o aparelho de barbear de "seu Aquino".

— Eu sei que ela vai gostar de ver TV com você, mas você acha que ela vai ser boa pra ajudar com o resto?

— Que resto?

— Lavar roupa, cozinhar, limpar, ajudar você a se cuidar se for necessário...

— Eu não preciso de ajuda com nada disso.

Meu queixo cai. O que eu venho fazendo todo esse tempo, então?

— Ah, Michael, faça-me o favor. E pra ajudar a lidar com dinheiro?

— Não preciso de ajuda com isso também — afirma ele.

— Como é que você... — começo, exasperada. — Você *precisa* de ajuda para se lembrar de pagar as contas!

— Não preciso, não.

— Bom, talvez não desde que eu passei tudo para o débito automático, mas e pra acompanhar o saldo da sua conta? Nossos pais não estão aqui pra ajudar se você decidir sair gastando tudo por aí.

— Eu *nem gosto* de fazer compras.

— Você comprou para os seus novos amigos...como é mesmo o nome deles? Ronnie e Tina? Você não comprou uma TV pra eles?

— Eles não são mais meus amigos — responde ele, desviando totalmente da questão. — A Shirley. Eu gosto da Shirley. Ela é *incrível*. E ela pode começar na semana que vem, o que é bom.

Não tenho certeza se o fato de ela não ter nenhum outro emprego é tão bom assim, mas sei reconhecer quando a batalha está perdida.

Na sexta-feira à noite, estou atrás do balcão no Seaglass quando Finn entra e o déjà-vu deixa meus joelhos bambos.

Amy e Rach estão do outro lado do balcão com Dan, Tarek e Chris, e, assim que veem Finn, os cinco se aglomeram em volta dele, cumprimentando-o com abraços afetuosos e palmadinhas entusiásticas nas costas.

O estranho silêncio que se instala no grupo quando Finn avança para me dizer oi é constrangedor.

Eu sou uma estraga-prazeres nesse nível?

— Oi — diz ele, se inclinando sobre o balcão para me dar um abraço rápido.

— Como você está? — pergunto, consciente de que nossos amigos ainda estão prestando atenção em nós.

— Bem.

— Foi à praia hoje?

— Não. O Tyler queria ir surfar em Perranporth e eu não quis, então ele ficou bravo e não saiu da frente da TV.

— Que divertido.

Chas se aproxima para dizer oi.

— Esse cara está incomodando você outra vez? — pergunta ele, brincando e indicando Finn, antes de apertar a mão dele.

Há uma garota esperando para ser atendida, mas, quando faço um movimento em direção a ela, Chas dá um tapinha nas minhas costas para me avisar que ele vai se encarregar do pedido.

Ele tem cuidado de mim de verdade desde a Páscoa, quando voltei a trabalhar no Seaglass. Acho que seria possível dizer que eu havia superado o pior do luto a essa altura, mas ele ainda me derruba às vezes, e Chas é sempre solidário. Muitas vezes fico conversando com ele depois do trabalho. Ele tem sido uma rocha, uma base sólida. Eu sempre pensei nele como um tio legal para os jovens daqui, mas, nos últimos meses, ele agiu como se fosse mesmo da minha família.

— A Shirley aceitou? — pergunta Finn.

Nós nos encontramos há dois dias para tomar um café e eu contei a ele sobre a situação com a assistente pessoal de Michael.

— Ela começa na segunda-feira — respondo, com um sorriso resignado.

— Vocês já tinham se visto nesse verão? — intervém Amy, juntando-se a nós.

— Já — respondo.

Ela parece surpresa.

— Quando?

— Faz uns dias. Por quê? — pergunta Finn.

Amy levanta as sobrancelhas e dá uma olhada para Rach, que parece igualmente surpresa.

— Por nada — responde Amy, com um sorriso largo.

Franzo a testa para ela antes de me virar de novo para Finn.

— Quer beber alguma coisa?

— Que déjà-vu — responde ele, com um sorriso.

— Pois é.

Pelo canto do olho, vejo que Amy e Rach ainda estão atentas à nossa conversa. Lanço a elas um olhar incomodado, me perguntando por que elas parecem tão satisfeitas.

Rach ainda trabalha na loja de surfe na vila e passa a maior parte do tempo livre nadando e surfando, então não houve muita mudança quanto a ela, mas Amy conseguiu um emprego na unidade neonatal do Royal Cornwall Hospital no fim do verão passado.

Foi estranho concordar em voltar para o Seaglass quando Chas me pediu, especialmente porque eu sabia que Amy não estaria comigo atrás do balcão. Mas eu gosto daqui. Eu me sinto segura com Chas e gosto da agitação e da correria, que não me dão tempo para pensar.

Não sinto vontade de esculpir desde que perdi meus pais. Ainda me lembro daquelas horas que passava com minha avó junto à mesa da cozinha, produzindo criaturas com massa de modelar. Durante anos usei esse tipo de material de modelagem, que não precisava secar, e cera, mas, na primeira vez que enfiei as mãos na argila macia e real, vinda direto da terra, foi como se algo dentro de mim tivesse se encaixado.

Às vezes sinto uma inquietação, uma cobra que desliza e se retorce e parece que vai me atar em nós. Mas, quando estou esculpindo, quando envolvo meus dedos no material fresco que posso manipular, modelar e converter em uma forma, essa cobra sossega e dorme.

A argila vai ajudar a acalmar minha alma quando eu estiver pronta, mas não quero me precipitar. A arte é algo que não se pode forçar. Esculpir é minha paixão, não minha obrigação. Ela vai voltar a mim quando for a hora certa.

Enquanto isso, o que eu pretendo fazer é trabalhar o máximo possível e juntar dinheiro suficiente para me manter no inverno depois que os turistas forem embora.

Não é um plano de longo prazo, mas é o único que consigo fazer por enquanto.

# Capítulo Dezoito

Ponho a chave na fechadura e abro a porta. Entro suspirando alto. O silêncio e a quietude são agoniantes. Uma família de quatro pessoas se hospedou aqui esta semana e, por um momento, eu me permito imaginar como deve ter sido: o sol entrando pela janela sobre a mesa da cozinha, a mãe, o pai e os filhos tomando o café da manhã, iniciando o dia da mais prosaica das maneiras. Chuveiros ligados, todos se arrumando, o som de conversas, risos e queixas reverberando pelo corredor e pelo hall.

Preciso terminar isso o mais rápido possível.

Depois de tirar a roupa de cama e ligar a máquina de lavar, vou cuidar dos banheiros. Estou lavando o terceiro banheiro do dia quando o celular toca.

Deve ser Amy. Estive praticamente lidando com a Inquisição Espanhola a manhã inteira. Ela não consegue aceitar que Finn e eu somos só amigos, que eu não quero ir além disso. Nem sei se *ele* iria querer se eu desse uma chance. Minha vida está confusa e complicada, e eu não sou a mesma pessoa que era um ano atrás. Quem ia querer se meter no meio *disso*?

Apesar de todas as minhas declarações categóricas, meu coração dispara quando pego o celular e vejo que a mensagem é dele: "Uma pausa para um café?"

Sorrindo, escrevo de volta: "Estou na casa do meus pais".

"Eu sei. Abra a porta", responde ele.

Corro escada abaixo, feliz ao vê-lo diante da porta com dois copos de café para viagem nas mãos.

— De onde você trouxe isso? — pergunto, radiante.

— Do café ao lado do Seaglass.

— Você é um amor. Obrigada.

— Posso entrar?

Abro passagem, desconcertada pelo jeito como fiquei empolgada.

— Por que veio até aqui? — pergunto, aceitando o café.

— Só para o caso de você precisar de ajuda.

— Você não tem nada melhor pra fazer?

— Na verdade, não.

Eu sorrio e o conduzo para a cozinha. O fato é que o sol só entra pela janela à tarde, minha imaginação criou algo impossível quando visualizei aquela família feliz com quatro pessoas tomando café da manhã. É uma tendência que sempre tive, ficar pensando em coisas que alimentam minha dor.

— Aqui é muito bonito — comenta Finn, olhando em volta.

Ele esteve aqui depois da morte de meus pais, mas aquele não era bem o momento para apreciar o local.

— Você mudou muita coisa na casa para começar a alugar? — pergunta ele.

— Quer fazer um tour?

— Eu adoraria.

Levamos os copos de café conosco enquanto eu mostro o quarto de hóspedes, que fica no canto da escada e tem uma janela de frente para a rua, e aponto a lavanderia e a salinha para guardar os casacos, que se abre para um segundo hall e uma porta lateral que dá acesso ao jardim e à entrada de carros.

O hall principal era a sala de estar no chalé original e ainda tem a lareira, mas ela não está mais em uso e meu piano está na frente dela.

Finn passa os dedos pelas teclas.

— Você toca? — pergunto, parando.

Ele faz que sim.

— Mas só o que eu aprendi sozinho. Aposto que você fez provas para passar de nível e tudo mais. Estou errado? — pergunta ele, com um sorriso.

— Fiz — admito.

— Até que nível você chegou?

— Oito. — Parei de fazer aula com quinze anos, quando minha avó morreu.

— Toque alguma coisa para mim.

— Não, toque *você* alguma coisa para *mim*. Sou eu que preciso ser alegrada.

Ele arregala os olhos e suas covinhas aparecem.

— Chantagem emocional!

Eu rio e puxo o banquinho, sentando em uma ponta e batendo a mão no espaço ao meu lado.

— Quer ouvir uma coisa em que eu venho trabalhando? — pergunta ele, um pouco hesitante, acomodando-se no banquinho ao meu lado e me passando seu café para eu segurar.

— Uma música? — pergunto, animada. — Para a sua banda?

— Não, pra mim.

— Eu não sabia que você compunha.

— Claro que eu componho. Para a banda principalmente, mas também pra mim mesmo, o tipo de coisa que a gente não toca.

— O quê, por exemplo?

Ele põe os dedos finos e longos sobre a teclas e, depois de uma breve pausa, começa a tocar uma melodia melancólica e ritmada. Quase fico sem ar enquanto me deixo levar pelo som. Ele para de tocar de repente, bem quando meu nariz começa a coçar.

— Por que você parou?

— Só fiz até aí.

— É linda.

Ele mantém os olhos baixos e eu estou hipnotizada pelo vislumbre de azul-turquesa sob os cílios escuros.

— Tem letra? — pergunto.

— Um pouquinho. Mas não vou cantar — diz ele e me dá um sorriso tímido. — Vamos ver o andar de cima. — Ele cutuca minha perna e se levanta.

Subimos a escada para o antigo quarto de Michael, que dá para a rua. Está limpo e bem-arrumado, com duas camas de solteiro para os aluguéis de verão. Na frente, do outro lado do corredor, há um banheiro grande e, em seguida, abro a porta do meu quarto.

— Está praticamente igual — comenta ele e, de repente, o cômodo parece muito pequeno.

Fecho a porta e passo para o último quarto no fim do corredor, que era o dos meus pais. É o que tem a melhor luz de todos os quartos deste andar, com janelas voltadas para o jardim em três lados.

— Deve ter sido muito difícil desocupar tudo para poder alugar — murmura Finn, olhando em volta.

— Você não tem ideia. — Faço uma pausa. — Ou talvez tenha.

Nós nunca conversamos, de fato, sobre como foi, para ele, perder a mãe aos quinze anos.

Ele suspira e concorda.

— Eu provavelmente tenho uma ideia melhor do que a maioria das pessoas, mas o lugar onde a gente morava não era nosso. E me ajudaram a tirar as coisas da minha mãe.

— Seus avós?

— Aham. Alguém ajudou você?

— Meu tio se ofereceu quando veio da Espanha para o funeral, mas eu ainda não conseguia fazer isso.

— Claro que não.

— E o Michael veio algumas vezes, mas acho que nenhum de nós dois é muito bom lidando com o luto do outro. Se eu ficasse incomodada com alguma coisa, ele se irritava, e vice-versa. No fim eu achei que ia ser mais fácil fazer sozinha. E ele não reclamou.

— Inclino a cabeça para um lado. — Você disse que não quis ir à praia em Perranporth ontem. Era lá que você morava, não era?

— Era — responde ele, lacônico, indo até a janela e olhando para a estufa convertida em meu ateliê. — Eu vivo tentando me preparar para isso.

— Você quer que alguém vá até lá com você? — proponho.
Ele me olha.
— Quem?
— Que tal eu? — Deslizo as costas pela parede e me sento no chão, batendo a mão no espaço ao meu lado em um convite.

Ele dá um sorrisinho, encolhe os ombros e escolhe se sentar de frente para mim, com as costas apoiadas na cama.

— Não sei. Talvez no ano que vem.
— Quer dizer que você vai voltar de novo? — pergunto, sorrindo.
— Acho que sim. — Ele sorri de volta e estende as pernas, uma de cada lado das minhas. — Você acha que vai estar aqui? — Ele bebe o que resta do café.

Solto o ar pelo nariz.
— Não vou sair daqui.
— Por quê?
— De que jeito? — respondo, fazendo uma careta. — Quem vai cuidar do Michael?
— A Shirley?
— Não, ele precisa de alguém da família por perto. Não posso largar o meu irmão.

Ficamos em silêncio.
— Então o que você vai fazer no próximo verão? — pergunta ele, olhando em volta pelo quarto.
— Vai saber. Não me imagino morando com o Michael. Ele ficou muito bravo comigo hoje de manhã quando eu entrei na cozinha e dei de cara com ele só de cueca lavando roupa. Eu gritei pra ele ir vestir alguma coisa e ele gritou de volta que ali era a casa dele, e que se ele quisesse lavar roupa só de cueca, era exatamente isso que ele ia fazer.

Finn ri.
— Meus pais sempre disseram que ele gostava de ser independente, mas ele vinha tanto à nossa casa que eu não acreditava muito. Agora eu sei que estou no espaço dele, interferindo na vida dele. Ele anda muito irritado comigo o tempo todo. Quanto mais

rápido eu voltar a morar aqui, melhor. Mas não preciso de todo esse espaço, só que não tenho coragem de vender a casa. Ainda não sei o que fazer.

A máquina de lavar apita no andar de baixo, me avisando que terminou seu ciclo.

— Tenho que lavar o resto dos lençóis, senão eles não vão secar a tempo — digo, me levantando.

Finn me segue para baixo.

— Você já pensou em dividir a casa? — pergunta ele.

— Como assim?

— Você poderia fazer uma obra para alugar só o andar de baixo e continuar morando em cima durante o verão, e usar o resto da casa quando não tiver inquilinos.

— Mas aí ficaria só um quarto pra alugar.

— Você precisa mesmo desse acesso pela porta lateral? — pergunta ele, enquanto passamos pelo corredor largo que sai da lavanderia. — Se você conseguisse pôr uma máquina de lavar na cozinha e usar a porta da cozinha como acesso principal para o jardim e a entrada de carros, poderia transformar todo esse espaço da lavanderia e do closet para guardar casacos em um quarto com beliches.

Eu paro para olhar em volta.

— E você poderia transformar o hall principal da porta da frente, que é uma área grande, em dois espaços de entrada, um que dê direto na escada para o seu apartamento e outro que funcione para os inquilinos. No andar de cima, você poderia converter o banheiro grande em uma cozinha e transformar o quarto do Michael ou o dos seus pais em uma sala de estar.

Minha mente está visualizando as possibilidades que ele abriu.

— Você já pensou em virar arquiteto? — pergunto, tremendamente impressionada.

— Eu nunca me permiti sonhar com esse tipo de coisa — murmura ele, evitando meu olhar. — Mas você devia falar com o Tarek.

— Com o Tarek? — Ainda estou intrigada com a expressão de seu rosto um momento antes, enquanto repasso mentalmente ecos do que minha mãe me disse: *A mãe dele era uma alma muito perturbada.* Detesto pensar que ele achava que não podia sonhar quando era mais novo. Tenho vontade de abraçá-lo, mas resisto ao impulso.

— Ele estuda arquitetura e trabalha meio período em um escritório em Truro.

— Esqueci que ele estava fazendo arquitetura — digo. — Nós conversamos bastante sobre isso em uma das festas na casa dele e do Dan.

A máquina de lavar começa a apitar de novo e Finn a desliga.

— Obrigada — digo, apertando o braço dele e o forçando a olhar para mim. — De verdade, você me fez parar pra pensar.

Pensar em algo positivo, para variar.

# Capítulo Dezenove

Uma semana depois, no sábado, estou trabalhando, aliviada por ter uma distração do aniversário de morte dos meus pais que se aproxima rapidamente.

Vou fazer o almoço de domingo para marcar a ocasião amanhã, e espero que a experiência que ganhei possa permitir que Michael e eu relaxemos juntos e compartilhemos algumas boas lembranças de nossos pais.

Mas então ele convidou a Shirley e o Timothy, um amigo que ele conheceu anos atrás em um clube para pessoas com necessidades educacionais especiais. Meus pais o levavam ao clube três vezes por semana, mas ele não quis mais ir desde que eles se foram. Só que ele ainda mantém contato com alguns de seus amigos e, desses, Timothy é o mais próximo.

Amanhã vai ser difícil de um jeito ou de outro, mas vai ficar mais difícil ainda se eu tiver que entreter pessoas que mal conheço, embora eu fique feliz por Michael estar procurando os amigos dele. Eu só queria ficar na cama e passar o dia inteiro debaixo do lençol. Vai ser um alívio quando terminar.

Às vezes eu me pergunto como Michael está vivendo o luto. Ele chorou quando nossos pais morreram, e eu o vi chorar muitas vezes desde então, mas ele parece voltar de suas crises de tristeza muito rapidamente, por isso seus períodos de angústia parecem mais curtos e mais passageiros. Ele vive no presente, se concentrando principalmente no que está acontecendo hoje ou amanhã, ou na semana que vem. Ele olha para a frente, não para trás, e tem uma capacidade invejável de deixar o passado mais ou menos no passado.

De vez em quando, porém, ele diz algo que me lembra que, claro, ele está sofrendo também.

Nesta noite, quando eu estava saindo de seu chalé, ele me disse que estava com saudade do Austin Healey.

Era o carro clássico que nossos pais estavam dirigindo quando morreram.

Isso me deixou sem ar. Ainda agora, quando penso nisso, tenho que conter as lágrimas.

— Pode encerrar por hoje, querida — diz Chas, passando a mão nas minhas costas. — Vá embora, nós assumimos aqui.

— Obrigada. — Estou piscando rápido para conter as lágrimas enquanto pego minha bolsa e a coloco no ombro.

A Mixamatosis está tocando a última música da noite e o espaço em volta do palco está lotado. Finn está em algum lugar no meio da multidão, assistindo.

Saio do bar tentando engolir o nó na garganta. Estou no meio da escada quando o desespero que está tomando conta de mim se torna demais para suportar. Quero ir para casa, mas não posso. Não para a *minha* casa. E não quero voltar para a casa de Michael.

Em um impulso, sigo para a praia, os sons do Seaglass ecoando pelo ar noturno atrás de mim. Gritos soam quando a última música chega a um final estridente e, momentos depois, outro rock começa a tocar no som ambiente.

Meu celular vibra dentro da bolsa.

— Pra onde você foi? — pergunta Finn quando atendo, sua voz abafada pelas batidas do baixo à sua volta.

— Estou na praia — respondo.

Ele encerra a ligação e eu me viro, com lágrimas nos olhos, vendo-o descer a escada correndo em minha direção.

— Amanhã faz um ano que eles morreram — explico, a voz embargada, quando ele me alcança e me puxa para perto.

Ele me aninha com a mão atrás de minha cabeça e me abraça com força enquanto eu choro.

— Eu pedi pra você não ser tão legal comigo — murmuro depois de um tempo.

— Pare com isso — responde ele, me soltando.

Nós caminhamos em silêncio até a linha do mar.

— Como o Michael está se sentindo em relação ao dia de amanhã? — pergunta ele.

— É difícil saber. Ele responde "bem" pra tudo. Não, na verdade, às vezes ele diz que "não está muito bem", mas já aconteceu de ele falar "não estou muito bem" e estar com uma dor tão terrível, que precisou ficar internado por infecção pulmonar. Então já dá para ter uma ideia.

Ainda me lembro de meus pais me contando como ele minimizou essa infecção. É mais um sinal de alerta a que eu tenho que estar atenta para o caso de acontecer de novo.

Finn pega minha mão e a aperta, me incentivando a continuar.

— Hoje, antes de eu vir pra cá, ele me disse que estava com saudade do Austin Healey do meu pai.

Ele olha para mim.

— Era o carro que eles estavam dirigindo?

Confirmo, meu rosto se contraindo. Ele tenta me abraçar outra vez, mas eu me afasto.

— Se eles estivessem com o BMW, provavelmente teriam sobrevivido.

Ele fica imóvel.

— Como assim? — pergunta, cauteloso.

Nós nunca falamos sobre isso. Eu não conseguia expressar minhas dúvidas em voz alta, mas depois li o relatório da polícia, fiz algumas pesquisas e meus piores medos se confirmaram. A culpa se intensificou, me envenenando.

— Eles não estavam com o BMW. — Reprimo mais uma onda de lágrimas. — *Eu* estava. Foi nesse carro que eu levei todo mundo para o festival.

— Por favor, não vá dizer que você está se culpando — diz Finn, com espanto, e então sua expressão se transforma em choque. — Você acha que a culpa foi *minha*?

— Eu acho que a culpa foi de nós dois — sussurro. — Se eu não estivesse tão obcecada por você, eles ainda estariam vivos.

Ele sacode a cabeça, enfaticamente.

— Que merda, Liv, não. Por favor, não diga isso. Por favor, não *faça* isso.

— Eu não consigo evitar! — grito.

— Que merda! — exclama ele de novo, afastando-se e passando a mão pelo cabelo. Ele olha para o mar com uma expressão desolada.

Eu devia mandá-lo embora para me punir, mas, nessas últimas duas semanas, tudo o que fiz foi ficar mais próxima dele.

Vou pagar minha penitência na dor que sentirei quando ele partir.

Eu me aproximo, deslizo os braços em volta de sua cintura e apoio o rosto em suas costas. Lentamente, ele põe as mãos sobre as minhas.

— Estou muito sozinha, Finn. O sofrimento é tão grande e eu me sinto tão pequena, e não tenho ninguém com quem dividir essa dor.

Ele baixa a cabeça.

— Você fica comigo hoje? — murmuro de encontro à sua camiseta macia, quase com medo demais de perguntar.

— Eu volto para Los Angeles na segunda-feira — responde ele, com a voz rouca.

— Não estou dizendo pra... eu só... só não quero ficar sozinha. Me abraça? Por favor?

Sinto a hesitação dele, mas fico aliviada quando ele concorda.

O chalé de Michael está escuro e silencioso quando entramos. Estou consciente de cada batida de meu coração quando subimos a escada em silêncio até meu quarto. Pego o pijama e vou para o banheiro, e deixo Finn sentado na beira da cama.

Ele já está embaixo das cobertas quando volto para o quarto, e, quando me deito também, vejo que ele está só de cueca. Ele abre os braços, eu me aconchego e, depois de um tempo, parte da minha tristeza se desfaz.

## Capítulo Vinte

Acordo no dia do aniversário da morte de meus pais sentindo como se eu tivesse bebido o luto e ele houvesse se solidificado dentro de mim como gesso, em alguma forma retorcida e mutilada. Não há nada de belo nisso, é pura dor.

Finn acorda ao meu lado.

— Oi — murmura ele, me puxando para mais perto.

Eu engulo em seco, a emoção se avolumando como uma tempestade em meu peito. Preciso chorar, mas, quando começar, não sei como vou parar, e a última coisa que quero é acordar Michael.

— Ponha uma roupa — diz Finn, saindo da cama e pegando seu jeans. — Vamos dar uma volta.

As lágrimas descem pelo meu rosto enquanto o acompanho por uma trilha estreita com arbustos altos de espinheiros e samambaias dos dois lados. Fazemos uma curva na trilha e vemos o oceano, cinza como aço sob o céu que começa a clarear. Seguindo por uma bifurcação à esquerda, caminhamos em silêncio passando por árvores tão curvadas e desgastadas pelo vento que é como se o interior delas tivesse sido escavado e removido.

Eu me sinto como uma dessas árvores: oca, mas ainda viva. Meio morta, meio viva.

A linha entre o céu e o mar é quase indecifrável, e tão estática que quase não dá para distinguir o movimento das ondas lá embaixo.

No entanto, quanto mais andamos, mais alto o sol se eleva acima do horizonte e mais vibrante o mundo se torna à nossa volta. Na última vez que estive aqui, as samambaias ressecadas deixavam as falésias da cor de ferrugem. Agora é uma paisagem de arbustos ondulantes forrados como que por uma crosta de pedras preciosas de flores de tojo de ouro, urzes de ametista e samambaias de esmeraldas.

Quando a cor da água passa de água-marinha para um verde-azulado e o vento aumenta, Finn diminui o passo e para. À nossa frente há uma formação rochosa e, além dela, os penhascos cobertos de vegetação descem para uma extensão de praia de areia clara.

Dou uma olhada para Finn. Ele está voltado direto para o mar, o rosto tenso, o vento agitando seu cabelo escuro.

E então eu me dou conta: foi onde encontraram as roupas da mãe dele, foi onde ela tirou a própria vida, pulando do penhasco.

Eu *não* estou sozinha em meu luto.

Foi por isso que ele me trouxe aqui? Para dividir a minha dor?

— Eu garanto que vai ficar mais fácil, Liv. — repete o que tinha dito no verão anterior, sua voz soando grave e pesarosa.

— Como você enfrentou isso? — pergunto, angustiada pela dor dele, e pela minha. — Você era tão novo.

— Eu já vivia todos os dias com medo, imaginando o que mais ela ia fazer pra se machucar, pra machucar a gente. De certa maneira, foi um alívio quando ela decidiu ir embora. — Ele engole em seco e dá uma olhada para mim antes de baixar os olhos para o chão. — Nunca falei isso pra ninguém.

Passo meu braço pelo dele e ficamos juntos, lado a lado.

— Você já tinha vindo aqui depois daquele dia?

Vai fazer nove anos no Natal.

Ele balança a cabeça.

— Não. Eu não consegui vir aqui no último verão.

— E por que, afinal, você voltou para a Cornualha depois de todo esse tempo?

— Fazia anos que os meus avós vinham pedindo. Eles levaram Liam e Tyler aos Estados Unidos duas vezes, mas queriam que eu conhecesse de verdade os meus irmãos, na casa deles. E eu ainda não tenho certeza se conheço — confidencia ele.

— Como assim?

— Com o Liam é tranquilo, mas o Tyler... Ele tem tanta raiva. Acho que ele tem raiva *de mim* por ter ido embora, como se eu tivesse abandonado meu irmão também, depois que minha mãe deixou a gente. Mas eu não tive escolha — diz ele, a voz áspera.

— Meus avós não tinham espaço para mim. A casa deles é tão *pequena*. Meu pai foi o único que se mostrou disposto a se fazer presente e ser um pai. — Ele suspira. — Acho que, se minha avó e meu avô morressem daqui a um tempo, o Tyler e o Liam iam vir morar comigo.

— Você não se mudaria de volta pra cá se isso acontecesse? — pergunto, surpresa. — Se eles ainda estiverem na escola?

Observo seu pomo de adão subir e descer enquanto ele engole em seco mais uma vez, e, então, seu olhar se move relutante para o meu.

— Eu não teria como, Liv — responde ele, sombrio.

— Por quê?

— Porque dói estar aqui.

Eu olho para ele, meu coração se apertando.

Seus olhos são tristes e imploram que eu entenda.

— Tenho tantas lembranças ruins desse lugar. Minha vida é em Los Angeles. Meu pai está lá, meus irmãos mais velhos, meu sobrinho, meus amigos e minha banda... Eu fiquei arrasado quando fui embora da Cornualha, mas Los Angeles é o meu lar agora. Eu sou feliz lá.

De repente, sinto vontade de chorar outra vez. Mordo o lábio, lutando contra o impulso enquanto ele desata nossos braços e põe o dele em volta de minha cintura.

— Você esculpiu alguma coisa nesses últimos meses? — pergunta ele, suavemente.

Faço que não, engolindo em seco.

— Estou sem ânimo. Eu sei que vai me ajudar em algum momento, mas ainda é doloroso demais. Acho que preciso conviver com a dor por um tempo, deixar que ela saia aos poucos de dentro de mim. Ou aprender a deixar que ela se torne parte de mim, aprender a viver com ela.

— Você acha que vai esculpir os seus pais?

Hesito antes de responder.

— Um dia.

Mais no fim daquela tarde, estou sentada no chão da sala de Michael com as costas apoiadas na parede, rindo de uma história que Amy está contando para nós.

Hoje acabou sendo totalmente diferente do que eu imaginava. Em vez de sermos apenas Michael e eu sentados à mesa, compartilhando memórias de nossos pais e tentando não chorar, estamos cercados por nossos amigos.

Quando Rach e Amy souberam que Michael tinha convidado Shirley e Timothy para o almoço, elas perguntaram se podiam vir também e insistiram em trazer peixe e fritas da vila.

Finn também está aqui, e, como não há espaço suficiente para todos à mesa, nós empurramos os sofás e nos sentamos todos juntos no chão em volta da mesinha de café, até Shirley.

— Xô! — diz Michael, batendo na mão de Rach, que acabou de roubar uma batata frita do prato dele.

— Desculpe, essa parecia muito crocante — responde ela, atrevida.

Michael estica o pescoço e examina o prato dela.

— Eu vou pegar... essa! — declara ele, pegando uma batata bem gorda.

— Ei, essa era muito maior do que a que eu roubei — protesta ela.

Meu coração se alegra quando os observo. Sempre amei o jeito como minhas amigas interagem com Michael. Eles se adoram. Os abraços que Michael deu em Amy e Rach quando elas chegaram foram cheios de afeto.

— Querem que eu pegue mais batata na cozinha? — oferece Finn, sabendo que ainda estamos longe de consumir nossa cota.

— Não precisa — responde Michael antes de dar chance a qualquer um de nós, roubando outra batata de Rach.

Nem consigo acreditar que estou, de fato, tendo uma tarde alegre.

A manhã ajudou horrores. Eu precisava poder chorar, e agora sinto um enorme alívio, porque o dia está quase no fim.

Olho para Finn e sorrio.

Finn é o último a ir embora. Michael já subiu para o quarto, exausto. Amy e Rach acabaram de sair, junto com Shirley, que se ofereceu para deixar Timothy em casa em Perranporth, onde ele mora em um alojamento com assistência.

Estou encolhida no sofá, com a cabeça no colo de Finn. Ele está me fazendo um cafuné.

— Acho que eu devia ir embora também — diz ele, se lamentando.

Ele volta amanhã para Los Angeles.

Levanto a cabeça e olho para ele.

— Fique — peço, baixinho.

Ele me olha, colocando uma mecha de cabelo atrás de minha orelha, e o desejo pulsa na parte inferior de meu corpo.

Eu me sento de frente para ele.

— Fique — murmuro de novo, determinada.

— Eu quero — confessa ele, e sei, pela expressão de seus olhos, que nenhum de nós dois está pensando em dormir. — É que, se eu ficar, vai ser ainda mais difícil ir embora.

— Eu não me importo.

Ele examina meu rosto por um longo momento, antes de acariciar meu queixo.

— Tem certeza?

Confirmo.

Eu me arrepio quando ele me puxa para o seu colo. Nós nos olhamos nos olhos e, então, nossas bocas se aproximam, os lábios se unindo pela primeira vez em um ano.

É o mais doce dos beijos, lento e profundo, e faz calafrios percorrerem minha espinha.

Eu me balanço de encontro a ele e o sinto se enrijecer embaixo de mim. Suas mãos descem de minha cintura para os quadris e ele me puxa para mais perto, ofegando em minha boca.

— Vamos subir — murmuro.

Não tenho ideia de como conseguimos não fazer barulho.

— Eu ainda acho que não devíamos manter contato — murmuro, nas horas frescas do início da manhã.

Deitado de costas, Finn olha para o teto, duas rugas se formando entre suas sobrancelhas.

— É difícil demais — continuo, o desespero transparecendo em minha voz. — Não quero ficar esperando suas ligações ou mensagens, isso só iria prolongar a dor. Prefiro saber com certeza que não vamos nos falar. Arrancar o curativo de uma vez só.

Ele faz uma pausa, depois concorda, virando a cabeça para olhar para mim.

— Se é assim que você quer.

— É assim. — Não é. Mas é o melhor. — E acho que você precisa saber que eu não vou ficar esperando, contando com a chance de que talvez você volte.

— Eu *vou* voltar, Liv, mas, como antes, não vou pedir pra você esperar por mim.

— Eu também não vou pedir pra você esperar por mim.

Ele não responde, mas seu olhar é racional: avaliando, calculando se estou falando sério.

Seria loucura pensar que ele vai recusar todas as garotas que caírem em cima dele quando a banda começar a deslanchar, o que não tenho dúvidas de que vai acontecer.

— Mas... se você estiver sozinho e eu estiver sozinha... — digo, deixando a frase no ar.

Ele sorri da minha tentativa de indiferença e se inclina para me beijar.

— A gente se vê no próximo verão.

## Capítulo Vinte e Um

# ESTE VERÃO

## Capítulo Vinte e Um

— O Tarek está doente. — Amy liga para me contar.
— O que ele tem? — pergunto, preocupada.
— Gastroenterite.
— Nossa, que chato.
— Ele não vai poder ir ao jogo de perguntas e respostas no pub. Será que o Luke ou a Libby vão querer participar?
— Duvido. Eles já veem a minha cara todo dia, trabalhando no Seaglass. — Faço uma pausa, antes de dizer, hesitante: — Eu podia convidar o Tom.
— Quem é Tom? — pergunta ela, e posso imaginar perfeitamente sua expressão de surpresa.
— O cara que está alugando o apartamento de baixo.
— O mal-humorado? — pergunta ela, alarmada.
— Na verdade, ele é bem legal.
— *Desde quando?* — pergunta esganiçada, sua voz subindo vários tons.
— Desde sábado, quando ele insistiu para eu estacionar o carro em casa, depois me ajudou a levar o material de limpeza pra dentro e ainda fez o jantar pra mim ontem.
— O quê?
Dou risada e conto a ela o que aconteceu.
— Ele parece um sonho — comenta ela. — Pode chamar!
— Vou perguntar se ele quer ir — afirmo, sorrindo enquanto desligo o telefone.

Desço a escada e bato à porta do apartamento. As borboletas no meu estômago ainda estavam sonolentas quando mencionei o nome de Tom para Amy, mas elas despertam totalmente enquanto desço os degraus. E, quando a porta do apartamento se abre e os olhos castanho-mel de Tom cintilam de surpresa e prazer ao me ver, elas se agitam em uma revoada.

Ele fez a barba. Eu gostava de como estava, por fazer, mas com o rosto liso ele nem parece ser deste mundo.

— Oi! — digo.
— Oi!
— Ainda está a fim de um hambúrguer? — pergunto animada, esboçando um sorriso esperançoso.

— Me conte dos seus amigos — pede Tom enquanto subimos a ladeira meia hora depois.
— Bom, a Rach e a Amy são minhas amigas mais próximas e mais antigas. Nós estudamos juntas na escola, em Truro, e elas estão sempre por perto.
— Já gosto delas.

Eu sorrio e continuo.
— O Dan é noivo da Amy. Eles estão juntos desde a época em que terminamos a faculdade. Ele é incrível. E a Ellie é a namorada da Rach. Elas trabalham juntas na loja Surfers Against Sewage e se conheceram faz uns dois anos.
— Legal — diz ele. — E eu estou substituindo quem?
— O Tarek.

Ele me olha, e percebo a pergunta em sua expressão.
— Ele é só um amigo. O melhor amigo do Dan. Todos nós estudamos juntos. A namorada dele detesta jogos de perguntas e respostas.

Não acho que o vislumbre de alívio no rosto dele pela minha resposta foi só imaginação minha.

Está ventando bastante hoje, mas felizmente a chuva deu uma trégua para nossa caminhada até aqui.

Ele está usando o mesmo jeans de ontem, com uma camisa de algodão escovado azul-marinha, as mangas compridas dobradas até logo abaixo do cotovelo, aberta sobre uma camiseta branca.

Eu também estou usando jeans azul-claro e camiseta branca, mas meu jeans é mais folgado e de cintura baixa, e a camiseta é cropped e larga, portanto não estamos de forma alguma como um par de vasos. Uma jaqueta preta desbotada e curta completa meu look.

Admito que me dediquei para montar o visual desta noite. Queria um look casual e sexy ao mesmo tempo. Até demorei um pouco enrolando meu cabelo escuro em cachos soltos e brilhosos.

Somos os primeiros a chegar e nos encaminham a uma mesa para seis. Já há velas acesas sobre cada uma das mesas e a atmosfera é agitada, com várias pessoas adiantando seus pedidos de comida antes de o jogo começar.

— Obrigada por vir comigo — digo.

— Obrigado por me convidar.

— Fico feliz por você ter aceitado.

Ele puxa a vela um pouco mais para perto, sua atenção fixa na chama.

— Não estou muito acostumado a ficar só com a minha própria companhia, para ser sincero — admite ele.

— Você tem se sentido solitário?

Seus olhos se erguem para os meus e ele encolhe os ombros.

— Um pouco.

— Pode me chamar para tomar um chá a hora que quiser. Ou aparecer no Seaglass... Eu nunca estou longe.

Seus lábios se curvam nos cantos.

— Obrigado.

Seus braços fortes chamam a minha atenção o tempo todo, e quase dou um pulo de susto quando Amy grita:

— Chegamos!

Os olhos dela se movem entre mim e Tom. Ela está com um sorriso de orelha a orelha.

— Oi! — respondo e fico em pé quando Dan chega atrás dela.

Tom se levanta e espera ser apresentado enquanto eu dou um rápido abraço em meus amigos.

— Gente, esse é o Tom. Tom, esses são o Dan e a Amy.

— Oi! — exclama Amy, ficando na ponta dos pés para abraçá-lo. Ela me lança um olhar de pura alegria quando se afasta.

Antes de termos tempo de nos sentar, Rach e Ellie aparecem e fazemos mais uma rodada de apresentações.

— Caralho! — sussurra Rach no meu ouvido quando lhe dou um abraço rápido.

Lanço um olhar de advertência para ela antes de cumprimentar Ellie.

Ellie é tão bonita. Não é muito mais alta que Rach, com cerca de um metro e sessenta e cinco, e tem o cabelo preto muito liso, graças à ascendência japonesa pelo lado materno.

Por um longo tempo depois que ela e Rach começaram a sair, Rach parecia ter vontade de se beliscar para crer cada vez que olhava para a nova namorada.

Ellie tem uma expressão similar no rosto quando vê Rach surfar. Minha amiga é espetacular nas ondas.

Ela é espetacular sempre.

Nós nos sentamos. Eu me esqueci de avisar minhas amigas para não pressionar muito sobre as razões de Tom para vir à Cornualha, já que ele parece relutante em falar disso, então fico bem ansiosa quando elas perguntam o que ele faz e por que veio para cá. Ele dá a elas mais ou menos a mesma explicação que me deu e consegue escapar de um interrogatório mais detalhado. Quando nossos hambúrgueres chegam, estamos todos tranquilos na conversa de costume.

Por fim, a voz do apresentador do jogo vem pelo sistema de som para dar as boas-vindas a todos, e as conversas barulhentas no restaurante se reduzem a murmúrios. Tom está na minha frente e me dá um sorriso alegre que desce como um raio pela minha espinha.

Amy posiciona a caneta. Todos ficam em silêncio enquanto a primeira pergunta é lida.

— *O que é o nó sinusal e qual é a sua função?*

Nós nos entreolhamos sem a menor pista, exceto Tom, que se inclina para a frente e sussurra para Amy:

— É o marca-passo natural do coração. Ele gera impulsos elétricos para determinar o ritmo e a frequência de um coração saudável.

Ela anota depressa.

— Como você sabe disso? — pergunta Dan a Tom, espantado.

— A gente ouve umas coisas quando trabalha em busca e resgate — responde ele, encolhendo os ombros.

— Com todo o respeito, mas que homem gostoso! — exclama Amy quando Tom e Dan saem para pegar mais bebidas durante o intervalo.

Ela me dá um olhar significativo.

— Você tem que aproveitar, agora mesmo.

Faço um som de desdém.

— Ah, não sei.

— Por que não? Esse homem é gostoso demais. *E* inteligente. Acho que essa vai ser a primeira vez que nós vamos ficar no top três.

— Ele *é* inteligente, não é? — Estou cheia de orgulho.

— Porra, Liv, um piloto de helicóptero de busca e resgate — intervém Rach. — Existe trabalho mais sexy do que esse?

Ellie sorri para ela.

— Eu não sei de nenhum.

— Quer dizer que finalmente vamos poder voltar a ouvir músicas boas? — pergunta Rach.

— Você está se precipitando — respondo.

— Estou? Aposto que ele é muito bom de cama.

— Eu duvido que ele vá para a cama com qualquer uma por enquanto — digo, involuntariamente apertando os joelhos um contra o outro. — Ele acabou de sair de um relacionamento sério. E eu vi uma foto da ex. Ela é linda.

— Você é linda — ressalta Amy, sempre leal a mim.

— Não deve ter sido tão sério assim — diz Rach. — E dá pra ver que ele já virou a página.

— E como é que você sabe disso? — pergunto.

— Porque ele não tira os olhos de você — responde ela.

Dou uma olhada para Amy e Ellie, sentindo meu rosto cada vez mais quente.

— É verdade — diz Amy, com um sorriso.

— Ela tem razão — concorda Ellie.

Rach se inclina para a frente.

— E parece que você está gostando dele também.

— Como eu poderia não gostar? Ele é maravilhoso.

E gentil, e atencioso, e estranhamente protetor comigo, embora a gente só se conheça há poucos dias.

Rach vira para Amy com um olhar satisfeito.

— Acho que você vai poder incluir a Brit Easton na sua playlist de casamento, no fim das contas.

— Shhh! — Amy bate no braço dela, lançando um olhar constrangido em minha direção.

Sinto uma súbita náusea à menção do nome da pop star.

— Que história é essa? — pergunto, séria.

— A Amy está ouvindo "We Could Be Giants" sem parar — revela Rach. — Ela adora essa música e está morrendo de medo de contar isso.

— Pare de criar problemas. — Ellie repreende sua namorada, com a testa franzida, enquanto Amy parece desejar que o chão a engula.

Tom e Dan voltam com nossas bebidas, e eu tento forçar um sorriso no rosto, mas não consigo não pensar na tal música.

Ou na mulher que a canta.

E especialmente na pessoa que a escreveu.

## Capítulo Vinte e Dois

Dá para dizer que estou muito, muito bêbada. Ataquei o prosecco quando Tom e Dan voltaram do bar, depois nós ganhamos o voucher de bebidas e pegamos uma segunda garrafa. As bolhas subiram direto para a minha cabeça.

— Nem acredito que ganhamos! — exclamo, tentando andar em linha reta na descida íngreme para a Beach Cottage.

— E eu não acredito que você sabia quais personagens daqueles livros infantis usam sapatos — responde ele.

Eu rio.

— O sr. Silly e o sr. Noisy foram fáceis, mas eu fiquei bem feliz por me lembrar do sr. Chatterbox. — Nós só tínhamos que acertar três de nove. — Como você sabia que Edimburgo fica mais ao norte do que Vancouver e Moscou? — Eu empurro o braço dele, orgulhosa.

— É bem perto daqui.

— Mesmo assim, eu morei em Edimburgo e nunca teria adivinhado. Você fez faculdade? — pergunto.

— Em Leeds — responde ele.

— Qual curso?

— Aviação.

— Você sempre soube que queria voar?

— Era a minha única paixão, além de desenhar.

Posso não estar no meu estado mais sóbrio no momento, mas é impossível não detectar a melancolia em sua voz.

Assim que ficamos em silêncio, minha cabeça começa a girar.

— Você está bem? — pergunta Tom.

— A gravidade realmente, *realmente*, está querendo que eu vire uma cambalhota aqui na rua.

— Quer segurar o meu braço? — oferece ele, com uma risadinha.

Dou uma olhada para ele e torço o nariz, porque não quero passar vergonha.

Mas passar vergonha é justamente o que eu faço, porque olhar para o lado me faz perder o equilíbrio.

— Liv, você quase caiu no rio! — exclama ele, pegando meu braço e me puxando de volta para a rua.

— Ah, que droga — murmuro, constrangida. — Não costumo beber tanto assim.

— Dá pra ver que você estava precisando se soltar um pouco — diz ele, com uma risada.

O comentário me traz de volta lembranças do verão do ano em que terminei a faculdade.

Tom põe o braço em volta de meus ombros, e, de repente, é só *nisso* que consigo pensar.

— Tudo bem pra você? — consulta ele, cauteloso, olhando para mim.

— Tudo ótimo — respondo, me apoiando um pouquinho nele. Para me equilibrar melhor, ponho um braço em volta de sua cintura e a mão livre em seu peito. Ele é tão forte e firme. E me passa a segurança de que vai me manter de pé. — Você faz academia?

Vou me arrepender dessa sinceridade amanhã.

Ele ri.

— Há uns aparelhos de musculação no trabalho. Eu não tinha muito mais o que fazer enquanto ficávamos esperando alguma chamada.

— Então você só ficava lá sentado levantando pesos o dia inteiro?

— Não exatamente — responde ele, achando graça. — Nos períodos tranquilos, quando a gente não estava em treinamento de equipe, eu cozinhava, dormia, lia e me exercitava, às vezes até tocava piano.

— Há um piano no seu trabalho?

— Nosso prédio é tipo uma casa. Nós temos que ficar de plantão por mais de vinte e quatro horas seguidas.

— Eu tenho um piano em casa!

— Eu sei, já ouvi você tocando.

— Ouviu? — Faço uma careta ao pensar nisso.

— Qual é o problema? Você toca bem.

— Não, não. — Sacudo a cabeça. — Eu não vou mais conseguir tocar agora que sei que alguém está ouvindo.

— Não pare. Eu gosto.

— Você nem ligou a TV. O que você fica fazendo lá embaixo? Desculpe, estou sendo muito intrometida. Sou uma locadora muito, muito intrometida.

Sinto a risada grave dele vibrando sob a minha mão. Estamos caminhando como se fôssemos um casal e eu me sinto estranhamente segura. Fico surpresa por estar me permitindo desfrutar tanto assim deste contato simples sem ficar pensando demais, mas é verdade que entornei um quarto do meu peso em bebida.

— Tenho lido bastante desde que cheguei — conta ele. — Não sei por quê, mas não tive vontade de ver TV.

— Você também não ouve música nem rádio.

— Eu ouço você tocando piano.

— Desculpe, o som passa mesmo, né? Mas eu não tenho tocado tanto assim.

— Não, não tem — concorda ele.

— E geralmente os meus inquilinos passam muito mais tempo fora de casa.

— Eu tenho saído muito para andar! — protesta ele.

— Você fez aulas de piano? — pergunto, sorrindo para ele.
— Fiz. E você?
— Também.
— Nível oito?
— Como você sabe? Até que nível *você* foi?
— Oito também.
— Nossa, nós temos tanta coisa em comum!

Sinto a risada dele reverberar sob a minha mão outra vez, mas é verdade, nós temos mesmo.

Finn e eu também tínhamos o piano em comum, e Finn desenhava na época da escola. Eu me pergunto se me sinto atraída por Tom por causa das semelhanças com Finn ou se é das diferenças que eu gosto.

Estou bêbada demais para pensar nisso agora. Nem sei se algum dia vou estar sóbria o suficiente para isso, na verdade.

— Por que você parou de desenhar na praia? — pergunto de repente.

Caminhamos mais alguns passos antes de ele responder.

— Era mais fácil quando eu era anônimo. Mais ou menos como você tocando piano quando achava que ninguém estava ouvindo.

Eu me sinto frustrada.

— Não acredito que estraguei a sua arte na areia.

Ele me olha com um sorriso.

— Por favor, não pare de desenhar na areia por minha causa — peço. — Se você quiser uma praia mais reservada, com menos chance de alguém ver, pode seguir pelo penhasco até Trevellas Cove.

A praia lá é um pouco pedregosa, mas tem areia mais do que suficiente para criar um belo desenho, ainda que não seja uma floresta como a última que ele fez.

— De repente eu vou lá de manhã, se não chover.

— Posso ir para ver você trabalhar? — peço, ansiosa.

Ele inclina a cabeça para trás e ri, e é como se eu tivesse acabado de virar outra garrafa de prosecco.

Adoro o som de sua risada, e o sorriso dele é glorioso. Lábios lindos e belos dentes: retos e brancos, mas naturais.

Merda, eu estava olhando para a boca dele e ele percebeu.

— De que adianta eu ir para outra praia se você vai ficar olhando? — pergunta ele.

— Ah, é. Eu não tinha pensado nisso. Mas eu adoraria ver você trabalhar, de verdade. O que você usa? Quero dizer, que ferramentas?

— Eu peguei um ancinho emprestado do galpão no seu jardim, pra ser sincero.

— Então você tem a *obrigação* de me deixar olhar! — exclamo, batendo em seu peito firme. — Eu faço parte do seu processo!

— Vamos ver — responde ele gentilmente, levantando o queixo para indicar algo à frente.

Fico decepcionada quando percebo que estamos em casa.

— Você vai ficar bem? — pergunta ele, me soltando para abrir a porta da frente com sua chave e segurando-a para mim.

— Sim, já vou dormir — respondo, contrariada, enquanto me abaixo para passar sob o braço dele.

— Beba água primeiro.

Procuro minha chave, me despeço dele e abro minha porta.

Ele espera até eu entrar antes de ir para o hall.

— Obrigada de novo por me acompanhar — digo, me virando para ele.

Ele me dá um sorriso sincero, seus olhos dourados brilhando sob a luz do teto.

— Foi divertido. Me chame de novo a qualquer hora se alguém não puder ir.

— Pode deixar. Boa noite, Tom.

— Boa noite, Liv.

Fecho a porta com o pensamento torturante de que "qualquer hora" provavelmente significa "nunca". Ele vai embora daqui a menos de três semanas e eu vou ter novos inquilinos no apartamento de baixo.

Subo a escada me sentindo triste, com frio e estranhamente sozinha sem o peso do braço dele em volta de meus ombros.

Por que eu vivo fazendo isso comigo mesma? Por que não posso conhecer alguém legal que more aqui, alguém que não vá me deixar no fim das férias?

**QUATRO VERÕES ATRÁS**

## Capítulo Vinte e Três

— Que porra é essa? — diz Rach, quando mostro a ela a criação mais recente feita na espuma do meu latte.

— Um elefante? — sugiro, incerta, enquanto caminhamos pela praia, desviando dos turistas, tentando não chutar areia no mosaico de cangas coloridas.

De onde veio toda essa gente? Onde eles *estacionaram?* Com certeza não podem estar todos hospedados em St. Agnes.

— Isso não é um elefante nem aqui nem na China, Liv. São duas bolas e um pau.

— Shh! — sibilo, rindo e olhando preocupada para umas crianças que estão por perto.

Felizmente elas estão muito entretidas com seu castelo de areia para prestar atenção em minha amiga boca-suja.

— Ele está tentando mostrar o que você está perdendo — provoca Rach, empurrando meu braço.

— Se for assim, não tenho certeza se eu quero.

— Sei lá. É bem grandão.

— Pare! — As lágrimas de riso acumuladas em meus olhos finalmente rolam pelo meu rosto.

Faz umas duas semanas que o barista bonitão de olhos azuis do café ao lado do Seaglass resolveu ser artístico com o meu café. Ele começou com aves, gaivotas simples voando no céu, mas meu rosto deve ter entregado que eu gostei quando ele me deu o copo, porque ele abriu o sorriso mais fofo do mundo e eu senti seus olhos em mim o tempo todo enquanto pagava.

Na vez seguinte em que fui lá, ele desenhou a silhueta de um passarinho gorducho sobre meu latte.

— É um pardal? — perguntei, sorrindo.

— Eu acho que poderia ser um pisco-de-peito-ruivo — respondeu ele, com um sotaque australiano.

— Ficou bonito.

De aves, ele avançou para o contorno de um gato, depois de um cachorro.

— Você devia ter começado com uma mosca ou uma aranha — brinquei.

Ele inclinou a cabeça, confuso com o comentário.

— A velhinha que engoliu uma mosca, e comeu a aranha pra pegar a mosca, e o passarinho pra aranha... — expliquei. — Nunca ouviu essa musiquinha?

— Aaah, sim! — exclamou ele, com um grande sorriso. — A minha avó cantava pra mim.

— Na Austrália?

— O sotaque me entrega, né? — Ele jogou o cabelo loiro descolorido para trás, os olhos cheios de humor.

Vibe cem por cento surfista.

— Um pouquinho. Você é de onde?

— Sydney.

— Veio passar o verão aqui?

— Pelo menos. Tirei um ano sabático, mas por enquanto estou gostando da Cornualha.

Ele sorriu e cruzou os braços sobre o peito, em um movimento que fez seus bíceps se destacarem.

Eu me senti surpreendentemente desequilibrada enquanto saía, como se o piso de concreto tivesse se transformado em areia.

Ontem ele me perguntou qual era o meu animal favorito. Eu disse que era girafa. Ele demorou um pouco mais nesse e não foi muito bem: ele fez só a cabeça em vez do corpo inteiro e ficou parecendo mais uma vaca do que qualquer outra coisa. Mas nós rimos e eu saí dizendo que estava louca para ver o que ele ia fazer no dia seguinte.

— Uma coisa boa, prometo — garantiu ele.

E aqui está...

— O que você fez quando ele entregou isso? — pergunta Rach, estendendo a canga na areia.

— Fiquei vermelha.

— E depois?

— A menina que trabalha com ele queimou a mão na sanduicheira e ele correu pra ajudar — respondo, enquanto ela tira a camiseta do show de Sam Fender e exibe a parte de cima do maiô verde-oliva.

Esse maiô já está pela hora da morte.

— Volte lá e pergunte para o cara o que é isso — sugere ela, me vendo equilibrar o copo de café na areia.

— Não! É um elefante! *Claro* que é um elefante.

Tiro meu vestido amarelo pela cabeça e descalço as sandálias de dedo, olhando em volta à procura de minha bolsa de praia rosa pink.

Percebo que a esqueci no café na mesma hora em que avisto o barista vindo com ela.

— Desculpe! Obrigada!

— Imagine — responde ele, entregando-a para mim e protegendo os olhos do sol com a mão.

— Como está a mão da sua colega? — pergunto, desejando não ter sido tão rápida para me despir até quase nada. Estou usando um biquíni lilás, mas ainda assim.

— Não foi tão ruim.

— Oi — cumprimenta Rach.

Eu me viro depressa e disparo um olhar de advertência na direção dela.

— Eu sou a Rach — diz ela, sentada na canga, inclinada para trás e se apoiando nas mãos, evitando contato visual comigo. — Estava admirando o seu trabalho artístico.

— Ah, obrigado — responde ele.
— Você é artista nas horas vagas? — pergunta ela.
Ele ri e coça a barba loira por fazer.
— Hum, não. Não muito, pelo menos, pelo que a Liv já viu.
— Como você sabe o meu nome? — pergunto, surpresa.
Seu rosto bronzeado se tinge de rosa quando ele responde:
— Pode ser que eu tenha perguntado pra alguém.
Rach parece à beira de uma combustão espontânea.
— Eu sou Brendan — apresenta-se ele.
— Oi — respondo, tímida.
— Você vai fazer alguma coisa mais tarde? — interrompe Rach.
*Rach! PQP!*
— Não — responde ele, dando uma olhada para mim.
— Nós vamos dar uma festa de aniversário surpresa pra um amigo. Quanto mais gente, melhor. Pode levar algum colega, se quiser.
— Ah. Legal, tudo bem. — Ele foi pego desprevenido, mas não parece ter sido uma surpresa desagradável.
— A Liv manda os detalhes por mensagem — acrescenta ela, então se deita na canga e vira o rosto com óculos escuros para o sol.
Eu seguro uma risada pela tática dela e pego o celular no bolso com zíper dentro da bolsa.
— Me passa o seu número?

Achei o atrevimento da minha amiga divertido demais para ficar brava com ela, só que, mais tarde naquele dia, sinto meu estômago se contorcer de nervoso quando paramos no estacionamento em Chapel Porth. Faz muito tempo que não tenho nada nem parecido com um encontro, e nem sei bem se é isso mesmo o que está acontecendo agora.
— Relaxe — diz Rach com firmeza, puxando a mão que eu tinha levado à boca.
— Não consigo!
Estou morrendo de vontade de roer as unhas.
— Você está precisando disso — declara ela.

— Tem certeza? — pergunto, incerta, tentando parar quieta.
— Absoluta.
— Quantos anos ele tem, afinal? Ele disse que tirou um ano sabático. Isso quer dizer um ano sabático antes ou depois da faculdade?
— Quem liga? E daí se ele for mais novo do que você? Aquele garoto já é um homem.
— O quê? — Olho para ela com espanto.
— Você sabe do que eu estou falando. Você gostou dele, senão estaria tomando café de graça no Seaglass.
— É, mas o Beach Café também é uma confeitaria. Como meu corpo cada vez mais cheio de curvas pode atestar.
— E ele é um doce para os olhos — acrescenta ela. — Não me diga que você não tem degustado um pouco *daquilo* também junto com o seu croissant matinal.
— Eu prefiro o roll de uvas-passas.
— Cale essa boca e saia do carro, cacete.
É aniversário de Dan, e Amy combinou de nos reunirmos em uma caverna enquanto ela o leva para jantar mais cedo no Blue Bar em Porthtowan, a vila mais próxima, e depois para uma caminhada romântica pela praia. Nós vamos aparecer de repente, dar um grande susto nele e então ficar muito bêbados juntos.

É uma boa ideia, tirando o fato de só termos um intervalo de três horas mais ou menos até a maré subir e inundar nossa rota de saída. A maré sobe muito rápido aqui e é extremamente perigosa, então alguém vai ter que ficar de olho.

Rach e eu planejamos voltar a pé para casa e pegar o carro de manhã antes que o estacionamento comece a cobrar a estadia.

— O Michael vai trabalhar amanhã? — pergunta Rach, abrindo o porta-malas para pegar as coisas da festa que trouxemos.

— Vai, mas eu não confiaria nele para pegar um tíquete de estacionamento pra você, se é nisso que está pensando.

— É exatamente no que eu estava pensando.

Michael ainda trabalha para o National Trust em Chapel Porth, como atendente do estacionamento, um emprego que ele ama, porque é fanático por carros e pode ver modelos de todos os tipos aqui. Além disso, seu chefe às vezes organiza um desfile de carros antigos. Michael o adora.

— Talvez seja melhor eu ir pra casa de carro — murmura Rach, e eu me sinto mal, porque ela assumiu o posto de minha motorista particular desde que vendi o BMW dos meus pais.

Foi mais um passo no caminho para a recuperação, pois não preciso mais lidar com a pontada de culpa que sentia toda vez que o via estacionado na frente da casa, mas acho que eu devia pensar em comprar outro carro. Só estou resistindo porque é melhor para meus inquilinos ter o jardim inteiro só para eles e eu não tenho onde estacionar se não for na entrada de casa.

— Tome uns drinques comigo — peço a Rach. — Nós podemos ir todos juntos pra casa, tropeçando no escuro mais tarde. Vai ser divertido com o grupo todo.

— Tropeçar não é nada. Na última vez que fui andando de Chapel Porth para Aggie, eu caí naquela bosta de riacho.

— Pelo menos você não estava na trilha do penhasco — brinco, e imediatamente me arrependo, porque faz eu me lembrar de Finn e sua mãe, mas Rach está ocupada demais com o carro para notar minha expressão de tristeza.

Estamos tirando a última de nossas sacolas do porta-malas quando Tarek estaciona na vaga ao lado com sua namorada, Gaby, no banco da frente. Chris, Kieran e sua namorada, Hayley, saem do banco de trás.

Tarek trouxe gelo, coolers e vários engradados de cerveja, que ele não vai beber, porque é muçulmano e álcool é *haram*, proibido, no islamismo. Eu o conheci melhor nos últimos oito meses. Ele solicitou a licença de construção para fazer a reforma na casa e supervisionou a obra, e estou muito satisfeita com o resultado. No momento, há uma jovem família de quatro pessoas hospedada no apartamento de baixo, e o som das risadas das crianças que passa pelas tábuas do piso tem me feito sorrir. O menino e a menina estão muito longe dos gêmeos de dez anos barulhentos da semana passada, que brincavam de luta o dia inteiro, todos os dias, e quebraram dois pratos e três copos, além da luminária da sala de estar. Não posso mentir: fiquei feliz ao ver as duas pestes irem embora.

Mais alguns velhos colegas de escola chegam, e temos muitas mãos para ajudar a carregar tudo até a praia. Felizmente o aniversário de Dan caiu na lua cheia, porque, se fosse na maré morta da próxima sexta-feira, talvez nem conseguíssemos chegar às cavernas.

Encostas atapetadas de grama se elevam de ambos os lados da praia, verdes e vibrantes sob o céu cor de algodão-doce azul, mas, conforme avançamos entre os grandes seixos no caminho para a praia, a curva suave das colinas dá lugar a penhascos de bordas escarpadas, que parecem ficar ainda mais altos à medida que descemos. A areia é espessa e gruda nos nossos pés, e um leve brilho de suor reveste minha pele enquanto tentamos encontrar um trecho raso no riacho para atravessar sem molhar os sapatos.

Decidimos fazer a festa na própria caverna e começamos a fixar estacas com lâmpadas de energia solar. Hayley trouxe a decoração, mas Rach confiscou os balões, passando um sermão nela sobre os danos que eles poderiam causar à vida silvestre. Rach está trabalhando em meio período como instrutora de surfe e é voluntária no Surf Life-Saving Club local, mas acabou de se candidatar a um emprego em tempo integral na loja Surfers Against Sewage. Espero que ela consiga.

Agora Hayley está de mau humor, tentando enfiar as pontas das serpentinas de papel nas fendas e xingando cada vez que uma delas se rasga, porque as paredes da caverna estão muito úmidas.

— E se a gente enrolasse nas hastes das lâmpadas? — sugiro, tentando encontrar uma solução.

Acabamos de enrolar as serpentinas nas lâmpadas por toda a caverna quando Brendan aparece. Eu o avisto do lado de fora da abertura de pedra larga e irregular e tenho que olhar de novo. A luz do sol está batendo nele por trás e faz seu cabelo brilhar com um tom dourado.

*Ele parece um anjo*, penso, saindo da caverna para dizer oi e cumprimentar o mero mortal que ele trouxe junto.

— Que sorte vocês tiveram com o tempo! — exclama Brendan, depois de me apresentar seu colega Darren, um cara de pernas e braços finos e cabeça raspada.

— Não é? Não podíamos ter escolhido uma noite mais perfeita nem que tentássemos.

Essa onda de calor que estamos vivendo tem sido insuportável, mas ninguém está reclamando hoje.

A maré vazante deixou piscinas nas pedras, que reluzem e cintilam sob os raios do sol, e os mexilhões pretos agarrados às pedras coloridas parecem especialmente lisos e brilhantes.

— De onde vem essa cor vermelha das pedras? — pergunta Brendan.

— Depende de quem responder sua pergunta — digo. — A resposta científica é "depósitos minerais", mas as pessoas por aqui vão dizer que é sangue do gigante malvado Bolster. Você talvez ouça sobre a lenda dele na festa de amanhã. Você vai?

— Pretendo ir — diz ele. — E você?

— Claro que vou.

Hum, talvez pudéssemos ir juntos...

É um grande dia no calendário da vila, assim como o Dia do Bolster em maio.

— Todo mundo pra dentro! — grita Rach, levantando o celular. Amy avisou que mandaria uma mensagem quando eles estivessem saindo.

O halo de Brendan se apaga assim que ele entra na sombra da caverna.

— Essa vista está me deixando louco pra pegar a prancha — comenta ele, parado na entrada comigo enquanto seu colega ataca o cooler.

— Você já surfou nessa praia? — pergunto.

Ele faz que sim.

— Nós dois fizemos kitesurf pela costa ontem. Saúde — diz ele ao amigo quando este volta.

Eles brindam com as latas, abrem a cerveja e tomam alguns goles. Desvio o olhar da longa extensão do pescoço bronzeado de Brendan e espio para fora da caverna, tentando avistar Dan e Amy. Ao longe, eu o vejo levantando-a nos braços para atravessarem o riacho de Porthtowan. Ela inclina a cabeça para trás, o cabelo loiro comprido solto, e posso imaginá-la rindo.

Dois anos e eles ainda são loucos um pelo outro. E agora têm conversado sobre comprar uma casa juntos.

— Eles estão chegando! — aviso.

Todo mundo se esconde dentro da caverna. Olhando daqui para fora, o teto forma uma linha irregular emoldurando o mar logo à frente. Ondas quebram espumosas na praia.

É difícil ver a cor azul-turquesa do mar daqui. É do alto das falésias que as cores da paisagem realmente encantam. A areia parece mais branca, a água, mais verde, e o solo úmido em toda a volta é atapetado de flores silvestres vibrantes.

Eu me lembro de ter estado lá em cima com Finn no verão passado, mas afasto essa memória, junto com o lembrete de que é o aniversário da morte de meus pais na segunda-feira. Não quero pensar nisso agora, nem em Finn.

Tem sido difícil tirá-lo da cabeça, com o Door 54 fazendo o show de abertura da turnê do All Hype pelos Estados Unidos e muitas celebridades postando fotos deles no Instagram. Eles estão ficando cada vez mais famosos, e todo mundo por aqui tem falado disso.

É questão de tempo até virem fazer uma turnê no Reino Unido. Na última vez que olhei os perfis deles nas redes sociais, vi que iam tocar em quatro festivais neste verão. Confiro toda hora o line-up do Boardies, por via das dúvidas, mas com certeza eu teria ouvido alguma coisa sobre isso se houvesse algo previsto.

Finn não tentou nenhum contato desde que foi embora. Eu sei que pedi isso a ele e que deveria estar feliz por ele ter mantido a palavra, mas, sinceramente, foi ainda mais difícil lidar com o silêncio neste último ano do que no ano anterior.

Mandei uma piadinha boba para ele no Natal, só para animá-lo, para que soubesse que eu estava pensando nele, como um reconhecimento das lembranças difíceis que ele deve ter que enfrentar.

Ele respondeu um "Ha ha", seguido por outra mensagem que dizia: "Você quebrou as regras".

Escrevi de volta: "O Natal não conta", ao que ele respondeu: "Espero que esteja sendo ok pra você".

"Está tudo bem!", respondi, e essa foi toda a conversa que tivemos.

Lutei contra a vontade de escrever de novo, de entrar em mais detalhes, de *pedir* mais detalhes, mas me lembrei de todas as razões para mantê-lo a distância. Já perdi demais para me apaixonar por alguém que só pode existir de vez em quando na minha vida.

Dan levou o seu devido susto e agora estamos todos fora da caverna, na praia, para aproveitar os últimos raios de sol do dia.

— Que construção é aquela? — pergunta Brendan, olhando para as antigas ruínas no alto do penhasco, a chaminé alta da icônica casa de máquinas, difusa sob o sol do fim de tarde.

— Fazia parte da mina de estanho Wheal Coates. O poço descia uns duzentos metros antes de sair para o mar. Os mineiros ouviam as ondas rugindo bem em cima deles enquanto trabalhavam.

— Acho que eu vi isso em *Poldark* — comenta ele.

— Você assiste? — Ele não parece do tipo que gosta de dramas de época.

— Minha mãe é fanática.

Estremeço quando "Dummy", uma das músicas mais populares do Door 54, começa a tocar no som que Tarek trouxe.

— Ouvi alguém dizer que o vocalista dessa banda tocou no Seaglass — diz Brendan.

— É, é verdade. — Só porque eu estava me esforçando tanto para não pensar em Finn. — Ele substituiu o Kieran durante um verão. — Aponto para Kieran, que está rindo de alguma coisa com Chris e Dan. — Eles ali e o Tarek tocaram no Seaglass por dois verões seguidos, mas agora todos estão trabalhando com outras coisas.

Dan é contador em Truro. Ele e Amy às vezes vão para o trabalho juntos.

— Mas a banda que tocou nos últimos sábados é boa — comenta ele.

— Você esteve lá?

— Aham.

— Eu não vi você.

— Mas eu vi *você*, tirando cerveja como uma profissional. — Ele sorri. — Quantos anos você tem?

— Vinte e quatro. E você?

— Vinte e dois.

A letra da música "22" da Taylor Swift começa a tocar na minha cabeça, e mais uma vez meus pensamentos me levam de volta para Finn.

— O que você vai desenhar no meu latte amanhã? — pergunto, fazendo um esforço para me concentrar no aqui e agora.

— Acho que uma coisa mais simples. O elefante de hoje ficou uma droga.

— Eu *sabia*! — exclamo, olhando na direção de Rach, que está na entrada da caverna com Chris.

Tenho certeza de que ela está a fim dele, eles sempre ficam conversando nas festas, mas ela ficou tímida quando perguntei sobre isso.

— Por quê, o que você achou que fosse? — pergunta Brendan, alarmado.

Meu rosto corado lhe dá a resposta.

Ele começa a rir.

— Você está me zoando. Jura? Você acha que eu ia ser tão óbvio assim?

Dou de ombros.

— Sei lá.

— Então imagino que você não queira que eu desenhe uma cobra.

Eu rio.

— Não, por favor.

— Que tal um coração? Isso eu sei fazer.
— Ah, é?
— Pode apostar.
— Quantos corações você desenhou nos cafés de outras garotas, hein?

Ele ri, pego no pulo.

— Alguns.
— E até onde você consegue chegar com isso?
— Bem longe, pra ser sincero.
— E onde você está pretendendo chegar comigo com os seus coraçõezinhos de espuma?
— Eu não me arriscaria a sonhar.

Eu rio.

— Você é bom de conversa.
— Na cama eu converso melhor.
— Ah, é mesmo?

Seus olhos azuis cintilam, e não posso dizer que não estou gostando de flertar um pouco.

— Quem é o gato? — pergunta Amy, pondo o braço em volta do meu pescoço quando entro para pegar mais cervejas.
— O nome dele é Brendan. Ele trabalha no Beach Café.
— É o cara que desenhou um pau no café dela — comenta Rach, como quem não quer nada.
— Como é que é? — pergunta Dan com um sorriso, ouvindo a conversa.

Rach se encarrega de explicar enquanto eu me limito a revirar os olhos e a repetir sem parar que era um elefante. Não que alguém esteja me ouvindo.

— Pobre Finn — diz Dan, me provocando. — Então quer dizer que aquela história de "se você estiver sozinho e eu estiver sozinha"... — acrescenta ele, fazendo aspas no ar com os dedos.

Eu me viro para Amy, acusadora.

— O que você contou pra ele?
— Ela me conta *tudo* — intervém Dan.

— Vou me lembrar disso.

— Ah, cale a boca — diz Amy para Dan. — Não é verdade. Os seus segredos estão seguros comigo — insiste ela, tentando parecer sincera.

Eu não acredito em nenhuma palavra.

— Você teve alguma notícia do Finn? — pergunto a Dan, um pouco tensa.

— Sim, ele está vindo.

Meu coração acelera.

— Como assim?

— Ele já vai chegar.

E bate ainda mais rápido.

— Espere aí. Ele vem aqui? Hoje?

Dan franze a testa para mim.

— Ele não falou?

— Não. Você sabia? — pergunto para Amy.

— Ele mandou mensagem faz meia hora só — interrompe Dan.

— Ele chegou hoje.

Agora estou definitivamente com o estômago embrulhado.

— Vou levar isso para o Brendan — digo, trêmula, e saio da caverna com as latas de cerveja que peguei no cooler.

O sol desce lentamente atrás da pedra alta ao nosso lado e um raio de luz atinge a poça d'água em sua base, fazendo as ondulações na superfície cintilarem como um bilhão de pequenos diamantes. Olho para o norte e meu olhar pousa em uma figura alta, esguia e dolorosamente familiar que vem em nossa direção pela areia úmida.

E assim, em um piscar de olhos, Brendan é carta fora do baralho.

## Capítulo Vinte e Quatro

As coisas estavam indo tão bem. Eu me recompus para que meu rosto não revelasse que meu coração martelava no peito e consegui fingir por vários segundos que não o tinha visto, direcionando toda a minha atenção para Brendan. Mas acabei exagerando na encenação de surpresa quando Finn estava a poucos passos de distância e fui parar dentro de uma piscina natural entre as pedras no caminho para cumprimentá-lo com um abraço.

Agora aqui estou eu, tremendo, com os tênis encharcados e a jaqueta jeans de Finn em volta dos ombros.

— Como vou andar de volta pra casa assim? — reclamo, enquanto Rach e Amy se recuperam depois de se acabarem de rir de mim.

— Eu levo você pra casa — oferece Finn, materializando-se ao meu lado. — Não pra ir embora — acrescenta ele, quando ouve os protestos dos meus amigos. — Você pode se trocar e depois nós voltamos.

— Tem certeza? — pergunto, batendo os dentes.

— Claro que tenho certeza — responde ele, encontrando brevemente os meus olhos.

Caramba, ele é tão bonito. Ele cortou o cabelo. Não dá mais para pôr atrás da orelha, mas ainda está todo displicente e despenteado, caindo sobre os olhos azul-esverdeados. É o tipo de cabelo que você se sente *obrigada* a passar a mão.

E eu realmente não deveria estar pensando nessas coisas quando meu suposto acompanhante está parado a poucos metros de distância, olhando para nós.

— Seria ótimo, obrigada — digo a Finn. — Me dê só um segundo.

Conto a Brendan o que vou fazer e prometo voltar logo.

Ele não parece se importar muito, mas já passou da segunda cerveja.

— Quem é o cara? — pergunta Finn enquanto nos afastamos caminhando.

Bem, *eu* estou caminhando, *ele* anda a passos largos. Suas pernas são tão longas que é um esforço acompanhá-lo.

— Brendan. Ele trabalha no Beach Café.

Finn não diz mais nada, não pergunta se estou saindo com ele. Eu meio que gostaria que ele perguntasse, porque a ideia de que ele não se importa mais é, de repente, dolorosa demais para mim.

— Espere aí, você está de carro? — pergunto, quando nos aproximamos do estacionamento.

— Aluguei pra essa semana.

— Você só vai ficar uma semana aqui?

— Foi o máximo que eu consegui...

— ... entre os shows — completo a frase para ele, com desânimo.

Ele dá uma olhada para mim, mas desvia o olhar rapidamente de novo.

— Na verdade, eu tenho umas reuniões agendadas.

Ele pega a chave no bolso e vai até um Seat Leon cinza-escuro.

— Eu não tinha a menor ideia de que você vinha — digo, já dentro do carro, com o cinto de segurança afivelado.

— Eu pensei em mandar mensagem — responde ele, olhando para trás enquanto dá ré para sair da vaga.

— Eu ia gostar se você tivesse mandado.

Ele franze a testa para mim.

— Mas você disse...

— Eu sei o que eu disse. Aquela era a minha cabeça falando.

— Mas você estava certa. Provavelmente foi melhor assim.

— Ah, sim. Sabe-se lá como você teria conseguido resistir a toda a atenção que deve ter recebido das fãs nesse último ano!

A intenção era soar descontraída, mas meu tom está mais para o amargo.

Ele engata a marcha do carro, mas não acelera.

— Por favor... *não* — diz ele, olhando para mim, suas sobrancelhas escuras franzidas.

Ele suspira, olha para a frente e nós saímos do estacionamento.

Voltamos para St. Agnes em um silêncio pesado, mas meu cérebro está quase em curto-circuito. É estranho vê-lo dirigir. Fico olhando para seus braços enquanto ele vira o volante, notando quando ele aciona a seta e seus olhares ocasionais para o espelho retrovisor. Ele tem uma confiança enquanto dirige que eu acho perigosamente sexy.

— Você está na sua casa ou na do Michael? — pergunta ele, seguindo pela pista de mão única.

— Na minha.

Ele vira na longa estrada que leva a Trevaunance Cove e, por fim, para na frente da minha casa.

— Não vou demorar — digo, segurando a maçaneta.

Ele olha pela janela lateral.

— Você fez a reforma — comenta ele, surpreso, vendo o novo hall através dos painéis de vidro da porta da frente.

— Você não ficou sabendo?

— Sinceramente, achei que seria mais fácil não perguntar sobre você.

Ele encontra meus olhos, de novo muito brevemente, antes de desviar o olhar.

Mais fácil *para quem*?

Será que foi difícil para ele também?

— Quer entrar pra ver? — pergunto, em um impulso. — Você pode parar o carro no estacionamento.

Há um pequeno do outro lado da rua.

— Você não tem que voltar logo? — pergunta ele, e aí está, aquele tom meio seco e sarcástico que me revela que ele *não* gostou de me ver com outro cara.

— Não aconteceu nada ainda — revelo, e recebo outro olhar penetrante. — Com o Brendan, eu quero dizer.

Desta vez, quando ele desvia o olhar, um ar de derrota parece se instalar sobre seus ombros.

— Eu realmente *não* tinha esperanças de que você fosse esperar por mim — diz ele, um pouco brusco, enquanto observo a linha de seu maxilar, seus lábios apertados.

— Eu nem sabia se você ia voltar...

— Nós dissemos...

— Sim, eu sei, mas caramba, Finn! Você não podia ter me avisado, tipo, há um mês? Eu teria esperado esse tempo, pelo amor de Deus.

Ele sorri para mim.

Meu coração acelera outra vez.

E então sua mão está em minha nuca e ele está me puxando e beijando meus lábios.

Esse é o momento em que cada resto de meu autocontrole vai para o espaço.

— Estou meio chateada que não vou mais poder comprar croissant no Beach Café.

A risada de Finn é grave e profunda, reverberando de seu peito liso e musculoso direto para meu ouvido. Estamos completamente nus. Foi uma luta tirar minha roupa molhada, mas o esforço valeu a pena. É um prazer acima do imaginável estar em minha cama com ele.

— Mas acho que andei abusando dos croissants nos últimos tempos — digo, desgostosa.

— Pare com isso — murmura ele, passando a mão sobre meu quadril. — Você está muito melhor.

Eu recuperei o peso que havia perdido, e ganhei um pouco mais.

— Seria muito ruim se a gente não voltasse pra festa? — pergunta ele, sonolento.

— Aham, seria terrível. Mas não sei se me importo — admito.

— Seria ruim se eu dormisse aqui? — pergunta ele.

— Não tão terrível — respondo.

— Seria ruim se a gente transasse outra vez?

Levanto a cabeça para olhar para ele assim que detecto o tom travesso em sua voz.

— Não seria nem um pouco terrível — sussurro, deslizando a mão para baixo e sentindo-o despertar em minha mão.

Ele me puxa para cima de seu corpo e toma minha boca em um beijo ávido e insaciável, arrepiando toda a minha pele enquanto nossas línguas se encontram.

Acho que, definitivamente, não vamos voltar para a festa.

Finn está ressonando de leve ao meu lado quando saio com cuidado da cama e pego meu celular, com a intenção de enviar uma mensagem rápida no grupo que tenho com Rach e Amy. Já há uma série de mensagens delas, perguntando onde estamos, se vamos voltar, se eu pretendo deixar claro para o pobre Brendan que eu não voltei por outros motivos...

Mordo o lábio, me sentindo mal enquanto digito: "Desculpem, eu tinha assuntos pendentes pra resolver. Como foi a festa?"

"Pra você ter uma ideia", responde Rach, "eu acabei de sair da casa do Dan e da Amy. Fomos pra lá depois da praia."

"O Brendan ficou bem?"

"Digamos que eu acho que você não vai ganhar mais nenhum símbolo fálico no seu café."

"Eu vou falar com ele agora mesmo."

Procuro o número dele e digito: "Oi, espero que tenha se divertido ontem. Desculpe não ter voltado".

O aplicativo me mostra que ele está lendo a mensagem, mas depois ele desaparece.

Suspiro e ponho o celular para carregar antes de voltar para a cama com Finn.

Um possível ano com Brendan ou uma semana com Finn?

Não me arrependo de nada.

Finn ainda está dormindo ao meu lado quando acordo de manhã. Ele acordou de madrugada, provavelmente por causa do jet lag. Eu acordei e o vi usando o Instagram. Acariciei seu braço para ele saber que eu estava feliz com sua presença, mas com sono demais para lhe fazer companhia.

Estou contente por ele ter dormido de novo. E alegre por ele ainda estar aqui.

Saio da cama e visto o roupão antes de ir para minha nova cozinha, na porta ao lado. Não se parece nem um pouco com a cozinha do andar de baixo, com todas as janelas de que meus inquilinos podem desfrutar, mas funciona por enquanto. E foi uma ideia genial de Finn fazer isso com a casa.

Estou sorrindo, feliz da vida, enquanto preparo duas canecas de chá e as levo para o quarto. Finn ainda está dormindo, mas ele se mexe quando coloco sua caneca na mesinha de cabeceira.

— Bom dia — digo, maravilhada de ver como seus cílios são escuros e como seus olhos são azul-esverdeados. — Quer chá?

Ele solta um grunhido e se senta na cama, mas me dirige um sorriso que faz surgir um vislumbre das covinhas em suas bochechas.

— Obrigado.

— Dormiu bem? — pergunto.

— Aham. Sua cama é bem mais confortável que o sofá.

— Ainda não acredito que você dorme no sofá da casa dos seus avós. Não me surpreende você não ficar por muito tempo.

— Talvez eu mude de ideia se você me deixar dormir aqui.

— Pode dormir aqui — digo, sem nem pensar.

— Sério? — Ele parece surpreso, e eu sinto uma pontada forte de tristeza ao lembrar que ele logo vai embora.

Eu sei que deveria manter tudo isso como uma coisa casual entre nós, e não o convidar para dormir na minha cama.

— Você vai trabalhar hoje? — pergunta ele, pegando a caneca.

— Mais tarde. É o festival da cidade, lembra?

— Eu tinha esquecido completamente que era nesse fim de semana. Acho que eu devia levar os meninos.

— Hoje também vai chegar um inquilino novo. Tenho uma família agendada para as quatro, mas vou tentar me organizar mais cedo. Depois vou para o Seaglass, para o pós-festa.

— Você ainda gosta de trabalhar lá?

— Gosto, é divertido — respondo, soando um pouquinho na defensiva. — É fácil. E eu adoro trabalhar com o Chas. E, quando eu voltar a esculpir, vai ser o emprego perfeito, porque eu vou poder trabalhar durante o verão e esculpir quando o Seaglass fechar, no inverno.

— Então você ainda não voltou a esculpir? — pergunta ele, com delicadeza.

— Não tive muito tempo — respondo, acanhada. — Com todo o trabalho que eu tive com a casa.

— A inspiração ainda não veio?

— É, acho que é isso.

Ele me lança um olhar solidário e toma um gole do chá, seus olhos fechados destacando onde os longos cílios se conectam com a pele. Eles parecem leves como asas de borboleta.

— Eu estava pensando se você gostaria de ir ao Museu Barbara Hepworth — diz ele, apoiando a caneca no peito. — Nunca fui.

— Eu adoraria — respondo, feliz por não estarmos mais falando da falta de direção da minha vida. — Faz muitos anos que não vou lá. Eu ia sempre quando era mais nova. Quando você quer ir?

— Que tal segunda-feira?

Meu estômago se contorce.

— Ah, não sei se dá na segunda.

— Você já tem compromisso?

— Só ficar depressiva em casa. É o aniversário da morte dos meus pais.

— Não passe o dia sozinha — pede ele, estendendo a mão para pegar a minha.

— Você não devia ficar com a sua família?

— Vou ter bastante tempo com eles. Vamos? — insiste ele.

— Está bem — murmuro.

Ele deixa a caneca na mesinha de cabeceira, desliza a gola do meu roupão para baixo e dá uma mordidinha em meu ombro. Eu estremeço, o desejo percorrendo o corpo enquanto ponho de lado minha própria caneca e volto para seus braços.

E mais quarenta minutos se passam antes de sairmos da cama.

## Capítulo Vinte e Cinco

Finn aparece na manhã de segunda-feira usando uma camiseta atoalhada creme estilo anos 1970 com uma listra vermelha e azul na frente. Ou ela encolheu na lavagem ou é dois tamanhos menor que o dele, porque, se ele levantar os braços, tenho certeza de que vai expor toda a barriga.

— Onde você *compra* as suas roupas? — pergunto, enquanto coloco o cinto de segurança, a tristeza que me dominava esta manhã cedendo ao bom humor.

— Essa aqui foi em um bazar de caridade. Gostei do vestido.

— Obrigada. — É de um tecido leve com estampa de florzinhas. — Nosso estilo não poderia ser menos parecido, né?

— É assim que eu gosto — responde ele.

Passo os óculos escuros para o alto da cabeça e procuro na bolsa uma cartela de comprimidos para dor de cabeça. Engulo dois sem água.

— Você está bem? — pergunta ele.

— Vou ficar.

Tomei café da manhã com Michael hoje. Eu ficava chorosa toda hora e isso parecia deixá-lo pouco à vontade, então consegui me conter até poder voltar para casa e soltar o choro.

Deslizo os óculos escuros de volta, sabendo que meus olhos ainda estão vermelhos.

— É melhor a gente não falar disso. O que você andou fazendo?

Ele me conta sobre ontem no caminho para St. Ives. Ele levou os irmãos a um parque temático, e à noite pediram pizza. Perguntou se podia vir me ver depois, mas eu realmente precisava de um tempo sozinha. Já tínhamos passado a noite de sábado juntos, após ele ter curtido a música no Seaglass enquanto eu trabalhava, e, no domingo de manhã, ele saiu na hora em que Michael chegou.

As sobrancelhas de Michael sempre foram extremamente expressivas, mas se uniram em uma demonstração de horror quando ele me viu dando um beijo de despedida em Finn na porta.

— Você é o namorado dela agora? — perguntou ele, olhando para Finn.

— Não, ele não é! — exclamei.

— Esse foi um não bem claro — comentou Finn, brandamente.

— Mas você não é. Ou é? — Olhei para ele.

— Acho que não — respondeu ele, no mesmo tom brando, antes de segurar meu queixo entre o polegar e o indicador e me dar um selinho.

— Eca! — exclamou Michael, abrindo passagem pelo meu lado para entrar logo em casa.

— Tchau, Michael! — gritou Finn, brincando, antes de se virar e ir embora.

Michael e eu ainda almoçamos juntos aos domingos. Às vezes é na minha casa, às vezes na dele, às vezes temos companhia, às vezes somos só nós dois, às vezes é bom, às vezes é um desastre. É completamente imprevisível, mas eu aprendi a gostar disso.

Finn e eu voltamos à conversa sobre nossas roupas quando andamos pelas ruas de St. Ives a caminho do museu. Acabei de olhar para ele e rir de sua camiseta outra vez.

— Você está com vergonha de andar comigo? — pergunta ele, apertando os lábios, mas sem conseguir reprimir as covinhas.

— É mais provável que seja o contrário — respondo.

— *O quêêê?* — Ele cambaleia para o lado, fazendo uma expressão cômica exagerada.

— Aposto que sou uma nerd em comparação com as pessoas com quem você anda em Los Angeles.

— Pare com isso, você é perfeita. — Ele passa o braço em volta do meu pescoço e acrescenta, com doçura: — É até areia demais para o meu caminhãozinho.

Eu bufo e ele me solta, porque é difícil caminhar por essas ladeiras abraçado e não tropeçar.

— Você é — insiste ele. — Sempre foi.

— Que besteira. É óbvio que é o contrário, especialmente agora que você ficou famoso.

Dou um soquinho em seu braço, e ele revira os olhos.

Nos meus maus momentos, várias vezes no ano passado, fiquei obcecada pela página do Door 54 no Instagram. É cheia de fotos de quatro garotos em turnê, caindo de bêbados no palco, se jogando na plateia, saindo de SUVs elegantes, frequentando os locais mais badalados com nomes como Fonda e Roxy... E ainda há os vídeos. Há um em particular que mostra Finn e o guitarrista, Dylan, no telhado de um bangalô baixo, jogando objetos aleatórios em uma piscina azul cintilante. O pano de fundo é um céu incrivelmente azul, e o cenário se completa com uma palmeira alta e fina.

Ver aquele vídeo fez eu me sentir estranhamente pequena.

O Finn que eu conhecia, ou pelo menos o Finn que eu *achava* que conhecia, não parecia combinar de jeito nenhum com o Finn do Instagram.

— Como é a vida com a banda? — pergunto. — Você está se dando melhor com o guitarrista agora?

Não o chamo pelo nome, não sei bem por quê. Talvez porque eu não queira que Finn perceba que tenho lido tudo que encontro sobre o Door 54 e seus integrantes.

Curiosidades: o baterista com cara de bebê, Gus, é filho de uma estrela country, e o baixista, Ernie, foi fotografado recentemente em uma boate com Selena Gomez.

— Não muito — responde Finn. — As coisas estão meio tensas, pra falar a verdade.

— Como assim?

— Nós queremos coisas diferentes. Eles todos pensam igual, mas eu não.

— O que eles querem? — pergunto, franzindo a testa.

— Sair do rock alternativo para um metalcore mais agressivo e eletrônico. Mas eu gosto do estilo que nós estamos tocando.

— Eu também gosto.

— Você ouviu o nosso álbum? — Ele olha para mim.

— Claro.

— Ah. — Ele sorri e passa o braço em volta do meu pescoço outra vez.

— Nossa, Finn, você vai me derrubar!

— Não, eu vou manter você em pé — rebate ele. — Esse é o jardim das esculturas? — Ele me solta para olhar através de um portal em arco em um muro alto de pedra.

— É.

Eu me aproximo e olho pelas grades do portão preto de ferro para esculturas que mal são visíveis em meio à espessa cobertura das árvores.

— A entrada fica logo ali — digo, puxando-o.

Ainda estou segurando a mão dele quando entramos no museu. Paramos no hall e lemos informações sobre Barbara Hepworth e sua vida como artista de vanguarda. Já estive aqui muitas vezes, mas sempre há algo novo para descobrir.

— Você ainda quer entrar na Royal Society of Sculptors? — pergunta Finn, enquanto lê uma lista das principais realizações de Barbara Hepworth.

Dou de ombros e indico a escada com um aceno de cabeça.

— Por enquanto, só preciso me concentrar em voltar a esculpir.

— Alguma ideia sobre o que você poderia fazer? — pergunta ele quando chegamos ao alto, em uma galeria com paredes brancas e piso de madeira.

A luz do sol entra pelos janelões embutidos na linha inclinada do telhado.

— Seria mais *quem*. Eu me interesso mais por pessoas. — Paro e examino a escultura estilizada de um bebê em madeira birmanesa. — Vou ter que arrastar alguém pra posar pra mim.

— Eu posso, se você quiser — diz ele, me seguindo enquanto caminho pelo museu.

— Você vai embora na sexta. — Mas foi gentil da parte dele.

— Não dá pra fazer uma versão minha em miniatura antes de eu ir?

— Uma pessoa bem pequenininha? — pergunto por cima do ombro, com um sorriso.

— Ou uma parte do corpo — sugere ele, seus lábios se curvando em um sorriso significativo.

— Em que parte do corpo você está pensando? — pergunto, em voz baixa.

— Estou aberto a sugestões — responde ele, em um tom que faz arrepios descerem pelas minhas costas.

Paro em frente a uma escultura de bronze em tamanho real da mão de Barbara Hepworth. É tão detalhada, tem cada veia e ruga.

— Então vai ser a mão — digo, e ele faz uma careta. — Não, acho que eu faria o seu nariz.

— O meu *nariz*?

Dou risada de sua reação.

— Eu gosto porque ele não é completamente simétrico.

— Ah... sim, foi porque...

Ele para antes de dar a explicação.

— Porque o quê? — pergunto, franzindo a testa, o sorriso morrendo em meus lábios.

— Deixe pra lá — murmura ele, voltando a andar. — Gostei dessa.

Ele para em frente a *Pierced Form*, que é uma das peças de que eu mais gostava quando criança, com marcas de cinzel texturizadas que meus dedos coçavam para tocar. É uma grande forma abstrata feita de madeira clara, lisa e polida, com o interior pintado de branco. Parece uma noz gigante que foi aberta, revelando que um verme tinha roído um buraco no seu interior.

Chego mais perto de Finn e seguro sua mão, nossos braços firmemente unidos. Estou lhe dando espaço em meu silêncio, mas não em minhas ações.

— O pai do Tyler quebrou o meu nariz quando eu tinha doze anos — revela ele, depois de um longo momento em que ficamos ali parados sem dizer nada.

Prendo a respiração por um momento e me apoio um pouco mais nele.

— Sinto muito.

— Tudo bem. Ele está na cadeia. Não por me dar um soco na cara — esclarece Finn, já parecendo mais ele mesmo agora. — Ele passou metade da vida de merda dele entrando e saindo da cadeia por várias acusações de agressão. Um desperdício de espaço, isso que ele é.

— O Tyler tem contato com ele?

— Felizmente, não. O cara não quer saber de ser pai.

— E o pai do Liam?

Ele dá de ombros.

— Vai saber. Minha mãe nunca disse quem era. Não tenho certeza se ela sabia.

Ele aperta minha mão e me leva para o jardim. Entendo o sinal e o sigo em silêncio.

À frente está a *Four-Square (Walk Through)*, uma escultura de bronze enorme que permite que as pessoas atravessem por dentro. Ela é feita de quatro quadrados perfurados por buracos redondos e lisos, e eu gosto dela porque brincava de esconde-esconde à sua volta com a minha avó.

Também gosto porque ela exibe dois de meus acabamentos favoritos: azinhavre e bronze. O verde-esmeralda do azinhavre e os tons dourados do bronze combinam lindamente com o acabamento castanho brilhante mais escuro usado nas demais superfícies.

— Isso é bronze? — pergunta Finn, com um olhar de admiração, passando o dedo pelo interior reluzente de um dos buracos redondos.

— É.

— Como ele fica assim dourado?
— Na verdade, essa é a cor natural do bronze. A superfície foi polida e laqueada, mas precisa muita manutenção pra manter desse jeito.
— E o verde?
— Esse é um acabamento quente, feito com calor e produtos químicos.
— E como é o processo com a argila? Você cria uma coisa, e aí?
— A gente constrói um molde e coloca o material nele.
— Mas como é?
— O método que eu uso é bem tradicional, mas combino com alguns materiais mais modernos: primeiro tem que fazer um molde de silicone da argila, aí despejar cera líquida nele. Depois que a cera solidifica, ela é tirada do molde e revestida com uma mistura de cerâmica. Quando você esquenta, a cera sai, e por isso essa técnica é chamada de fundição de bronze pelo método da cera perdida. O vazio que fica é preenchido com bronze derretido.
— Parece bem trabalhoso.
— É um pouco, mas vale a pena.
— Você ainda quer fazer a sua avó em bronze? — pergunta ele.
— Como é que você se lembra de tudo que eu falo?
— Porque você é interessante. — Ele me lança um olhar divertido. — Se você fosse um livro, eu ia grifar metade das suas falas — acrescenta, com ar travesso, me fazendo cair na risada.
— Você devia colocar isso em uma música — digo.
Ele sorri.
— É, o pessoal da banda curte muito essas coisas melosas.
Entendo pelo seu tom que ele está sendo sarcástico.
— Mas eu escrevi sobre você em uma das nossas músicas — diz ele de repente.
— Jura? — Viro a cabeça para olhar para ele. — Qual?
— A terceira do álbum.
— "Leah"?
— Você conhece?

— Eu disse que ouvi o álbum. Muitas vezes — admito, timidamente. — Leah sou eu? Imaginei que ela devia ser alguma garota de quem você estava gostando.

— E é — responde ele, com um olhar cúmplice para mim antes de sorrir. — Não, ela é inventada, tirando a parte de "quando ela fala, eu escuto".

Seu rosto fica vermelho e ele se afasta.

— Não acredito que estou em uma música do Door 54! — Eu o alcanço, minha alegria transbordando.

— Aproveite. Provavelmente vai ser a única.

— É, eu acho que metalcore, seja lá o que for isso, não ia combinar muito com a minha personalidade.

Ele para em frente a uma de minhas peças favoritas, *Garden Sculpture (Model for Meridian)*, uma estrutura alta cor de água-marinha que parece uma espiral distorcida com fitas de bronze formando aros triangulares.

— Duvido que eu continue na banda por muito mais tempo — diz ele.

— Você vai sair? — pergunto, surpresa. — Bem agora que vocês estão decolando?

— Eles iriam combinar mais com um vocalista que goste de gritar as letras deles. Eu quero escrever mais das minhas próprias coisas, mas não consigo me entregar de corpo e alma pra uma coisa em que não acredito. Não dá pra ficar no meio-termo fazendo música. Os artistas que fazem isso uma hora deixam de amar as próprias músicas, e a gente toca as mesmas músicas o tempo todo. Não dá pra correr esse risco. Não quero perder o entusiasmo antes dos vinte e cinco anos.

— Parece que você já se decidiu.

— É, não é? — responde ele, melancólico. — Vou fazer os festivais, depois pensar na carreira solo. É por isso que eu tenho que voltar. Tenho umas reuniões marcadas com gravadoras.

— Nossa, boa sorte, Finn — digo, com sinceridade.

— Obrigado.

## SETE VERÕES

A onda de calor está amenizando, mas agradeço por toda a sombra proporcionada pelas árvores. Seguimos por uma trilha até a parte mais alta do jardim, contornando canteiros de flores em que abelhas estão zunindo. A propriedade é isolada e privada, cercada pelo muro alto por onde passamos ao entrar e ladeada pela casa e pelo ateliê. Sobre as árvores, na parte mais baixa da propriedade, uma torre de igreja de pedras cor de creme se destaca em um céu azul pontilhado de nuvens, e, além dos telhados cinza de ardósia salpicados de líquens amarelos, está o frio mar azul, abraçado do outro lado da enseada pela extensão de St. Ives.

— Que lugar pra viver e trabalhar — murmuro.

— Um dia eu vou ser um compositor de sucesso e comprar um lugar desse pra você — brinca Finn. — Ou você vai ser uma escultora famosa e comprar, o que vier primeiro.

Eu sorrio para ele e seus sonhos loucos e sinto uma nova pontada de tristeza ao lembrar que ele vai embora.

Mais à frente fica a estufa. Aperto sem querer a mão de Finn e ele me olha com ar de interrogação.

— Você quer entrar? — pergunta ele.

— Não sei.

Ele sente minha hesitação e, gentilmente, me faz parar.

— Não, está tudo bem — afirmo, e sigo em frente.

Assim que entramos na estufa de temperatura amena, fecho os olhos e paraliso. Esta é a que meus pais usaram como modelo para o ateliê em casa, com suas paredes brancas, piso de azulejo vermelho e teto inclinado com claraboias. Eles até distribuíram uma infinidade de suculentas e cactos em vasos pelos cantos, no chão.

Aquelas plantas morreram, porque doía muito entrar lá para regá-las. A única coisa que consegui fazer foi jogar lençóis sobre as minhas obras para protegê-las da poeira e trancar a porta para que nenhum de meus inquilinos se atrevesse a bisbilhotar.

— Eu sinto como se tivesse um nó de mármore na garganta — digo, com a voz embargada.

— Você não vai conseguir engolir, então bote pra fora — responde Finn docemente, me puxando para junto de si.

— Eu queria ter falado pra eles o quanto era grata, o quanto amei o ateliê que eles montaram pra mim. Acho que nunca disse isso o suficiente.

É a última coisa que digo antes de meu corpo começar a balançar com os soluços silenciosos.

— *Claro* que você mostrou isso, Liv. *Claro* que eles sabiam que você os amava e que era grata — diz ele com firmeza em meu ouvido. — O que você sente é sempre óbvio. Essa é uma das coisas que eu mais amo em você.

Eu o aperto com mais força e me entrego à dor pelo tempo que preciso antes de me recompor, baixar os óculos escuros e deixar o jardim com a sua paz e tranquilidade.

## Capítulo Vinte e Seis

— Vai fazer *muita bagunça*? — pergunta Finn de um jeito vagamente sedutor quando entra em minha pequena cozinha.

— Se você tentar alguma coisa enquanto eu estiver com as mãos cheias de argila, eu não vou achar muita graça.

— Acho que argila em certas partes do corpo não deve ser muito bom mesmo. O banho de lama de hoje já foi o suficiente.

Ele levou os irmãos para passear de quadriciclo pela manhã e me mandou uma foto dos três com lama respingada pelo corpo todo.

Tiro o pano úmido de cima do crânio em que estive trabalhando mais cedo e Finn olha para ele surpreso.

Foi surreal destrancar a porta de meu ateliê na estufa. Tive que esperar os inquilinos do apartamento de baixo saírem antes de entrar pelo portão do jardim, e talvez saber que eu não tinha muito tempo tenha me ajudado a manter o foco, mas entrar lá não me abalou muito, pelo menos não como eu achava que iria.

Quando tirei os lençóis que estavam protegendo as esculturas da poeira, senti um aperto no peito, mas, ao mexer nas gavetas para pegar as ferramentas e os materiais de que eu precisava, o que senti mais foi empolgação. Eu estava me preparando para fazer algo que costumava ser tão fácil para mim quanto respirar, e, de repente, não via a hora de começar.

O que Finn disse ontem sobre meus pais saberem o quanto eu era grata ajudou. Eu me lembrei, desde então, de mais alguns detalhes do dia em que colocamos minhas esculturas no ateliê. No fim daquela noite, depois que Michael foi para casa, eu voltei para dar uma olhada no espaço e me angustiei pensando em como contar aos meus pais que não planejava usá-lo por muito tempo, que só ia ficar por lá até o fim do verão. Minha mãe entrou logo atrás de mim, percebeu meus olhos marejados e me abraçou. Murmurei "Obrigada" junto ao seu pescoço e, naquele momento, sei que minha mãe e eu estávamos repletas de amor.

Eu me sinto mais em paz ao me lembrar disso.

— Você já começou? — pergunta Finn, espantado, olhando para o crânio básico sobre a mesa.

Nessa manhã, eu construí um esqueleto de metal com tubos de ferro e arame de alumínio para segurar a argila. Depois coloquei a argila dentro da estrutura para preenchê-la. Ter as mãos mergulhadas no material macio outra vez me fez sentir como se tivesse voltado para casa depois de muito tempo longe. Agora estou pronta para começar a esculpir os detalhes.

— O que eu posso dizer? Acho que você me inspirou.

Ele parece emocionado.

— Vamos, se sente ali.

Ele puxa uma cadeira para o lado da pequena mesa que está encostada na parede do fundo. Há pouco espaço para móveis aqui. A cozinha é o único cômodo no andar de cima que não tem tapete, portanto é o melhor lugar para trabalhar.

Eu adoraria fazer isso lá embaixo, na cozinha maior, mas o apartamento ficou ocupado durante praticamente todas as semanas desde a Páscoa.

A família que está aqui no momento deixa a TV ligada o tempo *inteiro*. É como morar com Michael, só que eu não posso pedir para baixarem o volume.

Não que meu irmão abaixe quando eu peço.

Conto isso a Finn enquanto me dedico entusiasmada ao trabalho, o que o leva a perguntar sobre Michael.

— Como ele está?

— Está bem. Foi engraçado no domingo quando ele viu você me dando um beijo na porta.

— É, ele não gosta mesmo de mim, não é?

— Ele sempre demora pra gostar de pessoas novas. Tirando a Shirley. Ele se encantou com ela desde o primeiro momento em que a viu.

— Ela ainda está trabalhando pra ele?

— Está! Eu errei feio nessa, né? Eles se conectaram na hora. E felizmente, até onde eu sei, está indo tudo bem. Na verdade, ela é ótima incentivando o Michael a cuidar dele mesmo. Muito melhor do que achei que seria. E ela não fica só nas horas de trabalho. Às vezes eu apareço pra tomar um chá e ela ainda está lá, esparramada no sofá, assistindo à última série de suspense sangrenta em que eles se viciaram. Eles parecem tão incomodados com a minha interrupção, que nunca fico muito tempo. Mas é bom. Ela é legal com o Timothy também, o amigo do Michael.

— O Michael já teve namorada?

— Teve algumas. Ele continuou amigo da última, mas eles terminaram porque ela beijou outra pessoa em uma festa no clube. O Michael parou de ir ao clube por muito tempo. No fim, meu pai o convenceu a não jogar fora o bebê junto com a água do banho, então ele voltou a ir.

— Esse clube...

— Não é um clube comum — respondo. — É um clube social para pessoas com dificuldades de aprendizagem. — Ele parou de ir no ano em que nossos pais morreram, então eu fiquei aliviada porque há pouco tempo ele decidiu voltar. — Foi onde ele conheceu o Timothy.

Estou trabalhando enquanto conversamos e o rosto de Finn começa a tomar forma sob minhas mãos. É maravilhoso esculpir outra vez.

— Estou adorando — digo, baixinho, depois de um tempo trabalhando em silêncio. Estive destacando pequenos pedaços de argila e alisando-os sobre as maçãs do rosto do míni Finn para aumentá-las.

Essa sensação que tive mais cedo enquanto pressionava a argila no esqueleto de arame para preenchê-lo, essa sensação de voltar para casa, é ainda mais forte agora que estou cem por cento no modo escultora. Pequenas ondas de euforia me percorrem o tempo todo.

— Estou gostando de observar você — diz Finn. — Você está com uma expressão bem concentrada.

Olho para ele.

— Os seus cílios são impossíveis de reproduzir.

Ele dá uma risadinha.

— O seu cabelo também. Aliás, gostei dele assim, mais curto.

É bom passar as mãos pelos fios toda vez que estamos na cama juntos.

E ele também gosta, a julgar pelos sons que faz.

— Em que você está pensando? — murmura ele.

— Nem vou comentar — respondo.

Nós nos movemos ao mesmo tempo e, no instante seguinte, estou sentada em seu colo, com os lábios colados nos dele. Suas mãos seguram meus quadris para me prender firme, porque as minhas estão sujas e as mantenho erguidas e fora do caminho.

Duvido que eu vá terminar essa escultura.

Alguns dias depois, Finn e eu nos despedimos pela terceira vez, e é doloroso.

— Vamos manter contato desta vez? — pergunta ele.

Eu hesito.

— Não sei.

Neste exato instante, nem consigo imaginar como vou resistir a querer falar com ele.

— Sinto muito por ter voltado na hora errada — diz ele.

— Como assim? — Levanto a cabeça de seu ombro, minha visão nublada pelas lágrimas, nós dois estamos parados no alto da escada, nos abraçando pela última vez. — Você voltou na hora *certa*.

— Que bom que você pensa assim — murmura ele.

Percebo que ele está se referindo à minha oportunidade perdida com Brendan. Eu *ainda* não me arrependo de nada.

Ele dá um beijo em minha testa e esfrega vigorosamente os meus braços, como se os estivesse esquentando.

— Tchau, Liv.

Ele se vira e desce a escada determinado, e meu coração pula para a garganta, como se estivesse tentando correr atrás dele. Quase o chamo para impedi-lo de ir embora antes de concordarmos em tentar dar uma chance a isso que existe entre nós, mas mantenho a boca fechada.

Estes anos são o momento em que se costuma encontrar a pessoa com quem se quer passar o resto da vida. Seria tolice nos fecharmos para isso.

O que não quer dizer que ele não leve um pedaço de mim quando vai embora.

E tenho a sensação de que ele deixou um pedaço dele comigo.

## Capítulo Vinte e Sete

# ESTE VERÃO

# Capítulo Vinte e Sete

Acordo muito cedo na manhã seguinte ao jogo de perguntas e respostas no pub e fico olhando para o teto, a cabeça latejando. Depois de tomar um copo inteiro de água com alguns analgésicos, saio da cama e vou me sentar ao piano na sala.

Toco uma música *pianissimo* — bem baixinho —, mas, se Tom estiver acordado, ele vai ouvir.

E espero que ele entenda minha mensagem velada: se eu mostrar meu outro lado, você me mostra o seu?

Estou na cozinha, comendo minha torrada, quando ouço uma batida na porta da base da escada.

Eu me levanto de um pulo, deixando de lado o resto de meu café da manhã, e desço os degraus correndo, radiante. Sei que é ele, porque qualquer outra pessoa teria que tocar a campainha.

Quando abro a porta, meu coração bate mais forte ao ver Tom no hall pronto para sair, usando jeans e uma camiseta de manga comprida azul-clara, o cabelo ainda úmido do banho.

— Entendi o recado — diz ele, seus olhos brilhando. — Está pronta?

Vejo o ancinho em sua mão direita e dou um gritinho de empolgação.

— Só vou calçar os sapatos!

\* \* \*

Seguimos na direção oposta a Chapel Porth, pegando a trilha costeira no sentido de Trevellas Cove. O ar está frio e o vento joga meu cabelo para todos os lados enquanto acompanhamos a linha da costa acidentada. Um aglomerado de nuvens baixas flerta com o horizonte, mas o céu acima se abre em um amplo azul-claro. Tom conferiu os horários da maré, e devemos chegar quando ela estiver quase no ponto mais baixo.

— Como está sua ressaca? — pergunta ele. A trilha estreita que percorremos se alarga e as ruínas da antiga mina de estanho de Blue Hills surge à vista.

— Não está tão ruim, na verdade — respondo.

O vento revigorante e o ar fresco clarearam minha mente. Sendo bem sincera, eu me sinto renovada.

Não falamos muito, mas é um silêncio confortável enquanto descemos para o vale. As faixas de cascalho e as grandes pedras que despontam nas encostas desgastadas pelo tempo do outro lado da enseada me fazem pensar nas linhas que às vezes faço na argila. A urze ainda não floresceu.

— Finja que eu não estou aqui — digo a Tom assim que nos aproximamos da praia. Procuro algum trecho plano nas pedras onde me acomodar enquanto ele se dirige para o meio da praia vazia.

Ele olha para mim quando me sento, seus olhos pousando nos meus por alguns segundos antes de sua atenção se voltar para a areia.

Vê-lo trabalhar alegra meu coração. A praia é sua tela e o ancinho é seu lápis. Com uma faixa lisa de areia de cerca de oito por doze metros à sua disposição, ele começa a desenhar. A imagem vai se formando: uma árvore retorcida no primeiro plano com galhos inclinados para um lado, sua forma alongada faz parecer que está sendo açoitada por um vendaval implacável. Atrás, ele desenha montanhas altas a distância e, à esquerda, um muro de pedra.

Ele deixa o ancinho de lado e usa as mãos para desenhar uma forma curvilínea na base do tronco retorcido. Eu rio quando surge uma ovelha.

Ele olha para mim e endireita o corpo, sorrindo. Então inclina a cabeça de lado e encolhe os ombros largos.

Ele terminou.

Eu me levanto e avanço sobre as pedras em direção ele. Ele se aproxima e estende a mão para me ajudar a descer o último trecho. O calor de nossas mãos se conectando se espalha pelo meu braço.

— Amei — digo, soltando a mão dele com relutância e indo olhar mais de perto. — Onde é? — pergunto.

— Snowdonia — responde ele, e a luz em seus olhos parece se apagar.

— Como você começou a desenhar na areia? — pergunto, na volta para casa.

— Lembra que eu contei que desenhava o tempo todo quando era mais novo, mas que meus pais não incentivavam?

Eu confirmo.

— Eles me deixaram escolher estudar artes no começo do ensino médio, mas vetaram nos últimos anos de escola. Assim, eu precisava mesmo de matemática e física para a faculdade de aviação, então não fiquei chateado com eles por me proibirem de fazer as matérias criativas, mas não me sentia mais à vontade desenhando em casa perto deles. A gente morava em Norfolk, perto de uma praia, então eu saía para caminhar sozinho e às vezes desenhava na areia. Aquilo me relaxava, mas só fazia quando não tinha mais ninguém por perto. Parecia que estava fazendo uma coisa errada.

— Que triste.

— Agora não parece mais — diz ele, olhando de lado para mim.

— Que bom. Arte nunca deveria parecer uma coisa ruim. E por que desenha árvores?

Ele pensa por um momento antes de responder.

— Sabe quando você vê um padrão ou uma imagem em um lugar inesperado? Tipo uma forma nas nuvens ou um rosto nas pedras?

— Aham.

— Eu via muitas formas na natureza. Meu avô era igualzinho. A gente se deitava na grama no alto da colina e ficava observando as nuvens passarem e apontando formas que lembravam outras coisas. Então, quando eu cheguei aqui na sexta-feira bem cedo e vi o riozinho correndo para o mar, cavando o caminho dele pela areia... isso me fez pensar na velha macieira que nós tínhamos no fundo do jardim. E me deu vontade de recriar a árvore.

— Você estava retratando a macieira no inverno?

— Não, no fim da vida dela. Meus pais mandaram cortar a macieira há uns anos. Eu subia nela quando era pequeno. Fiquei arrasado.

— E o cipreste italiano?

— Meu avô tinha um no jardim. Sempre me lembro dele quando vejo um.

Eu sorrio.

— E a floresta?

Ele ri.

— Agora eu posso contar, e espero que você não se assuste, mas *você* me deu essa ideia.

— Quer dizer que então você *viu* a minha postagem no Instagram! — exclamo.

— Não! Eu fiquei mesmo off-line por alguns dias. — Ele hesita. — Eu vi você na praia no segundo dia. Você andou pelo cipreste, depois ficou ali parada na areia, olhando para o mar, e por alguma razão isso me fez pensar em uma garota bonita andando por uma floresta. — Ele dá uma risada um pouco constrangida enquanto sinto um frio na barriga porque ele usou a palavra "bonita". — Eu quis dar um caminho pra você percorrer.

— E eu percorri — digo, espantada.

Nós nos encaramos por alguns segundos.

— Não acreditei quando li alguns dias depois o que você tinha escrito no Instagram — admite ele, voltando o olhar para o horizonte.

— Foi uma coincidência tão estranha — concordo.
Por dentro, porém, eu acho que se parece mais com destino.

— Você vinha bastante pra Cornualha quando era criança? — pergunto, descendo com ele para a estrada.
Agora estamos andando um atrás do outro pela trilha estreita.
— De vez em quando. Passei as férias de verão inteiras aqui uma vez, quando tinha onze anos. É dessa viagem que eu me lembro bem, quando vim só com meu avô. Meus pais estavam passando por um momento difícil — confidencia ele, dando uma olhada para mim por cima do ombro. — Meu pai teve um caso com outra mulher e eles estavam tentando acertar as coisas, então me deixaram seis semanas com meu avô, para terem um tempo. E por mim também, acho. As brigas estavam bagunçando a minha cabeça.
— Sinto muito, deve ter sido bem complicado.
Ele não discorda.
— Foi, mas também foi a melhor coisa que eles poderiam ter feito por mim.
— Você é filho único?
Fico na dúvida se ele ouviu minha pergunta, porque demorou um tempo para responder.
— Sou — responde ele, por fim. — E às vezes era solitário, mas eu adorei aquele verão. Ficar com meu avô, construir castelos de areia, desenhar... Ele estava aposentado, então tinha todo o tempo do mundo pra mim. Só que, no fim das contas, ele não tinha todo o tempo do mundo — acrescenta ele, com uma voz triste. — Ele morreu logo depois.
— Ah, eu sinto muito.
— Você também parece ter sido bem próxima da sua avó.
— Eu era. Foi terrível quando ela faleceu. Ela viveu até os noventa, mas ainda assim foi difícil quando ela se foi.
— Meu avô tinha só sessenta e um.
— Nossa, tão novo. O que aconteceu?

— O coração dele parou. — Ele olha para o mar e eu o vejo engolir em seco. — Eu tinha acabado de começar o ensino médio. De um jeito estranho, acho que a perda dele ajudou a unir os meus pais outra vez. Ele era o pai do meu pai.

— Seus pais ainda são casados?

— Sim. Trinta anos.

— É bom saber disso.

— É — concorda ele, tão baixinho que suas palavras quase são levadas pelo vento.

Saímos da trilha perto do Driftwood Spars Inn. Há fumaça espiralando da chaminé e as luzes estão acesas do lado de dentro. Não faz muito tempo que essa pousada abriu aqui.

— Parece bem aconchegante — comenta Tom, olhando pela janela.

— Quer uma cerveja perto da lareira? — sugiro.

— Pra terminar de curar a ressaca? — Ele ergue uma sobrancelha.

— Pode ser.

— É melhor eu levar isso aqui pra sua casa primeiro — diz ele, mostrando o ancinho.

Eu o pego da mão dele.

— Vou deixar encostado na parede ali nos fundos.

Tom está apoiado no balcão, olhando para a porta, quando eu entro.

— O que você vai querer? — pergunta ele.

— Hum... um chá, por favor — decido, pedindo-o diretamente para a moça atrás do balcão.

— Depois de tanta bravata — provoca ele gentilmente, pedindo um bitter shandy, um refrigerante de limão com um pouco de cerveja.

Escolhemos uma mesa junto à lareira de ferro. Apesar de estarmos em junho, é uma manhã fria e eu fico contente com o calor, esfregando as mãos e as estendendo diante do fogo. Tom olha em volta para os objetos fixados nas paredes de pedra áspera e nas vigas de madeira escura do teto: lamparinas antigas, armas e espadas, timões de navio e relógios de maré de latão.

— Aqui eles têm quartos? — pergunta ele.

— Sim, é uma pousada. Por quê, está pensando em trocar de hospedagem? — brinco.

— Estou pensando em *ficar* — responde ele, de um jeito significativo.

— Em Aggie? — Meu coração acelera.

Ele confirma.

— Mais duas semanas e meia não parecem suficientes. A sua casa está reservada para o resto do verão?

— Está — respondo a ele, com pesar.

— E os outros lugares que você administra?

— Todos lotados. Mas pergunte aqui. De repente você tem sorte. — Não consigo reprimir um sorriso. — Estou feliz por você querer ficar.

Ele parece animado quando pega a bebida.

— Eu adorei esse lugar *de verdade*.

— Houve um tempo em que eu ficava contando as horas pra escapar, mas agora não me imagino indo embora.

— Pra onde você queria escapar?

Conto a ele sobre meus planos de me mudar para Londres e como esperava voltar à Itália algum dia.

— E você não quer mais fazer isso?

— Ainda adoraria fazer uma residência, ou participar de um simpósio de escultores, mas não tenho mais vontade de morar fora.

— O que é um simpósio de escultores?

— É quando convidam um grupo de escultores pra se reunir e criar arte pública dentro do mesmo tema. Acontece em vários países no mundo todo.

— Eu gostaria muito de ver um pouco do seu trabalho.

— A maior parte do que eu faço é por encomenda, então não fica comigo, mas o último que eu fiz é arte pública — digo, com uma ponta de orgulho. — Ainda está na fundição, pra receber os retoques finais. Tenho que dar uma olhada amanhã.

— Onde é a fundição?

— Perto de St. Ives. Você pode vir comigo se estiver a fim de um passeio — convido, antes de ter tempo de pensar demais.

Nem pensei em convidar Michael ou meus amigos. Na verdade, nem lembro se alguma vez já mostrei uma peça inacabada para alguém desde os meus tempos de estudante. Não sei o que há nele que faz eu me sentir confortável em me expor.

— Eu adoraria. — Seus olhos castanho-mel se fixam nos meus enquanto os lábios se curvam nos cantos.

— Você teve mais alguma notícia sobre a venda da casa? — pergunto, tomando o resto do meu chá e sentindo o rosto esquentar.

— Não, nada.

— Você não desligou o celular de novo, né?

— Não, mas vontade não falta — resmunga ele, pegando o copo.

— A situação entre você e sua ex está muito tensa?

— Não é das melhores. A gente ficou junto por três anos, então claro que não seria tão simples desfazer tudo.

— Três anos é bastante tempo.

— É, eu achava que ia ser definitivo.

— Era nesse nível?

— O casamento parecia o próximo passo — admite ele, com amargura.

*Ele ia se casar com ela?* E a Rach achando que não era nada sério.

— Todos os nossos amigos estavam se casando e todo mundo falava que já estava na nossa vez, mas a gente só estava empurrando com a barriga. Parecia que era o momento certo quando fomos morar juntos, mas aí a gente descobriu que não combinava tanto assim. Eu não queria admitir isso no começo, mas agora ficou muito óbvio. A gente sempre quis coisas diferentes.

— O rompimento foi uma decisão mútua?

— Foi ela que acabou pedindo pra terminar. Ainda estou tentando processar tudo, para ser sincero.

Esse é o sinal para parar de sondar.

Eu me pergunto qual teria sido a gota d'água para eles.

— Você tem alguém importante na *sua* vida? — pergunta ele, tranquilo.

— Não — respondo.

E me soa bastante verdadeiro quando digo.

# TRÊS VERÕES ATRÁS

## Capítulo Vinte e Oito

"Esse é o seu aviso prévio de um mês."

Meu coração dispara quando leio a mensagem assim que acordo. Digito uma resposta depressa, esperando que Finn ainda esteja acordado.

"Já reservou a passagem?"

São oito e quinze da manhã aqui. Que horas são em Los Angeles? Deve ter passado da meia-noite. Prendo a respiração quando o aplicativo indica que ele está digitando.

"Já. Está solteira?"

Estou rindo enquanto respondo: "O que você acha?"

"Por favor, continue assim."

Mando um emoji sorridente e saio da cama.

Quando Finn foi embora no verão passado, mal consegui aguentar sete dias antes de enviar uma mensagem de "Estou com saudade", à qual ele respondeu: "Porra, estou com muita saudade de *você*".

Liguei para ele no mesmo instante.

— Ei, que surpresa boa — atendeu ele com o que eu sabia ser um sorriso, embora não pudesse vê-lo porque não tinha ligado por videochamada.

— Não quero passar um ano sem falar com você — admiti, incrivelmente feliz por ouvir a voz dele.

— Ainda bem que você recuperou o bom senso — respondeu ele.

Eu *não tinha* recuperado, e sim perdido o bom senso de vez.

Ficamos trocando mensagens e telefonemas o *tempo todo*. Vivi os altos de suas reuniões com as gravadoras e os baixos de sua separação da banda. Ele participou da minha felicidade quando voltei a esculpir para valer e da minha dor nos momentos em que eu sentia uma falta desesperadora de meus pais.

Sempre que eu tinha algo a dizer, alguma novidade para contar, era para Finn que eu queria ligar.

Mas era aí que estava o problema.

Houve momentos em que eu não me senti presente em minha própria vida aqui. Esqueci o aniversário de Rach, cheguei uma hora atrasada no open house da casa de Amy e Dan, quase perdi uma reunião que Shirley havia marcado para conversar sobre um desentendimento que Michael tinha tido com seu melhor amigo, Timothy. Eles fizeram as pazes de novo sem precisarmos intervir, mas não é essa a questão. Eu não estava ali quando meus amigos e minha família precisaram de mim.

Contei a Finn quando esqueci o aniversário de Rach. Ele foi solidário com o que eu estava sentindo, mas, quando voltei a fazer merda, fiquei com vergonha de contar de novo.

Mais ou menos nessa época, comecei a perceber que ele também estava evitando me contar as coisas. Ele teve uma discussão com o pai e a minimizou, um desentendimento com um dos ex-colegas de banda que ele tratou como se não fosse nada.

E, quando telefonei para ele no Natal, ele manteve a conversa leve e terminou logo a ligação porque precisava ir almoçar na casa do pai. Mencionei o quanto gostaria de conhecer sua família e sugeri que ele podia me ligar por videochamada quando chegasse lá, mas se passaram três dias até que ele me ligasse outra vez e nós nem nos falamos na véspera nem no primeiro dia do Ano-Novo porque ele tinha ido a uma festa chique e estava com tanta ressaca que não atendeu quando liguei. Por fim, ele acabou confessando que estava deprimido e não queria me chatear.

Isso me fez pensar se a vida tão descontraída em Los Angeles é mesmo tudo o que ele diz ser.

Quando Finn entra no Seaglass um mês depois, eu o vejo na hora. Observo a maneira como seus olhos percorrem o bar até me encontrar, percebo a alegria que se espalha pelo seu rosto, um reflexo da minha. Estou atendendo um cliente e Finn está cercado de amigos, mas, no segundo em que consigo, saio correndo de trás do balcão e ele imediatamente se separa do grupo, me toma nos braços e me abraça com força.

— Eu estava com tanta saudade — sussurra ele em meu ouvido.

Dou um passo para trás para olhar para ele, radiante, e ele solta minha cintura, segura meu rosto e me beija, ali no meio do salão.

— Ainda bem que o meu namorado não veio hoje — murmuro, deslizando as mãos sobre seus ombros e entrelaçando os dedos atrás de seu pescoço.

Ele parece assustado por uma fração de segundo antes de torcer o nariz e dar um soquinho de mentira no meu braço.

— Não brinque com isso.

Eu sorrio e o beijo.

— Não quero mais ninguém — digo, séria. — Pelo menos não nas próximas duas semanas — acrescento, como que por acaso, antes de começar a rir em seu ombro.

— Na verdade — diz ele, e a maneira como deixa as palavras no ar me faz levantar a cabeça, curiosa. — Talvez eu tenha conseguido reagendar algumas coisas. — Ele está sorrindo para mim.

— Conte logo — peço, empolgada.

— Vou ficar aqui por um mês.

Eu prendo o ar.

— Sério?

Ele assente, os olhos brilhando.

— Caramba, Finn! — Eu o abraço mais forte que consigo.

Vai doer muito mais quando ele for embora depois de quatro semanas inteiras juntos. Mas o fato puro e simples é que nenhum outro homem chegou perto de me fazer sentir o que sinto com Finn. E ultimamente não têm faltado propostas. Fui convidada para sair mais vezes nos últimos meses do que nos últimos anos.

Sei que não posso continuar neste limbo com Finn para sempre, mas, no momento, não há nenhuma escolha a ser feita. Pelo menos neste verão, eu sou dele. Lido com as consequências depois.

Acordo no domingo de manhã me sentindo grogue. Passei metade da noite acordada, nós dois passamos. Quis fazer companhia para Finn em seu jet lag, mas acho que vou me arrepender disso hoje...

Visto o roupão com um sorriso, desço para o hall e destranco a porta do apartamento de baixo. Meus inquilinos que deveriam ter chegado ontem precisaram adiar a viagem para amanhã, então temos o raro acesso à casa toda.

Estou na cozinha clara e arejada, fazendo um chá para nós dois, quando Finn entra pelo portão com seu Seat Leon alugado, que estava no estacionamento do outro lado da rua. Abro a porta dos fundos e o chamo quando ele sai do carro.

— Estou aqui!

Ele me faz um sinal de positivo, abre o porta-malas e tira uma mochila verde-exército surrada e uma mala rígida preta de rodinhas. Eu rio enquanto ele vem puxando a mala em minha direção.

— Você trouxe uma *mudança* para o verão.

— Espero que não seja um problema — responde ele, com um sorriso travesso.

— Seus avós não se importam de você não ficar com eles? — pergunto, dando um passo para o lado para ele entrar.

— Que nada. Mas você ainda pode mudar de ideia e me expulsar.

— Acho difícil.

Quando ele me pega nos braços e me beija, imagino, por um instante, que esta é a nossa vida. Um momento comum em um dia comum, nós nos beijando em nossa cozinha enquanto a chaleira apita.

Eu recuo da beira desse precipício. Só há sofrimento à frente nesse caminho. Porque essa coisa linda que temos será mais uma vez adiada quando ele voltar para o outro lado do mundo.

Tento deixar esses pensamentos de lado e viver o momento com ele, mas não posso fingir que nosso tempo não é limitado.

## Capítulo Vinte e Nove

— Uau! — exclama Finn quando mostro a ele em que estou trabalhando.

É uma escultura de David Schulman, minha primeira encomenda, a pedido de sua esposa, Arabella.

Nunca terminei a escultura de Finn. Esculpir com ele posando para mim pessoalmente foi mágico, fez eu me sentir viva e conectada com o processo. Mas depois que ele voltou para Los Angeles eu perdi a inspiração.

O que meus dedos desejavam sentir era a argila fresca, intocada, imaculada. Trabalhei livremente no material por um tempo, criando formas estranhas e maravilhosas que acalmavam e curavam meu coração. Até que, por fim, a escultura figurativa começou a exercer sua atração sobre mim outra vez.

No outono, depois que o Seaglass fechou e a maioria dos turistas foi embora da Cornualha, percorri museus, galerias e ateliês de artistas em busca de inspiração.

Conheci Arabella em uma exposição de arte em St. Ives, em janeiro. Ela estava sozinha e tinha uma postura invejável. Com oitenta e poucos anos, ela usava um vestido preto longo e o cabelo grisalho preso em um coque elegante, com um pente de strass que refletia a luz e emitia pontinhos de brilho pelas paredes escuras. Minha atenção era toda hora atraída para ela, mas foi ela quem me procurou enquanto eu observava um enorme quadro de uma flor.

— Não gostei muito, o que você acha? — disse ela, sem rodeios.

— Hum... — Olhei em volta, torcendo para que a artista não estivesse ao alcance da voz dela.

— Tem cor demais — acrescentou ela, antes de avaliar meu vestido de estampa floral e o cardigã vermelho comprido. — Cor fica bem em *você*, minha querida. Só não nesse quadro. E com certeza não em mim.

Sorri para ela, sem saber o que dizer. Tentei pensar em algo para falar que a mantivesse ali comigo. Estava com dificuldade para conversar sobre amenidades, porque eu vinha passando por uma crise séria de síndrome do impostor.

— Ainda estou de luto — declarou ela.

— Sinto muito. Quem a senhora perdeu?

— Meu marido, David, há um ano. Câncer.

— Sinto muito — repeti.

— Você é artista? — perguntou ela.

— Gostaria de ser.

— Não existe "gostaria" nisso, ou você é ou não é.

— Então eu sou — decidi, achando a atitude dela revigorante.

— Que tipo de arte?

— Escultura.

— Uma escultora! Que interessante. Precisamos muito de mais escultoras. Os grandes contratos de arte pública quase sempre acabam ficando com os homens. É deprimente. O que você esculpe?

— Principalmente pessoas, mas já faz tempo que não crio nada decente.

— Por quê?

— Tive uns contratempos. — Fiz uma pausa, mas ela pareceu estar esperando que eu continuasse, então acabei contando a ela. — Meus pais morreram há poucos anos e eu perdi o amor pela escultura por um tempo. Estou voltando agora.

— Quantos anos você tem? — perguntou ela, sem se intimidar pela minha tragédia.

— Acabei de fazer vinte e cinco.

— Você é muito jovem para ter perdido os pais — disse ela, e foi a sua maneira de dizer que sentia muito sem realmente usar as palavras. — Me conte sobre a sua peça favorita — pediu. — O que você criou que a deixou orgulhosa?

Então eu contei a ela sobre minha avó. Ela me passou seus contatos e pediu que eu mandasse fotos por e-mail, o que fiz na manhã seguinte. Meia hora depois, ela respondeu perguntando se poderia me contratar para criar uma peça de seu marido no mesmo estilo. Ela queria que fosse em bronze.

Ainda não consigo acreditar na sorte que tive.

— Parece que está pronto — comenta Finn sobre a imagem de David.

— Está. Faz uns dias que eu finalmente parei de fazer ajustes. Vou levar para a fundição na segunda-feira.

— E depois?

— Eles vão fazer um molde e fundir a peça em bronze.

Ele balança a cabeça, impressionado.

— Você conseguiu. Está ganhando a vida como escultora.

Eu sorrio.

— Ainda não estou ganhando a vida. Ainda tenho que trabalhar no Seaglass. Mas estou feliz. Tenho o melhor dos dois mundos: verões animados e paz e tranquilidade no resto do tempo para poder esculpir.

Ele se inclina e beija meus lábios.

— Parece perfeito. Então esse é o seu ateliê permanente agora? — Ele olha em volta, no antigo quarto de meus pais.

— É, passei pra cá. A cozinha era muito pequena.

Eu tinha virado a cama de lado e a empurrado para junto da parede. Também havia coberto todos os móveis e o tapete com grandes lonas de plástico.

— Quando o Michael entrou, ele disse que parecia a sala de matança do Dexter — conto, rindo.

Na hora eu não sabia o que isso significava, mas pesquisei depois e me senti um pouco nauseada.

Finn dá risada.

— Ele ainda assiste às séries sobre serial killers?

— Mais do que qualquer coisa.

— Como ele está?

— Está bem. Ele teve uma tosse bem ruim no mês passado que não ia embora, mas agora já está se recuperando. Quem tem síndrome de Down é mais propenso a infecções, então eu fiquei preocupada. Vivo com medo de ele ir parar no hospital.

— Ele já ficou internado por causa de uma infecção, não é? — pergunta Finn, as sobrancelhas unidas com ar de preocupação.

— Sim, uma infecção no pulmão. Eu contei isso?

— Uns dois anos atrás.

— Mas ele tinha os nossos pais na última vez que ficou internado, e eles eram médicos. Eu não teria ideia de como lidar com ele nessa situação, ia ficar muito assustada. Mas óbvio que não tão assustada quanto o Michael. — Suspiro. — Às vezes acho que meus pais só me tiveram para o Michael não ficar sozinho quando eles fossem embora. A nossa diferença de idade é grande. — Olho para a nossa fotografia de família pendurada na parede. — Antes eu achava que a minha mãe havia ficado grávida de mim por acidente, mas agora me pergunto se os meus pais, na verdade, estavam sendo estratégicos.

— Seus pais tiveram você porque queriam *você*, Liv — diz Finn gentilmente, apertando minha mão.

— Não é estranho que a gente se dê tão bem mesmo depois de tanto tempo separado? — pergunto, do nada.

— Eu acho isso extraordinário — responde ele com um sorriso doce, me puxando para os seus braços.

— Extraordinário — repito em seu pescoço, gostando do som da palavra, enquanto olho para o jardim e para as três palmeiras gordas na varanda do segundo andar atrás dele. — Já estou com medo da saudade que vou sentir quando você for embora — murmuro.

— Eu também. Fiquei péssimo quando deixei você aqui no verão passado.

Eu me afasto para poder analisar seu rosto.
— Ficou?
Ele franze a testa.
— Lógico.
Ainda não estou sozinha em minha dor.
— Como estão as coisas com a banda? Eles já perdoaram você por resolver seguir carreira solo?
— Não, ainda estão putos. Eles pararam de falar comigo.
— Bom, parece que o Dylan ficou feliz gritando as letras em vez de cantar — ironizo, sobre o guitarrista da banda que assumiu o posto de vocalista.
— Ei, vamos sair pra almoçar? — sugere ele de repente.
— O Michael vai vir para o almoço de domingo, mas você pode ficar, se quiser.
Ele hesita por um instante, mas depois balança a cabeça, concordando.
— Aah, a gente pode fazer um churrasco! Vamos aproveitar o quintal enquanto não estou com inquilinos! Podemos convidar a Amy, o Dan e a Rach.
— Acho ótimo — responde ele, se contagiando com o meu entusiasmo.
Mando uma mensagem de texto rápida para convidar nossos amigos, depois ligo para Michael, sugerindo que ele convide Timothy
— Irado! — exclama ele.

No entanto, quando Michael chega, não fica feliz ao ver Finn.
— O que *ele* está fazendo aqui? — pergunta, mal-humorado.
*Lá vamos nós...*
— Michael, pare de tratar o Finn assim — digo, comedida. — Eu vou passar bastante tempo com ele nas próximas semanas e queria que vocês dois se entendessem.
— Ele *é* seu namorado, né? — dispara Michael, com reprovação, olhando de soslaio para mim.
Olho para Finn e percebo que não sei ao certo como responder desta vez.

— É, talvez ele seja. Nesse mês.

Finn sorri.

— Acho bom você tratar bem a minha irmãzinha — alerta Michael.

— Eu sempre trato — responde Finn.

— É bom *mesmo*.

— Tudo bem, já deu por hoje — interrompo. — O Timothy vem? — pergunto a Michael.

Ele sacode a cabeça, carrancudo.

— Ele *vinha*, mas perdeu o ônibus.

— Ah, não.

— Onde ele mora? — pergunta Finn.

Michael franze a testa para ele.

— Por que você quer saber?

— Talvez eu possa ir buscar o Timothy, se não for muito longe.

— Perranporth.

Finn torce a boca.

— Não precisa — digo depressa.

Ele sacode a cabeça.

— Não. Eu posso ir. Quer ir comigo? — pergunta ele a Michael.

— Pra me mostrar onde é a casa dele?

— Ele mora do lado de cá da cidade, não no centro — informo a ele, esperando que não tenha que passar por sua antiga casa, algo que vem evitando há anos. — Mas ligue primeiro para ver se ele ainda quer vir — sugiro a Michael.

Meia hora depois, quando Finn retorna, Michael está *muito* mais animado.

Ele entra primeiro, Timothy logo atrás. Os dois estão vestindo camisetas vermelhas largas idênticas.

— A gente viu onde o Finn morava — diz meu irmão, feliz.

— É mesmo? — Dou uma olhada rápida para Finn.

— Era um muquifo.

— Michael! — exclamo.

— Tudo bem — intervém Finn, vindo atrás deles. — Ele não está errado.

— Tem mato pra todo lado! — conta Michael, obviamente alegre. — E é minúsculo!

— É um trailer — contribui Timothy, animado pelo entusiasmo de Michael.

— Uma casa móvel — esclarece Finn para mim.

Ele diz isso como se não fosse nada de mais, mas o modo como seu olhar se demora no meu rosto me faz pensar que ele não está tão indiferente à minha reação quanto quer sugerir.

— Parece que vocês estão voltando de uma aventura. Michael, pode servir uma bebida para o Timothy e o Finn, por favor? O pessoal já vai chegar.

Assim que Michael e Timothy se afastam, seguro o braço de Finn e lhe dou um beijo nos lábios.

Ele não olha para mim quando se afasta.

— O Tyler me pediu para ver o lugar onde encontraram as roupas da nossa mãe.

Abro os olhos e encaro Finn, mal conseguindo distinguir suas feições no escuro do meu quarto mais tarde naquele dia.

Eu estava começando a cair no sono depois de um dia divertido com nossos amigos quando sua voz me trouxe de volta à consciência.

— E como você se sente com isso? — pergunto, intuindo que ele teve dúvidas se deveria ou não me contar.

— Não voltei mais depois daquele dia em que a gente foi lá. — Ele solta um suspiro pesado. — Ele quer ver de onde ela pulou.

— Ah — digo, hesitante. — Ele pediu para os seus avós irem com ele?

— Acho que não. Ele me disse que não queria chatear os dois com isso.

— E você está pensando em ir?

Um momento se passa antes que ele responda, com a voz tensa.

— Eu sinto que é meio que uma mentira levar o Tyler lá.
— Como assim?
— Eu não acredito que ela pulou daquele penhasco.

Agora estou totalmente acordada. Eu me viro e acendo a luz da mesinha de cabeceira, preciso ver o rosto dele nessa conversa.

Ele faz uma careta com a iluminação súbita, mas, em seguida, olha para mim enquanto ajeita o travesseiro para se sentar apoiado na parede.

— Quando eu arrumei as coisas dela depois que ela se foi, percebi que algumas roupas estavam faltando: umas peças favoritas dela e as botas de caubói velhas que ela adorava. Perguntei a minha avó sobre isso, e ela falou que provavelmente minha mãe tinha dado pra alguém. Mas e se não foi isso? E se ela levou tudo para onde quer que tenha ido?

Eu me sento e ponho a mão em seu peito liso e quente, sentindo o coração bater forte sob a minha palma. Não sei se ele está tentando encontrar uma alternativa para o terrível fato aceito por todos de que sua mãe se suicidou ou se pode haver alguma verdade nas suas conjecturas.

— Você tem alguma teoria sobre o lugar para onde ela pode ter ido?

Ele olha para o teto por alguns segundos antes de responder com um encolher de ombros.

— Ela sempre dizia que queria ir pra Goa, na Índia, e recomeçar a vida. Talvez tenha feito isso.

— Você falou disso na terapia?

Ele me lança um olhar penetrante.

— Como você sabe que eu fiz terapia?

— Você me contou uma vez, quando a gente estava falando sobre o seu nome verdadeiro.

— É, eu fiz — responde ele, pensativo. — Não fico comentando por aí. Mas, não, nunca falei disso.

— E o que você vai fazer com isso do Tyler? — pergunto, depois de um momento.

— Não sei.
— E se você mostrasse onde encontraram as roupas dela... evitando dizer que ela pulou?
— Talvez. Acho que posso dizer que foi ali que ela nos deixou.
— Ou então que foi ali que ela tomou a decisão de ir embora?
Ele balança a cabeça.
— Não, ela decidiu deixar a gente bem antes daquele dia. Deve ter planejado tudo durante meses. Ela gastou mais dinheiro com os nossos presentes naquele ano do que nos últimos anos juntos. Quis ver o nosso rosto abrindo os pacotes pra poder guardar uma boa lembrança de todos nós parecendo mais felizes do que havíamos sido em anos. E, depois que se deu esse prazer, ela se mandou, estragando pra sempre o Natal de todos nós, incluindo o dos meus avós.
— Sinto muito, Finn. — Meu coração se aperta ao pensar na dor e no sofrimento que ele, seus irmãos e seus avós tiveram que suportar. A dor que eles *ainda* devem sentir todos os anos no Natal, quando deve ser especialmente difícil esquecer.
Ele suspira e tira minha mão de seu peito, me puxando para seus braços.
— Apague a luz.
Fico ali deitada, minha mente trabalhando, enquanto a respiração dele começa a se acalmar.

# Capítulo Trinta

Finn acorda com um sobressalto, momentaneamente confuso enquanto olha em volta, sonolento.
— Os inquilinos chegaram — sussurro.
— Caramba — exclama ele, grogue.
— O Tarek disse para eu instalar um isolamento acústico melhor, mas eu estava sem dinheiro.

Estou acordada há uns quinze minutos, ouvindo meus novos inquilinos descarregarem o carro fazendo o maior estardalhaço. Eles devem ter dirigido durante a noite para chegar aqui tão cedo. São só 6h45, mas eles haviam agendado para o sábado e já pagaram a semana inteira, então não posso reclamar. Ainda bem que deixei tudo limpo depois que todo mundo foi embora ontem à noite.

— É mais barulhento aqui do que na minha casa — reclama Finn, enquanto uma criança com a voz estridente fala rápido e sem parar lá embaixo.
— Você pode ir embora quando quiser — digo, seca.

Ele se vira para mim.
— Você quer que eu vá?
— Não!
— Estou sendo rabugento, né?
— Só um pouco.
— Eu não dormi bem.
— Você dormiu antes de mim.

— Eu acordei de madrugada quando você estava dormindo pesado e roncando como se não houvesse amanhã.

— Eu não ronco!

— Meus ouvidos discordam.

Puxo o travesseiro de trás da cabeça e bato nele.

— Ai! — Ele ri.

— Você está bem?

Eu me lembrei do peso da conversa da noite anterior.

Ele torce o nariz e encolhe os ombros.

— É.

— Estou gostando de ter você aqui — sussurro.

Ele me encara por um momento e então sorri, prende meus pulsos no colchão e rola para cima de mim.

— Se a gente ouve o pessoal no andar de baixo, será que eles conseguem ouvir a gente? — pergunta ele, sedutor.

— Não quero me arriscar a descobrir!

— Nesse caso, é melhor você ser discreta.

Só vou trabalhar mais tarde hoje, então decidimos ir ao Blue Bar tomar café da manhã, mas primeiro temos que passar na casa dos avós de Finn para pegar o carro dele, que ficou estacionado lá depois que Finn deixou Timothy em casa na noite anterior.

Os avós de Finn moram em um bangalô pequeno e bem cuidado no alto da colina, com vista sobre os telhados até o oceano ao longe. O jardim da frente é simples, com uma grande roseira cor de coral no canto de um gramado pequeno e bem aparado.

— Quer conhecer meus avós? — pergunta ele, a voz neutra, quando nos aproximamos da casa.

— Eu adoraria! — exclamo, feliz.

Isso é um bom sinal. Ainda não conheci ninguém de sua família americana, nem mesmo por videochamada, e tenho receio de que Finn esteja escondendo partes de sua vida.

A porta é aberta por seu avô, um homem baixo e corpulento que deve estar próximo dos setenta anos. Ele tem o cabelo grisalho ralo, um nariz vermelho bulboso e não se parece em nada com Finn, mas gosto do modo como seus olhos brilham quando nos vê.

— Ora, quem é essa? — pergunta ele, todo animado, e *agora* consigo ver seu neto nele.

— Essa é a Liv — responde Finn, serenamente. — A gente veio buscar o carro e eu quis entrar pra dizer oi.

— Entrem! Entrem! — Ele recua para o pequeno hall e acena em direção à sala de estar. — Trudy! — grita ele atrás de mim ao nos seguir para dentro. — O Finn está aqui e trouxe a amiga dele!

Ouço barulhos e um gritinho vindo do que presumo ser a cozinha e uma mulher baixinha entra ligeira, secando as mãos apressadamente em um pano de prato.

— Olá! — exclama ela, seus olhos se movendo entre nossos rostos, mas fixando-se firmemente no meu.

— Vó, essa é a Liv — apresenta Finn. — Liv, minha avó.

— Olá! — diz ela de novo, efusiva. — É tão bom finalmente conhecer a famosa Liv.

— *Vó* — murmura Finn, parecendo incomodado.

— Tyler! Liam! — grita ela para o lado antes de avançar para me dar um abraço carinhoso.

Ela não se parece em nada com a minha avó, que era alta, magra e estilosa, mas tem uma aura de *vó* inconfundível.

Liam entra na sala com jeito de não estar nada satisfeito por ter sido interrompido no que quer que estivesse fazendo na primeira manhã de segunda-feira das férias de verão. Ele deve ter treze anos agora e suas feições estão muito mais redondas do que alguns anos atrás, o cabelo mais comprido, liso e limpo.

— Oi, Liam, que bom ver você outra vez — digo.

Ele murmura algo que parece "Tá bom".

— Tyler! — grita o avô de Finn.

Ouço um murmúrio baixo e aborrecido, e o som de tiros que vinha de uma sala próxima silencia. Finn limpa a garganta e levanta uma sobrancelha quando seu outro irmão vem se juntar a nós.

Tyler está com quinze anos e chega quase à altura de Finn, só que é muito mais magro. Seu rosto é todo anguloso: maçãs salientes, olhos um pouco próximos um do outro e queixo pontudo.

Eles cresceram tanto. Estão quase irreconhecíveis em comparação com os meninos que conheci na frente da casa de Michael no Stippy Stappy alguns anos atrás.

— Querem um chá? — pergunta a avó de Finn, esperançosa.

Tyler e Liam estão na sala conosco com cara de quem preferia estar em qualquer outro lugar.

Olho para Finn.

— Nós estamos indo tomar café da manhã — responde ele.

— Mas a gente pode tomar um chá rapidinho? — sugiro, querendo tirar a decepção do rosto de seus avós.

Finn me dá outro olhar de soslaio antes de concordar.

— Claro.

— Sente-se, Liv — insiste Trudy, e volta correndo para a cozinha.

Finn vai atrás dela e Tyler e Liam escapolem, deixando o avô de Finn parado no meio da sala comigo, com ar constrangido.

Há uma fotografia da mãe de Finn na mesinha de canto. Eu a vi de imediato, meus olhos atraídos para seu cabelo escuro e covinhas, seus espetaculares olhos verde-azulados. Ela deve ter uns vinte anos na fotografia e parece feliz.

Como será que tudo deu tão errado?

— Meus avós estão preocupados que Tyler esteja saindo dos trilhos — revela Finn mais tarde, quando caminhamos pela praia depois do café da manhã.

— Ah, não. — Olho para ele. — Como assim?

— Ele anda bebendo, fumando e se metendo em confusão na escola. Eles querem que eu fique aqui, para ser uma influência melhor pra ele.

— E você vai ficar? — A esperança se acende dentro de mim.

Ele balança a cabeça, negando, e a faísca se apaga com a mesma rapidez.

— Essa viagem já se estendeu demais pra mim.

— Você só está aqui há três dias!

O comentário dele faz eu me sentir mal.

— Não foi isso que eu quis dizer — resmunga ele, passando o braço pela minha cintura em um aperto forte antes de pegar minha mão. — De qualquer modo, eu me sentir assim não tem nada a ver com você. Você é incrível. — Ele para, se vira para mim e segura meu queixo, para que eu o olhe nos olhos. — Você torna possível eu voltar pra cá. Pode ter certeza disso. — Voltamos a andar. — É que eu fico deprimido quando passo muito tempo aqui. É diferente em Los Angeles.

— Mas as coisas são mesmo tão boas assim em Los Angeles? — pergunto, hesitante.

Seus olhos se voltam depressa para os meus.

— O que você quer dizer com isso?

— Bom, sei lá, você brigou com seus colegas de banda e discutiu com seu pai...

— *Todo mundo* discute às vezes — interrompe ele, abruptamente.

— Só estou falando que às vezes eu tenho a sensação de que a vida em Los Angeles não é tudo isso que parece. — Tento de novo.

Ele franze a testa e sua mão na minha fica tensa.

— Não é perfeito. Mas isso não significa que não é mil vezes melhor do que seria aqui.

Eu odeio quando ele diz essas coisas.

— O que tem de tão bom lá? — pergunto, irritada, soltando sua mão.

— Ah, Liv, por favor — diz ele, impaciente.

— Não, sério, eu quero saber. Com o que estou competindo?

— Isso não é justo. Não tem a ver com você, tem a ver comigo, com o que eu quero da vida. Los Angeles tem uma cena musical decente, shows, conexões com a indústria da música. A Cornualha é isolada. Eu nunca chegaria a lugar nenhum se ficasse aqui. É verdade, as coisas podem não ter sido perfeitas com meu pai no final desse último ano, mas ele é o meu pai. Eu o amo. Demoramos anos pra construir um bom relacionamento. Eu ia sentir falta de tomar uma cerveja com ele vendo TV ou de ir ao estúdio para vê-lo trabalhando.

— Por que você não nos apresentou por videochamada?

Ele olha para mim.

— É isso que está incomodando você?

A mágoa em meu rosto lhe dá a resposta.

— Se é tão importante pra você, tudo bem. É só um pouco estranho, só isso, apresentar vocês em uma tela minúscula. Ia ser bem tenso pra mim, meus dois mundos colidindo. Isso foi dramático... desculpe.

— Não é dramático se você se sente assim. Mas *é* assim *mesmo* que se sente? Você acha que essa vida aqui é tão separada da sua vida de lá?

Ele pensa por um momento antes de fazer que sim.

— Você tem que lembrar que eu precisei largar essa vida aqui quando me mudei para os Estados Unidos. Foi horrível pra mim depois do que aconteceu, ter que deixar meus avós e meus irmãos. O único jeito de eu sobreviver foi me concentrar no presente. Eu nem conhecia o meu pai direito quando fui morar com ele, mas ele me deu muita força, me ajudou a passar por tudo aquilo, arrumou um terapeuta pra eu ter alguém com quem conversar sobre toda aquela merda na minha vida. Ele *se importou*. E, porra, provavelmente o que acabou com o casamento dele foi o fato de eu ter nascido. Ele podia ter ficado ressentido. Meu irmão e minha irmã mais velhos podiam ter feito um inferno na minha vida. Mas eles não fizeram isso. Eles são gente boa. Eles cuidaram de mim. Devo muito a eles.

— Seu pai já devia ter problemas com a esposa se ele a traiu, então não acho que você tenha sido a causa do divórcio deles, mas entendo o que você quis dizer.

Ficamos em silêncio.

Solto um longo suspiro, o que alivia um pouco a tensão em meus ombros, mas minha dor permanece. Finn não parece estar nem um pouco aberto à ideia de deixar Los Angeles. Como podemos manter um relacionamento a distância sem nenhum desfecho à vista?

Acabamos de passar pela caverna onde comemoramos o aniversário de Dan no ano passado. Hoje a maré está alta e, não muito longe, meio enterrada na areia, está a caldeira do *SS Eltham*, um navio a vapor que naufragou nesta praia no fim da década de 1920. Eu me lembro de meu pai lendo sobre isso para nós quando Michael estava se candidatando ao emprego em Chapel Porth. Ele esperava que esse conhecimento pudesse ajudá-lo a obter a vaga. Talvez tenha ajudado.

Olho para o estacionamento, pensando que deveríamos dizer oi para o meu irmão. Eu me viro para Finn para sugerir isso e vejo que ele está olhando para os penhascos à frente, com uma expressão dolorosa no rosto. Sigo sua linha de visão e vislumbro um afloramento rochoso ao longe, depois da velha casa de máquinas de Wheal Coates.

Sinto um arrepio ao pensar no que Finn disse ontem à noite sobre sua suspeita de que a mãe não tenha se matado, de que ela simulou o suicídio para começar de novo. Como Finn lembrou, o corpo dela nunca foi encontrado.

Mas a tripulação de onze homens do *SS Eltham* também nunca foi encontrada. Dois botes salva-vidas vazios foram trazidos para a praia pelas ondas, mas todos os tripulantes se perderam no mar agitado. Michael ficou fascinado pelo mistério das pessoas desaparecidas.

— Vi uma foto da sua mãe na casa dos seus avós — comento.

— Eu odeio aquela foto — murmura ele.
Olho para Finn.
— Eu achei sua mãe linda.
— Ela era. Lindíssima. Mas não estava mais assim quando nos deixou. Estava acabada, definhando. Aquela foto é mais uma mentira. Eu viro o porta-retratos para a parede quando estou na sala. Meus avós ficam loucos comigo.
— Imagino que eles sintam falta dela.
Ele morde o lábio inferior, com uma careta.
— Fale comigo — imploro. — Você nunca fala comigo sobre ela. Você nunca fala da sua infância.
— É porque eu passei a vida tentando me esquecer dela.
— Mas talvez relembrar essas coisas ajude. Não só com um terapeuta, mas com uma amiga.
— Que saco, Liv! — Ele se irrita. — O que você quer saber? Que a minha mãe usava crack na mesa da cozinha bem na nossa frente? Que às vezes eu dava de cara com ela fodendo com estranhos na sala? Que ela me bateu uma vez porque eu perguntei por que não tinha comida na geladeira? *O que você quer saber?* — A raiva explodiu em seu rosto e sua voz foi ficando mais furiosa a cada pergunta que saía da sua boca.
— Sinto muito — digo, em choque.
Não percebi o quanto ele já devia estar perto do limite, porque parece que só faltava esse meu empurrãozinho para que ele o cruzasse.
Pego sua mão, mas ele se afasta de mim.
— A minha infância foi fodida e a minha mãe era fodida, e o Tyler e o Liam provavelmente vão ficar fodidos, e não há nada que eu possa fazer porque eu sou fodido também!
— *Finn* — murmuro seu nome, querendo desesperadamente confortá-lo.
A respiração dele é pesada, sua expressão, feroz, e eu quero tanto pôr as mãos em seu corpo e acalmá-lo, apagar o fogo que está queimando lá dentro.

*Ninguém passa por uma coisa assim e sai ileso.*
Eu me lembro das palavras de minha mãe.

E, de repente, ele murcha. Pressiona as mãos com força sobre os olhos e, quando as retira, parece sem forças.

— É melhor a gente voltar — decide ele.

Dou um passo à frente e o envolvo em meus braços, mas o abraço com que ele me retribui é fraco.

## Capítulo Trinta e Um

Fico muito cuidadosa com Finn depois da nossa conversa na praia, mas ele não parece ter nenhuma intenção de continuar falando disso e logo volta a ser o que era antes. Tento seguir sua deixa, porque é claramente o que ele quer que eu faça, mas é difícil afastar a lembrança de sua dor. Eu me sinto mais próxima dele, embora desconfie que ele voltaria no tempo e evitaria que tivéssemos tido essa conversa se pudesse.

Entramos em uma rotina com o passar das semanas. Ele vem ao Seaglass com frequência enquanto estou trabalhando, conversa comigo no balcão, depois vamos para casa e nos beijamos, nos abraçamos e conversamos até altas horas, e acordamos em manhãs preguiçosas com café na cama. Parece natural, uma visão de como a vida poderia ser, mas, quando pensamentos como esse vêm à tona, eu os reprimo.

Temos um entendimento tácito de nos manter em assuntos seguros, como nossos amigos e nossas carreiras. Ele conta que vem compondo muito e, quando ouvimos os inquilinos do andar de baixo saindo para passar o dia fora, ele toca algumas de suas composições para mim no piano, que foi transferido para minha sala de estar. Estou mais do que orgulhosa de saber que as reuniões dele finalmente deram algum fruto e que uma gravadora grande quer que ele lance um álbum solo. Mas ele está insatisfeito com os termos e as condições e não quer ficar preso a um contrato para vários álbuns. Ele odeia a ideia de alguém ter controle sobre sua carreira, ditando o que ele faz e até o que veste, quando poderia ser um compositor relativamente anônimo. Está pensando em gravar alguma coisa com um selo independente pequeno para ter um pouco mais de liberdade.

Por fim, ele começa a me confidenciar algumas coisas sobre sua família e seus amigos nos Estados Unidos. Eu absorvo cada detalhe, aprendendo mais sobre seu irmão e sua irmã e o espevitado sobrinho Jimmy, que acabou de fazer quatro anos. Ele me conta sobre o pai e a nova namorada dele, e meu coração se aquece quando olho fotografias junto com ele e vejo as pessoas que são importantes em sua vida.

Ele também me conta sobre os passeios que faz com os irmãos. Eu lhe dou espaço para falar sobre sua infância, mas não vou mais ficar insistindo como fiz naquele dia na praia. Detesto a ideia de ele associar lembranças ruins a mim. Ele disse que eu era a única coisa que tornava suas viagens para cá suportáveis, e não quero pôr isso em risco.

Eu me pergunto como vamos ter um futuro se ele não suporta a ideia de morar aqui. Mas suponho que essa seja a verdade da qual venho fugindo: não vamos.

É com esse pensamento que decido passar a manhã do aniversário de morte dos meus pais sozinha. Finn ainda está dormindo quando acordo e consigo me vestir e sair de casa sem que ele desperte.

Mas ele me encontra sentada em um banco nos penhascos a oeste de St. Agnes, não muito longe do lugar onde ele me trouxe no primeiro ano depois da morte de meus pais.

— Oi — diz ele, aproximando-se com uma expressão séria.

Estou lidando melhor com meu luto, mas este é o dia em que ele me atinge com o peso de uma tonelada e preciso chorar.

Não fico chateada por vê-lo ali.

Ele se senta ao meu lado e abre um braço. Não pergunto como ele sabia para onde eu tinha ido, e ele não pergunta por que saí sem falar com ele. Deslizo mais para perto e pouso minha cabeça em seu ombro, respirando trêmula.

Uma sombra cinza paira sobre o mar ao longe, nuvens de chuva deslizando em nossa direção. Logo vamos ser engolidos por elas, e eu não ligo.

— Você vai fazer alguma coisa com o Michael pra marcar esse aniversário? — pergunta ele.

Faço que não, lágrimas rolando pelo rosto.

— Não. Ele nem queria falar sobre isso no ano passado. Eu também não falo com ninguém disso, a não ser com você.

Ele apoia a cabeça na minha.

— Você está bem? — pergunto, sentindo-o pensativo.

— Estava pensando no Tyler.

Enxugo as lágrimas e pego sua mão, dando a ele toda a minha atenção.

— Eu *vou* trazer o Tyler aqui e mostrar onde acharam as roupas da minha mãe — decide ele. — Não vou falar da minha teoria nem bagunçar a cabeça dele. Mas sinto que ele está se afastando de mim, e talvez isso aproxime a gente.

— Os meninos foram visitar você em Los Angeles?

— Faz alguns anos que eles não vão, mas pensei em perguntar se eles querem passar o Natal comigo.

— Eles já passaram o Natal lá antes?

— Não — responde ele, apertando minha mão.

Dou a ele o que espero que seja um sorriso de apoio.

— Acho que isso seria muito bom pra vocês todos.

Finn tem resistido a juntar seus dois mundos, mas talvez seja exatamente disso que ele precisa. Ele está dividido em dois, um pé aqui, outro nos Estados Unidos. Talvez passar um Natal com seus irmãos e avós em Los Angeles, junto com o resto da família, o ajude a se sentir inteiro.

Ele examina meu rosto.

— Seus olhos estão da cor do mar hoje.

— Sempre achei que os olhos da minha mãe eram céus de verão e os meus, mares revoltos.

— Venha pra Los Angeles comigo — sussurra ele.

Sinto meu corpo se tensionar.

— Pra passar férias?

— Pra morar.

Eu sacudo a cabeça.

— Finn, eu não posso. Você sabe que não posso.

A expressão dele endurece.

— Por que não?

— Eu não posso sair de St. Agnes. Não posso deixar o Michael. Ele precisa de mim.

Ele tira o braço de trás de mim e se curva, os cotovelos apoiados nas coxas, os olhos fixos no mar enquanto a chuva começa a cair.

— Eu não sei o que fazer — digo. — Dessa vez com você foi diferente.

Nós atingimos um outro nível, o que tornou tudo melhor e, ao mesmo tempo, mais difícil.

— Vai ser uma merda quando eu voltar pra casa — diz ele, infeliz. — Eu sinto saudade de você quando vou embora. Penso em você o tempo todo. Eu odeio deixar você.

— Então *não* vá — imploro desesperadamente, a chuva escorrendo pelo meu rosto e lavando minhas lágrimas. — Preciso de você aqui. Será que a gente não consegue fazer dar certo?

Sei que estou sendo injusta, colocando essa pressão sobre ele. Ele já deixou seus sentimentos claros. Mas não posso evitar.

— Não me peça pra ficar, Liv. — Ele parece desolado.

— Então não me peça pra ir — retruco.

Um buraco se abre em meu coração quando ele me olha e assente, silencioso.

Tenho a sensação devastadora de que acabamos de marcar o nosso fim.

— Não podemos continuar assim — reconheço, com tristeza. — Nessa indefinição.

— O que mais a gente pode fazer? — pergunta ele.

— A gente devia ter mantido as regras — respondo, com repentina amargura. — Pelo menos teríamos uma chance de seguir nossas vidas, de não nos sentirmos tão machucados.

— Você quer voltar para aquilo? — pergunta ele, relutante.

Eu *sei* que é o que deveríamos fazer. Sabia desde o início. Mas a dor queima meu peito ao pensar em não falar mais com ele.

— Talvez a gente só precise conversar menos. Se falar uma vez por mês, só pra manter contato, mas não ficar tão envolvido na vida um do outro.

Ele pensa nisso por um momento, seus lábios apertados em uma linha fina, e então assente com um movimento breve da cabeça.

Na semana depois que ele vai embora, encontro meu consolo na argila.

# ESTE VERÃO

## Capítulo Trinta e Dois

A calidez do olhar de Tom se mistura com o calor que já brilha em minha pele enquanto converso com uma pessoa da equipe de fundição sobre um encaixe que precisa de mais polimento. Meu nariz está formigando com o odor de amônia e a garganta arranha com o cheiro de queimado do metal fundido na fornalha, mas não é desagradável. Eu adoro estar aqui. É aqui que tudo se combina, onde a visão do meu trabalho árduo se concretiza.

Passamos a falar do acabamento e do tom de verde que espero alcançar e, quando terminamos, sorrio para Tom e o chamo. Ele ficou mais para trás, não querendo atrapalhar, mas, quando o funcionário da fundição nos deixa a sós, Tom vem até mim, seus olhos castanho-dourados brilhando.

Ele balança a cabeça, admirado.

— Sua primeira arte pública. Nem imagino como você está se sentindo. Deve estar tão orgulhosa. Isso é incrível, Liv. Estou impressionado, sério.

A reação dele é tão adorável que meus olhos, inesperadamente, se enchem de lágrimas.

— Ah — diz ele, de um jeito meigo, apertando meu ombro com ternura enquanto enxugo as lágrimas que se acumularam em meus cílios inferiores.

— Você devia ter me visto há uns dois anos quando esculpi os meus pais — digo, com uma pequena risada. — Eu desabei quando eles saíram dos moldes. Os funcionários da fundição até saíram de perto. — Meu sorriso vacila. — Eu daria tudo para eles estarem aqui agora, dividindo essa conquista comigo.

As lágrimas que estavam se juntando em meus olhos transbordam e a expressão de Tom é cheia de empatia quando ele me puxa para um abraço.

— Eu sinto muito por isso — murmura ele no alto da minha cabeça.

Meu peito está junto ao dele e meus nervos estão à flor da pele com o contato tão próximo, mas, de alguma forma, parece natural estar neste momento com ele.

— Está tudo bem — digo, enquanto ele passa a mão pelas minhas costas. — Em alguns dias, eu passo horas sem pensar neles, e outras vezes é como se eu tivesse perdido os dois ontem. — Saio do abraço muito antes do que gostaria, porque preciso desesperadamente de um lenço de papel. — Meus pais não eram pessoas criativas, mas eu sei que ficariam orgulhosos — digo, pegando um lenço na bolsa. — E também acho que eles iriam ficar gratos por eu ter a arte na minha vida. Isso é estranho? A escultura me ajudou a processar minha dor desde que perdi meus pais. Tem sido uma boa terapia.

— Não é nada estranho. — Ele solta um pequeno suspiro. — Eu queria que o meu avô estivesse por perto para me ver voar — confidencia ele. — Eu sei que ele iria adorar.

— Mas seus pais devem estar orgulhosos, não?

Seu sorriso é afetuoso.

— Minha mãe me pedia detalhes das tentativas de resgate mais complicadas, depois surtava porque parecia perigoso demais. Mas ela é assim. É do tipo que fala que detesta filme de terror, depois fica sentada duas horas assistindo a um, espiando entre os dedos e se encolhendo de medo.

— E o seu pai? — pergunto, com um sorriso diante da imagem mental que ele pintou para mim.

— Acho que dá pra dizer que ele é discretamente orgulhoso. Ele não é de demonstrar muito, mas já o ouvi contando aos amigos sobre meu trabalho. — Seu sorriso desaparece e ele desvia o olhar.

— Eu lamento que eles não tenham incentivado o seu talento artístico. — Eu me pego dizendo.

Ele balança a cabeça e me dá um sorriso irônico.

— Estou muito longe de ser igual a você.

Franzo a testa.

— Isso não é verdade.

— Liv. — Ele olha para mim e a intenção era ser incisivo, mas sua expressão me faz derreter. — Eu faço desenhos na areia.

Ele é tão autodepreciativo que é irritante.

— Arte é arte — afirmo.

— É, você está certa — concorda ele, subitamente sério. — Só porque meus desenhos são levados pela água a cada seis horas enquanto seus bronzes vão durar uma eternidade, isso não os torna menos importantes.

Reviro os olhos com a provocação e ele sorri para mim, seu rosto iluminado pelo bom humor.

— O que você acha de ir à galeria Tate quando sairmos daqui? — pergunta ele.

— Acho ótimo!

Eu adoraria passar o dia com ele.

— Estou louco para ver algumas das famosas esculturas de areia da Barbara Hepworth — acrescenta ele, tentando manter a expressão séria.

Dou um tapa de brincadeira em seu braço.

— Você precisa mesmo é visitar Florença um dia pra ver a arte urbana feita pelo Michelangelo, que é espetacular. Incrível.

Ele inclina a cabeça para trás e ri de mim, e nós dois ainda estamos sorrindo quando saímos da fundição.

— Você já deve ter vindo aqui tantas vezes — diz Tom, quase se desculpando, enquanto descemos as encostas íngremes de St. Ives sob o sol forte, os sons de verão da costa chegando até nós. A praia fica logo em frente à galeria, do outro lado da rua.

— Algumas — admito. — Mas nunca perde a graça. O Tate Modern em Londres é onde eu quero voltar de verdade.

— Quando foi a última vez que você foi lá? — pergunta ele.

— Eu tinha uns dezesseis, dezessete anos. Sei que poderia ir a Londres sozinha. Eu *devia* ir. Estou doida pra conferir umas esculturas.

— Alguma em particular? — pergunta Tom, com interesse, quando a inconfundível entrada redonda e branca da Tate surge no final da rua.

— Eu ia amar ver de perto um bronze da Virginia Woolf em tamanho real em Richmond upon Thames. A artista, Laury Dizengremel, esculpiu a Virginia sentada em um banco de bronze, com um ar muito sereno. A gente pode se sentar ao lado dela e ficar olhando os barcos passarem pelo rio. — Gosto da natureza interativa disso. — Você sabia que em Londres há mais monumentos representando animais do que em homenagem a mulheres renomadas?

Tom franze a testa.

— Sério? Isso não é legal.

— Né? Outra estátua que eu quero ver é Emmeline Pankhurst de pé em uma cadeira, falando com o público, mas ela está em Manchester, que é ainda mais longe.

Hazel Reeves, a escultora, tem outra obra de arte pública na estação de King's Cross, mas não tenho tanto interesse no homenageado, sir Nigel Gresley. Apesar disso, ainda gostaria de ver o trabalho de perto: ela usou meia tonelada de argila para criar a estátua de mais de dois metros e meio de altura.

É difícil se destacar na profissão de escultora sendo mulher, então Hazel e Laury me dão esperança.

— Será que a Rach ou a Amy não iam gostar de ir até a cidade? — pergunta Tom, enquanto subimos a escada externa até a entrada.

— Não, minhas amigas não querem saber de arte e cultura.

— Bem, se quiser companhia, é só me chamar — diz ele, casualmente, abrindo a porta para mim.

Minha felicidade é interrompida pela constatação de que ele já está quase na metade de seu mês de estadia na Beach Cottage.

— Daqui a pouco você já vai voltar para o País de Gales — lembro.

— E daí? Existem trens do País de Gales para Londres também, sabia? — brinca ele, tocando minhas costas quando nos aproximamos da bilheteria.

Fico radiante com a ideia de que ele gostaria de manter contato. *E seria possível... O País de Gales não é Los Angeles.*

Enquanto andamos de sala em sala, parando para observar as obras, tenho a sensação surreal de que Tom e eu estamos em nosso primeiro encontro. Quando paramos diante de um quadro abstrato colorido de Patrick Heron, seu braço roça o meu. Resisto ao instinto natural de me afastar. Continuo onde estou e ele também, e então não estou mais pensando na pintura: sou totalmente consumida pela sensação de nervosismo em meu estômago.

Penso, de repente, enquanto ficamos ali parados pelo que parece uma eternidade, que Tom chegou em St. Agnes no mesmo dia em que decidi que estava pronta para um novo começo.

Talvez seja o destino, ou talvez seja só coincidência. É bonito de um jeito ou de outro.

# Capítulo Trinta e Três

Na noite seguinte, Tom entra no Seaglass quando estou atrás do balcão, preparando coquetéis para as pessoas que foram apreciar o pôr do sol.

O ambiente está perfeitamente tranquilo. Lorde está tocando nos alto-falantes e o sol entra pelas portas abertas da varanda sobre as mesas redondas altas cercadas por pessoas em banquetas de bar. Fico feliz que Tom veja o lugar assim. Estava praticamente vazio da última vez que ele entrou aqui, com aquela chuva forte caindo lá fora.

— Olá!

— Oi — responde ele, parecendo tão feliz em me ver quanto eu estou por vê-lo.

Ele está com uma camiseta verde-oliva que se ajusta perfeitamente aos ombros largos e sua pele bronzeada.

— Estou terminando aqui e já falo com você.

Ele sorri e apoia o cotovelo no balcão enquanto despejo o conteúdo da coqueteleira em três copos. Posso senti-lo me observando quando pego três pequenas violetas lilases do vaso em cima do balcão e as coloco delicadamente sobre o topo espumoso dos meus passion fruit martinis.

Minha cliente os leva para as amigas em uma mesa próxima e eu as ouço comentando, admiradas, que a decoração com aquelas flores comestíveis ficou linda.

— É bom ver você aqui de novo — digo a Tom, enquanto limpo o balcão.

Sinto um frio na barriga.

Ele me olha com a mesma expressão calorosa e as palavras de Rach me vêm à mente: *Ele não tira os olhos de você.*

Pensei nessas palavras ontem na fundição também.

— Quer uma bebida? — pergunto com um sorriso.

As garotas próximas estão abrindo as câmeras dos celulares.

— Eu queria uma cerveja clara. Você recomenda alguma marca local?

— Que tal a Lou's Brew? Tem o nome da dona do Drift. Você já visitou a microcervejaria do Driftwood Spars?

— Fui lá há uns dias. Nossa, como eu adoro esse lugar.

Cada vez que Tom diz isso, gosto um pouco mais dele.

*Finn parecia que estava sempre querendo fugir de St. Agnes o mais rápido possível.*

— Quer trocar por outro? — Indico com a cabeça o exemplar muito manuseado de *O chamado selvagem* que ele pôs sobre o balcão enquanto despejo sua cerveja da garrafa para um copo.

— Aham, se puder.

— Claro. É pra isso que eles estão aí. — Fico satisfeita por ele estar usando nosso serviço de troca de livros. — Pelo menos você não vai ter que carregar um monte de livros pra casa depois.

— Eu ia ter que deixar todos aqui. Trouxe só uma mochila.

— Aquela que você estava carregando quando entrou aqui pela primeira vez?

Ele assente.

— Você consegue pôr todas as suas coisas naquela mochila minúscula? — Estou espantada.

— Ela é bem grande, na verdade — responde Tom, rindo. — Quer tomar alguma coisa? — pergunta ele, quando passo seu pedido na caixa registradora.

— Não posso beber aqui, mas espere um pouco. Libs? — chamo atrás do balcão. — Vou fazer meu intervalo agora, pode ser? Tudo bem pra você?

— Tudo bem — responde ela, concordando.
— O que você vai querer? — pergunta Tom.
— Quero um desses — respondo com um sorriso, indicando as meninas com os passion fruit martinis.
Vai ter que ser uma versão sem álcool, já que estou trabalhando, mesmo assim é o meu coquetel preferido.
A agitação do jantar ainda não começou, porque são só cinco horas, e há poucas mesas postas no andar de cima. Tom e eu vamos até os sofás e nos sentamos um de frente para o outro.
— Não consegui achar outro lugar pra ficar — diz ele, casualmente, e meu coração dá um pulo, porque eu não achava que ele estava falando sério sobre ficar em Aggie por mais tempo. — O Driftwood Spars tinha algumas datas esparsas, mas não para um período longo — acrescenta ele.
Torço o nariz, desapontada.
Ele faz exatamente o mesmo gesto.
Nós rimos.

Tom está lendo as sinopses de romances de Harlan Coben e Lisa Jewell, querendo minha opinião sobre qual livro ler em seguida, quando passos na escada me fazem virar a cabeça.
Meu estômago se revira ao ver Tyler caminhando em minha direção, pernas e braços longos, cílios espessos e escuros, cabelo despenteado. Eu me levanto de um pulo, perturbada.
— Oi, Liv — diz ele.
Ele é tão parecido com Finn. Não o vi pela cidade nesse último ano.
— Oi! — exclamo. — Está tudo bem?
Minha voz sai toda estranha, estridente e em pânico.
— Aham, tudo bem — responde ele, totalmente à vontade. — Eu queria saber se você tem alguma vaga de emprego aqui.
Fico em choque. O irmão de Finn trabalhando comigo no Seaglass? Não sei se eu conseguiria lidar com isso.
— Ah — respondo, lamentando. — Estamos com a equipe completa agora. De qualquer modo, precisa ter mais de dezoito — acrescento, apressadamente.

— Eu *tenho* dezoito — declara ele.
— Tem? — pergunto, esganiçada.
— Fiz no mês passado.
— Caramba! Parabéns!

Ele fica olhando para mim, provavelmente se perguntando por que eu estou agindo de um jeito tão esquisito. Estou sendo injusta? Não é culpa dele que Finn tenha resolvido seguir a vida sem mim.

Sinto uma pontada no peito ao pensar nisso, mas percebo que ela já não é tão forte.

— Hã... Hum. Não sei, Tyler, talvez. — Estou começando a repensar minha reação automática. — Pode ser que o Bill queira uma ajuda na cozinha. Tem que ser trabalho de bar?

— Eu prefiro preparar coquetéis, mas acho que posso ajudar na cozinha — diz ele, com seu jeito meio mal-humorado habitual.

— Vou perguntar pra ele. Pode me dar seu telefone? — Lembro, então, que meu celular está no andar de baixo, atrás do balcão.

— Por que você não me dá o *seu* número? — sugere ele de imediato, antes que eu tenha tempo de usar a segunda opção, que seria pegar um papel na cozinha para anotar.

— Ah... tudo bem.

Recito o número e ele o adiciona no celular, depois liga para mim e desliga após alguns segundos.

— Pronto, já tem o meu número — diz ele.
— Ótimo. Obrigada. Eu entro em contato em breve.

Ele é tão autoconfiante. Tão certo do que quer.

Nada parecido com o irmão nesse aspecto.

*Ele nem sempre foi assim*, sussurra minha mente.

— Ah, o Finn mandou um oi — diz ele logo antes de sair.

Meu rosto está fervendo enquanto o vejo ir embora.

Quando me viro, Tom está me olhando, curioso.

— É melhor eu voltar para o balcão — murmuro.

Mais tarde naquela noite, volto para casa depois de um dos piores turnos que tive em muito tempo. Não consigo parar de pensar no fato de que Finn mandou um oi para mim por Tyler. Ainda não faço ideia se ele vai vir para o casamento de Amy e Dan em agosto. Amy disse que ele não confirmou presença e prometeu me contar assim que ele o fizesse, mas não saber é angustiante.

Quando me aproximo da porta de casa, vejo a luz acesa através das cortinas da janela do quarto de Tom. Por um momento eu me pergunto se ele está esperando por mim, mas logo descarto a ideia. Faz anos que ninguém espera por mim.

A lembrança de minha mãe faz eu me sentir súbita e desesperadamente sozinha quando entro no hall e fecho a porta. A porta de Tom se abre na mesma hora e eu dou um pulo.

— Desculpe, não queria assustar você — diz Tom. — Só queria ver se você está bem. — Seus olhos estão preocupados antes mesmo de notar as lágrimas nos meus. — Ah, não está, né? — Ele passa para o hall e para na minha frente.

Aperto os olhos e engulo em seco, mas o nó na garganta não se desfaz.

— Quer entrar e tomar alguma coisa? — convida ele.

Eu provavelmente deveria subir direto e tentar dormir para melhorar o humor, mas meu corpo já está indo em direção a Tom.

Quando estou aninhada no canto do sofá da sala, com uma taça de vinho tinto na mão, Tom me diz que estava preocupado comigo. Ele está sentado na outra ponta do sofá, de frente para mim.

— Você pareceu um pouco abalada quando aquele garoto entrou — diz ele. — Quer falar sobre isso?

O nó na minha garganta não se desfez totalmente, então sei que será difícil falar de um jeito normal, mas decido tentar.

— Eu conheço a família dele há um tempo — conto. — Mais especificamente o irmão.

— Finn?

É surreal ouvir o nome dele saindo da boca de Tom. Eu confirmo.

— Ele é o seu ex? — pergunta ele.

— Na verdade, ele nunca foi nada meu, pra começo de conversa — respondo, simplesmente.

— Onde ele está agora?

— Em Los Angeles. Onde sempre esteve. A gente teve um relacionamento de idas e vindas por alguns anos, mas, com a distância, ficou impossível.

Tom suspira e desvia o olhar, coçando o lábio inferior com a unha do polegar. Ele parece pensativo.

— É, isso é difícil — diz ele, por fim. — Eu não julgaria você por não querer encontrar o irmão dele no trabalho todo dia.

— É, me tirou um pouco do prumo — admito.

Ele sorri para mim.

— Ele pareceu bem cheio de si, você não achou?

— *Não é?* — Eu me inclino para a frente, com os olhos bem abertos e um sorriso de repente se abrindo em meu rosto.

Ele sorri de novo.

— Eu não ficaria surpreso se fosse um pouco difícil lidar com ele.

— Eu pensei na mesma coisa! Não sei se ele aceitaria bem receber ordens. — Assim que digo isso, me sinto mal. — Ele teve que lidar com muita merda na vida — revelo, olhando para minhas mãos. — Sei lá. Talvez eu devesse deixar ele fazer um período de experiência.

— Você tem algum trabalho para ele? — pergunta Tom, e, quando encontro seus olhos, vejo que sua expressão divertida anterior se tornou muito mais séria.

— Na verdade, vamos ter uma vaga daqui a pouco. Nosso sous-chef vai se mudar pra Londres em algumas semanas, mas claro que essa é uma função especializada demais pra ele. Só que nosso ajudante-geral está de folga no sábado, depois entra de férias na quarta, e eu ainda não achei ninguém pra cobrir. — Sinto uma onda de pânico ao pensar nisso. — Mas acho que o Tyler não ia gostar do trabalho. Tem a ver com preparar comida, mas é principalmente lavar panelas e frigideiras, manter o chão limpo e higienizar a cozinha. O Bill não tem paciência com quem não trabalha bem e ia explodir rápido se o Tyler fizesse corpo mole. É um pouco demais pra alguém com o temperamento dele, eu acho. Vou ver se consigo arrumar alguns turnos no bar. É o que ele quer pra valer.

Talvez pudéssemos contratá-lo como ajudante. Mas pensar em Tyler correndo de um lado para o outro recolhendo garrafas vazias, lavando copos, reabastecendo gelo e trocando barris é um pouco demais também.

— É muito gentil da sua parte — diz Tom com sinceridade, me lançando um olhar significativo. — Eu tenho certeza de que ele vai atrair a atenção das meninas sacudindo a coqueteleira.

Começo a rir e seus lábios se curvam nos cantos, o olhar firme no meu. O verde-oliva de sua camiseta realça os reflexos dourados dos olhos.

— Ele provavelmente *seria* mesmo um bom bartender. Eu consigo imaginar o Tyler fazendo acrobacias preparando os coquetéis como o Luke e o Kwame, e ganhando todas as meninas.

Só começamos a fazer coquetéis no ano passado, depois que insisti com Chas para dar uma atualizada no cardápio de bebidas. Argumentei que ele precisava combinar com os novos pratos incríveis que a nossa cozinha estava criando. Antes disso, só servíamos cervejas e shots.

Sinto uma pontada de nostalgia dos velhos tempos. Não consigo mais imaginar uma banda como a Mixamatosis sacudindo as paredes do Seaglass desde que ele passou pela reformulação.

Mas Dan, Tarek, Chris e Kieran já abandonaram seus instrumentos há muito tempo, de qualquer modo.

Ao contrário de Finn.

Solto um longo suspiro. Tudo e todos seguiram em frente, até o Seaglass.

— O que você vai fazer para cobrir as férias do seu ajudante-geral? — pergunta Tom.

— Não sei. — Passo a mão pelo cabelo e tento desembaraçá-lo. — Ser gerente não é fácil.

A escala dos funcionários é a parte do trabalho de que eu menos gosto, tentar conciliar os turnos com as pessoas que desejam este ou aquele dia de folga. E há os dias em que funcionários ficam doentes, as férias, contratações e demissões, os treinamentos, lidar com gente difícil, que se recusa a seguir o sistema, *e* com os ocasionais idiotas arrogantes que acham que sabem mais do que eu. E ainda há as encomendas de mercadorias e inventários de estoque. Pelo menos Bill faz tudo isso na parte da cozinha.

— Bem, se você não conseguir resolver, fale comigo — diz Tom.

Sorrio para ele, presumindo que esteja brincando.

Ele *sabe* cozinhar. Eu o vi fazendo o jantar e estava bom demais, mas ajudante de cozinha é um emprego pouco qualificado demais para alguém como Tom.

— Estou falando sério — diz ele.

Eu me inclino para a frente e olho nos olhos dele.

— Tom, você ouviu a descrição do emprego?

— Sim, mas posso dar uma mãozinha. Estou doido para fazer alguma outra coisa além de ficar aqui sentado lendo.

— Não consegue pensar em uma maneira melhor de passar o tempo? Você está de férias.

Ele me lança um olhar irônico.

— Nem sei o que é isso.

O que ele está fazendo aqui, afinal? Por que parece não ter nenhuma pressa de voltar ao trabalho no País de Gales? Será que ele ainda tem um emprego lá? Talvez esteja em um período sabático prolongado.

Minha expressão se suaviza.

— Quer falar sobre isso? — Viro o jogo para ele.

Ele resmunga e esfrega a mão no rosto.

— Não. Mas estou morrendo de tédio. Vou ficar feliz em ajudar.

— E eu fico muito grata se você quiser mesmo — digo com um sorriso, adorando o rumo que esta noite tomou.

— Então considere o problema resolvido — afirma ele.

# Capítulo Trinta e Quatro

Mal dormi nas duas noites seguintes, e, por causa da onda de calor, estamos com mais movimento ainda que o habitual. Estou acabada, mas acho que parte disso é exaustão emocional. Minha mente fica o tempo todo voltando para essa história de Finn ter mandado Tyler me dizer oi. Foi uma coisa tão banal, mas Finn com certeza sabia que isso ia embaralhar minha cabeça.

Quando Tom abre a porta para mim no fim da tarde de sábado, há algo novo em seus olhos e, por alguma razão, acho difícil olhar diretamente para ele. Enquanto caminhamos até o Seaglass para o turno da noite, percebo que meu cansaço foi substituído por uma expectativa estranha.

De acordo com Bill, ele não fez nenhuma besteira na cozinha. Quando Bill e o sous-chef vão embora, Tom fica para tomar uma bebida no balcão e, depois da limpeza, toda a equipe se reúne para uma rodada de drinques no bar. Nós nos ajudamos tanto esta noite e é um prazer nos sentarmos um pouco todos juntos, mas, por volta de meia-noite e meia, os outros funcionários vão para casa e só Tom e eu permanecemos.

Ficamos dividindo uma garrafa de vinho rosé e rindo com piadas bobas. Pelo jeito como estamos rindo descontroladamente, acho que nós dois estamos bêbados. O álcool venceu minha timidez e ele está muito à vontade, meio virado para mim, o pé apoiado na trave do meu banco. De vez em quando seu joelho bate no meu, e toda vez que isso acontece minha pele parece formigar, mas nenhum de nós dois se move para dar mais espaço. Ele está de jeans e eu com um vestido de saia rodada na altura da coxa, então tenho certeza de que estou sentindo o efeito de nosso contato muito mais do que ele.

Eu estava contando a ele que uma vez pus fogo na saia com um bico de Bunsen na faculdade e percebo que sua atenção se volta sempre para os meus lábios. Agora que reparei, não consigo não prestar atenção. Na vez seguinte em que seu joelho roça o meu, ele não o afasta.

Sinto o calor irradiando daquele ponto, penetrando em meu corpo e me aquecendo da cabeça aos pés. Nossa conversa morre e ficamos ali sentados por um longo momento, apenas olhando um para o outro.

— Acho melhor irmos pra casa — murmuro, quando o silêncio se prolonga demais.

Ele remove sua perna comprida do meio das minhas e se levanta devagar, e eu também desço da banqueta.

— Vou conferir se está tudo em ordem lá em cima.

Ele me segue, aparentemente sem nem pensar. Descobri que ele é assim: se uma coisa precisa ser feita, ele quer ajudar.

— Pode apagar as luzes pra mim? — peço, me dirigindo à cozinha. Satisfeita com o que vejo lá, saio e encontro as luzes principais apagadas, mas as lâmpadas penduradas em fios continuam acesas.

— Desculpe, não achei o interruptor — diz ele, olhando em volta.

— Atrás de você. — Indico a parede azul-marinha junto aos sofás, mas já estou atravessando a sala em direção a ele.

Eu me inclino para desligar o interruptor atrás dele e, quando me endireito outra vez, percebo que estamos muito próximos. Por um momento, não consigo nem respirar.

Meus olhos viajam até os dele, que estão brilhando à luz da lua cheia do lado de fora das janelas panorâmicas. A penumbra ao nosso redor dá uma sensação de intimidade.

Nenhum de nós move um músculo sequer enquanto o olhar dele baixa para encontrar o meu. Sei que não faz muito tempo que ele saiu de um relacionamento sério e eu claramente ainda não superei Finn, mas, pelo jeito como estamos nos olhando, nada mais importa agora.

Como em câmera lenta, ele estende a mão e a desliza levemente pela curva da minha cintura. O calor de seus dedos queima através do algodão fino do vestido.

Minha respiração falha e eu me aproximo um pouco mais, tocando seu quadril sobre o jeans.

Ele inspira. Inclino o rosto para o dele e, um instante depois, ele coloca a boca sobre a minha.

Todo o meu corpo é atravessado por um choque de eletricidade quando nossos lábios se conectam, e os arrepios se espalham quando começamos a nos beijar, lentamente a princípio, depois com mais intensidade. Suas mãos seguram minha cintura e tomo isso como um convite para que eu também possa tocá-lo, então faço o que venho fantasiando na última semana e deslizo as mãos sob sua camiseta.

Fico deslumbrada ao sentir sua barriga perfeitamente plana, a trilha de pelos macios logo acima do botão do jeans, as saliências e contornos do peito.

Mal consigo recuperar o fôlego enquanto exploro sua pele lisa e firme, os músculos duros. Quero explorar cada centímetro dele e, quando ele me puxa contra seus quadris, penso que talvez ele deixe.

Sua respiração se tornou irregular, os beijos, mais urgentes, sua língua acaricia e sonda. Esse contato mais profundo está deixando minhas pernas bambas. Eu nos direciono para o sofá, minha cabeça enevoada. Acho que poderia viver apenas dos seus beijos. Ele é inacreditável.

Ele cai nas almofadas, me levando junto.

— Porra, Liv — murmura ele em minha boca, sua voz grave e profunda de desejo, e me puxa contra seu corpo. Eu já nem estou raciocinando mais. — Não é melhor a gente continuar isso em casa?

— Não. Eu não quero esperar — respondo.

Já chega de esperar.

# DOIS VERÕES ATRÁS

## Capítulo Trinta e Cinco

É o primeiro sábado de agosto, dia do Festival de St. Agnes, e estou no Seaglass, desfrutando de um momento de paz antes de a loucura começar. É hora do almoço, e pretendo ir assistir ao desfile mais tarde com Michael.

Meus amigos vão participar este ano. Rach vai sair em um carro alegórico para surfistas e Amy se juntou a uma trupe de comédia e dança. Dan, por sua vez, é uma das oito pessoas que vão levar o Bolster gigante. Shirley levou Michael e Timothy mais cedo para ajudar a decorar a enorme efígie com flores. É sempre um dia divertido e Aggie está animada. Toda a cidade participa. Estou ansiosa para ver meus amigos em ação.

Vamos nos reunir no Seaglass quando terminar. Temos um novo chefe de cozinha incrível chamado Bill, que tem trazido grandes novidades para o cardápio. Chas sempre foi tão sossegado, mas resolveu dar uma turbinada nos negócios este ano. Ele até criou uma página no Instagram para o Seaglass e posta com frequência.

Achei que deveria fazer isso também agora que estou recebendo encomendas, por isso criei meu próprio perfil há algumas semanas. Para mim, é um pouco estranha essa coisa de autopromoção, mas é como o mundo funciona hoje em dia, então tenho que aderir se quiser deslanchar na carreira de escultora.

Profissionalmente, foi um ano incrível. Depois que Finn foi embora no verão passado, eu me joguei de cabeça na escultura, e desde outubro, quando Chas fechou as portas do Seaglass para o inverno, praticamente não fiz outra coisa.

Arabella Schulman, a mulher que me contratou para fazer uma escultura de seu falecido marido no estilo da escultura de minha avó, me pediu para criar uma peça semelhante de seu filho, também falecido.

Foi divertido esculpir o marido, que teve uma vida longa e feliz, mas o processo de trabalhar no filho foi pesado. Ele havia morrido em um acidente de moto décadas antes e eu fiquei com o coração apertado ao estudar as fotografias e imaginar a dor de sua mãe quando ele foi levado de forma tão repentina e trágica aos dezenove anos. Despejei muito da minha própria tristeza naquela argila e muitas vezes me peguei pensando nos meus pais. Percebi que estava chegando o momento em que me sentiria capaz de esculpi-los.

Eu esperava que Arabella fosse se emocionar quando lhe apresentei a peça, mas ela apenas olhou para seu menino por um longo tempo antes de dizer:

— Eu gostaria que agora você me fizesse. Mas quero um retrato figurativo normal — declarou ela. — Eu ainda estou aqui.

Esculpir Arabella foi uma experiência totalmente diferente. Ela posou para mim durante a maior parte de janeiro, fevereiro e março e, no fim de nosso intenso trabalho juntas, disse que arranjaria um espaço para eu expor minhas obras. Eu não tinha me dado conta do quanto ela havia sido influente no mundo da arte, tendo sido proprietária de uma galeria em Londres por muitos anos, e ainda mantinha muitos contatos.

Assim que concluí a escultura de Arabella, eu me senti pronta para esculpir meus pais.

O processo foi extremamente doloroso, e às vezes eu ficava tão concentrada que trabalhava a noite inteira até o dia clarear.

Quando o Seaglass voltou a funcionar, em abril, não retornei de imediato. Eu me sentia envolvida demais no que estava fazendo.

Em maio, Arabella cumpriu a promessa e arrumou um espaço em uma galeria em St. Ives para eu expor minha série de "luto", que agora incluía seus falecidos marido e filho além de minha avó, que mandei remodelar em bronze.

Quando estava pensando no nome que daria às peças, me inspirei em algo que a própria Arabella disse quando me pediu para esculpi-la.

*Quero um retrato figurativo normal. Eu ainda estou aqui.*

A etiqueta que pedi para ser gravada nas placas foi "Não mais aqui".

Rach, Amy, Chas e Dan foram à exposição, assim como Michael e Shirley. Rach até levou uma amiga nova do trabalho.

Foi um dos momentos de maior orgulho para mim, estar ali entre amigos e família na minha seção da galeria, conversando com entusiastas da arte. Consegui outro contrato depois daquela noite, e há a perspectiva de mais um.

Mas, em junho, depois que o fervor de esculpir meus pais havia começado a se acalmar, decidi retornar ao Seaglass. Eu não tinha certeza de como me sentiria voltando para trás do balcão após tantos meses trabalhando como artista, mas descobri que adorava aquilo. O Seaglass é uma segunda casa para mim, e Chas e a equipe são como uma segunda família. Além disso, ainda gosto da adrenalina por causa do corre-corre dos dias de casa cheia.

À noite e nos dias de folga, continuei a fazer os retoques finais nos meus pais, e no mês passado eles finalmente estavam prontos para a fundição em bronze.

Eu chorei quando eles foram tirados dos moldes de gesso na fundição. Tive que fundi-los em partes, e deu trabalho polir o bronze e soldar cada seção, um trabalho que a equipe da fundição ainda está fazendo, mas, em seu estado mais bruto, eles estavam lindos. Levei quase quatro anos para conseguir isso, mas agora tinha uma incrível sensação de realização.

E também me sentia em paz. Não via a hora de levá-los para casa. Mais do que isso, não via a hora de mostrá-los a Finn.

*Ainda* não vejo a hora de mostrá-los a Finn. Mas não tenho ideia de quando ou se ele vai voltar.

Mantivemos contato depois que ele foi embora e tentamos seguir nossa nova regra de uma vez por mês, mas até isso acabou sendo muito difícil.

Para começar, estava óbvio para nós dois que estávamos nos contendo, tentando nos proteger da dor das separações cíclicas.

E então, no início de fevereiro, nossa regra voou pelos ares quando Michael foi internado com uma infecção respiratória.

Ele passou três semanas no hospital, e toda vez que eu tinha que voltar para casa ele agarrava minha mão e implorava para eu não ir embora. Mas não permitiam que eu passasse a noite.

Os médicos e as enfermeiras eram, em sua maioria, ótimos, mas havia alguns que não tinham a menor ideia de como lidar com as necessidades dele e deixavam Michael preocupado e nervoso.

Pelo menos eu podia ir vê-lo todos os dias, o que não seria possível se eu morasse mais longe. Felizmente, Shirley também podia visitá-lo, assim como alguns de seus amigos do clube, mas isso não era suficiente. Michael me disse, chorando muito, que sentia falta de nossos pais, o que me deixou arrasada. Eu estava com saudade deles também. Foi mais ou menos nessa época que comecei a esculpi-los.

Liguei para Finn com mais frequência ao longo disso tudo, mas o contato, na verdade, fazia eu me sentir pior. Eu ligava chorando, e o pegava almoçando fora ou no estúdio e acabava não podendo desabafar, para não o incomodar. Ele estava gravando seu primeiro álbum solo para uma gravadora independente e às vezes simplesmente não estava disponível. Eu sei que essa situação de não ter como me confortar o machucava também.

No fim eu disse a ele, entre lágrimas, que estava difícil demais, que seria melhor não manter nenhum contato do que experimentar o que eu sentia como rejeição, mesmo que não fosse intencional. Foi uma decisão torturante para mim, mas acho que ele entendeu.

Não nos falamos há mais de quatro meses, e, agora que estamos em agosto, estou quase entregando os pontos e o procurando. Até este momento meu orgulho manteve a curiosidade sob controle. Sinto que vou perder alguma coisa se for a primeira de nós a fazer contato depois de todo esse tempo. Não sei explicar.

Ele costuma voltar durante as férias escolares de Tyler e Liam, mas os meninos foram para Los Angeles no Natal, portanto há uma chance de que ele nem venha visitá-los neste verão. O pensamento de ele não vir me deixa mal, mas o que vou sentir se ele voltar e depois for embora de novo será pior.

Eu me concentro no celular e posto mais algumas fotos do progresso que os trabalhadores da fundição fizeram com meus pais esta semana. Vejo que tenho dez seguidores novos quando clico nas notificações. Um nome chama a minha atenção: *Finn Lowe*.

Meu coração dá um salto.

*Aí está você...*

Finn mudou o sobrenome para Lowe no álbum solo. Acho que ele decidiu que Finn Finnegan não soava bem, no fim das contas.

Ele curtiu todas as minhas postagens e comentou algumas.

"Maravilhoso", escreveu ele em um close do rosto de minha mãe.

"Lindo" é o que ele diz de outro.

Depois de perder o ritmo por um instante, meu coração agora está acelerado.

Eu acompanho o Instagram dele, mas nunca comento. Não me sinto bem olhando, então tento evitar. Ver fotos de Finn e de sua vida animada em Los Angeles faz eu me sentir terrivelmente desconectada dele.

No entanto, agora que ele escreveu, não resisto a responder.

Estou nervosa enquanto envio uma DM: "Oi, sumido. Vai visitar nossas praias esse ano?"

Duvido que ele já esteja acordado, então me forço a fechar o aplicativo e descer para o bar.

Chas está de pé no canto, de frente para a parede, um cotovelo apoiado sobre o balcão. Há algo em sua postura que não parece certo. Ele parece menor. Parece *mais velho*, eu me dou conta, o que, claro, ele é. Vai fazer setenta no ano que vem.

— Você está bem? — pergunto.

Ele olha sobre o ombro para mim e torce o nariz, seu rosto sempre muito bronzeado está um pouco pálido.

— Não estou nos meus melhores dias.

— O que foi? — pergunto, preocupada, já que Chas nunca tirou um dia sequer de folga por motivos de saúde desde que o conheço.

— Não sei — responde ele. — Vai ver eu peguei alguma coisa.

— O que você está sentindo?

— Enjoo e um pouco de tontura.

— Vá pra casa — insisto, indo até ele e afagando suas costas.

— Não, eu estou bem. — Ele faz um gesto, dispensando minha apreensão.

— Pelo menos se sente um pouco na varanda, então, pra pegar ar fresco.

O fato de ele obedecer me preocupa.

Chas garante que está se sentindo um pouco melhor na hora em que saio do Seaglass para caminhar até a vila, passando pela casa de Michael. Está ventando e nublado, mas felizmente não há previsão de chuva, e, quando meu irmão e eu chegamos à padaria na esquina, vemos as bandeirinhas coloridas que enfeitam os prédios ao longo da rua principal forçando suas amarras, tremulando loucamente. As ruas já estão lotadas de gente esperando a chegada do desfile.

O rosto de Michael está radiante de expectativa. Ele adora o festival. Eu sempre o incentivo a participar, mas ele se recusa terminantemente a cada sugestão, e é por isso que estou aqui no meio do público, fazendo companhia a ele.

Isso é o que sempre digo a mim mesma, e é o que digo aos meus amigos quando eles insistem para eu entrar em um dos carros alegóricos, bandas ou trupes de dança, mas a verdade é que a ideia de todos aqueles olhos sobre mim me faz suar frio.

Por isso me surpreendi por ter gostado tanto de expor minhas obras em maio. Foi a primeira vez que mostrei meu trabalho desde a faculdade. Acho que falar de arte é a única coisa que eu sei fazer de verdade.

— O Bolster está vindo! — exclama Michael quando o som de tambores distantes preenche o ar. Estou de pé atrás dele e ele está aos pulos, olhando entusiasmado na direção de onde o desfile vai vir pela rua. Ouço a expectativa na voz das crianças e dos adultos à nossa volta.

Quando duas mãos cobrem meus olhos, dou um pulo de susto. Eu me viro para trás, batendo de leve no peito do engraçadinho, e quase desmaio ao dar de cara com Finn parado ali, suas covinhas aparecendo bem marcadas.

— Meu Deus! — exclamo. — O que você está fazendo aqui?

— Quis fazer uma surpresa — diz ele, e Michael se vira, o vê e revira os olhos dramaticamente antes de voltar a atenção de novo para a rua.

— Ei, Michael, como vão as coisas? — pergunta Finn, simpático.

— O Bolster está vindo — responde ele, com uma voz entediada.

No verão passado, depois que Finn foi embora, Michael veio à minha casa e me pegou chorando.

Não foi a primeira vez que isso aconteceu.

— Eu não gosto que ele deixe você desse jeito — disse ele.

— Quem? — perguntei, porque eu não havia contado sobre o motivo de estar chorando.

— O Finn.

Meu irmão é mais esperto do que às vezes eu reconheço, e de repente fez sentido o fato de ele ainda ter uma birra com Finn mesmo depois de tanto tempo. Tivemos uma conversa franca sobre isso e eu tentei tranquilizá-lo, mas ele claramente ainda tem esse sentimento protetor em relação a mim.

— Ty! Liam! — grita Finn sobre a cabeça das pessoas aglomeradas do lado de fora da padaria. Ele acena com entusiasmo, tentando chamar a atenção dos irmãos. — Aqui!

Depois de ver que eles estavam vindo, ele se volta de novo para Michael e para mim.

— Quando você chegou? — pergunto.

— Ontem à noite.

Por que ele não me avisou?

— Olhe, olhe, olhe — interrompe Michael, puxando a manga da minha blusa.

Bolster aparece na esquina atrás da banda, um boneco enorme de oito metros e meio de altura, e dou risada ao ver Dan, vestido com o que parece ser um velho saco de batatas, manipulando uma longa haste para mexer um dos braços do boneco.

— Impagável — murmura Finn com um sorriso, colocando as mãos de leve em meus quadris por trás. — Eu estava com saudade — sussurra ele em uma voz profunda, direto no meu ouvido.

Meu estômago está se revirando de nervoso.

— Eu também — respondo, mas não consigo encará-lo. — Então você está solteiro?

Ele fica tenso.

— Estou. E você?

Faço que sim.

Tive um encontro no mês passado, mas não houve nenhuma faísca. Ou, pelo menos, *se houve* alguma, foi tão fraca em comparação com o desejo ardente que sinto por Finn que simplesmente não mexeu comigo. De qualquer modo, tenho andado ocupada demais para pensar em namoro.

Eu o sinto relaxar outra vez e se aproximar um pouco mais, colocando uma das mãos sobre a minha barriga.

Mal consigo respirar com o contato.

Finn traz seus irmãos ao Seaglass para o after. Eles se sentam a uma mesa perto da varanda. Saio de trás do balcão para dizer um oi rápido.

— Que música é essa que vocês estão tocando? — pergunta Finn com a testa franzida, claramente desaprovando nossas escolhas musicais.

— Sei lá. Quer assumir a playlist? — pergunto, com uma voz doce e melosa.

— É pra já. — Ele se levanta e vai em direção ao balcão.

Eu o vejo dar um abraço em Chas, depois me viro para seus irmãos com um sorriso e um revirar de olhos como quem diz "olhem só para *ele*!".

Liam aperta os lábios para mim. Tyler parece sem jeito. Eles têm catorze e dezesseis anos agora. Tyler está um pouco mais alto do que no ano passado, mas Liam cresceu tanto para os lados como para cima. Eu me pergunto se ele joga rúgbi.

— Como vocês estão? — pergunto, enquanto Finn não volta.

Ele está conversando com Chas, que eu sei que vai fazer sua vontade na questão musical.

— Bem — murmura Liam.

— Tudo certo — responde Tyler.

— Foi legal em Los Angeles, no Natal?

Tyler encolhe os ombros e faz que sim, mas a expressão antes fria de Liam se ilumina.

— Nós fomos pra Disney.

— Que incrível! Foi divertido?

Eu já sabia. Finn tinha me contado, mas sem entrar em detalhes.

— Foi — diz ele.

— Seus avós também foram?

— Aham, mas não pra Disney — intervém Tyler.

— Deve ter sido legal ver onde o Finn mora. — Estou com um pouco de inveja porque eu não vi, mas a ideia de entrar nesse outro lado da vida de Finn também me deixa estranhamente nervosa. — Vocês acham que vão voltar lá? — pergunto.

— Nós vamos. No Natal — responde Tyler.

— Que ótimo!

— Vamos ver se a gente faz isso todo ano, não é, meninos? — diz Finn, que retorna e ouve o fim da conversa.

Eu inclino a cabeça em direção ao alto-falante.

— Quem é?

— Liily — responde ele.

— Aí, sim — proclama Tyler.

— Vou voltar para o balcão — digo.

Finn estica o braço e aperta minha mão quando começo a me afastar.

— Até mais tarde.

Ele leva os meninos para casa às dez horas. Por acaso estou olhando para a porta na hora em que eles saem, e a tristeza que me invade por ele nem ter vindo se despedir me impacta pelos quarenta e cinco minutos seguintes.

Até que ele volta e tudo está certo no mundo.

Ele sorri quando se aproxima do balcão onde estou tirando uma cerveja, apoia os cotovelos e se inclina para a frente.

Levo um segundo para entender que ele está querendo um beijo.

Fecho a torneira e me inclino para ele, me sentindo radiante quando seus lábios tocam os meus em um selinho. Eu me afasto, corando, e ele sorri, seu olhar fixo em mim enquanto termino de encher o copo de cerveja.

— Pensei que você tivesse ido embora — digo, depois que acabo de atender o cliente.

Ele franze a testa.

— Sem falar com você? — De repente ele parece tão familiar, com aquela expressão ofendida.

— Quer ir pra minha casa mais tarde? — Tive que tomar coragem para perguntar, então fico aliviada quando ele faz que sim.

Exclamações e gritos vindos do outro canto do balcão chamam a minha atenção. Meu coração sobe à garganta ao ver o que causou a comoção: Chas desmaiou.

Corro para lá. Nossa nova ajudante no balcão está olhando para ele em estado de choque.

— Chas? Está tudo bem? — pergunto, aflita.

Os olhos dele estão abertos, mas seu rosto está pálido e ele aperta o peito.

Rach se enfia atrás do balcão ao meu lado.

— Ele estava reclamando de tontura e enjoo mais cedo — digo a ela.

Ela grita para Amy:

— Ligue pra emergência! — E depois por cima do balcão, para sua amiga Ellie: — Vá buscar o DEA!

Ela está falando do desfibrilador portátil que está pendurado na parede do Surf Life-Saving Club há alguns anos, desde que a comunidade arrecadou dinheiro suficiente para comprá-lo.

Para mim, ela diz:

— Acho que ele está tendo um infarto.

## Capítulo Trinta e Seis

As únicas pessoas que ficaram comigo no Seaglass são Finn, Rach e Ellie.

Dan foi com o tio na ambulância e Amy o seguiu de carro. Agora nós estamos sentados aqui, atordoados.

Eu simplesmente não consigo imaginar este lugar existindo sem Chas atrás do balcão. Estou chocada.

Ellie estava tão calma quando voltou correndo com o desfibrilador. Ela e Rach são voluntárias no Surf Life-Saving Club e fizeram treinamento de reanimação, então sabiam exatamente o que fazer. Rach já havia cortado a camiseta de Chas e ela e Ellie fixaram as duas pás do desfibrilador em seu peito. Chas estava acordado, ele não teve uma parada cardíaca, mas o DEA aplicaria um choque elétrico para tentar fazer seu coração voltar a bater, se fosse necessário.

Eu me senti completamente inútil, só olhando. Dan e Finn foram os responsáveis por tirar as pessoas do bar para que os paramédicos não tivessem obstáculos quando chegassem.

— Acho que está na hora de ir embora — diz Rach, cansada, dando um tapinha na coxa de Ellie.

— Sim — concordo, olhando em volta.

O resto da limpeza pode esperar até de manhã. Mandei os funcionários para casa há vinte minutos.

Acompanho Rach e Ellie até a porta.

— Encontro você lá embaixo em um segundo — murmura Rach para Ellie depois de nos despedirmos e de eu acrescentar mais um agradecimento a todos os outros que já havia feito a ela.

Ellie desce e Rach se vira para mim, a apreensão brilhando em seus olhos castanhos.

— Obriga... — começo a dizer, mas ela me interrompe.

— Liv.

— Oi.

— A Ellie é minha namorada.

Fico olhando para ela por um momento, sem compreender. Então entendo tudo de uma vez e meu peito se enche de alegria. Eu a puxo para um abraço forte, detestando imaginar que ela pudesse ter tido alguma dúvida de que essa seria a minha reação.

— Eu achei que você gostasse do Chris! — exclamo em um sussurro, quando nos separamos.

— Eu gostava — responde ela com um encolher de ombros e a expressão divertida, mas fica séria em seguida. — Eu queria contar antes, mas com tudo que aconteceu...

— Que bom que você me contou agora — digo, esfregando seu braço.

— Eu estava indo embora, mas aí pensei "foda-se, a vida é muito curta". Essa noite deixou isso bem claro.

— Vamos nos encontrar logo pra pôr o papo em dia — digo, deixando claro que é para valer.

Ela concorda e olha para Finn, que está sentado à mesa onde o deixamos, mexendo no celular.

— Tenha uma boa noite — reitera Rach, com um olhar significativo.

Já passa de uma da manhã quando Finn e eu voltamos para o chalé.

Ele parece exausto, e lembro que deve estar com um jet lag terrível.

— Não sei como você ainda está de pé — comento, enquanto subimos a escada para o meu quarto.

— Acho que estou funcionando na base da adrenalina — responde ele.

— Eu também. Quer água, chá, alguma outra coisa? — pergunto por cima do ombro ao chegar ao andar de cima.

— Eu só quero você.

Paro na mesma hora e me viro, meu sangue esquentando nas veias ao me deparar com seu olhar cheio de desejo.

Ele me pega nos braços e encaixa a boca na minha, me beijando lenta e profundamente.

Meus joelhos estremecem enquanto me agarro à sua cintura fina e, então, tudo acelera e no instante seguinte estamos no meu quarto, na minha cama.

Tiramos a roupa rápida e desesperadamente, mas, quando penso que ele vai manter o ritmo, ele hesita, olhando em meus olhos com tanta intensidade que a emoção começa a se acumular como um nó em minha garganta.

— Finn — sussurro, a voz embargada, segurando seu rosto em minhas mãos.

Ele se inclina para beijar meus lábios com ternura e desliza lentamente para dentro de mim, nossos corpos se conectando pela primeira vez em quase um ano. A sensação é intensa, e não só fisicamente. Não sei por que dói tanto.

— Você não trouxe mala dessa vez — digo na manhã seguinte, deitada no braço de Finn, nossas cabeças apoiadas no mesmo travesseiro.

— Deixei na casa dos meus avós.

— Vai trazer pra cá mais tarde? — Inclino o rosto para olhar para ele.

— Não sei — responde ele, e sua indecisão soa estranha, como se ele estivesse encenando.

— Por que as coisas parecem tão diferentes do ano passado?

Ele não responde por um momento. Talvez esteja refletindo sobre a minha pergunta, ou talvez só esteja tentando encontrar o jeito como vai me responder.

Sou toda ouvidos quando ele fala.

— Acho que o ano passado foi um pouco difícil demais — admite ele, sério, pousando a cabeça na minha. Faz uma pausa. — Pra ser sincero, eu tive dúvidas sobre voltar.

— Dúvidas sobre estar aqui em Aggie ou sobre me ver?
— Os dois.

Meu coração dói quando ele levanta minha mão de seu peito e pressiona nossas palmas juntas no espaço entre nós, entrelaçando nossos dedos. Olho para nossas mãos e minha visão fica embaçada.

— Estou feliz que tenha voltado — digo, com a voz rouca, e sinto seu aperto na minha mão aumentar um pouquinho. — Quanto tempo vai ficar? — Viro a cabeça para olhar para o rosto dele.

— Dez dias. — Ele ainda está olhando para nossas mãos entrelaçadas.

— Ah. — *Isso não é nada.*

— Como está o Michael? — pergunta ele. — Ele parecia bem ontem.

— Ele está bem melhor.

Dói lembrar como me senti distante de Finn quando estava sofrendo o trauma da internação de Michael. Houve um momento em que achei que perderia meu irmão e percebi que um mundo sem ele seria intolerável.

— Ele é a pessoa mais forte que eu conheço.

A expressão de Finn fica séria.

— Eu sinto muito por não poder ter estado aqui.

Concordo, precisando de um momento para engolir o nó na garganta.

— Quais são seus planos pra hoje? — mudo de assunto depois de um tempo.

— Não tenho nenhum. E você?

— Tenho que voltar para o Seaglass de manhã, pra fazer a limpeza.

— Vocês vão abrir hoje? Depois do que aconteceu?

— Não sei.

Assim que acordamos vimos uma mensagem de Amy dizendo que Chas está estável, mas não tenho ideia de quando ou se ele poderá voltar ao trabalho. E se ele não puder? O futuro do Seaglass, de repente, parece incerto, assim como o de todos que trabalham lá.

— Você não poderia cobrir o Chas? — pergunta ele.

— Como gerente?

Ele confirma.

— É, acho que sim. Eu já trabalho lá há um bom tempo e sei bem como tudo funciona.

Decido mandar uma mensagem para Dan e perguntar o que ele acha. Ele está ao lado de Chas no hospital quando responde logo em seguida.

"Meu tio está dizendo para você, por favor, abrir para o brunch, mas ficar à vontade para fechar cedo. Foi uma noite difícil!"

"Como ele está?", pergunto de volta, feliz em saber que ele está acordado e já é capaz de tomar decisões sobre o trabalho. Isso é um bom sinal, certo?

"Já falando em subir na prancha."

Sorrio de alívio, mesmo sabendo que ainda não superamos a fase crítica, e então começo a enviar mensagens para o resto dos funcionários.

— Quer dizer que não vai ter almoço de domingo com o Michael hoje, então? — pergunta Finn assim que largo o celular e volto para seus braços.

— A gente não faz mais isso todo fim de semana.

— Não? — Ele parece surpreso.

— A gente sempre se vê durante a semana, então não parece mais necessário. Eu faço um assado pra gente tipo uma vez por mês.

— É um bom esquema.

— É, funciona bem. E assim ele pode fazer mais turnos de domingo em Chapel Porth. Ele gosta. É o dia em que tem mais chance de ver os carros clássicos.

Nós ficamos em silêncio.

— *Oi, sumido* — diz ele, rindo.

Levanto os olhos e vejo que ele está com o celular, e encontrou minha mensagem no Instagram.

— É, foi uma surpresa ver os seus comentários nas minhas postagens — digo, indiferente.

Ele beija minha testa.

— Estou tão orgulhoso de você — murmura ele junto ao meu cabelo.

Eu me afasto e olho para ele.

— Você conseguiu — diz ele. — Seus pais. A escultura. As coisas estão decolando.

Estou muito contente quando sorrio de volta para ele. Seu reconhecimento significa muito para mim.

— Me fale de você — peço.

— Depois. Primeiro eu quero saber como tudo isso aconteceu.

Conto a ele sobre a exposição em maio, depois levo um susto quando vejo a hora. Deixo-o na cama enquanto me arrumo para ir ao Seaglass.

Quando saio do banheiro, ele está abotoando o jeans.

— Vai sair?

— É, eu tenho que voltar lá.

— Quando vou ver você de novo?

O nervosismo que anda me revirando por dentro aumenta. De repente, sinto como se estivesse andando sobre areia movediça, sem ter mais certeza de onde estou pisando com ele.

— Mais tarde? — pergunta ele.

— À noite? — confiro.

— Se você estiver livre.

— Estou livre. — Tenho certeza de que não consegui esconder meu alívio.

Ele sorri para mim, mas suas covinhas não aparecem.

## Capítulo Trinta e Sete

Depois de tudo que aconteceu nas últimas vinte e quatro horas, acabei esquecendo completamente que prometi a Michael que o levaria ao baile no clube esta noite. Fiquei muito tempo sem carro, mas estava começando a ficar complicado, e, quando Arabella me contratou para fazer uma escultura dela, perguntou se poderia posar para mim na própria casa. Com o valor que ela ia me pagar, esse era o mínimo que eu podia fazer, e foi um prazer sair de casa todos os dias. Também me fez desejar esculpir de novo no ateliê do jardim. Já decidi que vou usá-lo neste outono, quando os inquilinos forem embora, mas não sei por quanto tempo. Desconfio que talvez não seja quente o suficiente no inverno.

Quando conto a Finn sobre o baile de Michael, ele se oferece para ir conosco.

— Talvez depois a gente possa comer alguma coisa em Perranporth.

Estou surpresa que ele tenha sugerido isso, mas fico satisfeita, considerando o quanto ele esteve evitando sua cidade natal ao longo dos anos.

Vamos a pé até o conjunto de nove pequenos chalés onde Michael mora e batemos em sua porta para depois caminharmos todos até o meu carro. Passei a estacioná-lo na rua tranquila onde Dan e Amy moram.

Michael irrompe pela porta todo animado, vestido com uma camisa preta elegante que Shirley deve ter passado para ele, porque sei muito bem que *ele* não teria feito isso. Ao ver Finn, sua expressão feliz se transforma em leve repugnância.

Ele tem os traços faciais mais expressivos do que qualquer pessoa que eu conheço.

— O Timothy vai estar lá? — pergunta Finn, enquanto subimos a encosta juntos.

— Vai — responde ele, mal-humorado.

— E seus outros amigos?

— Todo mundo.

— Alguma garota?

Ele olha de soslaio para Finn.

— Aham.

— Legal.

— Você pode vir também, se quiser.

Minhas sobrancelhas se erguem. Dou uma rápida olhada para Finn, mas ele está olhando para Michael.

— Posso?

— Aham. Qualquer pessoa pode.

— Não precisa de ingresso? — pergunto, imaginando como vamos escapar dessa.

— Dá pra comprar lá.

— Parece que a gente vai a um baile hoje à noite, gata — diz Finn, de um jeito travesso, segurando e balançando minha mão.

Michael olha para nossas mãos e revira os olhos, mas não tão dramaticamente como de costume.

Eu dirijo e Finn vai no banco da frente do meu Honda Civic azul, as pernas compridas esticadas. É um trajeto curto, mas ele conectou o celular ao som do carro e está tentando decidir o que tocar para entrarmos no clima.

— Ei, Mikey, você vai adorar essa música — diz ele.

— Não me chame de Mikey! — retruca meu irmão.

— Ele odeia — digo para Finn.

— Ei, Michael, você vai adorar essa música — diz Finn, exatamente no mesmo tom neutro de antes, sem nem piscar.

Ele coloca "Michael", de Franz Ferdinand.

Olho pelo retrovisor para meu irmão no banco de trás e o vejo olhando pela janela. Sua cabeça começa a balançar.

— Ah, eu gosto dessa! — exclama ele, o rosto todo animado, usando nossos apoios de cabeça para se içar para a frente.

— Ponha o cinto! — repreendo.

Ele se joga para trás e balança a cabeça acompanhando o ritmo enquanto afivela o cinto, cantando uma palavra aqui e ali.

Quando o refrão começa, Finn canta alto e o rosto de Michael se ilumina de alegria. Ele começa a cantar junto, e eu me esforço para me concentrar em dirigir enquanto rio dos dois.

Entramos no estacionamento em frente ao clube e, assim que desligo o motor, Finn sai do carro e corre pela frente para estender a mão para Michael. Meu irmão sorri e faz um "toca aqui" com ele.

Finn tentou várias vezes ser amigo de meu irmão. Sua persistência é uma das coisas que admiro nele. Estou emocionada porque Michael finalmente parece estar amolecendo.

Muitos amigos de Michael moram em Perranporth e boa parte deles já está no clube quando entramos. P!nk toca a toda altura nas caixas de som e luzes de discoteca vermelhas, verdes e azuis giram pela pista de dança de madeira. Há muita gente aqui, e não só os que frequentam o clube de Michael. O lugar está cheio de amigos, familiares e assistentes pessoais.

Michael foi direto para onde está Timothy, então Finn e eu vamos até lá dizer oi. Eles estão conversando animadamente sobre alguma coisa, mas param de repente quando nos veem.

— Olá! — cumprimenta Timothy com entusiasmo, e ele e Finn se abraçam com tapinhas nas costas e tudo.

— Eu vou até o bar! — grita Finn por cima da música, depois que eu também ganhei um abraço. — O que vocês querem?

Ele anota os pedidos de duas cervejas e se vira para mim, esperando a minha resposta.

— Eu vou com você.

Prefiro deixar meu irmão sozinho. Não quero me intrometer no ambiente dele.

É por isso que nunca fui a um desses bailes no clube antes, mas há tantos outros parentes aqui que agora me sinto culpada.

Sigo Finn pelo meio da multidão até o bar, que se estende de um lado a outro do salão e tem luzes coloridas fixadas no alto. Diante dele, várias mesas e cadeiras foram colocadas sobre o tapete.

Finn se inclina no balcão para fazer o pedido.

Nem acredito que ele está aqui tão à vontade. Eu o adoro por isso.

Levamos as bebidas de Michael e Timothy, depois vamos para uma mesa e nos sentamos bem perto um do outro para poder conversar sobre a música alta.

— O Tyler e o Liam pareciam bem ontem — digo em seu ouvido.

Ele sorri.

— Foi ótimo receber os dois em Los Angeles, no Natal.

— Liam disse que foi divertido na Disney.

Ele ri.

— Ah, sim, foi um acontecimento. O Tyler fez amizade com uma garota e foi em todos os brinquedos com ela, mas o Liam e eu nos divertimos juntos.

— Como está o Tyler, no geral? — pergunto.

— Muito bem, eu acho. Esse ano ele foi melhor na escola. Não se meteu em tanta confusão. A gente conversa por telefone.

— E os seus avós? Eles gostaram da viagem?

— Amaram.

Ele estava olhando para a pista, com um sorrisinho no rosto como se estivesse revivendo algo na lembrança, mas agora olha para mim e sorri de verdade, a felicidade irradiando.

— Espero que dê pra fazer isso todo ano — diz ele, voltando o olhar para a pista de dança.

— Fico feliz que correu tudo bem.

Ele assente, estende a mão sob a mesa e segura o interior de minha coxa. Estou usando um vestido curto, leve e rodado, e bem consciente de seu polegar acariciando minha pele.

Adoro que ele esteja me tocando. Fiquei incomodada por ele não ter contado que vinha para cá e nem me avisado quando chegou.

Ele me procurou no festival, mas hesitou em me abraçar e foi só mais tarde que me beijou. Depois fomos para a minha casa e eu achei que talvez só estivéssemos precisando de um aquecimento, mas ele ainda parecia pensativo hoje de manhã.

O fato de ele ter tido dúvidas quanto a voltar neste verão me deixa tensa. Se a família continuar a visitá-lo em Los Angeles, não será tão necessário que ele venha aqui. Será que vai chegar o dia em que ele vai decidir não voltar?

Essa ideia me dá calafrios.

Decido fazer o que sempre fiz e tentar aproveitar o tempo que temos, mas as coisas estão diferentes, como se nós dois tivéssemos erguido muros.

Não gosto disso. Quero que ele esteja aqui comigo por inteiro, de corpo e alma.

Estendo a mão e coloco seu cabelo escuro atrás da orelha. Cresceu desde o ano passado. Está quase no mesmo comprimento daquele primeiro verão.

Ele se vira para mim, seus olhos azul-esverdeados cintilando sob os cílios escuros. Eu me inclino e beijo seus lábios suavemente, meu sangue esquentando quando ele aprofunda o carinho. Ele se afasta depois de alguns segundos e dá uma olhada para Michael e Timothy.

— Você vai me criar problemas com o seu irmão — murmura ele.

— Me conte o que está acontecendo com você — peço, me aproximando mais. Onde eu estaria mais feliz mesmo seria sentada no colo dele. — Como vão as suas composições?

— Bem — responde ele, abrindo um sorrisinho travesso. — Talvez eu tenha novidades logo, logo.

— O quê? — insisto.

Ele olha para mim.

— Não quero ficar falando e atrair azar.

— Pare com isso e me conte de uma vez.

— Já ouviu falar da Brit Easton?

A linda estrela pop de cachos escuros e olhos verdes radiantes?

Fico olhando para ele, meus olhos se arregalando.

— É sério?

— Bom, se até *você* já ouviu falar dela, deve ser um enorme sucesso mesmo — brinca ele.

— Eu tenho duas músicas dela na minha playlist — informo a ele, empurrando seu braço.

— Na sua playlist *playlist*?

— Finn! — Ignoro a provocação. — O que foi que aconteceu?

— A Jessie, vocalista do All Hype, a banda que fez a turnê com a gente, mostrou meu álbum solo pra ela, porque achou que ela podia gostar. A Brit entrou em contato comigo há uns meses e perguntou se eu poderia me encontrar com ela. Acho que a gente se entendeu. — Ele encolheu os ombros. — Gravei o álbum porque achei que isso poderia me ajudar a entrar mais na carreira de compositor, então, é, é legal demais. — Ele hesita. — Ela disse que quer fazer um cover de "We Could Be Giants".

— Jura? Eu amo essa música!

— Valeu. — Ele aperta minha coxa sob a mesa outra vez, seus dedos deslizando mais para baixo até ficarem sob meu joelho. — Quer dizer, eu só vou acreditar quando ela assinar o contrato, mas ela parece bem interessada.

Brit Easton é uma artista pop, enquanto Finn tem um histórico mais de rock. O trabalho solo dele, no entanto, fica em algum ponto intermediário. Eu consigo imaginar Brit pondo seu estilo na música.

— Ela também disse que talvez a gente possa compor juntos — acrescenta ele, casualmente.

— Sério??

Essa é uma notícia *muito* importante.

— Como eu disse, só vou acreditar quando acontecer.

— E você gostou dela? Quando vocês se conheceram?

— Aham, ela foi legal — diz ele, um pouco tímido.

— Não foi muito estrela?

Ele solta um grunhido.

— Não acredite em tudo que você lê na internet. Só porque alguém sabe o que quer e como conseguir não faz dessa pessoa uma estrela. Você tinha que ver como ela é regendo uma orquestra. Ela é talentosa demais.

Seu discurso empolgado me deixa desconfortável.

— Devo ficar preocupada? — pergunto, tentando fazer soar como brincadeira, mas provavelmente parecendo só carente.

— Não — desdenha ele.

— Quantas vezes você se encontrou com ela?

— Algumas.

Estou definitivamente preocupada. Ele fala como se gostasse dela e a admirasse em uma escala que pode ser mais pessoal do que profissional.

— Incrível — diz ele com um sorriso, os olhos na pista de dança. — O Michael e o Timothy já começaram.

Olho para onde meu irmão e seu melhor amigo estão dançando com mais outros cinco amigos. "Come on Eileen" está tocando nos alto-falantes e há muita gente na pista.

— Isso é divertido demais pra deixar passar — diz Finn, me soltando.

Ele empurra a cadeira para trás, pega minha mão e me leva para o meio da multidão.

Eu me acabo de rir naquela noite, mas não posso ignorar a sensação persistente de que tudo está prestes a mudar.

# Capítulo Trinta e Oito

No quarto aniversário da morte dos meus pais, Finn e eu caminhamos até o banco nos penhascos a oeste de St. Agnes.

— Você parece muito melhor esse ano — comenta ele, quando nos sentamos lado a lado no banco, ele com o braço preguiçosamente estendido sobre os meus ombros.

Não há vista hoje. Uma névoa marítima está vindo do oceano e estamos envoltos em uma neblina branca. Mas não há nenhum outro lugar em que eu queira estar.

— Estou — concordo.

A dor ainda me tira o chão, e ela está lá agora, uma pedra pesada em meu estômago, mas, na maior parte do tempo, consigo pensar em meus pais sem que isso me abale, especialmente desde que terminei as esculturas deles.

— Quais são os seus planos para o futuro próximo?

Lembro que essa é exatamente a mesma pergunta que ele me fez durante nosso primeiro verão juntos, mas seu tom é sério e direto, menos seco e sarcástico do que naquela ocasião.

Então me ocorre que nosso relacionamento se estabilizou e amadureceu.

— A primeira coisa é sobreviver ao fim desse verão — respondo com um sorriso.

Tenho trabalhado mais do que nunca na última semana, cobrindo Chas, mas Bill, nosso chefe de cozinha, me ajudou com o inventário de estoque e os pedidos, e nós dois juntos parecemos estar administrando o Seaglass com certa tranquilidade.

Chas quis que o mantivéssemos informado. Ele saiu do hospital e está indo bem. Espera voltar ao trabalho daqui a duas semanas, o que me parece muito cedo, mas prometeu para todo mundo que vai pegar leve.

— Mas acho que vou dizer sim para os imóveis de aluguel — declaro.

Há alguns dias, uma de minhas vizinhas, que mora no conjunto de antigos chalés de pescadores na base da encosta, me parou no caminho para o trabalho e perguntou se eu estaria interessada em assumir três das propriedades que ela administra. Ela está mais velha e pensando em trabalhar menos. Disse que poderia me recomendar aos proprietários se eu quisesse. Pedi um tempo para pensar no assunto.

— Acho que eu conseguiria administrar esse trabalho extra, especialmente no inverno. Vai me fazer bem sair de casa de vez em quando depois que o Seaglass fechar, ou eu corro o risco de virar uma artista louca, escondida no ateliê.

Ele sorri.

— E as esculturas? Alguma coisa em vista?

— Tenho uma peça da série "Não mais aqui" pra fazer, de uma senhora que foi à minha exposição. Ela me pediu pra esculpir o marido, que faleceu. E estou com esperança de ser contratada por uns amigos da Arabella.

— Pra fazer o quê?

— Eles querem a estátua em tamanho real de um de seus ancestrais para o jardim de esculturas. Eles têm uma casa de campo perto de Bodmin. Parece que a família tem ligações com a realeza — acrescento com um sorriso.

— Uau — diz ele. — Parece que pode virar uma coisa grande.

— Deve abrir mais portas pra mim, se acontecer.

— Por que você não me contou?

— Eu não queria atrair azar — repito para ele suas próprias palavras sobre Brit.

Não falamos dela desde aquela noite no clube, mas isso não significa que ela tenha saído dos meus pensamentos.

— Quando você vai saber? — pergunta Finn.

— Eles me pediram pra fazer um modelo em escala — respondo. — Se gostarem, espero que me contratem pra uma réplica em tamanho real.

Tem sido um processo muito empolgante. Conheci o lorde e a lady da casa na reunião para explicar o trabalho há seis semanas, quando eles me levaram até o local onde a estátua deverá ser instalada. Foi incrível imaginar uma de minhas criações em um pedestal cercado por roseiras dentro de um jardim murado deslumbrante.

Se decidirem me contratar, será a maior peça que já fiz. Estou tentando manter o entusiasmo sob controle, embora Arabella me garanta que já está tudo acertado. Lorde e Lady Stockley gostam de apoiar artistas promissores, afirmou ela. É uma emoção para mim ser incluída nessa categoria.

Talvez eu esteja assumindo tarefas demais ao aceitar administrar essas outras três casas de veraneio além da minha, mas o mundo da arte é inconstante. Quem sabe se ou quando vou ficar sem trabalho? Prefiro estar muito ocupada a não estar ocupada o suficiente, e acho que posso transferir o dia da troca de inquilinos na minha casa para sexta-feira, para ter mais tempo para limpar as outras aos sábados.

A névoa está subindo, se dissolvendo como espíritos deixando a terra. O mar se estende diante de nós, um lençol azul suave ondulando à brisa.

— Espero que dê tudo certo pra você com a música — digo, me aproximando um pouco mais de Finn.

— Obrigado — murmura ele.

— Vai ser estranho se o seu trabalho decolar pra valer. Saber de você pela internet ou por aí...

— Então você não quer voltar para a regra de um mês?

Engulo em seco.

— Acho que isso também foi um pouco difícil demais, não foi?
— Não foi fácil — concorda ele com um suspiro.

Estamos indo tão bem. Estamos fazendo as coisas acontecerem para nós agora. Acredito que precisamos nos concentrar em nossas carreiras, sem mais distrações. Não temos muito como apoiar um ao outro de verdade estando tão distantes.

Finn está me observando enquanto reflito sobre meus sentimentos. E então assente e desvia o olhar.

Uma estranha calma se assenta em mim.

À nossa frente, o sol brilha como uma lança através de uma fenda nas nuvens, um raio dourado reluzente que acende o mar.

— *Here comes the sun* — canta Finn, acrescentando o *du-du-du-du* no fim.

— Cante essa pra mim — peço baixinho, apoiando a cabeça em seu ombro.

Ele atende ao meu pedido. E, enquanto ele canta sobre sair de um inverno longo e solitário, eu sinto como se ele estivesse cantando sobre nós.

# ESTE VERÃO

## Capítulo Trinta e Nove

Estou deitada de lado no quarto do andar de baixo, com adrenalina demais para conseguir dormir. Tom está deitado de bruços ao meu lado, um braço enfiado sob o travesseiro, seu rosto bonito virado em minha direção. A ampla extensão de suas costas e ombros se destaca na luz fraca e mal consigo me controlar para não estender a mão e passar a ponta dos dedos por sua pele quente.

*Ele merece descansar depois dessa noite*, penso com um sorriso.

Depois do sexo quente e urgente em um dos sofás do Seaglass, voltamos aqui para uma segunda rodada mais lenta e exploratória.

É difícil escolher qual foi a minha preferida: esse homem *realmente* sabe o que está fazendo.

Ele é a primeira pessoa com quem estive desde que Finn e eu nos beijamos há quase seis anos. Tento evitar essas lembranças e focar o presente, com Tom, mas não consigo controlar o modo como os pensamentos sobre Finn me envolvem.

*Deixe-o ir, Liv*, peço a mim mesma, enquanto a emoção cresce em meu peito. *Já chega.*

Quero voltar ao calor que estava sentindo ao pensar no que Tom e eu fizemos, a sensação de meu corpo pressionado contra o dele, como nos sentimos conectados durante aqueles momentos.

Gosto do jeito como ele olha para mim, de como ele me faz sentir que estou sendo *vista*. Tenho vivido há tanto tempo com a sensação de vazio no coração, mas não me sinto vazia quando estou com ele. Meu coração está pleno.

Finn e eu temos uma história, mas tanto dela está contaminado, tantas de nossas memórias compartilhadas, tingidas de dor. Tom não me viu arrasada, e estou feliz com a lousa em branco que temos para começar. Esta relação com ele parece simples, fresca e *boa*, e espero que o único caminho a partir daqui seja adiante.

Enquanto me concentro na respiração regular de Tom, combinando aos poucos a minha com a dele, os pensamentos sobre Finn vão gradualmente se afastando.

O som da campainha me arranca dos sonhos e, por alguns segundos, estou no passado, o medo me pressionando por todos os lados.

Mas então a cama range e Tom põe a mão quente em meu ombro, se levanta e diz que vai atender.

*Deve ser o carteiro*, penso, sonolenta, ouvindo-o vestir a calça jeans e puxar uma camiseta sobre a cabeça.

Eu me aconchego preguiçosa sob o edredom, meus olhos se fechando outra vez, sem pressa de deixar este casulo delicioso. Talvez possamos fazer a terceira rodada agora de manhã...

— Quem é você?

A pergunta direta de Michael faz meus olhos se abrirem, e lembro que é *domingo*. O carteiro não passa hoje. Mas não é possível que meu irmão já esteja aqui para o almoço. *Que horas são?*

— Eu sou o Tom. Oi, você deve ser o Michael — ouço Tom responder, cordialmente. — Já ouvi muito sobre você.

Sento-me ereta.

— Você é namorado da Liv?

E congelo.

— É... bem, não, não exatamente, mas talvez...

— Bom, porque ela já tem namorado — interrompe Michael. — E o nome dele é Finn.

Merda! Saio da cama de um pulo e procuro minhas roupas apressadamente. Onde elas estão?

— Ah. Está certo — diz Tom, calmo.

— E não é nada fácil ocupar o lugar dele! — declara Michael.

Droga, onde está o meu vestido? Eu o encontro perto do banheiro. Está do avesso, então enfio rapidamente as mãos nas mangas para virá-las do lado certo.

— Entendo — diz Tom, enquanto o coloco apressadamente sobre a cabeça, dispensando sutiã e calcinha.

— Ele é *muito* famoso — acrescenta Michael.

Ai, Deus.

— As músicas dele tocam na rádio e tudo!

Ele agora está na frente da porta do quarto, tendo claramente passado direto por Tom sem ser convidado.

— E ele vai voltar logo, porque vem pra cá todo verão, e ela é a minha irmãzinha, e é bom você tomar cuidado! — alerta ele, quando saio apressada do quarto.

— Michael! — exclamo.

Ele parece tão pequeno perto da estatura imponente de Tom, sua cabeça mal chega ao peitoral dele.

— Ah, aí está você! — diz meu irmão, alegremente.

— O que você está fazendo aqui? — pergunto.

Michael parece se dar conta de alguma coisa, suas sobrancelhas escuras se unindo em uma expressão confusa quando ele olha atrás de mim para o quarto de onde acabei de sair, sua atenção se concentrando no edredom amarfanhado.

— Não, o que *você* está fazendo aqui? — revida ele, enfático. — Essa não é a sua cama.

— Alguém quer um chá ou café? — interrompe Tom, hesitante.

— Sinto muito — murmuro, assim que meu irmão vai embora.

Ele não ficou por muito tempo, só passou para me avisar que não pode vir almoçar hoje. Um de seus colegas está doente e o chefe perguntou se ele poderia substituí-lo.

— O Finn *não* é meu namorado — declaro, resoluta, tentando controlar a inquietação em meu corpo, enquanto Tom põe uma tigela de granola, frutas vermelhas e iogurte na minha frente.

Estamos na cozinha do andar de baixo. O sol ainda não chegou a esta parte da casa, mas o dia está tão claro, que a luz entra por todos os lados. Queria estar com meus óculos escuros, mas estou com preguiça de subir para o meu apartamento.

— Você não me deve nenhuma explicação — diz Tom, calmamente, sentando-se diante de mim com a própria tigela.

— Eu sinto que devo. Especialmente depois do jeito como eu reagi à chegada do irmão dele no Seaglass, na quinta-feira. Você deve achar que eu estava tentando enganar você. Não estava.

Ele balança a cabeça, com quem diz que tudo bem.

— O Finn e eu terminamos de vez no verão passado e o Michael ainda não se atualizou — explico. — Ele sabe. Eu contei pra ele. Mas está entrando por um ouvido e saindo por outro.

— Parece que ele não quer ouvir — concorda Tom.

Não consigo evitar bufar.

— Ele nem suportava o Finn até pouco tempo atrás. Às vezes o Michael demora um pouco pra se acostumar com pessoas novas.

— Ele é protetor com você — comenta Tom.

Deslizo a mão sobre a mesa e roço a ponta de meus dedos nos dele. Ele pega minha mão e a aperta.

— Como você está se sentindo hoje? — pergunta ele, levantando os olhos de sua tigela e examinando meu rosto.

— Eu estava me sentindo ótima até acordar daquele jeito.

Seu rosto se abre em um sorriso e, de repente, tenho vontade de subir na mesa e atacar sua boca sensual. A barba por fazer do dia anterior adorna sua mandíbula e ele está com o cabelo bagunçado da cama, todo sexy e despenteado.

Seu polegar acaricia os nós dos meus dedos e tenho um flashback de suas mãos na noite passada, de como elas foram habilidosas, de como foram atentas.

Ele aperta os olhos.

— Você tem algum plano pra agora de manhã? — pergunto, sentindo o calor se espalhar pela parte inferior do meu corpo.

— Levar você de volta para a cama — responde ele.

Não há nada de que eu gostaria mais.

## Capítulo Quarenta

— Não espalhem, mas nós dormimos juntos. Só estou contando agora porque não quero que vocês percebam alguma coisa no nosso jeito e comentem...

Amy interrompe minha frase com um gritinho e bate palmas, enquanto Rach levanta o rosto para o teto e exclama ATÉ QUE ENFIM! com as mãos unidas no que se parece muito com uma oração. Tenho certeza absoluta de que ela não é religiosa.

E então elas *se abraçam* e começam a dar pulinhos.

Fico olhando para as duas, atônita.

É segunda-feira à noite e estamos de volta ao jogo de perguntas do pub. Eu estava com Tom mais cedo quando recebi uma mensagem de Amy perguntando se eu podia levá-lo.

"O Tarek está meio de saco cheio desses jogos", escreveu ela.

Não sei se isso é verdade ou se minhas amigas estão armando, mas Tom ficou feliz com o convite.

Ele está no balcão com Dan, enquanto Amy, Rach e eu esperamos em um canto até que nossa mesa de sempre para seis pessoas seja arrumada. Ellie está atrasada.

— O que vocês estão fazendo? Por que estão se *abraçando*? — pergunto às minhas amigas, incrédula.

— Nós estamos felizes demais! — exclama Amy.

— Vocês sabem que ele vai embora daqui a menos de duas semanas, né? — sussurro, confusa. — É só uma aventura de férias.

Imediatamente, essas palavras parecem erradas. Não parece ser "só uma aventura de férias".

— Sim, mas também é *você* seguindo com a sua vida — diz Rach, séria, com os olhos brilhando.

Sua expressão e o tom de sua voz são tão diferentes de seu jeito habitual que, por um momento, é como se eu estivesse em um universo paralelo.

O garçom interrompe para nos avisar que nossa mesa está pronta e Tom e Dan chegam com as bebidas, então eu me sento, me sentindo em um mundo surreal.

Tom se senta à minha frente e me dá um sorriso afetuoso. Debaixo da mesa, nossos joelhos se encostam. Nenhum de nós dois os afasta.

Depois da reação de Amy e Rach, começo a prestar mais atenção na dinâmica da mesa. Percebo Dan tirando uma migalha do rosto de Amy e como ela recebe isso com naturalidade, e o modo como Rach desenha símbolos de infinito no pulso de Ellie quando acha que ninguém está olhando. Vejo as pequenas demonstrações de carinho entre eles, o amor irrestrito em seus olhares.

Geralmente dói em mim ver meus amigos interagindo de um jeito tão íntimo com as pessoas com quem querem passar o resto da vida, por isso normalmente desvio o olhar. Mas não nesta noite. Testemunhar a alegria de Amy e Rach ao saber que estou deixando Finn para trás me faz perceber de forma ainda mais intensa o quanto meu coração esteve em estado de espera nos últimos seis anos. Nunca tive um relacionamento pleno, permanente e feliz com alguém. Olhando para meus amigos, percebo que eu quero um. E muito.

— Você estava calada hoje — comenta Tom no caminho de volta para casa.

Eu deveria estar nas nuvens. Nós ganhamos de novo, em grande parte graças ao conhecimento dele em geografia e fatos médicos aleatórios. Fiquei sabendo que o pai dele era médico. Mais uma coisa que temos em comum.

— Pensativa — respondo, dando o braço para ele enquanto caminhamos pela rua escura que desce pelo vale íngreme e arborizado.

O gesto tem a intenção de tranquilizar. Não quero que ele pense que estou tendo dúvidas sobre nós. Dormi na cama dele nas últimas duas noites e gostaria de uma terceira.

— Você está bem? — pergunta ele.

— Estou. Só estava pensando mesmo.

Ele fica em silêncio.

*O País de Gales não é Los Angeles*, lembro a mim mesma. Por que isto não poderia ser o começo de algo permanente?

Estamos no trecho mais estreito da rua e um carro se aproxima atrás de nós. Vou para o lado para abrir espaço e sinto as mãos fortes de Tom em meus ombros, usando o próprio corpo como escudo.

Meu coração se expande com o gesto protetor.

Não, ele se abre.

Na quarta-feira de manhã, caminhamos juntos até o Seaglass, e passamos a maior parte do dia anterior na companhia um do outro. Fiz um discursinho sobre deixá-lo em paz, sobre não querer ultrapassar ou invadir o espaço pelo qual ele pagou um bom dinheiro, mas, de alguma forma, sempre acabamos voltando para os braços um do outro.

Hoje ele vai substituir nosso ajudante-geral, que está de férias. Quando perguntei pela segunda e pela terceira vez se ele tinha certeza mesmo de que queria ajudar nisso, ele respondeu: "Quando digo uma coisa, costumo ser sincero. Não precisa duvidar de mim".

Achei essa resposta insuportavelmente sexy. Adoro sua franqueza, sua firmeza. Eu poderia me apaixonar por um homem como Tom.

— Vai ser engraçado trabalhar com você durante a próxima semana e meia — reflito, com um sorriso, enquanto subimos a escada externa.

— Dormindo com a chefe — responde ele, brincando. — Tudo bem para você? — Ele apoia o ombro na parede e me observa enquanto pego as chaves.

— Claro. Mas não pretendo contar para o resto da equipe.

— Vou tentar manter as mãos longe de você se alguém estiver olhando — promete ele quando abro a porta.

E eu já sei que vou odiar isso.

Ele me ajuda a arrumar tudo para os clientes e concluímos abrindo e prendendo as portas da varanda.

É um dia ensolarado com pouquíssimo vento. As águas profundas do mar além da enseada estão especialmente azuis e as ondas quebrando na praia são de um verde-claro cristalino.

Chas adorava a vista em dias como este. É quando ele podia relaxar e realmente desfrutar. Sempre que as ondas estavam um pouco mais fortes, era lá fora que ele tinha vontade de estar.

Ficamos todos muito felizes por ele quando finalmente decidiu embarcar na viagem de volta ao mundo com que sempre sonhou. Mas sinto saudade. E, pelo jeito, ele também. Na semana passada, recebemos um cartão-postal de Maui. Ele está curtindo muito, mas ansioso para voltar em agosto. Foi preciso um grande esforço de convencimento de Dan para que ele concordasse em tirar uma parte do verão de folga. Junho, julho e agosto são sempre muito exaustivos. Nós ganhamos praticamente o dinheiro para o ano inteiro nesses três meses, portanto não haveria como persuadir Chas a ficar de pernas para o ar.

Tom balança a cabeça maravilhado enquanto admiramos a vista juntos na grade da varanda.

— Deve ser incrível morar e trabalhar em um lugar como esse.

— Então se mude pra cá — brinco.

— É tentador.

Eu rio.

— Estou falando sério — diz ele, e os pelos dos meus braços se arrepiam com a expressão de seu rosto quando ele me olha de soslaio, porque há uma chance de ele estar mesmo pensando nisso. — Eu sei que não faz nem três semanas que cheguei, mas me sinto tão em casa na Cornualha. Talvez seja o tempo que passei aqui quando era criança, mas só de pensar em ir embora... — Ele parece abatido. — Eu me sinto mal de verdade. Desculpe, sei que isso é estranho pra cacete, mas juro por Deus — murmura ele, endireitando-se.

Apoio o cotovelo na grade, de frente para ele.

— Você teria como ficar?

Ele assente de leve e repete meu movimento.

— Não tenho nada que me prenda no País de Gales.

— E o trabalho?

Ele franze a testa e se vira para olhar o mar, sua expressão pensativa.

— Eu consigo um emprego aqui.

Há uma operação de busca e resgate em Newquay, a meia hora de carro, então é mais do que possível.

— Isso assusta você? — pergunta ele cuidadosamente, voltando seu olhar para o meu.

— Como assim?

— A ideia de eu ficar aqui.

Solto uma risadinha.

— Você só pode estar brincando.

É quando os ombros dele relaxam que percebo que estavam tensos um momento atrás.

Tom examina meu rosto antes de continuar.

— A gerente do Driftwood Spars acha que pode dar um jeito nas reservas e arrumar um quarto para mim por mais ou menos uma semana no início de julho. Ela também tem mais alguns dias vagos aqui e ali, então estou na lista de espera.

— Que ótima notícia!

Ele parece satisfeito com a minha reação.

Somos interrompidos por Tyler, que aparece no canto da varanda.

— Ah, oi! — exclamo. — Você chegou cedo.

— Não, estou no horário — responde ele, franzindo a testa.

Confiro meu relógio.

— Nossa, já é isso tudo? Preciso abrir — digo a Tom, apertando seu braço sem pensar.

Liguei para Tyler na segunda-feira depois de decidir que não deveria deixar de dar a chance a ele só porque ainda estou sensível por causa de Finn.

Ainda estou sensível por causa de Finn?

Neste momento, não, não estou. Mas isso pode ter a ver com o homem deslumbrante que acabou de subir para a cozinha.

# Capítulo Quarenta e Um

É sexta-feira à tarde, pouco mais de uma semana depois, e estou voltando para o Seaglass depois de deixar a Beach Cottage pronta para uma família de quatro pessoas. Nesta manhã, Tom se mudou para o Drifty e eu detestei estar no apartamento de baixo sem ele. Fiquei arrasada ao vê-lo fazer as malas, mesmo que ele não tenha ido muito longe. Se ele tivesse voltado para o País de Gales hoje, como era o plano inicial, eu estaria um caco.

Esse tempo com ele foi mágico. Passamos todas as noites juntos na cama dele e tomamos café da manhã um de frente para o outro todas as manhãs na cozinha. Ele vai comigo para o Seaglass, e, embora a cozinha feche antes do bar, ele espera meu turno terminar para me levar para casa. Voltou comigo à fundição para checar o trabalho de acabamento, e eu me sentei na praia algumas vezes observando-o desenhar na areia. Eu sinto como se tivesse recebido a prévia de uma vida que, de repente, parece possível, um futuro com alguém para ter e manter, alguém com quem acordar, alguém com quem compartilhar um lar.

Nosso ajudante-geral retorna amanhã, mas o sous-chef pediu uns dias de folga para se preparar para sua grande mudança para Londres daqui a dez dias, então Tom vai substituí-lo e trabalhar no Seaglass mais um pouco.

Ainda não encontramos um substituto definitivo para o sous-chef. Achei que o ajudante-geral poderia ser promovido, mas ele só trabalha conosco desde a Páscoa e Bill precisa de alguém com mais experiência.

\* \* \*

Tyler está ao lado do aparelho de som quando entro no Seaglass, e Beach House não está mais tocando nos alto-falantes.

— Não mexa na música, por favor, Tyler — peço, quando "Ready to Start" do Arcade Fire começa a tocar.

Ele parece irritado.

— Aquela merda estava chata demais.

— Combina com o ambiente tranquilo que nós queremos — argumento, incomodada com a escolha de música dele enquanto caminho até o balcão.

— Achei que você gostasse de rock.

Ele é tão autoconfiante para um garoto de dezoito anos. Nem parece se importar quando erra um pedido ou se atrapalha ao tirar uma cerveja. Ontem ele serviu uma cerveja com tanto colarinho que Luke perguntou se ele não tinha um biscoito para pôr em cima. Mas ele não se abala.

— Não estou nesse humor agora. Pode mudar de volta, por favor? Ou colocar, sei lá, Cigarettes After Sex ou The xx?

Ele bufa.

— *Ou alguma coisa dessa década.* — Eu o ouço resmungar, e ele seleciona outro artista totalmente diferente.

Pelo menos não é rock, então deixo passar. Vou ter que escolher minhas batalhas com esse garoto.

Olho atrás de Tyler e vejo Tom parado perto da divisória para os banheiros. Ele me lança um olhar solidário e divertido, depois volta para a cozinha.

— Como o Tyler está indo? — pergunta Tom mais tarde naquela noite.

— No geral, muito bem. Ele precisa acelerar um pouco, mas acho que vai chegar lá.

Passei uma vida treinando-o naquela primeira manhã, mas Libby e Luke também ajudaram, embora Kwame não tenha mais paciência depois que ele deixou sua preciosa coqueteleira cair no chão.

— Eu imaginei ou o Michael disse mesmo que o irmão dele é famoso?

Argh.

— Não precisa responder. — Ele descarta a pergunta com bom humor quando vê a cara que eu fiz.

— Não, tudo bem — digo, sem entusiasmo.

Todos os outros já terminaram a limpeza e foram embora, mas ele e eu estamos tomando um último drinque juntos na área dos sofás no andar de cima, onde as lâmpadas penduradas dão um brilho aconchegante ao ambiente.

Não estou com pressa de ir para casa e ele aparentemente não tem pressa de voltar para seu quarto na pousada.

— Ele não é exatamente famoso. Mas teve alguns singles de sucesso gravados por alguém que é. Ele é compositor.

— Ah. O Michael disse que as músicas dele tocavam na rádio, então eu achei...

— Ele fazia parte de uma banda, depois lançou um álbum solo com uma gravadora independente, mas o que ele queria mesmo era compor, então agora ele trabalha com outros artistas.

— Alguém de quem eu já tenha ouvido falar?

— Não sei que tipo de música você ouve. Você nunca ligou o som enquanto estava no apartamento de baixo.

O que foi uma variação bem-vinda.

Decido parar de fazer mistério porque, afinal, qual o sentido?

— Ele ajudou a compor o novo álbum da Brit Easton.

As sobrancelhas dele se levantam.

— Ah, então é com gente famosa mesmo.

— Você acompanha fofocas de celebridades? — pergunto, relutante.

Ele dá de ombros.

— Não muito. Por quê?

Eu suspiro.

— O Finn e a Brit se apaixonaram enquanto trabalhavam no álbum dela. Eles estão juntos agora. As fotos dos dois estão em todo lugar.

Ele me dá um olhar solidário.

— Não deve ser fácil ver seu ex com outra pessoa, ainda mais com alguém famoso.

— Ele não é meu ex de verdade. — Espero não ter soado tão magoada ou ressentida quanto me sinto.

Ele toma um gole do uísque e se recosta no sofá, seu olhar calmamente fixo em meu rosto.

— O Michael disse que ele vem para cá todo verão.

Droga. Por que ele tem que lembrar cada palavra que meu irmão disse?

Confirmo lentamente.

— Ele veio em todos os verões nos últimos seis anos. E eu acabei parando a minha vida por causa dele — confidencio, irônica.

Minha mente não queria que fosse assim, mas meu coração me manteve enrolada nesse ciclo desastroso.

— Mas acabou. Virei a página — afirmo, decidida.

Assim como Finn.

— Obrigado por me contar — diz Tom, em voz baixa.

— Só que estou começando a contar um *pouquinho* mais do que você — digo, com uma risada, mas minhas palavras são incisivas.

— Desculpe — responde ele, sem jeito. — Eu vim para cá tentando fugir da minha vida.

— E colidiu de cabeça com a minha.

— Isso é um problema? — pergunta ele, cauteloso.

— Não, eu gosto.

Ele sorri.

— Adoro esse seu jeito sincero e aberto.

— Estou envergonhada agora.

— Não, por favor, é um alívio. A Cara era tão fechada.

— Olhe só quem fala. — Estou brincando, em parte.

— Normalmente eu não sou assim. — Ele se senta mais ereto. — A Cara e eu já conversamos demais. Achei que eu não ia mais querer saber de relacionamentos. Não esperava que isso acontecesse.

— Isso o quê?

— Isso aqui. — Ele indica nós dois.

Ele me olha nos olhos por alguns segundos antes de desviar o olhar para a cozinha.

— O que você quer da vida? — pergunta ele, olhando de novo para mim.

A pergunta inesperada me deixa sem reação por um instante.

— Acho que eu gostaria de continuar fazendo o que eu faço, trabalhando aqui no verão para poder esculpir no inverno. Talvez um dia eu tenha tantas encomendas que precise esculpir em tempo integral, mas gosto do jeito que é agora.

Tomo um gole do meu rosé e sorrio para ele. Ele ainda está me olhando fixamente.

— E você pensa em família? — pergunta ele.

Inclino minha cabeça para o lado.

— Eu *gostaria* de encontrar alguém para passar o resto da vida. — Estou pensando em Dan e Amy, Rach e Ellie, se um dia eu teria essa sorte.

— Filhos? — pergunta ele diretamente.

— Um dia, se eu puder.

Seus olhos baixam para o uísque.

— E você? — pergunto.

— Eu gosto de como é a *sua* vida — confessa ele, a voz soando estranhamente rouca.

Percebo os contornos dos músculos de seu queixo tencionando e relaxando.

— Tom, você está bem? — Tenho a sensação de que ele não está.

Ele dá um suspiro longo e pesado e, por fim, torna a olhar para mim.

— Eu não posso ter filhos — revela ele, com pesar. — Achei que você deveria saber.

Estou atordoada. *Ele achou que eu deveria saber?*

Isso diz muito. Nós só nos conhecemos há poucas semanas, mas sinto uma compulsão de olhar para o futuro o tempo todo.

E Tom acaba de deixar claro que sente o mesmo. Ele também imagina um futuro para nós... *se* eu conseguir superar o fato de que ele não pode ter filhos.

Nós nos encaramos, e percebo que estamos tentando ler os pensamentos um do outro. Meu estômago se revirou com sua revelação, mas a ideia de ter uma família com alguém ainda parece muito distante. Se Tom *for* o homem certo para mim, nós vamos achar uma maneira de fazer as coisas se encaixarem.

Reajo instintivamente e me levanto, juntando-me a ele no sofá.

— Faz tempo que você sabe? — pergunto com delicadeza, sentando-me muito perto, os joelhos encostados em sua coxa.

— Uns meses.

Faço um cafuné de leve atrás de sua cabeça, na esperança de aliviá-lo. Seu cabelo cresceu um pouco e clareou com o sol desde que ele chegou aqui.

— Isso teve alguma coisa a ver com o motivo de você e Cara...

— Sim, em parte — confidencia ele.

Meu coração se aperta ao ver lágrimas brilhando em seus olhos.

— Sinto muito. — Eu me aninho em seu ombro e ponho a mão em seu peito. — Mas existem outras maneiras de ter filhos.

— Eu sei — responde ele, colocando a mão sobre a minha. — Poderíamos ter feito fertilização in vitro ou pensado em adoção, mas... — Ele balança a cabeça. — De um jeito ou de outro, não era para ser, pelo menos entre a gente — diz ele, e silencia.

Levanto a cabeça para beijar seu rosto e sorrio para ele com doçura.

— Viu? Você *pode* falar comigo.

Ele ri de leve. Quando olha para mim, seus olhos ainda brilham úmidos, mas com algum outro sentimento que não entendo.

Um momento depois, ele baixa a cabeça e toca meus lábios em um beijo suave.

Nós nos separamos após alguns segundos e nos encaramos. E, em seguida, começamos a fechar todas as outras lacunas físicas entre nós.

Ele não volta para o seu quarto no Drifty nessa noite.

**O VERÃO PASSADO**

## Capítulo Quarenta e Dois

— Nem sei como agradecer — digo a Arabella no ensolarado jardim de roseiras da mansão de Lorde e Lady Stockley, bebendo champanhe gelado em taças de cristal lapidado.

A estátua foi inaugurada há poucos minutos, tive que fazer um discurso e tudo, e esta noite haverá um jantar para comemorar.

— Foi tudo mérito seu, querida — responde ela, me dando um de seus olhares significativos.

— Isso não é verdade, mas agradeço suas palavras.

Ela está elegante em um vestido azul-marinho, um xale preto e pérolas no pescoço, seu cabelo longo enrolado no coque habitual. Seu visual me lembra de quando nos conhecemos na galeria de arte em St. Ives, há dois anos e meio. Aquele encontro mudou minha vida.

Seus olhos retornam para a estátua. O Lorde Stockley dos tempos passados usa um casaco de tweed e está apoiado em um ancinho, de costas para a casa, olhando para os jardins. Ele era um horticultor entusiasta na sua época.

— Você tem alguma ideia de como se candidatar a contratos de arte pública em prefeituras ou organizações filantrópicas? Já faz um tempo que não faço arrecadação de fundos, mas estou dentro, se você estiver — diz Arabella.

Ela sabe que eu ainda gostaria de me tornar membro da Royal Society of Sculptors. Nós ficamos muito próximas. Ela é a pessoa com quem mais gosto de conversar sobre arte e escultura.

— Vou pensar nisso — respondo, apertando seu braço afetuosamente.

— Pense — reforça ela. — Você está em alta agora. Não desperdice o momento.

Já é tarde quando levo Arabella para casa em St. Ives e retorno a St. Agnes. Tenho inquilinos em casa, então, como sempre, estaciono meu carro na ladeira em frente à casa de Dan e Amy. É mais complicado agora que tenho mais três propriedades para administrar. Detesto ter que parar na rua na frente de casa para carregar todo o material de limpeza. A maioria dos carros consegue passar pela pista estreita, mas os veículos mais largos têm dificuldade e, depois do ataque cardíaco de Chas no verão passado, sem falar em um incidente há alguns anos quando fogos de artifício desgovernados incendiaram a árvore atrás do Drifty e os carros estacionados causaram problemas para o acesso, estou sempre tensa com receio de atrapalhar algum veículo de emergência.

Mas a rua de Dan e Amy é agradável e tranquila. Eles moram perto dos avós de Finn e eu os encontrei algumas vezes, uma delas em uma das raras ocasiões em que tive inquilinos no inverno. Nesse dia, Trudy estava louca para me contar que Finn e Brit Easton estavam indo bem nas sessões para compor as músicas novas.

Finn e eu conseguimos manter o acordo de não entrar em contato quando ele foi embora no último verão, mas ele quebrou as regras quando assinou o contrato com uma grande gravadora, o contrato que depois lhe permitiria compor com Brit.

"Não tenho como não contar", escreveu ele, anexando um comunicado de imprensa.

Fiquei muito feliz por ele e escrevi de volta para lhe dizer isso.

Depois soube por Dan que ele tinha recebido uma grande quantia para que pudesse se concentrar em compor. Um contrato como esse lhe daria acesso a todas as pessoas certas.

A única vez que *eu* falei com ele foi no Natal, quando mandei um meme divertido e escrevi: "Pensando em você, bj".

Ele me respondeu com outro meme engraçado e uma mensagem simples que dizia: "Feliz Natal, bj".

Foi uma conversa tão superficial. Eu esperava que ele lesse nas entrelinhas e entendesse o quanto eu estava pensando nele, e que seria um erro deixar as coisas assim.

Mas eu deixei. Minha força de vontade foi monumental nos últimos doze meses. Eu estava determinada a não ceder.

Olho para a rua dos avós de Finn por puro hábito, mas torno a olhar ao ver um Seat Leon cinza-escuro estacionado na frente da casa deles.

Meu estômago se revira.

Ele está em casa?

E, se está, por que não me avisou?

Paro e olho para a casa deles. As luzes brilham tênues nas janelas, mas são onze e meia da noite. Não posso bater a esta hora. Mesmo que fosse no meio do dia, eu hesitaria. Se Finn quisesse me ver, ele iria me procurar. Mas por que ele não iria querer me ver?

Talvez ele tenha acabado de chegar. Tento me convencer de que deve ser isso, mas, ainda assim, estou trêmula no resto do caminho para casa. Suponho que ele possa ter ligado para o Seaglass mais cedo. Normalmente eu estaria trabalhando em uma sexta-feira, mas hoje tive a inauguração da estátua e o jantar de Lorde e Lady Stockley.

Tenho uma ideia enquanto subo a escada para o meu quarto. Pego o celular e digito uma mensagem, usando uma frase como a que Finn mandou quando me contou sobre Brit.

"Não tenho como não contar..."

E mando uma foto que Arabella tirou de mim ao lado da escultura de Lorde Stockley e fico sentada por um minuto, olhando nervosa para o celular.

Meu coração dispara quando vejo que ele está digitando.

"Fantástico", responde ele. "Vai estar aí amanhã?"

Decido bancar a desentendida.

"Vou. Por quê?"

"Estou aqui, mas exausto. Conversei com o Ty e agora vou dormir. Que tal um brunch?"

"Perfeito. Bem-vindo de volta!"

"Obrigado. Blue Bar? Dez horas? Eu passo pra buscar você."

"Estou ansiosa."

Ele me envia um emoji de joinha e eu fico olhando para a tela por mais vinte segundos.

*Será que mantê-lo a distância foi um erro?*

# Capítulo Quarenta e Três

Brit Easton é uma das pessoas mais bonitas que já vi. A fotografia que me vem à mente quando penso nela foi a tirada no tapete rosa do Prêmio Billboard Women in Music no início deste ano: ela está usando uma calça preta elegante e um top preto sobre a pele negra que expõe sua barriga perfeitamente reta. O cabelo cai até os ombros em tranças pretas brilhosas presas com contas douradas, um batom vermelho anos 1940 enfeita seus lábios cheios e traços de delineador e o que espero em Deus sejam cílios postiços, porque ninguém pode ter *tanta* sorte, acentuam seus penetrantes olhos verdes.

Quando vi essa foto, eu me senti mal. Finn trabalhou por um mês com ela.

Portanto, não é de se surpreender que eu esteja ansiosa para tentar ficar tão bonita quanto possível no sábado de manhã, mas, apesar de meus melhores esforços, ainda pareço abatida e cansada. Meu sexto sentido me manteve acordada metade da noite.

Escolhi um vestido mídi verde-escuro. Finn me disse uma vez que eu ficava linda de verde, por isso fui direto nesse item em meu guarda-roupa.

Estou encostada no muro baixo de pedra que margeia o riacho do lado de fora de casa quando ele para o carro e percebo, através do vidro, que está com uma expressão estranha. Seus lábios estão apertados em uma linha reta e há rugas entre as sobrancelhas. Ao olhar para mim pelo para-brisa, seu rosto parece angustiado.

Mas seus lábios se curvam em um sorriso razoável quando abro a porta do passageiro.

— Oi! — exclama ele, inclinando-se para me dar um abraço.

É breve, apenas o suficiente para eu sentir uma lufada de ar marinho frio em sua pele, mas o modo como ele me aperta durante esses dois segundos parece quase... desesperado.

— Você é um colírio para os meus olhos — comenta ele casualmente. — Vestido bonito. Você estava parecendo uma imagem de conto de fadas, encostada ali no muro coberto de musgos no meio de todas aquelas samambaias.

Dou risada, encantada com a descrição.

— Obrigada. Você também está bonito — digo, o observando.

Seu cabelo escuro está comprido na nuca, mas em volta do rosto é um pouco mais curto, marcando o queixo e as maçãs do rosto de maneira despojada. Os olhos estão lindos como sempre, mas carregam uma emoção que não consigo compreender muito bem quando ele olha para mim. É quase melancólico, triste. Estou hiperalerta.

— O Michael está trabalhando hoje? — pergunta ele, e para qualquer outra pessoa teria soado normal.

Mas não para mim. Para mim, ele parece tenso.

— Acho que está, sim.

— Eu pensei em fazer o contrário: estacionar em Chapel Porth e dizer oi pra ele, depois ir andando de lá até o Blue Bar.

— É uma boa ideia.

— Está com muita fome?

— Não, não muita.

Não estou fome nenhuma, mas tenho certeza de que me vou me sentir melhor quando souber o que está acontecendo com ele.

Ou talvez não.

O trajeto até Chapel Porth não é longo, mas conseguimos falar de seu voo e ele também me atualiza sobre sua família daqui. Tyler, Liam e os avós foram de novo para Los Angeles no Natal. Eu já sabia disso em primeira mão por intermédio de Trudy, que estava toda orgulhosa ao me contar, quando encontrei com ela, que Finn tinha pagado as passagens de avião de todos eles, mas foi bom ouvir pela perspectiva de Finn. Parece que todos se divertiram. Deve ser um alívio para eles passarem o Natal juntos, longe de St. Agnes e da lembrança do que aconteceu tantos anos atrás.

O estacionamento em Chapel Porth já está quase lotado, mas alguns surfistas estão embarcando em uma van de frente para o mar. Tivemos sorte e conseguimos estacionar direto. Michael está ocupado orientando o carro à nossa frente e não percebe a nossa chegada. Ele está do outro lado do estacionamento quando saímos do carro, mas nós o vemos com sua camiseta vermelha e colete refletivo, direcionando o motorista para uma vaga desocupada. Ele parece tão tranquilo, e não posso deixar de sorrir quando ele faz um joinha e dá um sorriso alegre para o motorista.

Um Lotus conversível amarelo-canário surge no estacionamento e Michael quase entra em combustão espontânea de entusiasmo. Quando o motorista para, aguardando instruções, Michael levanta a mão em um "toca aqui" no ar.

— Caramba! — exclama Finn, com súbita e indignada incredulidade. — Olhe só como ele é gentil com completos estranhos! Ele sempre me trata como se eu fosse alguma coisa nojenta em que ele pisou.

Solto uma gargalhada, mas, quando percebo que ele realmente pode estar um pouco magoado, estendo o braço e aperto sua mão.

— Ahh — digo.

A mão dele permanece aberta e meu estômago se aperta quando o solto.

Michael está de costas para nós quando nos aproximamos, mas, ao se virar e me ver, seu rosto se ilumina. E, então, ele olha para Finn e eu aguardo que sua expressão se transforme na repugnância típica, mas isso não acontece. Na verdade, ele parece ainda mais alegre.

— Finn! — grita ele, abrindo os braços, e meu coração se enche de alegria ao ver Finn olhando para mim por cima do ombro de

Michael em seu abraço, com os olhos arregalados de espanto e prazer. — O que você está fazendo aqui? — pergunta Michael a ele quando eles se separam.

— Eu estava levando sua irmã para um brunch.
— Venham tomar um chá!
— Com você? — pergunta Finn.
— Aham, eu posso fazer meu intervalo agora.
— Tudo bem, se você tem certeza.

Pegamos o tíquete do estacionamento e eu vou ao café fazer o pedido, enquanto Michael insiste em apresentar Finn ao seu chefe. Eles estão no abrigo ao lado do café agora, conversando, enquanto espero nossas bebidas serem preparadas.

Finn está diferente, e a princípio não consegui identificar o que era, mas agora percebo que ele engordou um pouco desde o ano passado. Ele tem vinte e sete anos, a mesma idade que eu, e não é mais um garoto indie superesguio. Mas não foi só isso que mudou. Quando foi que ele parou de usar camisetas velhas e roupas de segunda mão? Ele está com um jeans preto e camiseta azul-clara, mas não há nada com cara de muito usado neles. Meu coração se aperta e eu me viro de novo para o balcão, pegando meu cartão para pagar.

— Trouxe um muffin pra você — digo a Michael quando vou até eles.

— Obrigado, irmãzinha! — responde ele, entusiasmado. — Servido? — pergunta a Finn.

— Não, obrigado. Vou comer daqui a pouco.

Nós nos sentamos e conversamos até Michael ter que voltar ao trabalho, e então seguimos em direção à praia para caminhar até o Blue Bar. Mas não consigo afastar a sensação de que há algo errado e não posso me imaginar comendo absolutamente nada até entender isso.

— Finn, espere. — Puxo seu pulso quando estamos passando pelo carro dele.

— O que foi? — Ele se vira.

— Eu preciso que você me diga o que está acontecendo.

— Como assim? — pergunta ele, cauteloso.

— Alguma coisa mudou. Entre a gente. Você não está à vontade. Por quê?

Ele me encara por um momento e, então, seus ombros baixam lentamente.

— É a Brit, não é?

Ele abaixa a cabeça e, quando seus olhos voltam a encontrar os meus, estão cheios de pesar.

Uma onda de tristeza desaba sobre mim.

Ele pega a chave no bolso, destranca a porta e faz sinal para eu entrar de novo no carro.

Nós nos sentamos nos bancos da frente, virados um para o outro.

— Você transou com ela? — pergunto, no que é pouco mais que um sussurro.

Eu sei que não tenho o direito de perguntar isso. Era o nosso trato: *se você estiver sozinho e eu estiver sozinha... Você não tem que esperar por mim...* Não fizemos promessas, eu *também* saí com outros. Não é culpa dele se minhas tentativas nunca deram em nada.

Mas Finn talvez tenha tido uma conexão com alguém em um nível mais profundo.

Ele não fala. Seu leve aceno de cabeça e a expressão de dor respondem por ele.

— Ai, Deus. — Eu me viro para a frente e me curvo, escondendo o rosto nas mãos.

— Desculpe — sussurra ele.

— É um lance sério? — pergunto, sem levantar a cabeça.

Quando ele hesita, eu me endireito e olho para ele.

Ele engole em seco, o rosto pálido.

— Talvez — admite ele.

— Ai, Deus — repito e apoio o rosto nas mãos outra vez. — Acabou pra gente?

— Liv — diz ele, com tristeza, pondo a mão em minhas costas.

Isso é tudo que ele diz, então eu me forço a olhar para ele de novo. Seu rosto está marcado pela agonia.

— Você a ama? — É com muita dificuldade que consigo perguntar isso.

Ele sacode a cabeça, mas não é uma resposta à minha pergunta, é mais uma relutância em responder.

— Eu gosto de você, gosto *tanto* — diz ele. — Sinto saudade. Sempre penso em você, mas eu quero alguém pra dividir os problemas e as alegrias o ano todo, não só no verão. Até conhecer a Brit, eu não sabia o quanto precisava disso.

— Então você conversa com ela de verdade? Você se abre com ela?

Ele assente e eu acho que isso dói ainda mais do que saber que ele dormiu com ela. Se ele ainda não está apaixonado, definitivamente está quase lá. A mão dela está se fechando em volta do coração dele e eu tenho vontade de abrir aqueles dedos e arrancá-la de lá.

— Por que você voltou? — pergunto, com lágrimas escorrendo pelo meu rosto.

— Porque eu queria ver você.

— Só pra me dizer que acabou?

— Não necessariamente.

Meu coração se enche de esperança quando vejo a expressão nos olhos dele.

— Mas a gente não pode continuar assim — declara ele. — Alguma coisa tem que mudar.

— Você vai voltar pra Aggie, então? — Não sei de onde veio meu tom sarcástico, mas sinto a raiva fervendo dentro de mim.

— Você sabe que não — responde ele, a voz baixa.

— Bom, você sabe que eu não posso ir embora.

— Por que não? — pergunta ele, e diz isso de uma maneira que soa tão natural que faz minha raiva crescer um pouco mais.

— Como assim, por que não? Você acabou de ver o motivo! A resposta está logo ali, no estacionamento!

— O Michael não precisa de você tanto quanto você diz que ele precisa.

— Você não sabe do que está falando — murmuro.

— Ele tem mais amigos do que *você*, pelo amor de Deus! — explode ele, também irritado agora. — Ele ficaria muito bem se você passasse um tempo fora daqui!

— Ele não ficaria, não — revido.

— Você não pode continuar usando o Michael como desculpa para não sair daqui. Acho que a verdade é que você tem medo. Você tem medo de sair da sua zona de conforto. Tem usado este lugar como uma muleta desde que seus pais morreram.

— Isso não é verdade.

Mas ele ainda não terminou.

— Acho que você talvez até *goste* do que sente quando eu vou embora. Você mesma me disse que se joga na escultura. Você usa a dor. Precisa disso pra funcionar.

Ele não está me contando nada que eu já não saiba, mas estou furiosa por ele ter a ousadia de dizer.

— Eu nunca vi você esculpir nada que traga alegria. Fiquei contente quando vi aquela estátua do Lorde Sei-lá-o-quê, porque a cara dele parece feliz, mas aí lembrei que ele está *morto* e que provavelmente esculpi-lo matou você também.

— Como você se atreve a me dizer isso? — grito. — Você é um hipócrita! As suas músicas são cheias de versos sobre sua criação, esse lugar, a sua infância trágica... Você escreve músicas baseadas na própria dor e no seu sofrimento praticamente desde que eu conheço você! Você escreveu músicas baseadas na *minha* dor e no *meu* sofrimento! E quantas músicas você se sentiu inspirado para escrever depois de *me* deixar aqui? Você também usa a dor a seu favor. É exatamente a mesma coisa!

— Eu não quero mais me sentir assim! Eu quero ser *feliz*, Liv! Quero uma vida em paz! Uma namorada de verdade! Mulher e filhos um dia! Eu quero *você*, mas você não está disponível, porra!

Uma batida na janela nos sobressalta. Michael está olhando para nós, com uma expressão ameaçadora no rosto.

Eu abro a porta.

— O que foi?
— Por que vocês estão brigando? — pergunta ele, falando alto.
— Não estamos.
— *Eu ouvi vocês!* — grita ele.
— Estamos conversando — digo, tentando me recompor.
Finn se inclina para falar diretamente com Michael.
— Sua irmã acha que não pode ir embora de St. Agnes — diz ele.
— Finn! — repreendo.
Achei que ele fosse me apoiar, e não arrastar meu irmão para o meio da nossa confusão.
— Por que não? — pergunta Michael.
Ele não está mais gritando, mas não está longe disso.
— Porque ela não quer deixar você aqui sozinho — explica Finn, com uma calma incrível.
— Eu não estou sozinho — responde Michael, franzindo a testa e mudando o corpo de posição, e ele parece tão pequeno parado ali, com seu metro e meio de altura, engolido pelo tamanho do colete refletivo.
Finn me lança um olhar de "eu não disse?".
— Viu?
— Não faça isso — alerto, furiosa.
— Pra onde você quer ir? — pergunta Michael, confuso.
— Eu não quero ir pra lugar nenhum — respondo.
— Ela está mentindo — retruca Finn do banco do motorista. — Ela não vai pra Los Angeles, não volta pra a Itália, não vai nem pra Londres. Ela não quer deixar St. Agnes e não quer deixar *você*. Ela acha que precisa cuidar de você.
— Você não precisa cuidar de mim! — interrompe Michael, com o cenho franzido. — Eu não quero que você fique aqui por minha causa.
Ele está ficando irado e eu quero matar Finn por colocá-lo nessa situação.
— Está tudo bem, Michael — digo, estendendo a mão para segurar a dele. — Tudo bem. Eu não vou a lugar nenhum. Eu *não quero* deixar você.

— Não! — responde Michael, enfurecido, afastando a mão. — Você não cuida de *mim*. — Ele pronuncia cada palavra lenta e claramente, do modo exato como nossos pais o ensinaram. — *Eu* cuido de *você*! — declara ele. — VOCÊ. É MINHA. IRMÃ. MAIS NOVA.

Fico olhando para ele, em choque.

É assim que ele vê as coisas? Que é ele quem tem cuidado de mim todo esse tempo?

Poderia haver alguma verdade nisso?

Ele detestava que eu morasse na casa dele, mas tolerou. E, quando penso em todas aquelas vezes em que ele veio se arrastando para o almoço de domingo, reclamando de não estar com nenhuma vontade de fazer aquilo ou preferindo estar na frente da TV ou no trabalho, vendo os carros clássicos entrando no estacionamento, eu me pergunto se entendi tudo errado esse tempo todo. Era ele quem estava *me* fazendo um favor? *Ele* estava *me* apoiando? Porque achava que eu precisava que ele fizesse isso?

O mundo ao meu redor gira, forçando-me a olhar para a situação por uma perspectiva diferente.

Mas, mesmo que Finn e Michael estejam certos, como eu posso pensar em ir para Los Angeles agora? Mesmo que eu quisesse tomar essa iniciativa, o que eu *não* quero, Finn já se apaixonou por outra pessoa.

## Capítulo Quarenta e Quatro

O céu azul-violeta está repleto de nuvens brancas e fofas quando me aproximo do banco na beira do penhasco que passei a considerar como nosso. Uma figura solitária já está sentada ali, com os ombros curvados e os cotovelos apoiados nos joelhos.

Eu não tinha certeza se veria Finn outra vez. Pedi que ele me levasse direto para casa depois de Chapel Porth. Estava tão furiosa por ele ter trazido Michael para a nossa discussão, que não conseguia nem olhar para ele, quanto mais passar uma manhã juntos.

Nos últimos dois dias, derramei muitas lágrimas enquanto tentava compreender tudo o que foi dito. Mesmo que eu consiga entender o argumento de meu irmão e de Finn, não tenho certeza do que isso muda. As coisas finalmente estão dando certo para mim como escultora. Não quero começar tudo de novo em Los Angeles, um lugar com o qual não tenho nenhuma ligação. Talvez Michael — e Rach e Amy — achassem que estaria tudo bem se eu fosse, mas *eu* não estaria bem. Parece um sacrifício grande demais para fazer agora. E por que *eu* tenho que fazer tudo? Quais são os sacrifícios que *ele* fez? Onde está o meio-termo?

Finn se endireita lentamente ao me ver, sua expressão triste, mas aliviada. Ele estende a mão, seus olhos angustiados implorando que eu a pegue.

E eu pego. Pode ser a última vez.

Nós nos sentamos lado a lado e olhamos para o mar, o verde-
-esmeralda se transformando em azul-gelo. Minhas bochechas já
estão molhadas.

É aniversário da morte dos meus pais, mas as lágrimas que
estou derramando hoje não são por eles.

— Liv — diz Finn com a voz rouca, passando o braço sobre
meus ombros e me puxando mais para perto.

Eu quero *tanto* estar com ele. Isso dói demais. Como vou me
sentir assim por outra pessoa?

— Você poderia ter voltado em qualquer época do ano, não é? —
digo, baixinho. — Mas sempre escolheu estar aqui no dia 11 de
agosto. Eu achava que você vinha por causa das férias dos meninos.

— Eu sempre voltei por você. Pra esse aniversário. Não se passa
por algo assim com alguém e depois se distancia, como se não
fosse nada.

Tenho um flashback daquela noite, me lembro de Finn sentado
comigo no sofá enquanto os policiais davam a notícia, de como eu o
agarrei e gritei a minha dor, e de como ele cancelou o voo e ficou ao
meu lado até depois do funeral, ajudando do jeito que pôde. Nunca
refleti de fato sobre como deve ter sido para ele testemunhar a dor
de outra pessoa em um nível tão brutal e emotivo. Não é possível
ele não ter sido afetado por isso. Formamos um vínculo durante
aquele tempo, um vínculo que nunca poderá ser desfeito. Sempre
teremos essa ligação um com o outro.

Mas não quero estar envolvida com ele se ele estiver apaixonado
por outra pessoa.

— Me conte sobre ela.

Sinto sua mão ficar tensa em meus dedos. Ele não quer ter essa
conversa.

— Eu preciso saber, Finn. Como aconteceu?

Ele suspira e me solta, evitando meu olhar.

— Quando estamos trabalhando com um artista, temos que descobrir de onde vem a motivação dele, então a gente passou muito
tempo junto, inclusive antes de começar a compor, tomando café

na casa dela e conversando sobre vida, namoros e rompimento de relacionamentos anteriores, tentando encontrar conceitos para as músicas. É algo íntimo e pareceu bem natural, e a Brit se permitiu ser vulnerável comigo. Ela também teve uma infância difícil, a gente tinha isso em comum. É difícil não sentir alguma coisa quando se tem alguém despejando o coração e a alma nas suas letras.

Tenho vontade de pegar as nuvens de algodão no céu e enfiá-las em sua boca para impedi-lo de continuar falando. Mas sei que fui eu que perguntei.

Aposto que ele ficou impressionado também. Uma artista tão famosa como a Brit se abrindo com ele.

— Ela sabe de mim?

Ele engole em seco.

— Sabe.

— Ela sabe que você veio pra cá me ver?

— Sabe.

— E como ela se sente em relação a isso?

— Ela não ficou nada feliz quando eu viajei.

Isso parece surreal. Pensar que Brit Easton está preocupada com os sentimentos de Finn por *mim*.

— Mas você veio mesmo assim.

— Eu não poderia deixar de vir.

— Estamos terminando? — murmuro.

— Depende.

— Do quê?

— Do que você tem pensado desde Chapel Porth.

— Se eu me mudasse pra Los Angeles, você terminaria com ela? — pergunto, pensando na hipótese e enxugando as lágrimas.

Ele confirma, sua expressão angustiada.

— Então é um ultimato. Se eu não me mudar pra Los Angeles, acabou.

Ele hesita, parecendo dividido enquanto mantém o olhar firme em meus olhos.

E, então, responde.

— É.

— E se eu dissesse: "Se você não se mudar pra St. Agnes, vai me perder pra sempre"? O que você faria?

— É isso que você tem pra me dizer? — pergunta ele, seus olhos azul-esverdeados atentos.

— Eu não sei! — Não tenho certeza se posso pôr nesses termos. E se ele a escolher? — Não acredito que estamos dando ultimatos um ao outro!

— Isso ia terminar em ultimatos *de qualquer jeito*, Liv — afirma ele, com tristeza. — Você achou que o que a gente tinha ia simplesmente se acabando aos poucos? O que a gente tem não *se acaba*. Eu *nunca* ia deixar de amar você.

Arregalo os olhos para ele.

— Porra, é *claro* que eu te amo, Liv — declara ele, angustiado.

Começo a chorar, me curvando para a frente, meu corpo balançando com os soluços.

Ele me puxa para seus braços e eu escondo o rosto em seu pescoço, sentindo-o tremer abraçado a mim, cedendo também à emoção.

— Eu também te amo — digo a ele, e ele me abraça mais forte, nossa pele úmida pelas lágrimas um do outro.

No entanto, à medida que nossos soluços se acalmam e nossa respiração se estabiliza, penso no caminho que se estende à minha frente, um lado da bifurcação se desviando em direção a Finn e uma vida incerta em Los Angeles, e o outro voltando direto para cá, para Michael, meus amigos, o Seaglass e St. Agnes, um lugar que passei a amar de todo o coração, e me dou conta de uma coisa.

Amar não é o suficiente.

**ESTE VERÃO**

**O SÉTIMO VERÃO**

## Capítulo Quarenta e Cinco

Ainda me lembro da primeira vez que vi uma foto de Finn e Brit juntos. Foi em dezembro, vários meses depois de ele ter voltado aos Estados Unidos, e, de acordo com a legenda, eles tinham acabado de sair do Hitmakers Brunch da Variety em Los Angeles, que celebra as vinte e cinco músicas de maior sucesso no país, uma das quais foi o cover de Brit para "We Could Be Giants".

Eles estavam andando por uma rua estreita, com lixo espalhado pelo chão e grafite nas paredes, no centro de Los Angeles. Finn estava na frente, seu braço comprido esticado para trás, a mão de Brit firmemente presa na sua. Eles estavam com a expressão tensa, porque havia paparazzi em volta. Dava para ver a mandíbula cerrada de Finn enquanto ele olhava direto para a frente, mas isso destacava ainda mais as maçãs de seu rosto e, com os cílios escuros e o cabelo revolto, ele estava absurdamente lindo. Brit mantinha os olhos no chão, seus cachos escuros escondendo parcialmente o rosto, deixando-se conduzir por Finn. Ela estava com a jaqueta jeans dele sobre os ombros.

A mesma jaqueta que ele estendeu em uma pedra para que eu me sentasse, a mesma que ele me emprestou quando caí em uma piscina natural no meio das pedras.

Doeu muito ver aquela foto, mas qualquer um que gostasse de fofocas de celebridades ficaria curioso. Quem era aquele cara sexy de vinte e poucos anos que arrebatou o coração de Brit Easton?

Ao longo de janeiro e fevereiro, mais fotos deles apareceram na internet: na praia em Santa Monica, tomando sorvete; Finn nos bastidores do show de Brit no Madison Square Garden, assistindo da lateral, com o rosto radiante de orgulho; parados no semáforo dentro do carro, Finn dirigindo; saindo de bares, restaurantes, casas noturnas e locais de shows.

Em cada ocasião, quando Finn sabia que estava sendo observado, sua expressão era contida, mas, quando pego de surpresa, era impossível não perceber a adoração em seu rosto.

Jornalistas e blogueiros acompanhavam a história do romance, revelando como eles haviam se apaixonado enquanto compunham o novo álbum de Brit.

Em março, quando o primeiro single foi lançado, subiu direto para a primeira posição. E, no lançamento do álbum, um mês depois, ele alcançou o primeiro lugar em cinco países.

Na primeira vez que vi as covinhas nas bochechas de Finn quando ele olhava para Brit, eu chorei. E durante todo o mês de maio não consegui ouvir nenhuma música que fizesse eu me lembrar dele.

No começo de junho, Brit, que havia estado tão calada quanto Finn sobre o relacionamento, finalmente falou.

— Nós estamos muito felizes — anunciou ela. — Nesse momento, estamos só vendo como as coisas evoluem e curtindo o tempo que passamos juntos.

Essas palavras me fizeram ir cortar o cabelo.

Quero dizer que superei Finn. Tive um ano inteiro para seguir em frente com a minha vida. Mas logo depois que ele se foi, quando ainda não tinha ouvido nada sobre ele e Brit na imprensa, não pude deixar de ter esperança de que ele acabasse voltando para mim.

Agora, essa esperança não existe mais.

Eu não estava pronta para ele me deixar. Achava que nunca estaria pronta para isso.

Mas aí Tom apareceu.

\* \* \*

— Estou com saudade da nossa cozinha — murmura Tom, enquanto estamos deitados lado a lado na minha cama, olhando para o teto e ouvindo duas crianças berrarem como almas penadas no apartamento de baixo. O pai grita para eles fazerem menos barulho, sua voz estrondosa ecoando pelas tábuas do piso.

Sorrio por ele ter usado a palavra "nossa".

— Eu também.

— O que você faria se um dia tivesse uma família? — pergunta ele. — Iria transformar o imóvel de novo em uma casa?

— Eu adoraria, se tivesse condições financeiras para isso.

Tom passou apenas três das últimas treze noites em seu quarto, no Drifty. De uma forma ou de outra, ele sempre acaba na minha cama.

Achei que seria estranho tê-lo aqui no meu apartamento, no meu quarto, que contém tantas lembranças de Finn, mas Tom parece se encaixar bem onde quer que esteja. É natural dividir espaço com ele. É como se eu o conhecesse há meses, não há seis semanas.

Foi por isso que fiquei tão surpresa com a revelação que Bill me fez ontem à noite...

— Parece que encontramos um sous-chef substituto — disse ele, animado.

— Quem? — perguntei, feliz por saber de mais um problema resolvido.

— Tom! — exclamou Bill, com uma expressão de quem achava que seria óbvio.

Eu me espantei e, quando mencionei que ainda teríamos que encontrar um substituto permanente em algum momento, Bill não acreditou que eu não sabia que Tom planejava permanecer na Cornualha.

Achei que era ele que estava confuso, até que ele me revelou que Tom havia arranjado um lugar para morar em Perranporth. Ele também disse que Tom tinha experiência como chef do seu tempo na Marinha, outra coisa de que eu não fazia a menor ideia.

Há tanta coisa sobre ele que ainda não sei.

Rolo na cama e olho para seu perfil. Um momento depois, ele se vira para mim.

— Tenho que voltar para Caernarfon no domingo.

Meu coração dá um salto com essas palavras, e, por um segundo, tenho medo de que Bill tenha entendido errado, de que ele esteja indo embora.

— Por quê?

— Tenho que arrumar minhas coisas. Parece que a venda da casa deu certo.

— E depois você volta pra cá?

— Volto.

Meu alívio deve ser tão evidente quanto meu medo de um instante atrás.

— Como você vai pra lá? — pergunto.

— Do mesmo jeito que vim.

— Vai voltar de carro?

— Não.

— E todas as suas coisas? — pergunto, preocupada.

— Vou ter que mandar entregar. A Cara vai levar os móveis.

— As suas coisas caberiam no *meu* carro? Quero dizer, quer que eu leve você?

Ele me encara.

— Sério?

— Acha que seria estranho?

— Como assim?

— A Cara vai estar lá?

— Não, ela já saiu da casa.

Sorrio para ele, mas o sorriso dele desaparece e ele se senta, e põe as pernas para fora da cama.

— Você está bem?

— Aham, estou — diz ele sem se virar, enquanto olho para suas costas lisas e musculosas. Quando estendo a mão para tocá-lo, ele se levanta, vai para o banheiro e fecha a porta.

Ele *não* está bem. E não sei por que mentiu.

\* \* \*

Poucos dias depois, ele muda de ideia.

Estamos tomando café da manhã na mesinha na minha cozinha e ele acabou de me dizer que prefere pegar o ônibus e o trem amanhã.

— Se não quer que eu vá, eu posso incluir você no meu seguro e você vai com o meu carro.

Estou tentando soar tranquila e razoável. Imagino que ele prefira que eu não testemunhe os destroços de sua vida desfeita, ou que talvez Cara esteja lá, afinal. Ou de repente ele só se sente mal por me dar todo esse trabalho.

— Não, Liv, tudo bem — responde ele.

— Tom, é uma viagem longa. Você deve ter levado umas dez horas pra chegar até aqui. Pra que fazer isso se pode ir na metade do tempo e trazer todas as suas coisas com você?

Seu rosto está tenso e ele parece estar evitando me olhar nos olhos.

— O problema sou eu? — pergunto, em voz baixa.

— Não, Liv, com certeza não é você — garante ele com convicção, estendendo a mão por cima da mesa para segurar a minha.

*Agora* ele olha em meus olhos, e fico aliviada ao perceber que está sendo sincero.

— Então por que você não quer que eu vá? Podemos ir amanhã depois do almoço e voltar na terça à noite. Eu tenho esses dias de folga mesmo.

— Obrigado, mas não — responde ele, decidido, retirando a mão da minha e pegando a colher. — Eu preciso fazer isso sozinho.

— Bom, nesse caso, vou pôr você no meu seguro e você vai com o meu carro — declaro, tentando ignorar a decepção.

Eu acho que o estou ajudando ao insistir nisso, mas ele joga a colher na mesa.

— Eu não *quero* ir com o seu carro — diz ele bruscamente, os olhos faiscando ao empurrar a cadeira para trás.

— Por que não? — encontro a coragem para perguntar, enquanto ele começa a andar pelo cômodo.

— Porque eu não dirijo — responde ele, com rispidez.

Fico vendo-o passar a mão pelo cabelo, irritado.

Estou sem palavras. Mas ele é piloto de helicóptero!
*Não é?*
Como que ele *não tem* carteira de motorista?
E então me ocorre: ele a perdeu.
O que aconteceu?
Excesso de velocidade?
Dirigiu embriagado?
Ele feriu alguém?
*Matou alguém?*
*Ele perdeu o emprego porque matou alguém?*
*É por isso que ele está aqui?*
Espere aí. *Será que ele está fugindo?* Apareceu só com uma mochila... *Quem é que faz isso?*

Ele solta um suspiro longo e pesado enquanto observa todos esses pensamentos passando pela minha cabeça.

— Duvido muito que seja qualquer uma dessas coisas em que está pensando — diz ele, sua voz soando extremamente cansada quando torna a se sentar e esfrega o maxilar.

— Por que você não pode simplesmente me contar? — pergunto, com gentileza, e ele desvia o olhar.

Um momento depois, ele se vira de novo para mim, seus olhos castanho-dourados cheios de resignação.

— Porque vai mudar as coisas. E eu não estou pronto para isso.
Estou tão confusa.

Ele suspira e estende a mão, uma oferta de paz. Fico olhando por alguns segundos antes de pousar minha palma na dele. Ele passa o polegar pelos nós dos meus dedos.

— Arranjei um lugar para ficar em Perranporth.
*Finalmente* ele está me contando!

— O Bill perguntou se eu estaria interessado no cargo de sous-chef. Eu disse que ia falar com você.

— Ele já falou comigo — confesso, olhando para seu polegar, que faz movimentos lentos para a frente e para trás.

Ele inclina a cabeça para o lado.

— Você não me disse nada.
— Eu estava esperando você dizer.
Cinco segundos se passam antes que ele fale.
— Espere só eu resolver isso no País de Gales.
— E depois? — pergunto.
— Depois a gente conversa.
Engulo em seco e concordo, então me levanto e tiro meu prato da mesa do café da manhã.

Não comi nada.

# Capítulo Quarenta e Seis

Enquanto Tom está fora, faço algo de que logo me arrependo: pesquiso sobre ele na internet.

Não encontro nada que possa me dar alguma pista de uma razão para ele ter perdido a habilitação, mas encontro uma notícia sobre ele no trabalho. E a ideia de que eu pudesse ter duvidado do que ele me contou sobre ser piloto de helicóptero me deixa morrendo de vergonha. Sinto como se tivesse quebrado sua confiança e continuo sem saber de nenhum segredo obscuro que ele possa ou não estar escondendo.

Agora é quarta-feira de manhã e acordei de madrugada, com a cabeça a mil.

Será que aconteceu alguma coisa ruim enquanto ele estava no trabalho? O artigo fazia referência às dificuldades que ele tem que enfrentar na área ao redor do Parque Nacional de Snowdonia e no mar, voando próximo de penhascos e barcos e pousando em locais estreitos nas montanhas. Mil coisas poderiam ter dado errado, e talvez muitas tenham dado. Será que ele estava sofrendo de transtorno de estresse pós-traumático?

Queria que minha mente parasse de pensar nisso por um instante. Ele vai me contar quando estiver pronto, e, até esse dia chegar — e tenho que me conformar com o fato de que talvez *nunca* chegue —, preciso respeitar sua privacidade.

Na mesinha lateral, meu celular se acende. Saio da cama e verifico a mensagem que acabou de chegar, o coração aos pulos quando vejo que é dele.

"Cheguei. Você me avisa quando acordar?"

Digito depressa: "Estou acordada! Onde você está?".

São cinco e meia da manhã. Quando ele chegou à Cornualha? Tarde da noite? Ele disse que ia direto para Perranporth para se acomodar. Tom reservou três semanas em uma casa móvel em um estacionamento para turistas, o que não é exatamente a acomodação permanente que Bill achou que seria, mas eles tinham disponibilidade, então isso garantia um lugar para ficar até a primeira semana de agosto.

"Na praia. St. Agnes", responde ele.

"Chego em dez minutos!"

Meu telefone começa a tocar. É Tom.

— Oi.

— Ou eu posso ir até aí — sugere ele, e seu tom intenso e caloroso de satisfação espirala por dentro e em volta de meu peito.

— Essa é uma opção? — pergunto, sem fôlego.

— Chego em dez minutos. — Ele repete minhas palavras.

Vou direto para o banheiro e escovo os dentes.

Nos poucos minutos que passo esperando na porta aberta do meu apartamento, com os ouvidos atentos aos passos de Tom, experimento a sensação surreal de não me lembrar exatamente como ele é. Mas então vejo seu rosto lindo aparecer nos painéis de vidro da porta da frente e meu estômago dá uma cambalhota.

Ele sorri para mim, seus olhos cor de mel me observando com uma ligeira cautela quando abro a porta para deixá-lo entrar. Ele não faz a barba desde que viajou, há três dias, seu cabelo loiro-escuro está despenteado e ele está com a mochila preta e o moletom cinza--carvão que usava quando não era mais do que um estranho para mim. Eu deveria me sentir intimidada por sua estrutura física, ele é tão alto, tão forte. Deveria estar sendo mais cuidadosa, sabendo como ele guarda seus segredos tão fechados. Ainda não sei por que ele está na Cornualha, por que não está trabalhando como piloto no momento e por que não tem carteira de motorista. Ainda não entendo muito bem por que seu relacionamento acabou ou por que ele, aparentemente, quer sair do País de Gales. Ele é um enigma em tantos aspectos e, ainda assim, vendo Tom de pé diante de mim, sinto meu coração buscando o dele, ansiando por acabar com esse espaço entre nós.

É como uma dor física recuar sem tocá-lo, mas eu ando até a base da escada para permitir que, em silêncio, ele feche as duas portas atrás de nós.

Não subo a escada direto como normalmente faria, talvez porque *desejo* estar em um espaço pequeno demais com ele. No escuro, sem luzes nem janelas, o ar à nossa volta parece eletrificado.

Deslizo as mãos sobre seu peito e seus ombros, e ele e me pega pela cintura, me puxando aos poucos para junto de seus quadris. Meu coração dispara em uma corrida desabalada quando ele encosta a boca na minha.

Nosso beijo é lento e profundo. Arrepios sobem e descem pela minha espinha e minhas pernas cedem. Tento tirar as alças da mochila de seus ombros, mas ela é pesada demais. Ele me solta abruptamente, como um ímã sendo separado de outro, e larga a mochila no chão. Então somos puxados de novo um para o outro, nossos corpos em sintonia.

Mal há espaço para eu atacar os botões de seu jeans, mas estou determinada. Enquanto as mãos dele deslizam pelas minhas coxas, levantando a bainha do vestido leve que coloquei às pressas, percebo um restinho de areia na ponta de seus dedos, mas então sinto apenas seu toque e seu suspiro quente em minha boca ao se dar conta de que não estou usando nada por baixo.

Ele não desperdiça a oportunidade e, depois de não mais que um minuto, estou gemendo desesperada em sua boca.

— *Eu quero sentir você.*

— Estou sem camisinha. — Sua resposta é gutural, ofegante, e ele continua me tocando.

— Eu não tenho nada. E você? — Minhas palavras saem distorcidas. Não consigo mais raciocinar.

— Também não. Mas e quanto a gravidez?

— Estou protegida.

Penso que é estranho ele fazer essa pergunta, já que não pode ter filhos, mas, no instante seguinte, me distraio com seus braços fortes me levantando e me virando e então me deitando gentilmente na escada. Um momento depois, nós somos um.

Estou tentando recuperar o fôlego. Isso foi tão gostoso e tão inesperado. Ele ainda está dentro de mim, e eu sinto e ouço ao mesmo tempo sua risada silenciosa perto do meu pescoço.

— Espero que seus inquilinos usem protetores de ouvido para dormir.

— Ah, merda!

A escada passa bem em cima da parede dos fundos do quarto principal, o que significa que meus inquilinos estão logo abaixo de nós.

— Isso é pra compensar o despertador no apartamento deles todo dia bem cedinho — sussurro, abafando a risada.

A família que está hospedada aqui há dez dias tem dois filhos barulhentos além da conta, mas são a voz estrondosa do pai e os gritos repentinos que me dão nos nervos.

— Vamos subir? — murmura Tom.

Faço que sim. Não quero que ele me solte e, para minha surpresa, ele não o faz. Ele me levanta e me carrega escada acima até o quarto, largando a mochila onde a deixou cair. Sua força é tão excitante.

— Eu queria tomar um banho — diz ele, fechando a porta atrás de nós.

— Eu também.

Então ele me leva para o banheiro, me coloca em pé com cuidado e abre a torneira.

Nos minutos que se seguem, eu me dou o grande prazer de ensaboar e tirar a areia de seu corpo. Ele parece ter o mesmo prazer em cuidar do meu.

* * *

— Não foi assim que eu imaginei ver você de novo — diz ele depois, quando estamos na cama, nus, com as pernas entrelaçadas.

Sua voz é surpreendentemente calma e contemplativa.

— Não?

— Eu ia para Perranporth, para arrumar as coisas.

— E não foi? — Ele tinha planejado ficar lá na noite passada.

— Não, vim direto para cá.

— Não conseguiu ficar longe.

— Não consegui — concorda.

— Ficou com vontade de desenhar na areia de novo? — Não me esqueci da areia em seus dedos.

— Não, fiquei com vontade de ver *você*. O desenho na areia foi só para passar o tempo.

Sorrio em seu ombro.

Ele acaricia meu rosto e levanta suavemente meu queixo para que eu o encare.

— Estou me apaixonando por você, Liv — declara ele, com ternura e sinceridade.

Meu coração quase explode no peito quando encaro seus olhos, que cintilam de emoção. Antes que eu possa abrir a boca para responder, ele continua.

— E isso me deixa apavorado.

— Eu também estou me apaixonando por você — digo, na esperança de tranquilizá-lo de que estamos nisso juntos.

— Isso é ainda mais assustador.

Essa confissão, junto com a súbita expressão angustiada em seu rosto, me paralisa.

— Por quê? — pergunto cautelosa.

— A gente precisa conversar.

## Capítulo Quarenta e Sete

— Você não fez as árvores — observo, surpresa, quando chegamos à praia.

Tom perguntou se eu gostaria de dar uma volta com ele, embora ainda sejam apenas sete horas da manhã.

Se ele finalmente está pronto para se abrir comigo, vou com ele quando e aonde ele quiser que eu vá.

— Elas nunca foram a minha "especialidade". Eu só gosto de desenhar — esclarece ele com um sorriso doce, estendendo a mão para me ajudar a descer da rampa dos barcos.

A maré já levou muito da areia, e o nível da praia baixou. Neste momento, o riacho se espalha sobre pedras e os seixos, portanto não está formando as trilhas que sempre me farão pensar na macieira de Tom.

— Alguma razão para o alfabeto? — pergunto, enquanto andamos pelo meio de diversas versões de *A*, *B* e *C*. Algumas estão em maiúscula, outras, em minúscula, algumas parecem estar em negrito, outras, em itálico. Todas são tão perfeitas quanto se estivessem impressas.

— Não é o alfabeto — responde ele.

*Hum, parece um alfabeto para mim,* penso, olhando mais à frente para *D*s, *E*s e *F*s, e ainda mais longe para *L*s, *M*s e *N*s se estendendo e se interligando à nossa volta. Mas, então, começo a notar outros símbolos gravados na areia, símbolos que parecem um *x* com um dos lados unido de modo que quase parece um *a*, outro símbolo que é um cruzamento entre um *8* e um *S*, e outro que parece um *T* que caiu de bêbado.

— O que é isso? — pergunto, curiosa.

— Símbolos aeronáuticos.

Sorrio para ele e aponto para um *V* maiúsculo em itálico.

— O que significa?

— Velocidade.

— E esse? — Um *h* minúsculo inclinado.

— Altitude acima do nível do mar.

Nossa, estou caidinha por ele.

Talvez ele tenha visto o calor em meus olhos, porque sua voz fica grave e sedutora.

— E esse — diz ele, brincando — significa *empuxo*.

Começo a rir.

Ele sorri para mim, mas vejo a preocupação residindo nas profundezas de seus lindos olhos. Ele indica com a cabeça as ruínas do antigo porto que parecem blocos de Jenga caídos e nós começamos a caminhar pelo meio de sua tela na areia.

— Não sou mais piloto de helicóptero, Liv — diz ele com a voz baixa. — Saí do meu emprego há uns meses.

Meu coração se aperta porque não me parece algo que ele queria, a julgar por sua expressão abatida. Fico esperando que ele me conte por quê.

Nós nos sentamos um ao lado do outro sobre um pedaço do antigo muro do porto. A rocha plana e larga está fria e úmida da brisa marinha, e agradeço por ter vestido o jeans e o suéter antes de sairmos de casa.

Ele olha diretamente para mim.

— Você lembra quando me perguntou se eu era filho único?

— Lembro.

Foi quando falamos de seu costume de vir para a Cornualha quando menino, e sobre aquela vez em que ele ficou com o avô por seis semanas enquanto seus pais passavam por uma fase difícil no casamento. Mas não entendo por que isso seria relevante para o motivo de ele ter largado o emprego.

— Não era totalmente verdade. Eu tive um irmão mais velho que não cheguei a conhecer. Ele morreu dormindo quando tinha dez meses. Os médicos disseram que foi síndrome da morte súbita infantil.

— Ah, isso é terrível. Lamento tanto pelos seus pais — murmuro, mudando de posição para ficar mais virada para ele.

— No fim do ano passado, meu pai sofreu uma parada cardíaca. Ele sobreviveu, mas teve episódios de desmaio antes disso, e foi exatamente o que aconteceu com meu avô antes da parada cardíaca dele.

Franzo a testa, esperando-o continuar.

A expressão dele é séria.

— O que acontece é que meu pai tem um problema que afeta os batimentos do coração. Essa condição pode causar arritmias, que são batimentos cardíacos rápidos e irregulares, além de apagões, desmaios e, em alguns casos, convulsões. Normalmente o ritmo volta ao normal em alguns minutos e a pessoa recupera a consciência. Mas, nos casos do meu avô e do meu pai, o coração continuou batendo de um jeito anormal e eles tiveram uma parada cardíaca. Meu avô estava sozinho, mas meu pai estava com um amigo que, felizmente, sabia fazer ressuscitação e ele conseguiu fazer o coração voltar a funcionar. Depois disso, ele foi diagnosticado com síndrome do QT longo, SQTL.

Nunca ouvi falar disso.

— É uma condição rara — prossegue ele, fazendo uma pausa antes de acrescentar: — E hereditária.

Olho para ele, meu sangue gelando. Seguro suas mãos, meus nervos tensos ao máximo.

— É provável que essa tenha sido a verdadeira causa da morte do meu irmão — revela ele.

— Você também tem? — Faço a pergunta inspirando fundo, subitamente tomada pela emoção, como se fosse chorar.

— Não sei — admite ele, deixando que eu traga suas mãos para o meu colo. — Mas acho que posso ter.

— Você teve algum sintoma? — É difícil até mesmo fazer a pergunta, com o nó repentino em minha garganta.

— Tive um apagão há cinco meses.

Eu inspiro fundo.

— E parei de voar no mesmo dia — continua ele. — A ideia de desmaiar na cabine enquanto estivéssemos atendendo a um chamado... Eu não precisava ser diagnosticado para saber que nunca mais poderia me arriscar a voar.

— Mas você foi procurar o diagnóstico?

Ele faz que não.

— Por que não? — pergunto, alarmada.

— Eu não estou pronto. Essa foi outra razão para Cara e eu nos separarmos.

Eu tinha aberto a boca para falar, mas isso me faz ficar quieta. Deixo que seja uma lição para mim.

— Ela também não conseguiu lidar com o fato de que a SQTL é hereditária. Até onde eu sei, eu *posso* ter filhos, mas falei para ela que não queria correr o risco de passar isso para além de mim. Muitas pessoas continuam tendo filhos mesmo assim e é escolha delas, mas eu não queria.

— Existe algum tratamento?

Ele assente.

— Meu pai toma betabloqueadores e, em algum momento, provavelmente vai receber um CDI.

— O que é isso?

— Um cardioversor desfibrilador implantável. É um pequeno dispositivo eletrônico que é conectado ao coração e monitora os batimentos cardíacos. Ele pode reiniciar o coração se acontecer uma parada súbita.

Não rolou uma resposta aleatória sobre um marca-passo natural do coração na nossa primeira noite no jogo de perguntas? A pista estava na minha cara o tempo todo?

— Você também poderia pôr um desses? — pergunto, com esperança.

Ele faz que não.

— Normalmente eles só são implantados em pessoas que já sofreram uma parada cardíaca.

— Então o seu coração pode simplesmente *parar*?

Sinto como se fosse vomitar.

Ele assente.

— Estresse, exercícios ou um susto podem ser gatilhos. Até um som alto de repente pode causar isso, como um alarme de despertador, e pode acontecer durante o sono, se o coração desacelerar.

Vou observá-lo bem de perto a partir de agora. E vou desativar todos os meus alarmes.

— Pode acontecer também quando a gente está nadando — diz ele. — E, obviamente, há um risco maior de se afogar se a gente desmaiar na água.

— Você nunca mais vai entrar na água — afirmo com determinação, aliviada por ele não ter entrado no mar desde que chegou aqui, ou, pelo menos, não que eu saiba.

A expressão dele se suaviza.

— Ainda bem que eu não gosto muito de água fria.

Solto um pequeno suspiro de alívio.

— Mas não quero mudar minha vida, Liv. Não quero evitar exercícios nem deixar de nadar se eu tiver vontade, e não quero viver com medo de barulhos altos e sustos. A vida é muito curta na melhor das hipóteses, e eu pretendo viver a minha do jeito mais intenso possível. E muitas pessoas com SQTL *têm* uma vida longa, plena e feliz. Não posso mais fazer o trabalho dos meus sonhos, e está sendo bem difícil me acostumar com essa ideia. — Seus olhos começam a marejar, ele desvia o olhar e pigarreia. — Mas eu quero viver como eu *escolher* viver, sem que ninguém me diga o contrário. Eu poderia morrer amanhã, mesmo que não tivesse nada no coração.

Suas palavras me fazem pensar em meus pais.

# SETE VERÕES

— A Cara, meus pais e meus amigos mais próximos têm insistido muito para eu procurar o diagnóstico, tomar remédios e mudar meu estilo de vida. É por isso que eu precisava de um tempo. Precisava de um tempo longe de todos eles para ter um pouco de paz e sossego, e para pensar. E então eu conheci você. E me assusta saber que estou trazendo você para toda essa minha confusão, Liv. Vou entender se você não quiser mais.

Eu me inclino e o beijo nos lábios para calá-lo.

— Eu quero — digo com firmeza, lágrimas quentes ardendo em meus olhos. — Talvez eles não consigam entender que você quer viver cada dia como se fosse o último. Mas eu entendo.

## Capítulo Quarenta e Oito

— Então, o fato é... — digo, em um tom que parece que estou falando com uma criança muito pequena, quando, na verdade, estou sentada no colo de Tom no sofá de um Seaglass deserto, olhando para seu rosto muito bem-humorado. — O fato é que eu te amo. E você me ama. — Inclino a cabeça para o lado e ele entende a interrogação, e concorda.

Dissemos essas palavras abertamente um para o outro há uma semana e meus sentimentos por ele só ficaram mais fortes desde então.

— E eu quero passar cada minuto que puder com você e você quer passar cada minuto *comigo*! — exclamo, com entusiasmo. — Portanto, não faz nenhum sentido você ficar procurando outro lugar para morar agora, quando já tem o lugar perfeito.

Sua estada de três semanas no estacionamento para turistas em Perranporth está chegando ao fim.

Ele levanta uma sobrancelha.

— Está me convidando para morar com você, Liv?

— Por que não? Você já está praticamente morando comigo mesmo. Aquela casa móvel foi um desperdício de dinheiro absurdo.

Ele sorri, mas seus olhos estão sérios.

— A gente só se conhece há dois meses.

— E daí? A vida é pra ser vivida, certo? — Meu coração se aperta quando digo isso e não deve ter passado despercebida para ele a pontada de angústia que tenho certeza que transpareceu no meu rosto agora mesmo, mas tento disfarçar com um sorriso alegre.

Tenho feito isso nas últimas três semanas. Já deveria estar mais experiente agora.

— Eu te amo — murmura ele, dando um beijo suave em meus lábios para que eu saiba que ele entende e aprecia minha valentia.

A última coisa de que ele precisa é de uma mulher histérica em sua vida lembrando-o de que ele pode, *meu Deus!*, literalmente cair morto a qualquer segundo.

Sinto um calafrio quando esse fato me golpeia uma vez mais. O estresse de tentar esconder meus medos pode muito bem acabar se voltando *contra mim*.

Eu me afasto de seus lábios e olho para ele.

— Então vamos pegar suas coisas e trazer pra minha casa.

Ele sorri e abaixa a cabeça, falando junto à base do meu pescoço.

— Quero fazer outras coisas primeiro. — Suas mãos traçam um caminho lento, subindo pelas minhas coxas, produzindo arrepios nos meus braços.

Decido deixá-lo fazer como quiser. Ele pode conseguir praticamente qualquer coisa de mim estes dias.

É difícil para mim sair do lado de Tom depois que ele me contou toda a verdade sobre o motivo de estar aqui na Cornualha. Ele veio em busca de paz e sossego, mas vai ficar porque se apaixonou pelo lugar.

E por mim.

Isso me preenche de uma maneira que eu não sabia que precisava, saber que ele quer recomeçar *aqui*, que escolheu St. Agnes, entre todas as vilas e cidades que poderia ter escolhido.

Doía muito toda vez que Finn virava as costas para a Cornualha, para mim.

Eu estava, de modo geral, conseguindo tirá-lo da cabeça, mas, por algum motivo, tenho pensado nele com frequência nos últimos tempos. Não é algo sofrido, embora ainda me machuque saber que ele me deixou por outra pessoa, mas me tornei mais racional quanto ao nosso relacionamento.

Finn me ajudou na fase mais difícil e sombria da minha vida. Ele segurou as pontas quando eu estava nos meus piores dias, retornando ano após ano e me ajudando a me manter firme. Ele foi o cipreste italiano da minha macieira murcha, e sempre vou amá-lo por isso.

Tenho muito orgulho de suas conquistas. Ele está indo muito bem e merece ser feliz. E merece estar com alguém que também esteja feliz.

É um pouco irônico que eu esteja no meu melhor momento, tanto mental quanto profissionalmente, quando ele não está mais por perto. Ele me ajudou a levantar voo, para outro homem me ver voar.

Parte do que amo no relacionamento com Tom é que ele começou quando eu estava bem. Não sou mais uma sombra de mim mesma, paralisada pela dor e pelo luto, e não estamos seguindo em direções diferentes. Gosto de estar forte o bastante para apoiá-lo, se ele precisar.

Espero que Finn saiba o quanto aprecio o amor e o apoio que *ele* me deu ao longo dos anos. Espero que saiba que sempre serei grata.

Um dia vou dizer isso a ele, embora não saiba quando. Ele finalmente respondeu ao convite para o casamento de Amy e Dan dizendo que não vai poder vir: está no estúdio com outro artista e não tem como viajar agora.

Eu me sinto tão dividida em relação a isso. Por um lado, não quero estar perto dele: ainda dói e detestaria que as coisas ficassem estranhas no casamento, especialmente com Tom aqui.

Por outro, não consigo imaginar passar um verão inteiro sem ver seu rosto.

Ainda estou pensando muito em Finn quando compareço à inauguração da minha arte pública.

## SETE VERÕES

Foi ele quem me deu a ideia para o tema, naquele dia em Chapel Porth. Fiquei pensando em suas palavras por semanas: *nunca vi você esculpir nada que traga alegria.*

E então, um dia, tive a ideia.

Foi um pesadelo fazê-lo posar para mim durante horas por dia, meses a fio, e depois ele jurou que nunca mais queria ver a minha cara, mas agora, com meu irmão de um lado e sua efígie de bronze em tamanho real do outro, posso dizer que cada segundo valeu a pena.

Pelo menos para mim. Michael parece totalmente indiferente.

Uma instituição filantrópica para síndrome de Down encomendou a obra depois que tive a ideia de procurá-los. Eles concordaram com meu argumento de que precisávamos de mais representação de grupos minoritários e me deram sinal verde para começar a arrecadar fundos. Arabella ajudou e Lorde e Lady Stockley fizeram uma doação generosa. Agora, a estátua de Michael está em um jardim na área externa da instituição. E, como "alegria" era uma palavra à qual eu sempre ficava voltando, decidi esculpi-lo feliz, com um grande sorriso no rosto.

O que é engraçado, porque, neste momento, ele está resmungando, irritado e sacudindo a cabeça para o fotógrafo oficial da imprensa.

— Diga xis, Michael! — peço, animada.

— Xis! — diz ele, com todo o seu sarcasmo e um exagerado revirar de olhos.

— Imagine que um Aston Martin DB5 acabou de entrar no estacionamento em Chapel Porth — sugere Tom.

Michael ri da ideia de Tom e eu também. O fotógrafo oficial tira rapidamente mais algumas fotos.

Michael trocou filmes e séries de serial killers por filmes de ação e espionagem e agora está vendo todos os filmes de James Bond que existem. Gosto muito mais desses filmes do que das coisas sangrentas a que ele costumava assistir, então Tom e eu nos juntamos a ele de vez em quando, e me diverte ver as reações dele a todos os carros incríveis.

A relação de Michael e Tom melhorou bastante nas últimas semanas. Ajuda muito o fato de Tom também ser um entusiasta de carros, além de conhecer todos os modelos de aeronaves que aparecem na tela.

Algumas semanas atrás, nós nos reunimos para assistir a *007 contra Spectre*. O vilão, interpretado por Christoph Waltz, estava voando em um elegante helicóptero preto quando Michael se deteve ao mastigar uma pipoca e virou a cabeça comicamente em uma pergunta silenciosa a Tom.

— Eurocopter AS365 Dauphin N2 — respondeu Tom sem hesitar, enquanto Daniel Craig e Léa Seydoux o perseguiam pelo Tâmisa em uma lancha. — Antes era conhecido como Aérospatiale SA 365 Dauphin 2 — acrescentou.

— Como você sabe tudo isso? — Michael se espantou.

— Eu fui piloto de helicóptero — respondeu Tom, dando de ombros.

Estávamos aconchegados em um sofá e Michael tinha o outro só para ele. Fiquei tensa, mas o peito de Tom estava relaxado sob minha mão, as pernas compridas estendidas e cruzadas na altura dos tornozelos, os pés apoiados na mesinha de centro.

Mas Michael se levantou, boquiaberto.

— Você foi piloto de helicóptero? — perguntou ele, admirado.

— Aham.

E então Michael pausou a TV e quis saber sobre cada modelo de aeronave em que Tom já havia estado.

Mais tarde, quando voltamos para casa e fomos nos deitar, Tom confessou que tinha sido bom conversar sobre helicópteros sem sentir a pressão de ter que explicar por que não podia mais voar.

Foi um lindo momento de conexão entre eles.

Terminamos as fotos, mas ainda preciso dar algumas entrevistas curtas para jornalistas da imprensa local. Pelo canto do olho, vejo Rach abraçando Michael. Ele é todo sorrisos e abraços agora que não precisa mais posar para o fotógrafo.

Sou muito grata aos meus amigos por terem viajado comigo para Middlesex. Dan e Amy estão aqui também, embora faltem só três dias para o casamento. Tom está conversando com eles, se bem o conheço, provavelmente se oferecendo para ajudar em qualquer tarefa de última hora.

Ele me olha e sorri, e, por um instante, perco a linha de raciocínio do que estava falando.

Assim que termino de dar minhas declarações, vou até ele. Ele me puxa para os seus braços e fala no meu ouvido.

— Estou tão orgulhoso de você.

Beijo seu rosto, notando que Dan e Amy estão nos observando, sorridentes.

Amy ficou muito contente quando soube que Tom e eu fizemos uma reserva para passar duas noites em Londres na semana seguinte. É algo importante para mim, pois será a primeira vez que ficarei longe de Michael em anos, e meu coração derreteu quando Tom perguntou se eu queria convidá-lo para ir também. Claro que eu não queria.

Primeiro, porque Michael não ia gostar. Na última vez que o arrastei para uma galeria, ele fez questão de dizer que aquilo era "Um tééédio!"

Em segundo lugar, quero passar umas noites sozinha com Tom fora de casa. A ideia de poder passear por galerias e museus de mãos dadas, compartilhando minha paixão com alguém que a entende e aprecia... Não vejo a hora.

Estou feliz por sentir essa expectativa, algo que possa me distrair do fato de que é o aniversário de morte dos meus pais este domingo. E agora eu sei com certeza que Finn não vai voltar para isso.

Ano após ano, durante cinco anos, ele voltou sem falta, mas agora está completamente apaixonado por outra mulher. E não uma mulher qualquer. Como eu poderia competir com Brit Easton?

Houve um tempo em que eu ainda sonhava que Finn deixaria Brit e voltaria implorando meu perdão, dizendo que se mudaria para St. Agnes por mim.

Quando imagino isso acontecendo agora, sinto um calafrio. O que eu faria se tivesse que escolher entre Finn e Tom? Finn e eu temos tanta história juntos. Eu seria mesmo forte o bastante para virar as costas para ele?

Decido que não serve de nada me estressar pensando numa hipótese que nunca vai acontecer.

## Capítulo Quarenta e Nove

Alguns dias depois, Amy e Dan se casam. Rach e eu somos as madrinhas de Amy e tenho que me esforçar para controlar a emoção quando eles fazem os votos. É impressionante pensar que eles se conhecem desde o ensino médio e que um lance de verão aos vinte e dois anos de idade os levou a declarar amor eterno.

Eles escolheram se casar na Igreja Paroquial de St. Agnes e, no geral, consigo pôr de lado as lembranças do funeral de meus pais seis anos atrás. Pelo menos o jantar não será no mesmo lugar. Chas fechou as portas do Seaglass para o público esta noite e o disponibilizou para o jantar de casamento do sobrinho, o que não é pouca coisa, levando em conta que é um sábado de agosto. Ele chegou da viagem de volta ao mundo há poucos dias e foi direto para trás do balcão.

— Ah, como eu senti falta dessa casa velha — comentou ele, de pé ali com as mãos apoiadas no balcão. Seu rosto irradiava amor e admiração ao olhar em volta, antes de se voltar para o mar do outro lado do salão com uma expressão melancólica.

Achei que ele se sentiria menos nostálgico em relação ao bar depois que voltasse a experimentar a correria doida dos coquetéis de sexta-feira à noite, mas ele pareceu gostar da adrenalina de ontem.

Espero que ele pegue leve, mas me sinto melhor sabendo que agora sei fazer reanimação cardíaca. Fui à casa de Rach uns dias depois de Tom se abrir comigo e pedi a ela que me ensinasse. Ela também explicou como usar o desfibrilador comunitário.

Derramei muitas lágrimas no sofá de minha amiga naquele dia.

Tom está sentado com Ellie na igreja. Estávamos na noite do jogo de perguntas no pub umas semanas atrás quando Dan e Amy o convidaram. Dan tinha acabado de me puxar para o lado e me dar um abraço rápido, sussurrando em meu ouvido: "É bom ver você feliz".

Tive um momento insano pouco antes disso, quando notei Amy e Rach trocando olhares preocupados enquanto eu contava um caso, dando risada. Tom e eu tínhamos ido à praia naquele dia e ele ficou desenhando pequenos animais na areia entre nós. Eu tinha acabado de contar a ele sobre Brendan e suas criaturas na espuma do latte e ele começou a brincar, tentando competir. Quando desenhou um elefante, fez a tromba tão grande que eu caí para trás de tanto rir.

Por algum motivo, Rach e Amy não estavam achando minha história tão engraçada quanto pensei que achariam. E então percebi: "The Boys of Summer", a versão mais rock e pesada do Ataris, estava tocando. É muito parecida com a versão que a Mixamatosis tocou na última noite com Finn como vocalista. Minhas amigas estavam esperando que eu notasse.

— Vou ficar bem com qualquer música que você escolher pra playlist de casamento — tranquilizei Amy com um sorriso, apertando sua mão.

— Vou evitar Brit Easton — prometeu ela.

— É, *isso* seria bom.

Saímos da igreja sob um céu limpo e azul. Os sinos estão tocando e podem ser ouvidos em toda St. Agnes. As pessoas que passam param para observar enquanto damos um banho de pétalas de rosa nos lindos noivos. Amy está usando um vestido branco simples com um elegante decote drapeado e Dan está maravilhoso em um terno cinza-escuro.

Rach também está de terno cinza, em um tom mais claro que o de Dan, a mesma cor usada pelos padrinhos, Tarek e Chris. Ela ficou muito grata a Amy por não ter pedido que ela usasse vestido.

Estou usando um vestido longo e esvoaçante verde-esmeralda e sandálias douradas de salto muito alto, e Tom, um terno azul-marinho. Fui com ele comprar e quase me sinto constrangida por ele estar tão sexy agora. Ele é tão alto, e o corte justo do paletó faz seus ombros parecerem absurdamente largos.

Não pensei nas encostas íngremes quando escolhi esse salto, mas Tom me ajuda quando seguimos para Trevaunance Cove, minha mão firme em seu braço.

Ele tem estado muito calmo desde que me contou sobre a suspeita de problema cardíaco. Não parece se preocupar muito com a saúde, mas eu me pego descansando a cabeça em seu peito quando estamos juntos na cama, ouvindo seu coração bater no silêncio. Ele é tão forte em tantos aspectos, física e mentalmente. Isso é reconfortante. Espero me preocupar menos com ele com o passar dos dias e das semanas, e, quem sabe, meses e anos.

Temos que andar em fila quando chegamos ao Stippy Stappy, e sorrio quando vejo Michael sentado no banco do jardim do lado de fora de sua casa.

— Olá! — exclama ele, acenando alegremente para nós.

— Vejo você mais tarde? — pergunto, acenando de volta.

— Claro! Vou estar lá! — responde ele, animado.

Ele vai à festa pós-jantar. Amy e Dan vão oferecer um bufê de frutos do mar para os amigos mais próximos e parentes. Quando o jantar terminar, as mesas do andar de baixo serão removidas para abrir espaço para outros amigos que vierem comemorar com eles.

Com tanta gente vindo, não sei como Chas planeja manter o público em geral de fora, mas duvido que Dan e Amy sequer notariam se houvesse penetras. Tenho a impressão de que eles convidaram todo mundo que conhecem.

A vista é de tirar o fôlego enquanto caminhamos pelo último trecho até o Seaglass. Amy e Dan vão na frente e o cabelo loiro-claro comprido dela esvoaça na brisa, as reluzentes águas azul-turquesa do mar Celta se estendendo diante deles.

Os funcionários saem para recebê-los e mais pétalas de rosa chovem sobre eles quando Amy e Dan sobem a escada.

Mais tarde, depois que a refeição e os discursos terminam, meus amigos e eu vamos para a varanda para que as mesas possam ser retiradas para a festa. O sol amarelo-dourado está mergulhando no horizonte e as lâmpadas que penduramos em fios do lado de fora do prédio começam a reluzir.

Tom está recostado na grade, e eu deslizo naturalmente para o espaço entre suas pernas. Isso o leva a me abraçar por trás e me puxar gentilmente contra si, apoiando minhas costas em seu peito. Meu coração está tão cheio de amor por ele.

Chas vem para a varanda com uma cerveja e passa o braço magro em volta do pescoço do sobrinho. Ele estava ajudando uma banda indie local a montar o equipamento no pequeno palco interno.

— Ah, se o Kieran ainda estivesse por aqui! — exclama Chas. — Eu colocaria esses caras pra fora e vocês no palco.

Kieran, o ex-vocalista da Mixamatosis, mudou-se para o Canadá no ano passado com sua namorada, futura esposa.

— Que saudade daquele tempo — diz Tarek, nostálgico, brindando no copo de Chas com sua Coca-Cola.

— Era bom demais, não era? — concorda Dan, dando um tapinha afetuoso no peito do tio.

— Talvez seja hora de um comeback — sugere Amy com um sorriso.

Chas olha para Tom atrás de mim e levanta uma sobrancelha.

— Você sabe cantar?

Tom ri e sacode a cabeça.

Quando voltou, Chas ficou surpreso ao me encontrar em um relacionamento sério.

— Achei que você fosse casada com esse lugar, assim como eu! — brincou ele, referindo-se ao Seaglass.

Ele pareceu satisfeito com o modo como eu administrei as coisas, e eu gostei de ter assumido a função de gerente, mas estou feliz por poder desacelerar de novo agora, embora ainda vá ter que suar muito a camisa aqui até o fim de agosto. Vai ser bom ter um pouco mais de tempo para me concentrar nas outras partes da minha vida quando o outono chegar.

## SETE VERÕES

Estou ansiosa para passar o inverno aqui com Tom. Ele vai adorar as praias mais tranquilas depois que os turistas forem embora, e eu estou animada para voltar ao meu ateliê no jardim. Tom acha que eu deveria instalar um aquecedor ali, para que não fique frio demais quando o tempo mudar.

Vai ser bom ter o resto da casa para nós também, poder acordar e descer para a cozinha.

Nunca pensei que ficaria tão ansiosa para o fim do verão.

Michael aparece na varanda, com um grande sorriso no rosto ao nos ver.

— Olhe só quem chegou! — grita Rach, chamando-o com um aceno.

— Eu soube que você é famoso agora — diz Chas, depois que meu irmão termina de trocar abraços.

Michael olha de soslaio para ele, com ar desconfiado.

— A sua estátua! — explica Chas.

— Ah, sim! — Michael sorri novamente.

E então ele olha para o outro lado da varanda, para trás de Rach, e seu rosto se ilumina ainda mais.

— FINN! — grita ele, agitando freneticamente os braços acima da cabeça.

Todas as luzes do universo se apagam e um único holofote ilumina Finn enquanto ele caminha pela varanda sob as exclamações de surpresa de nossos amigos, que obviamente *não* sabiam que ele vinha.

Eu me sinto encolher à medida que tudo dentro de mim se contrai, ficando cada vez menor. Tom fica tenso atrás de mim.

Finn está a poucos metros de distância quando seus olhos verdes como o mar Celta encontram os meus e sou surpreendida pela emoção clara que vejo neles. Então ele desvia o olhar e nota Tom colado a mim.

Um segundo depois, ele está no meio de nossos amigos.

Olho depressa para Amy.

— *Eu não sabia* — murmura ela, com os olhos arregalados, balançando a cabeça para mim.

E então estou olhando para Finn outra vez e os anos retrocedem, sobrepondo-se uns aos outros, tombando e caindo, enquanto as peças de nossa história de amor se encaixam.

Eu o vejo olhando para mim no espelho, com um suéter preto furado e sorrindo enquanto me dizia que eu era Olivia Arterton.

Eu o vejo no palco, com um sorriso nos lábios, quando percebi que ele estava cantando "22", da Taylor Swift.

Eu o vejo segundos antes da primeira vez em que nos beijamos, depois que tentei cutucar uma de suas covinhas e ele pegou meu dedo e o mordiscou.

Eu o vejo de pé aqui na varanda, o vento chicoteando seu cabelo, as mechas escuras sobre seu rosto, logo depois de eu tê-lo desestabilizado chamando-o de Danny Finnegan.

Eu o vejo sentado à minha frente na Taphouse, me dizendo que nada do que eu digo é chato.

Eu o vejo dançando na pista com Michael e seus amigos, e olhando para mim com alegre incredulidade por cima do ombro de meu irmão quando recebeu o primeiro abraço dele.

Eu o vejo na praia...

Na minha cama...

Nas falésias...

E no Seaglass.

Ele está em toda parte.

Como eu podia ter esquecido?

Não percebo que me afastei de Tom até me ver de pé sozinha.

# Capítulo Cinquenta

— Acho que vou para casa — avisa Tom por volta das dez e meia.

Acabei de me juntar a ele no balcão, onde ele estava conversando com Bill, que ficou depois do jantar para a festa.

Eu estava dançando com Rach e Ellie e passando a maior parte do tempo tentando me convencer de que não estou dolorosamente atenta a cada movimento de Finn.

Parece que Dan tinha dito que, se ele mudasse de ideia de última hora, seria bem-vindo a qualquer momento.

Pelo visto, ele mudou de ideia de última hora.

Nós não trocamos mais do que duas palavras. Depois que chegou, ele foi direto para o balcão para ver Tyler, e Dan, Tarek e Chris foram atrás dele. Chas saiu para conversar com uns amigos, e eu voltei depressa para o lado de Tom.

Não sabia o que dizer e Tom não me pressionou, mas senti sua atenção voltando toda hora para o meu rosto, tentando decifrar as emoções que claramente se agitavam dentro de mim.

— O quê? Não! — protesto contra suas palavras. — Você não pode ir embora! Você está bem?

— Estou. Eu só... estou um pouco cansado e...

— Se você for, eu também vou.

— Não seja boba. Fique aqui e se divirta — insiste ele.

— Só vou pegar minha bolsa atrás do balcão — declaro, com firmeza.

Ele suspira, seus olhos castanho-dourados fixos em mim.

— Se você não vai me deixar ir sozinho, então acho que vou ter que ficar.

— Essa é a melhor opção. — Dou uma batidinha em seu peito com alívio e sou recompensada com um sorriso. — Eu te amo — lembro a ele.

Sinto que ele precisa ser lembrado disso neste momento.

— Eu também te amo — responde Tom.

Eu me aconchego nos braços dele e apoio ternamente o rosto em seu peito. Para quem olha de fora, talvez até pareça que estou em paz, mas minha mente está a mil.

Vejo Chas na outra ponta do balcão, conversando com o vocalista da banda. Ele está tramando alguma coisa. Quando ele sai de trás do balcão e sobe no palco vazio, meu coração se aperta.

— Que tal o noivo e o pessoal da Mixamatosis tocarem uma música pra gente? — diz ele ao microfone. — Pelos bons e velhos tempos. O ex-vocalista de vocês está aqui hoje à noite.

Os aplausos se elevam e a multidão começa a gritar: "TOQUEM! TOQUEM! TOQUEM!"

Os gritos aumentam em um crescendo e então todo o salão explode em aplausos ruidosos quando Dan, Tarek, Chris e Finn sobem no pequeno palco. Eles se agrupam brevemente antes de olhar para o equipamento e se preparar. Finn está de costas para o público, observando os antigos colegas de banda conferirem os instrumentos que foram emprestados a eles. Depois se vira e pega o microfone, seus olhos examinando a multidão. Eles param em mim por alguns segundos antes de se moverem para Tom, e então passam por ele e pousam em Amy, que está perto de nós.

— Essa é pra noiva — anuncia ele, com um sorriso preguiçoso.

Tom aperta minha cintura e se inclina para falar em meu ouvido.

— Eu já volto.

— Você não está indo embora, né? — Olho para ele em pânico.

— Só vou até o banheiro — promete ele, apertando minha cintura de novo e lançando um olhar para o palco. Seu olhar se fixa por um momento, e eu vejo que sua mandíbula está tensa quando ele se vira.

Volto a atenção para o palco e vejo Finn olhando para mim. Ele baixa os olhos quando seus colegas de banda começam a tocar, e a melodia instantaneamente reconhecível de "Never Tear Us Apart" do INXS flui pelos alto-falantes.

A voz profunda e emocionada de Finn preenche o salão. "Don't ask me…"

Meus pelos da nuca se arrepiam, como na primeira vez que o ouvi cantar. Não passa despercebida para mim a coincidência de ser uma música da mesma banda.

É uma escolha de música incrível para Dan e Amy, mas, quando os olhos de Finn se erguem outra vez e se fixam nos meus, sinto que ele está cantando a letra para mim.

Estou *destruída*.

Um nó se forma em minha garganta enquanto o encaro de volta, tentando controlar minha reação. Suas sobrancelhas se unem ao me observar, e todo o salão parece desaparecer.

Eu não consigo lidar com isso.

— Nem *pense* — sussurra Amy em meu ouvido quando consigo desviar o olhar durante o trecho instrumental.

— O quê? — pergunto com a voz rouca, olhando para trás dela, atordoada.

— Ele está no seu passado. Deixe o Finn lá.

— Falar é fácil.

— Tenho que dizer uma coisa e preciso que você ouça — diz ela, firme, quase brava, quando o trecho instrumental termina e Finn volta a cantar.

Relutante, eu olho para ela, incapaz de me concentrar totalmente, porque a voz dele é tão linda.

Mas ninguém discute com uma noiva no dia de seu casamento. Especialmente *esta* noiva.

— Quando penso em você no seu momento mais feliz, penso naquele verão em que você acabou a faculdade. Você tinha o mundo inteiro aos seus pés e estava cheia de entusiasmo e alegria pelo futuro. Você estava brilhando. Estava *radiante*. Depois disso, a única vez que vi você assim de novo foi com o Tom.

Sinto um arrepio quando vejo os olhos dela se encherem de lágrimas.

— Não faça isso, Liv — implora ela quando a música termina e todos aplaudem. As pessoas estão olhando, mas Amy ignora o fato de que a música foi dedicada a ela. Ela nem sequer olha na direção da banda, porque ainda está falando diretamente no meu ouvido. — Você vai voltar para o mesmo círculo doloroso em que esteve durante anos. Ele vai ficar por um tempo, despedaçar o seu coração e pular fora de novo. Não posso ver você fazer isso, ainda mais agora, quando parece estar tão perto de encontrar uma felicidade duradoura.

Ela se afasta e me lança um olhar severo enquanto "Fire" de Kasabian começa a tocar nos alto-falantes. Os rapazes só tocaram uma música.

Mas estou *mesmo* perto de encontrar uma felicidade duradoura? Quanto tempo o que eu tenho com Tom pode durar de fato? E se o coração dele simplesmente parar um dia quando estivermos andando na praia? Eu poderia *literalmente* acordar amanhã e descobrir que o perdi.

Atrás de Amy, vejo Tom sair do banheiro. Abaixo a cabeça, piscando com rapidez e tentando me recompor. Não quero que ele me veja assim.

— Por favor, Liv — implora Amy.

Assinto e caminho para Tom, indo direto para seus braços.

— Acho que quero ir pra casa agora.

Ele me abraça forte, embalando minha cabeça em seu peito, e talvez seja a batida nos alto-falantes reverberando pelo meu corpo, mas prefiro imaginar que é o coração dele batendo junto ao meu.

Na manhã seguinte, no aniversário de morte dos meus pais, minha determinação enfraquece. Estou sentada na frente de Tom à mesa do café da manhã e acabei de dizer a ele que vou dar uma volta pelos penhascos.

— Quer companhia? — pergunta ele com a voz calma, pegando um pouco de granola com a colher.

Eu pigarreio.

— Acho que preciso ir sozinha.

Ele respeitou minha necessidade de silêncio quando chegamos em casa ontem à noite. Adormeci em seus braços e acordei neles, então esperava que fosse o suficiente para tranquilizá-lo.

Mas, pela sua expressão, consigo ver que não estou nem perto disso. Tenho a sensação de que ele consegue enxergar dentro de mim.

Respiro fundo.

— Preciso ver o Finn — confesso.

Seus olhos estão inquietos quando nos encaramos por um momento, e então ele assente e baixa a cabeça, colocando a colher de volta na tigela.

— Eu te amo — sussurro. — Mas sinto que temos assuntos pendentes.

— Vocês não terão sempre assuntos pendentes? — pergunta ele diretamente. — A menos que você entre de cabeça e tenha um relacionamento de verdade com ele, não vai ficar sempre imaginando como poderia ter sido? E, se ele não esteve disponível para um relacionamento até agora, o que faz você pensar que alguma coisa mudou?

— Acho que nada mudou — respondo, nervosa. — Ele está namorando.

— Pelo jeito que ele estava olhando para você ontem, Liv, acho que ela já era faz tempo.

Meu coração dá um salto.

Ele passa as mãos bruscamente pelo rosto, obviamente frustrado.

— Vá — diz ele, a voz entrecortada. — Faça o que tem que fazer. Vou estar esperando quando você voltar para casa.

— Obrigada — murmuro, estendendo a mão para apertar a dele.

— Quando eu voltar, vamos juntos pra casa do Michael.

Vamos almoçar com ele hoje.

Eu me sinto péssima quando pego o celular e as chaves, mas, se não terminar com isso, e tenho toda a intenção de que *acabe aqui*, sempre vou me arrepender.

Não posso passar mais um ano, muito menos o resto da vida, sem um desfecho adequado.

## Capítulo Cinquenta e Um

Não consigo afastar a culpa por ter deixado Tom em casa enquanto subo a trilha costeira ao lado da praia, com o oceano e as ilhas de Bawden Rocks à minha direita. Espero que ele possa me perdoar.

Mandei uma mensagem para Finn alguns minutos atrás: "Estou indo para o banco".

Ele respondeu: "Já estou a caminho".

Ele sabia que eu iria lá hoje. Quanto tempo será que ele teria esperado até eu aparecer? Não vale a pena pensar nisso.

Meu coração se aperta quando o avisto. Ele olha para trás e me vê, e eu poderia pensar que ele era feito de pedra se não fosse seu cabelo escuro voando com o vento e seus olhos acompanhando lentamente os meus passos em sua direção.

Seus lábios estão apertados, mas, quando me aproximo, ele dá um sorriso e se levanta.

— Oi — cumprimenta ele, abrindo os braços.

Eu hesito. Não quero que ele me abrace. Mas não posso recusar depois de todo esse tempo.

Minha cabeça e meu coração estão uma bagunça enquanto nos abraçamos. Pretendo ser breve, mas, quando começo a me afastar, ele me aperta mais por um instante.

E então ele me solta.

— Como você está? — pergunta ele ao nos sentarmos no banco, a um palmo de distância um do outro. — Gostei do seu cabelo assim.

— Ah, obrigada. — Eu o coloco atrás das orelhas, meio sem jeito. Até ontem, ele só o tinha visto longo. — Estou bem — respondo, mas não sou muito confiante. — E você?

Ele olha para o mar.

— Já estive melhor.

Eu me mexo, desconfortável.

— Onde está a Brit?

Ele dá de ombros.

— Provavelmente em Los Angeles, cortando as minhas roupas. O que é irônico — acrescenta ele, sarcástico — agora que finalmente parei de usar camisetas roídas por traças.

Suas palavras me fazem sentir tantas coisas confusas.

— Vocês terminaram?

— Aham — responde Finn, categórico.

— Por quê?

Ele hesita por um instante antes de me olhar de soslaio.

— Por causa de você.

— De mim? — Meu estômago se revira. — O que eu tenho a ver com o seu relacionamento?

— Eu disse a ela que vinha pra cá e ela não gostou nem um pouco. Ela disse que, se eu viesse, íamos terminar. Então acho que terminamos.

— Finn, não — digo, determinada. — Você ainda pode consertar isso.

— Não posso. É tarde demais.

— Nunca é tarde demais. Não se você lutar por ela. Você pode voltar, pode ligar pra ela agora mesmo e convencê-la de que não quer estar aqui, que se arrependeu de ter vindo.

— Mas isso seria mentira — afirma ele, desanimado, voltando-se para o mar.

Olho para ele, meu coração acelerado.

Ele se vira novamente para mim.

— Você o ama? — pergunta ele.

É difícil testemunhar a expectativa ansiosa em seus olhos azul-esverdeados, mas me forço a sustentar seu olhar.

— Amo.

O tempo parece parar por um momento, e então ele esconde o rosto nas mãos.

A lembrança de sua expressão arrasada e de seus olhos cheios de lágrimas repentinas está gravada em mim. Desconfio que levarei essa imagem comigo para o túmulo.

Estendo a mão e toco suas costas. Seu corpo se sacode sob a palma da minha mão e então ele começa a tremer. Não suporto ver sua dor, por isso, quando ele se vira para mim, deixo que ele me agarre desesperadamente.

Um momento depois, estou chorando também.

— Eu te amo, Liv — soluça ele. — Não a amo do jeito que eu amo você.

— Mas não é pra ser igual mesmo! Não é desse jeito que o amor funciona. Também não amo o Tom como amo você. Mas isso não significa que meu amor não seja tão profundo ou apaixonado, só é diferente. Eu não o amo menos.

Ele expira, trêmulo, e inspira do mesmo jeito irregular, e então me solta e esfrega os olhos com a palma das mãos, tentando secar as lágrimas. Procuro lenços de papel no bolso do jeans, passo um para ele e pego o outro para mim. Nós dois assoamos o nariz fazendo barulho.

— E se eu voltasse pra cá? — pergunta ele, virando-se para mim com os olhos vermelhos.

Olho para ele em choque e percebo a esperança passando por seu rosto ao ver minha reação.

— Você não quer morar em St. Agnes — lembro a ele, trêmula.

— Eu faria isso — afirma ele, decidido. — Por você.

— Mas você não seria feliz — argumento.

— Eu faria isso — repete ele no mesmo tom. — Se pudesse ter você.

— Finn! — exclamo, balançando a cabeça em desespero. — Não faça isso. É tarde demais.

— Você acabou de dizer que nunca é tarde demais. Que eu devia ir pra casa e lutar pela Brit.

Dói ouvi-lo dizer o nome dela. O que isso significa? Não estou nem sequer perto de tê-lo superado.

— E se eu ficasse e lutasse por você? — pergunta ele.

Engulo em seco, me recuperando.

— Eu não quero que você faça isso — respondo, firme. — Eu quero ficar com o Tom. Ele... ele tem um problema no coração. — Eu me pego confidenciando. — Pode ser fatal.

Três segundos se passam.

— É sério isso?

Sua pergunta não demonstra um sentimento de compaixão ou preocupação. É como alguém dizendo: *Está de sacanagem*.

— Por que você está falando desse jeito? — pergunto.

— É óbvio, né? Você vai atrás de dor e sofrimento. É o que faz você se destacar como artista.

— Se você está sugerindo que eu estou com o Tom pra alimentar a minha criatividade, deve estar louco.

— Eu não quis dizer isso.

— Eu nunca perdoaria você se tivesse falado com essa intenção.

— Desculpe — diz ele, abruptamente. — Não foi mesmo isso que eu quis dizer.

— Eu amo o Tom, Finn — digo, resoluta. — E não o amo porque vou atrás de dor e sofrimento. O que sinto por ele é puro e simples. Eu o amo porque ele é forte e estável. Porque ele escolheu St. Agnes. Porque ele *me* escolheu. Ele nunca hesitou. — Pego a mão dele ao ver seus olhos se encherem de lágrimas outra vez. — Não me lembro se já agradeci — continuo, com a voz rouca, a visão ficando embaçada. — Não sei o que eu teria feito sem você todos esses anos. Sou muito grata, Finn. Você me ajudou a enfrentar os momentos mais difíceis da minha vida. Você foi *muito* importante pra mim. Uma parte de mim nunca vai deixar de amar você. Mas eu escolhi o *Tom*. E você tem que me deixar ir.

— Você conhece esse cara há pouco tempo — diz ele, com a voz embargada. — Como pode ter tanta certeza?

— Não sei, mas eu *tenho*.

— Você se importa se eu ficar esperando, para o caso de você acabar descobrindo que cometeu um erro? — pergunta ele, tentando falar com leveza, mas sua dor me corta fundo.

— Não espere por mim, Finn — imploro. — Eu pretendo ficar com o Tom por muito tempo.

Talvez pelo resto da minha vida. E, se não for pelo resto da *minha* vida, espero que pelo menos da dele.

As últimas lágrimas já secaram quando volto para o chalé, mas ainda sinto os resquícios da água salgada no rosto. Eu me pergunto se Tom verá um padrão neles, e então me pergunto se ele sequer os verá.

E se ele tiver ido embora? Por que ele ficaria?

*Porque ele me disse que ficaria*, lembro a mim mesma.

*Quando digo uma coisa, costumo ser sincero. Não precisa duvidar de mim.*

Quando ele me disse essas palavras pela primeira vez, lembro-me de ter pensado que poderia me apaixonar por ele.

E isso aconteceu. Eu o amo. E confio nele. Ele estará aqui.

Meu coração começa a se acalmar quando paro na frente da porta, tentando me recompor antes de tirar a chave do bolso. O apartamento de baixo está silencioso quando destranco a porta e entro no hall. Acho que nossos inquilinos saíram.

*Nossos* inquilinos. Percebo como isso parece certo. Tom e eu somos um time agora. Eu sei que ele vai estar do meu lado a cada passo que eu der.

Abro a porta para o apartamento de cima e meu peito se enche de alegria ao vê-lo sentado no alto da escada, esperando por mim. Sua expressão é cautelosa até ele ler o que deve estar explícito em meu rosto.

— Eu te amo — digo, vendo a tensão desaparecer de seus ombros, e ele se levanta e dá um sorriso de alívio.

Fecho a porta do hall e subo até ele.

Enquanto nos abraçamos no alto da escada, nossos corações e corpos unidos, algo dentro de mim se acalma. Desde o retorno de Finn, a inquietação que me atormentava havia aumentado de novo.

Antes, eu só conseguia aplacá-la esculpindo, mas estar nos braços de Tom novamente me lembra da primeira vez que enfiei as mãos em argila fria depois da morte de meus pais.

É como voltar para casa.

# EPÍLOGO

## Um verão depois...

— Meu Deus... — murmura Tom, enxugando o suor da testa com o dorso da mão.

— Estava quente do mesmo jeito na última vez que vim pra Florença.

Ele sorri para mim.

— Está feliz por ter voltado?

— Absurdamente feliz.

Acabamos de sair da Galleria dell'Accademia, onde eu queria que Tom visse a estátua original de Davi.

Hoje é o aniversário de morte dos meus pais e, em parte, foi por isso que escolhi esta data para o meu tão esperado regresso à Itália. Mandei uma mensagem para Finn há algumas semanas, para avisá-lo de que iria viajar. Acho que ele *não viria* para St. Agnes este ano. Ele reatou com Brit e, pelo que sei, estão felizes. Mas não quis arriscar.

Ele respondeu: "Espero que você se divirta". E foi isso.

Provavelmente ele está magoado por eu nunca ter ido visitá-lo em Los Angeles. Não é que eu não quisesse. Depois da nossa discussão naquele dia, no estacionamento de Chapel Porth, quando Michael deixou claro que não queria que eu ficasse em St. Agnes por causa dele, comecei a reavaliar as coisas. Eu *estava* me agarrando à minha zona de conforto. Michael ficaria bem se eu decidisse viajar de vez em quando. E eu precisava disso.

Tom e eu fomos aos poucos, tirando miniférias aqui e ali, que incluíram a viagem a Londres depois do casamento de Amy e Dan. E agora nos aventuramos para o exterior e planejamos passar alguns dias aqui em Florença antes de seguir para Pietrasanta para visitar a cidade e a pedreira de mármore próxima.

— Quer um gelato? — pergunto a Tom.

— Com certeza.

Paramos diante de um balcão com uma infinidade de opções de cores fortes. Ele escolhe o de pêssego, que é a mesma cor de sua camiseta. Dou um beijo em seu ombro e sorrio para ele.

— Obrigada por vir comigo.

— Para onde a gente vai na próxima? — pergunta ele com um sorriso.

## Dois verões depois...

Chego em casa e encontro Tom sentado no quarto que antes era dos meus pais. Ele está olhando para as palmeiras pela janela, de costas para a porta.

Dou duas batidinhas na parede, surpresa por ele não ter me ouvido subir a escada.

— Ah, oi! — exclama ele, levantando-se com um sobressalto.

Odeio assustá-lo assim. Vivo com medo de causar um choque que possa fazer seu coração parar. Mas parece que está tudo indo bem no momento.

Houve uma ocasião, alguns meses atrás, em que ele sentiu tontura. Ele tinha acabado de criar uma arte na areia inspirada na campanha Surfers Against Sewage, surfistas contra esgotos, que se estendia por cem metros quadrados da praia de Perranporth. Rach havia perguntado se ele poderia fazer isso para ajudar a aumentar a conscientização sobre a causa. Ela providenciou a vinda de um fotógrafo oficial.

Fiquei apavorada quando Tom estendeu a mão para se equilibrar em meu braço depois que terminou. Eu o segui como um cachorrinho perdido durante dias.

Tenho medo de que essas artes grandes exijam demais dele, mas nunca pediria para ele parar. Eu respeito o fato de ele viver a vida da maneira que escolher.

— Você devia estar perdido em pensamentos — digo, depois que ele se inclina para me dar um beijo.

— Eu estava — confirma ele.
— Alguma coisa pra me dizer?
— Na verdade, sim.

Sua expressão é séria, mas ele não parece preocupado.

Vamos nos sentar no sofá da sala de estar do andar superior. O apartamento de baixo está ocupado por um casal de artistas.

— Fui ao médico — diz ele.

O sorriso desaparece do meu rosto.

— Está tudo bem. — Ele segura minha mão.

Ele não foi a médico nenhum desde que o conheço.

— Decidi procurar um diagnóstico.

Aperto sua mão.

— Por que agora?

— Porque estou pronto — diz ele, gentilmente. — Mas também... — Ele respira fundo. — Também... acho que poderia ser bom para a gente.

— Como assim?

— Quando a Cara e eu fizemos a hipoteca da casa, insistiram que a gente tivesse seguro de vida. Decidi ir além e contratei uma cobertura para doenças graves.

Estou me perguntando aonde ele quer chegar com isso.

— Se eu for diagnosticado com a síndrome cardíaca, vou ter direito a um pagamento do seguro, Liv. Grande. Talvez a gente possa até comprar uma parte do Seaglass, se você quiser.

Fico atordoada. Comprar uma parte do Seaglass? Chas tem pensado em procurar um investidor. Ele não quer sair de vez, mas, por fim, aceitou que *não* é tão jovem quanto se sente e pode correr um risco sério se não diminuir o ritmo.

Então ele decidiu que, em vez de vender tudo, tentaria achar um investidor com quem gostasse de trabalhar.

E desconfio que ele adoraria trabalhar com Tom.

Tom é o chef agora. Bill saiu para abrir o próprio restaurante em Redruth. Adoro entrar na cozinha quando Tom está trabalhando, gritando ordens e preparando saladas como um profissional.

Assim como a equipe do bar, a equipe da cozinha se movimenta e age em sincronia. O serviço em si é uma forma de arte.

No momento, só trabalho meio período no Seaglass durante junho, julho e agosto, porque preciso dos outros nove meses do ano para esculpir. Fui convidada a participar do Simpósio Internacional de Escultores no Vietnã, em janeiro passado, junto com outros trinta escultores do mundo todo. Foi uma experiência incrível conhecer outros artistas como eu e observá-los em ação. Cada um de nós criou suas próprias peças, que agora foram instaladas em um parque de esculturas para o público. Minha carreira de escultora está indo de vento em popa, mas ainda adoro trabalhar no Seaglass com Tom. É uma combinação perfeita.

— O que você acha? — pergunta Tom. — Quero que seja uma coisa para nós dois.

Concordo e me sento em seu colo, meus olhos se enchendo de lágrimas.

— Eu acho que amo você. E adoraria que o Seaglass fosse nosso. Já é como se fosse, de qualquer modo.

# Três verões depois...

Eu me sento no banco da sexta fileira com Amy, olhando para a cabeça de Finn. Ele está no primeiro banco, seu avô de um lado e Liam do outro. Tyler está sentado ao lado de Liam.

A avó de Finn, Trudy, faleceu há duas semanas após um derrame fulminante.

Tom se ofereceu para ir comigo ao funeral, mas compreendeu quando perguntei se ele se importaria se eu fosse sozinha. Esta é a primeira vez que vejo Finn em três anos.

— Obrigado por ter vindo — diz ele após a missa.

Ele me viu com Dan e Amy do lado de fora da igreja e se aproximou, seu nariz e seus olhos vermelhos de chorar.

— Onde está o Tom? — pergunta ele.

— Achei que seria melhor vir sozinha — respondo.

Ele assente.

— Como está a Brit? —— pergunto, sem jeito.

Ele balança a cabeça e olha para mim, desviando o olhar em seguida.

Suponho que isso significa que eles não estão mais juntos.

— Você está bem? — pergunto baixinho, quando Dan e Amy se afastam para nos dar um pouco de privacidade.

— Na verdade, não — admite ele. — Meu avô está muito abalado. Não sei como ele vai se virar sem ela.

— Ele tem o Liam de companhia.

Tyler se mudou para uma casa com alguns amigos uns anos atrás. Ele agora trabalha como bartender em um bar em Newquay, onde mora. Nós o treinamos bem.

Ele engole em seco e concorda, depois me olha nos olhos.

— Parabéns, aliás. Eu soube da novidade.

— Sobre o quê?

— O que você *acha*? — pergunta ele, franzindo a testa.

— Que agora eu sou membro da Royal Society of Sculptors?

Ele sacode a cabeça.

— Não.

— Da compra de parte do Seaglass?

Ele suspira.

— Não, Liv. A *outra* coisa. Mas parabéns por essas coisas também — acrescenta ele, com um sorriso, e sinto um aperto no peito ao ver a expressão de orgulho de mim em seu rosto.

— Eu ia mandar uma mensagem sobre a outra coisa — digo, séria. Tinha a esperança de que ele não soubesse pelos outros antes que eu tivesse a chance de contar. — Mas aí isso aqui aconteceu.

Cerca de três semanas atrás, acordei e vi que Tom não estava na cama ao meu lado. Ele me ligou meia hora depois para me pedir que fosse até o Seaglass.

Quando cheguei, ele estava parado na porta e me chamou para a varanda.

Na praia, ele tinha desenhado um padrão geométrico na areia, uma série de triângulos com uma forma octogonal no topo. Ele cria arte na areia a cada poucas semanas, ou até com mais frequência no inverno, quando há menos pessoas na cidade, mas, nos últimos anos, começou a desenhar formas e padrões abstratos, achando-os ainda mais relaxantes do que as figuras mais realistas. Fez alguns encomendados por instituições filantrópicas também.

Eu sorri para ele.

— Ficou bonito.

— Você não reconhece nada aí? — perguntou ele, com um sorrisinho misterioso.

Olhei de novo e, de repente, eu vi: era um desenho em perspectiva de um anel solitário de diamante.

— É um diamante! — exclamei.

E foi quando ele tirou o anel do bolso e se apoiou sobre um joelho.

Levei a mão à boca, olhando surpresa para os olhos dele brilhando de lágrimas e, então, eu estava chorando também.

— Quer se casar comigo, Liv?

Fiz que sim, porque não conseguia falar, então ele se levantou e pôs o anel em meu dedo.

— Ele ainda faz você feliz? — pergunta Finn, suavemente.

Confirmo, com o coração apertado.

Ele abre os braços para mim, só um pouquinho, e eu o abraço sem sequer pensar. Ele ainda parece tão familiar.

— Sinto muito pela sua avó — digo em seu ombro.

Ele me aperta forte e me solta.

— Como está o Michael? — pergunta.

— Está bem — respondo com um sorriso, enxugando as lágrimas.

— Talvez eu passe lá pra uma visita amanhã.

— Ele ia amar.

— Você vai ao velório? — pergunta ele.

— Você quer que eu vá?

Ele me encara por um momento, pensativo, e então sorri e balança a cabeça.

— Está tudo bem. Vá para casa, para o Tom. Mande um abraço pra ele. E se cuide.

Eu me afasto com a cabeça baixa, as lágrimas escorrendo pelo nariz, depois levanto o queixo e mais uma vez olho para o futuro.

## Quatro verões depois...

— Filhos? — pergunta Tom no café da manhã.
Ele faz a pergunta de uma maneira tão casual que me faz rir.
É o jeito como ele fala quando está preparando o café da manhã.
"Omelete?"
"Bacon?"
"Granola?"
E agora:
"Filhos?"
— Você está me perguntando se eu quero passar filhos na torrada? — brinco.
— É — responde ele com um sorriso, dando uma batidinha no meu nariz com a colher.
É junho e estamos na cozinha do andar de baixo. Decidimos não alugar o apartamento este mês. Ele está reservado para os meses de julho e agosto inteiros, mas queríamos usufruir dele por pelo menos parte do verão. Os pais dele vêm esta tarde e planejamos fazer um churrasco. Eles nos visitaram algumas vezes e, no Natal passado, fomos a Norfolk ficar com eles. A mãe de Tom é meio implicante e o pai, bem pragmático, mas o amor deles pelo filho é evidente. Eu gosto muito deles.
— *Você* quer filhos? — pergunto, olhando para ele de soslaio.
Estamos sentados um ao lado do outro no banco da mesa de jantar.
Ele faz que sim.

— Quero. Estava pensando no que você acha de fertilização in vitro.

Meu peito dói com esse lembrete de que ele se recusa a ser pai biológico de nossos filhos, mas amo que ele esteja aberto a outras opções.

— Seria estranho pra você usarmos um doador? Ou você prefere adotar?

— Eu adoraria adotar — diz ele. — E talvez a gente deva considerar isso para os bebês dois e três.

— Quantos filhos você quer? — pergunto, assustada.

— Ah, uma casa cheia — responde ele com um sorrisinho que se transforma em um sorriso largo quando vê a expressão de pânico no meu rosto. — Tudo bem, vou me contentar com dois ou três. E, respondendo à sua pergunta, eu adoraria trazer ao mundo um filho que tenha metade dos seus lindos genes. E, se você estiver a fim de ter a experiência da gravidez e do parto, estou dentro.

— Eu te amo — sussurro, piscando para conter as lágrimas.

Quem é esse homem com quem me casei? Esse homem que garantiu que fosse o meu nome, e não o dele, no contrato do Seaglass, porque queria que eu tivesse essa segurança mesmo *antes* de nos casarmos?

Ele ainda administra a cozinha e Chas continua lá, mas eu me distanciei um pouco. Consegui um contrato de arte pública importante que me manteve ocupada. Competi com quatro outros escultores, então foi realmente muito especial para mim.

No ano passado, também decidi me despedir de meus pais. De suas estátuas em bronze, quero dizer. Ainda penso neles todos os dias, mas não ando mais até os penhascos no aniversário de morte deles.

Foi catártico esculpir meus pais, embora por muito tempo eu não conseguisse falar sobre suas peças "Não mais aqui". Algumas pessoas haviam me perguntado deles, já que estão em meu site, mas eu sempre dizia que não estavam à venda. Porém, na última vez que um colecionador de arte me ligou para perguntar sobre as obras, hesitei. Senti que era hora de entregá-los ao mundo.

Tom e eu investimos parte do dinheiro para reservar o mês de junho para nós, e devo dizer que cada minuto que passamos juntos no apartamento de baixo, nesta cozinha maravilhosa, vale a pena.

— Então, o que você acha? — pergunta Tom.

Assinto para ele, decidindo usar o resto do dinheiro da venda dos bronzes dos meus pais para financiar a fertilização in vitro. Eles teriam gostado disso.

— Acho que sim.

# Cinco verões depois...

Choro no ombro de Tom quando nossa terceira tentativa de fertilização in vitro falha.

— Vamos — diz ele, com a voz rouca, me abraçando com força. — Vamos dar uma volta, respirar um pouco de ar fresco.

Seguimos pela trilha costeira passando pelo Drifty, andando pelo caminho estreito. Ele me deixa ir na frente e tenho certeza de que é para poder ficar de olho em mim. No fim da subida, olho para a esquerda onde estão Trevaunance Cove e o Seaglass. A maré está alta e o mar está mais cor de água-marinha do que nunca, as ondas quebrando na areia clara. Olho para o banco quando passamos por ele, me lembrando de quando vi Tom sentado ali cinco anos atrás, meio escondido pelas vibrantes flores amarelas.

Elas estão todas abertas no momento, assim como a urze roxa. A Cornualha está em plena floração e seu coração canta, completamente alheio à dor que existe no meu.

Estou me sentindo frágil não só porque minha menstruação desceu nesta manhã, mas porque Amy me ligou mais cedo para contar que está grávida de três meses de seu segundo filho, e também que Liam se mudou para Los Angeles. O avô dos meninos faleceu em junho.

Eu estava em Manchester para a inauguração de uma estátua e não pude comparecer ao funeral, mas mandei uma mensagem para Finn dando meus pêsames. Raramente nos falamos agora, mas fiquei triste por não o ver. Soube que ele está namorando outra cantora e compositora, mas não sei se é sério.

O que sei é que, com o passar do tempo, ele foi tendo cada vez menos motivos para voltar a St. Agnes. E agora, sem os dois avós, Tyler morando em Newquay e Liam se mudando para Los Angeles, pode demorar anos até que eu o veja novamente.

Tento não pensar muito nele, mas, como Tom uma vez comentou, nós sempre teremos assuntos pendentes. Acho que ainda estou tentando aceitar esse fato.

— Talvez fosse melhor a gente se candidatar logo para a adoção — digo, quando chegamos ao alto da colina.

A vista é incrível daqui de cima. Esta é uma terra de colinas e vales, falésias altas e oceanos revoltos, e eu a adoro por todo esse drama.

Mas também adorei as Maldivas, para onde fomos pouco antes da Páscoa. Já vi mais do mundo ao lado de Tom do que jamais pensei que veria depois do acidente de meus pais.

— Só porque é um processo demorado — acrescento.

Dou mais alguns passos antes de olhar para trás, estranhando que ele não está me respondendo.

Ele está parado com a mão no peito, pálido.

— O que foi? — pergunto, aflita, cheia de um súbito terror.

E, então, ele simplesmente desaba.

— TOM! — grito, correndo até ele.

Estou com medo de que ele tenha batido a cabeça em uma pedra, porque o caminho é cheio delas, mas a urze amorteceu a queda.

— Tom — chamo, nervosa, batendo em seu rosto para tentar acordá-lo. Ele está inconsciente. — Tom!

Eu sei que, em casos de síncopes ou desmaios, há a chance de que o coração recomece a bater e restabeleça o próprio ritmo, mas ele não está se movendo e, quando pressiono ansiosamente os dedos em seu pescoço, não sinto pulsação.

— Ai, meu Deus, Tom, não.

Olho em volta, aflita, para ver se há alguém que possa me ajudar, mas não vejo uma única alma. Então pego o celular e digito o número do serviço de emergência, depois deixo-o de lado rezando para que haja sinal, e começo a reanimação.

Colocando uma mão em cima da outra no centro de seu peito, pressiono forte e rápido.

— Tom, por favor — imploro, inclinando sua cabeça para trás e fechando seu nariz, fazendo duas respirações boca a boca e continuando, em seguida, com as compressões.

Mais adiante, um homem aparece sobre a colina, vindo da direção de Trevellas Cove. Eu grito SOCORRO para ele, que acelera o passo.

— Por favor, traga o DEA, o desfibrilador! Fica do lado de fora do Surf Life-Saving Club — grito quando ele chega mais perto. Pego meu celular e xingo. — E CHAME UMA AMBULÂNCIA! — acrescento, enquanto ele corre.

Olho para Tom a tempo de vê-lo abrir os olhos.

— Tom!

Ele volta o olhar para mim, a luz do sol refletida em sua intensidade castanho-dourada.

— Ah! Graças a Deus. Você está bem? Tom?

— O que aconteceu? — pergunta ele.

— Seu coração parou. Simplesmente parou.

— Eu senti a palpitação.

Pressiono o rosto em seu pescoço e choro, minha mão firme em seu peito para que eu possa ter certeza de que o coração continua forte. Um dia, quero esculpir esse peito, esse coração que eu amo tanto, esse coração que temo que ainda possa ser tirado de mim.

Ele levanta a mão e dá uns tapinhas fracos em minhas costas e, ao longe, depois de pouco tempo, ouvimos o som de motores se aproximando. Ele vira a cabeça para olhar para o céu e nós dois vemos um helicóptero vermelho e branco de busca e resgate se aproximando.

— Que ironia — murmura ele.

Tom salvou centenas de vidas quando pilotava um helicóptero como esse.

— Vocês estão um pouquinho atrasados, amigos — acrescenta ele, para mim apenas, quando a porta se abre e um socorrista desce em um guincho. — Minha esposa já me salvou.

Ele tenta manter o tom leve, mas estou tão abalada e apavorada que não consigo nem sorrir.

— Você precisa ir para o hospital e fazer exames — digo a ele. Ele não discute.

— Porra, Tom, você me assustou tanto! — Eu choro.

— Eu te amo — diz ele.

O socorrista no guincho já está bem próximo de nós.

— Eu também te amo — respondo.

Mas, quando seu coração para de novo, ele está sozinho.

## Seis verões depois...

Ele se foi.
E eu estou perdida.

## **Sete verões depois...**

Ele se senta ao meu lado no banco, segura minha mão gentilmente, e olha para o mar. Não sei como ainda tenho lágrimas, mas elas continuam vindo.

— Eu sinto muito, Liv.

Eu me curvo para a frente e começo a soluçar, e então estou em seus braços e tudo que consigo pensar é: *Aqui estamos nós outra vez...*

— Estou vivendo com fantasmas, Finn — digo a ele um pouco depois, quando consigo falar.

*Minha mãe...*

*Meu pai...*

*Tom...*

Sinto até, em certa medida, que estou vivendo com os fantasmas dos filhos que nunca tivemos.

Não aguento mais quando as famílias alugam a casa. Estou pensando seriamente em vendê-la.

— Venha pra Los Angeles comigo — convida ele, docemente, pondo uma mecha de cabelo atrás da minha orelha. — Só pra tirar umas férias. Venha comigo, Liv. Eu cuido da passagem, da hospedagem, de tudo. Você não vai ter que pensar em nada.

Ele ainda parece mais ou menos o mesmo, ainda que um pouco mais velho. Seu cabelo está um pouco mais curto, um pouco menos bagunçado, mas só um pouquinho. Ainda é escuro e despenteado.

Seus olhos verdes como o mar Celta são lindos como sempre, os cílios igualmente escuros. Tenho certeza de que suas covinhas ainda existem, embora não as veja há muito tempo. Seu peito tem mais músculos, mais de acordo com o homem de trinta e cinco anos que ele é do que com o roqueiro esbelto de vinte e poucos que às vezes ainda imagino quando penso nele.

E, ultimamente, tenho pensado muito nele. Ele me procurou depois que perdi Tom. Só queria que eu soubesse que estaria ao meu lado se eu precisasse dele.

— Eu não poderia ficar na sua casa? — pergunto, pensando no convite.

— Achei que você não fosse querer ficar lá — responde ele, seu olhar firme. — Mas eu adoraria.

— Sua namorada não ia se importar?

Ele me encara por um momento.

— Não tenho namorada há quase dois anos.

— Ah. — Mal ouço a palavra saindo da minha boca. — E tem espaço pra mim?

Ele solta uma risadinha pelo nariz.

— Sim, Liv, tem espaço.

— O Michael pode ir também?

— Claro que pode.

Voamos no sábado, uma semana depois, e Michael adora cada segundo da viagem de avião. Ele ficou felicíssimo quando Finn e eu ligamos para perguntar se ele queria passar umas férias em Los Angeles.

— Claro! Vai ser irado! — respondeu ele.

Tenho percebido muito mais o modo como ele tenta me proteger desde que Tom morreu. Assistimos a muitos filmes em seu sofá e almoçamos juntos com frequência. Ele me convida para os bailes do clube, mas, na única vez em que fui, estava triste demais para ficar por muito tempo.

Ver Michael e seus amigos na pista de dança mal conseguia trazer um sorriso para o meu rosto. Estava pensando mais em Finn do que em Tom naquela noite.

Finn mora em uma casa alta e estreita de quatro quartos em Hollywood Hills. A casa tem quatro andares, mas apenas a largura de dois quartos. O quintal é formado por um jardim pequeno, uma piscina longa e estreita com uma parede coberta de plantas no fundo. Minha parte favorita da casa é o terraço, que tem vista sobre as colinas para o centro de Los Angeles.

Então é nisso que dá um contrato de edição com uma grande gravadora. Estou impressionada.

O quarto e o escritório de Finn ficam no último andar, que pode ser acessado por um pequeno elevador central. Os dois outros quartos, que Michael e eu ocupamos, ficam no terceiro andar e, no segundo, há a cozinha e a sala de jantar. A sala de estar ocupa a maior parte do térreo e se abre direto para a piscina. O último quarto também fica nesse piso.

Michael está desesperado para entrar na piscina. Estou cansada e nem um pouco a fim, mas detesto decepcioná-lo. Quando Finn vê minha hesitação, intervém, sugerindo que eu me "sente na borda com uma taça de vinho enquanto os meninos brincam".

Eles logo me fazem gargalhar com suas travessuras. É exatamente o tônico de que preciso.

Tenho vivido no piloto automático há um ano e meio. Quando acordei no Dia dos Namorados, apenas seis meses depois de Tom ter desmaiado no penhasco, e vi que não havia nenhuma mensagem explicando onde ele estava, comecei a me preocupar. E então ouvi uma ambulância descendo a rua.

Cheguei à orla a tempo de encontrá-lo sendo transportado em uma maca, mas já era tarde demais. Um turista o havia encontrado caído na areia, no meio de um padrão geométrico de corações que se espalhava pela praia. Ele devia estar prestes a me ligar.

## SETE VERÕES

\* \* \*

Mais tarde, depois de Michael capotar na cama, Finn e eu levamos nossas bebidas para o terraço e nos sentamos em um de seus sofás, ao ar livre, de frente para a cidade. As luzes nas colinas cintilam no escuro e o ar está agradavelmente quente e cheira aos jasmins plantados em vasos em uma das pontas do terraço.

— Como você está se sentindo? — pergunta ele.

— Bem — respondo. — Estou indo aos poucos. Mas obrigada. Acho que isso aqui era exatamente o que eu estava precisando.

— Imagina. Estou feliz por vocês dois estarem aqui. Finalmente — acrescenta ele, com um sorriso irônico.

— Eu detesto que você sempre me vê nos meus momentos mais fracos. Não é justo. Quantas vezes você ainda vai ter que catar meus cacos?

— Liv, você é a pessoa mais forte que eu conheço. Seja mais gentil com você mesma.

Ele aperta minha mão. Eu o deixo segurá-la até me sentir tensa, e então a retiro.

Ele toma um gole de sua garrafa de cerveja.

— Como estão o Liam e o Tyler? — pergunto.

— Estão bem. O Tyler esteve aqui há pouco tempo. Eles foram a alguns shows juntos.

— Onde o Liam mora? Pensei que ele morasse aqui com você.

— Está de brincadeira? Você acha que eu ia morar com aquele pirralho?

— Achei que ele tivesse tipo uns vinte e três agora — respondo, rindo.

— Ele tem. É bem capaz de se virar sozinho. Ele está em Glendale, perto de onde eu morava.

— Você é um bom irmão pra eles, Finn. — Estou sendo sincera.

Ele acha graça.

— Mesmo depois de ter chamado o Liam de pirralho?

— Você é um bom irmão — repito, séria.

Os avós fizeram um trabalho incrível cuidando dos meninos quando a mãe deles desapareceu. Mas havia um limite para o que eles podiam fazer. Sabe Deus o que teria acontecido se eles também não tivessem Finn olhando por Tyler e Liam, levando-os para passear e trazendo-os a Los Angeles todos os anos para que pudessem passar o Natal juntos, longe das lembranças sombrias.

— E também é um bom amigo — acrescento, segurando a mão dele outra vez.

Ele olha para nossas mãos, pensativo. E então ergue os olhos para os meus. Apenas o brilho dos prédios distantes e das luzes da rua iluminam o terraço, mas é o suficiente para eu ver seu rosto no escuro, seus olhos brilhando.

— Eu ainda te amo, Liv.

Quase puxo minha mão, mas decido não agir por impulso, e a mantenho ali, nossos dedos enlaçados no espaço entre nós.

— Eu sei que você está de luto pelo Tom. Mas preciso que você saiba disso.

Meu coração está na garganta.

— Como você ainda consegue me amar depois de todos esses anos? Depois de tudo que eu fiz?

— O que você fez? — pergunta ele, confuso.

— Eu me casei com *outro homem*, Finn! — exclamo, angustiada. — Isso não *magoou* você?

— Acabou comigo — responde ele, bruscamente, soltando minha mão e passando os dedos pelo cabelo.

— Então como você ainda me ama?

— Eu *nunca* vou deixar de te amar. Já disse isso. Vou amar você até o dia da minha morte e mais um pouco.

Fico olhando para ele. Ele me encara. Ele está falando muito sério.

Cinco segundos se passam antes que sua expressão se suavize. E ele se vira, de modo que todo o seu corpo fique de frente para o meu.

— Você acha que existe alguma chance de um dia nós tentarmos de novo? — pergunta ele. — Não estou dizendo agora, mas quando você estiver pronta. Vou esperar por você, Liv. Eu me mudo de volta para St. Agnes se você não conseguir se imaginar vivendo entre aqui e lá. Mas, se você não me ama mais, por favor, me diga agora...

— *É claro que eu ainda te amo* — interrompo em um sussurro, esperando que a pontada de culpa venha em seguida.

Mas ela não vem.

E sinto que Tom está ali comigo, naquele momento, me dando sua bênção, querendo que eu seja feliz.

Talvez eu mereça isso. Talvez eu já tenha passado por coisas demais. Talvez seja hora de dar uma chance a Finn, uma chance de verdade, de dar uma chance *a mim mesma*. De *nos* dar uma chance.

Talvez seja a *nossa* hora.

É difícil voltar para a Beach Cottage depois daquela semana em Los Angeles. Michael estava pronto para ir. Estava com saudade de Timothy e de todos os seus amigos.

— Mas você pode ficar — disse ele, despreocupado, enquanto eu o ajudava a fazer a mala, como se fosse simples assim e eu não precisasse acompanhá-lo no voo para casa.

Então fui embora com ele, mas agora, parada na cozinha, cercada por tanto espaço e tantas lembranças, decido não demorar muito para voar de volta.

Um mês depois, retorno a Los Angeles e, desta vez, quando entro na casa de Finn e somos só nós dois, estamos tensos.

— Tudo bem você ficar no mesmo quarto que da outra vez? — pergunta ele, parando com minha mala em frente ao pequeno elevador.

— Claro — respondo, com dificuldade de encará-lo.

Ele também parece nervoso.

Mas à noite já estamos tranquilos na companhia um do outro.

Estamos sentados no sofá na sala de estar, no térreo, já na metade de uma garrafa de vinho. Do lado de fora das portas de vidro, a piscina é iluminada por uma luz azul que lança sombras bruxuleantes sobre a folhagem na parede atrás dela.

— Desculpe por ter demorado tanto pra vir pra cá — digo, sentindo uma súbita necessidade de expressar isso.

— Por favor, não, Liv. Não vamos ficar presos ao passado, ok? — responde ele com delicadeza.

Eu assinto.

— Ok.

"Michael", de Franz Ferdinand começa a tocar no som.

Eu rio.

— Lembra...

Interrompo antes de fazer a pergunta.

— O quê? — Ele quer saber.

Eu balanço a cabeça.

— Estava pensando na primeira vez que você tocou essa música pra mim, e em quando cantou para o Michael no carro. — Abro um sorrisinho para ele. — É difícil não ficar presa ao passado.

— Isso não é *ficar preso* — responde ele, franzindo a testa em uma expressão intrigada. — Isso é uma recordação. Não há problema em *recordar*. — Ele ri. — Uma das minhas lembranças favoritas é a sua cara quando nós tocamos "22". Você ficou de boca aberta.

Solto uma gargalhada e continuamos a relembrar enquanto bebemos o restante da garrafa. Não falamos sobre coisas tristes, e por que deveríamos? Nós dois tomamos decisões que magoaram um ao outro. Isso não significa que foram as decisões erradas. Sempre vou me lembrar com carinho dos anos que passei com Tom.

A tristeza emerge em mim quando penso nele de repente. Peço licença para ir ao banheiro.

Enquanto estou ali junto à pia, olhando meu reflexo no espelho, espero mais uma vez que a culpa me atinja.

E, mais uma vez, ela não vem.

Respiro fundo. Tudo bem. Eu *estou* bem. Para a frente agora, não para trás. Tomei essa decisão uma vez com Tom. Posso tomá-la outra vez com Finn.

Eu *quero* tomá-la outra vez com Finn.

Ele não está no sofá quando volto do banheiro. Ouço o tilintar de copos no andar de cima, na cozinha. Sigo o som e, do meio da escada, vejo-o na pia, as mãos apoiadas no balcão, nossas taças de vinho vazias ao lado.

Ele parece esgotado, parado ali.

— Hora de dormir? — pergunto, indo até ele.

Ele me olha quando me aproximo, sua expressão cansada.

— Achei que já seria pra você.

— É, acho que sim.

É madrugada no Reino Unido.

Ele se vira para mim, apoiando as costas no balcão.

— Você parecia meio triste — diz ele baixinho, os músculos da mandíbula ficando tensos.

— Fiquei. Mas estou bem agora.

Nós nos encaramos e nenhum de nós fala enquanto os segundos vão passando. E, então, ele estende as mãos para mim, as palmas viradas para cima, em um gesto pequeno e gentil, o rosto iluminado por uma esperança hesitante.

Eu sorrio e me aproximo.

Ele me puxa contra seu peito, e parece tão certo estar perto dele outra vez. Apoio o rosto em seu ombro, meu nariz pressionado contra seu pescoço quente, e inspiro, o cheiro dele é tão reconfortante. Levantando a cabeça, seguro seu queixo com uma das mãos.

Ele me olha através dos longos cílios, seus olhos azul-esverdeados ainda marcados pela ansiedade. Eles envelheceram, eu percebo, e não me refiro às linhas finas que agora aparecem dos cantos. Ele perdeu um pouco do brilho.

Quero trazer esse brilho de volta. Quero vê-lo sorrir de novo, com covinhas e tudo. Neste exato momento, é o que mais quero no mundo.

Levanto a outra mão e aperto onde deveriam estar suas covinhas com a ponta dos polegares.

Ele afasta o rosto, rindo.

— Há quantos anos você quer fazer isso?

— Muitos — respondo com um sorriso.

De repente, uma estranha onda de emoção passa por mim como um vendaval, me deixando tonta e sem fôlego.

— Eu te amo tanto, tanto, Finn.

A apreensão em seu rosto desaparece com minhas palavras.

— Eu também te amo — sussurra ele, seus olhos cintilando.

Fico na ponta dos pés, mas sua boca me encontra no meio do caminho.

Nosso beijo é lento, profundo e intensamente familiar. Tudo nele parece certo.

Penso em Tom, mas só por um instante. Consigo me manter neste momento com Finn.

Nós nos movemos ao mesmo tempo, minhas pernas envolvem sua cintura quando ele me levanta e me coloca sobre o balcão da cozinha.

Seguro a barra de sua camiseta e a puxo por cima de sua cabeça, e então as mãos dele deslizam por meu vestido sobre minhas coxas. O calor entre nós é escaldante. Eu preciso disso. Eu *quero*. E, pelo que posso sentir quando ele puxa meu corpo contra o seu, ele precisa e quer na mesma medida.

Não vamos devagar. Não acho que somos capazes de ir devagar. É rápido e urgente, e deixa muito pouco espaço para qualquer pensamento racional.

É perfeito.

E depois, quando ainda estamos enlaçados um ao outro, nossos corpos suados e lânguidos, mal conseguindo ficar em pé, deslizo do balcão para os seus braços.

— Me leve pra sua cama, Finn. E não me solte pelos próximos sete dias.

— Não vou soltar — promete ele.

Ele permanece fiel à sua palavra. Durante a semana seguinte, nós nos reconectamos emocional e fisicamente, costurando os pedaços de nós que demos um ao outro anos atrás.

Quando eu disse a Finn que Tom nunca havia hesitado, poderia ter dito o mesmo em relação a ele. Ele nunca hesitou em me amar. A dor de sua infância o impediu de escolher St. Agnes, mas ele sempre me escolheu.

Fui eu quem não o havia escolhido.

Mas agora escolho. Eu escolho a *nós*.

## Outros sete verões depois...

— *Here comes the sun...*

Acordo com meu marido cantando para mim. E então percebo que, na verdade, ele não está cantando para mim, mas para Maggie, que se aconchegou, toda aninhada e feliz, no espaço entre nós.

— Você devia estar na sua cama, sua macaquinha travessa — repreendo, sonolenta. — Quem deixou você se enfiar aqui?

— O papai — responde ela, com uma risadinha sapeca.

Finn se inclina para fazer cócegas em suas costelas, e ela se contorce loucamente, gargalhando alto, suas covinhas aparecendo destacadas.

— Shh! — Arregalo os olhos e espio o berço ao lado da cama, mas seu irmãozinho mais novo ainda está dormindo profundamente. Observo seus cílios escuros insanamente longos, depois me viro de novo para nossa filha.

— Ele acordou? — pergunta ela, se contorcendo na cama para se sentar apoiada na cabeceira. — Me dá o bebê — ordena, abrindo os braços.

Ela ainda não tem nem dois anos e meio.

Olho para Finn, que está me olhando e achando graça.

— Você ouviu, dê o bebê pra ela — provoca ele.

— O bebê está dormindo — respondo, incisiva.

— Me dá o bebê — comanda ela de novo.

Finn e eu quase rimos. Quase.

— Não, ele está dormindo — repito com firmeza.

Assim como a mãe dele também estava um minuto atrás.

Maggie escala por cima de mim e espia o berço, seus pequenos ombros murchando.

— Ah — suspira ela, voltando para sua posição aconchegada entre nós.

— Quer continuar dormindo? — pergunta Finn.

— Meio tarde demais agora.

— Desculpe — sussurra ele. — Ela estava muito determinada.

Ele tem dificuldade de dizer não para nossa filha. Mas também tem dificuldade de dizer não para mim. Ele sempre foi bem mole nesse aspecto.

A porta se abre de repente e Lennie entra, com sua espada de espuma erguida.

Quando descobri que o nome do avô de Finn era Leonard, pedi a ele que nos deixasse dar esse nome para nosso filho, que nasceu quatro anos e meio atrás.

Ele hesitou a princípio, mas acabou concordando com minha ideia.

Maggie, Margaret, recebeu o nome da minha avó, e adoro o fato de ele rimar com Aggie, onde moramos.

Lennie vai começar a escola no mês que vem, então tivemos que escolher onde seria nossa base para o futuro próximo. Na Cornualha é onde moram três dos tios de nossos filhos: Liam voltou de Los Angeles alguns anos atrás, com saudade de sua cidade natal, Tyler ainda mora em Newquay e Michael está aqui pertinho, na mesma rua. Até Finn acaba ficando com saudade de St. Agnes quando não estamos aqui. Ele diz que é diferente agora que temos filhos. Estamos criando nossas próprias memórias e quase todas são felizes.

Há alguns anos, reformamos a casa para deixá-la no formato original e nos mudamos para o quarto principal no fim do corredor, com vista para o jardim.

Ainda temos uma casa em Los Angeles, embora não a casa estreita em que eu ficava quando comecei a ir para lá. Depois de ter Lennie, nos mudamos para um terreno maior e mais distante da cidade, com um jardim mais adequado para crianças. Adoramos passar tempo lá também, com a família americana de Finn, e vamos continuar a ir sempre nas férias escolares. Mas nosso *lar* mesmo é St. Agnes.

Então temos Lennie e Maggie, e o garotinho no berço que acabou de ser acordado pelo irmão mais velho se chama Eddie. Esse nome não é de mais ninguém, só de seu pequenino ser.

Tom permanece em meu coração. Ainda penso muito nele. Às vezes, sinto muita saudade de ouvir sua risada grave ou de ver seus olhos castanho-dourados do outro lado da mesa olhando para mim. Às vezes, sinto saudade da sensação de estar em seus braços. Eu sempre vou amá-lo.

Não o esculpi e acho que nunca o farei. Quando Arabella faleceu, há alguns anos, com a avançada idade de noventa e nove anos, também não senti vontade de esculpi-la. Sinto que deixei minhas peças "Não mais aqui" para trás e evoluí para criar obras inspiradas em alegria e encantamento. Ponho meu coração e minha alma em tudo que faço. Não quero passar meses trabalhando em algo que não me inspire, por isso procuro só aceitar encomendas de que eu goste.

Eu achava que ia ser muito doloroso manter minha parte do Seaglass depois que perdi Tom. Quando Chas decidiu que estava mais do que na hora de se aposentar aos oitenta e três anos, Finn se ofereceu para comprar a parte dele.

Hesitei quanto a deixar que ele fizesse isso. Fazia anos que eu vinha pensando em vender minha parte, mas, por um motivo ou outro, todo esse tempo havia se passado e eu continuava aqui.

Então concordei com Finn e agora somos os proprietários do Seaglass, embora tenhamos funcionários que o administram para nós na maior parte do tempo.

A Beach Cottage, o Seaglass e St. Agnes sempre me lembrarão de Tom. E estou feliz. Eu me sinto perto dele aqui e *quero* me sentir perto dele.

Mas eles fazem eu me lembrar de Finn também. São parte da *nossa* história.

Tive duas grandes histórias de amor na minha vida. Não me sinto uma viúva trágica.

Acho que sou sortuda.

— Vamos lá, vamos dar uma volta na praia — digo de repente, pegando Eddie do berço.

Depois de Deus sabe quanto tempo, nós cinco saímos pela porta da frente e descemos a encosta em direção a Trevaunance Cove. A rua atravessa as vibrantes colinas verdes e o mar parece iluminado por dentro com a luz do sol da manhã refletindo na água.

Chegamos à enseada e vemos que a tempestade da noite passada trouxe mais areia para a praia e o riacho esculpiu uma árvore em seu rastro.

Mais uma vez, Tom está aqui comigo.

Mas não vejo mais uma macieira no fim da vida.

Vejo uma árvore.

No início da primavera.

E o verão vai voltar.

# Agradecimentos

Depois de todos esses anos escrevendo, ainda experimento a sensação de ter que me beliscar para acreditar, e isso se deve a vocês, meus adoráveis leitores. Eu amo saber de vocês, então, por favor, mandem um oi, se já não mandaram, por meio de @PaigeToonAuthor nas redes sociais. Você também pode se inscrever em minha newsletter #TheHiddenPaige em paigetoon.com para novidades e conteúdo extra.

O boca a boca é muito importante para ajudar as histórias de um escritor a alcançarem os leitores, por isso agradeço muito a cada uma das pessoas que dedicou um tempo para recomendar meus livros, seja pessoalmente, na mídia ou na internet: muito obrigada.

Apreciei cada momento de minha jornada editorial com a Penguin Random House, e foi um sonho trabalhar com as equipes da Century no Reino Unido e da G.P. Putnam's Sons nos Estados Unidos. Um agradecimento especial a Venetia Butterfield e às minhas notáveis editoras Emily Griffin e Tara Singh Carlson. Eu adoro trabalhar com todas vocês.

Um enorme agradecimento também às seguintes pessoas na Century: Olivia Allen, Hannah Bailey, Charlotte Bush, Claire Bush, Briana Bywater, Emma Grey Gelder, Rebecca Ikin, Laurie Ip Fung Chun, Rachel Kennedy, Evie Kettlewell, Jess Muscio, Richard Rowlands, Jason Smith, Jade Unwin, Linda Viberg e Selina Walker, e a estas queridas pessoas na Putnam: Sally Kim, Ivan Held, Samantha

Bryant, Sanny Chiu, Brennin Cummings, Ashley Di Dio, Hannah Dragone, Tiffany Estreicher, Ashley Hewlett, Aranya Jain e Claire Winecoff. Obrigada também a minhas revisoras Caroline Johnson (Reino Unido) e Chandra Wohleber (EUA). Um obrigada a Monique Corless, Amelia Evans e à equipe de direitos internacionais da Penguin Random House, bem como às minhas editoras do mundo inteiro, por tudo que fazem para levar meus livros a novos públicos. Fico tão feliz de saber de leitores que descobriram meus livros por meio de traduções.

Obrigada a minha querida amiga Lucy Branch. Desde que nos conhecemos, por intermédio de nossos filhos na creche há vários anos, eu admiro sua paixão pela arte e escultura. Obrigada por compartilhar seu conhecimento e me ajudar a entender o que motiva Liv. (Nota: Lucy é a principal restauradora especialista em bronze do Reino Unido, bem como escritora e anfitriã do podcast *Sculpture Vulture*. Vale conferir!)

Obrigada às incríveis escultoras Hazel Reeves e Laury Dizengremel por serem tão generosas com seu tempo para me ajudar com minhas pesquisas sobre escultura. Eu teria ficado perdida sem vocês.

Obrigada à escritora Hilary Standing por me deixar ler seu fascinante livro de memórias sobre sua experiência de ter uma irmã com síndrome de Down antes de ter sido sequer enviado para o seu agente. Eu ri, chorei e fiquei totalmente obcecada. Quando ele for publicado, vou fazer propaganda dele para todo mundo!

Obrigada à cantora e compositora Kal Lavelle por sua ajuda em minha pesquisa sobre a indústria da música. Descobri Kal quando estava escrevendo *The Longest Holiday* e fiquei ouvindo sua bela canção "Shivers" sem parar. Curiosidade: Kal depois compôs outra canção, também chamada "Shivers", com ninguém menos do que Ed Sheeran. Gostei tanto de conversar com você, Kal.

Embora as chances de que ela veja isso algum dia sejam mínimas, gostaria de agradecer a Taylor Swift pela inspiração que suas canções me deram. Eu tinha uma vaga ideia para este romance, mas ele ganhou vida de fato depois que ouvi a letra de "'Tis the Damn Season" e, em alguns dias, eu sabia exatamente como a história ia se desenvolver do começo até o fim com intensa clareza. E não me desviei nem um pouco dessa ideia. Espero que, se um dia acontecer de Taylor ter este romance nas mãos, ele a faça se sentir ao menos um pouquinho como as canções dela fazem eu me sentir.

Obrigada a...

... Carol Bruno pela conversa sobre arte na areia em Portugal que me deu a faísca de uma ideia.

... Craig Scott por trazer o Seaglass à vida com suas descrições vívidas do setor de serviços.

... David Moore, do Edinburgh College of Art, e dr. Darron Dixon-Hardy, da University of Leeds, pela gentileza de responderem às minhas perguntas aleatórias sobre escultura e aviação, respectivamente.

... Christopher Ryan, do National Trust em Chapel Porth, pela ajuda sobre a praia e as tábuas de marés.

... Jo Carnegie pela história da espuma no latte que eu avisei que ia roubar.

... Alison Cross e a equipe da Cornwall Hideaways, e aos proprietários da Beach Cottage verdadeira, e também a Damien Anderton e Rob Pippin, por sua ajuda com a própria St. Agnes.

Todos os locais mencionados neste livro são reais, com exceção do Seaglass, que é fortemente inspirado em um bar na praia de Trevaunance Cove chamado Schooners. Se você for lá no verão algum dia, quando ele está aberto, por favor, tire uma foto da varanda para mim! Escrever sobre St. Agnes foi uma tarefa realmente complicada, porque é um lugar muito especial, eu sabia que não conseguiria lhe fazer justiça. Mas espero que esta história faça alguns dos moradores locais sorrirem, mesmo que eu tenha usado alguma licença artística aqui e ali.

Obrigada também a Salome Quao e Eddie Powell, e um obrigada atrasado a Bethany por sua ajuda com a pesquisa sobre Bury St. Edmunds para *Só o amor machuca assim*.

Obrigada a estas escritoras incríveis: Dani Atkins, Sophie Cousens, Lizzy Dent, Giovanna Fletcher, Zoë Folbigg, Carley Fortune, Ali Harris, Emily Henry, Colleen Hoover, Catherine Isaac, Abby Jimenez, Milly Johnson, Lindsey Kelk, Christina Lauren, Caroline Leavitt, Lia Louis, Jill Mansell, Mhairi McFarlane, Annabel Monaghan, Beth O'Leary, Louise Pentland, Jill Santopolo, Mia Sheridan, Emily Stone, Heidi Swain, Adriana Trigiani, K.A. Tucker, Lucy Vine e Jo Watson. Onde quer que um dos seus nomes apareça em minhas redes sociais ou em e-mails relacionados aos meus livros, eu vibro muito. Obrigada de coração por todo o apoio, ele significa o mundo para mim.

Obrigada aos meus pais, Vern e Jen Schuppan, meus sogros, Ian e Helga Toon, e às queridas amigas que sempre dedicam tempo a ler e dar opiniões sobre os primeiros rascunhos de meus livros: Jane Hampton, Katherine Reid, Katherine Stalham, Femke Cole, Colette Bassford, Rebecca Banks e Kimberly Atkins.

Por fim, mas não menos importante, obrigada à minha família, Greg, Indy e Idha Toon, por toda a parte dos bastidores que ninguém mais vê, mas que eu aprecio do fundo do coração. Eu amo muito vocês.